T0115213

. . . . y hay aquellos que hablan inglés

Edgar Prieto Nagel

authorHOUSE°

AuthorHouse™
1663 Liberty Drive
Bloomington, IN 47403
www.authorhouse.com
Teléfono: 833-262-8899

Publicada por AuthorHouse   05/12/2021

ISBN: 978-1-6655-2483-4 (tapa blanda)
ISBN: 978-1-6655-2482-7 (libro electrónico)

Número de Control de la Biblioteca del Congreso: 2021909278

Información sobre impresión disponible en la última página.

EL SILENCIO

Oye, hijo mío, el silencio
es un silencio ondulado,
un silencio
donde resbalan valles y ecos
y que inclina las frentes
hacia el suelo.

FEDERICO GARCÍA LORCA

GOD'S AWAY ON BUSINESS

Goddamn there's allways such a big
temptation
To be god, to be god
There's allways free cheddar in a
mousetrap. baby
It's a deal. it's a deal
God's away, God's away, God's away
On business, business.

TOM WAITS

tibia la sangre del charco
negra se hace bajo el farol solitario
en la noche desflorada
las malvas retienen su vaho
la luna se cubre el rostro
los insomnes sienten pánico
la tropa se esfuma sin rastro
caños aún calientes
armas en descanso.

EL AUTOR

CAPÍTULO #1

Fue antes de que se inventara el papel higiénico. Por ahí los gringos ya lo habían inventado. Como se sabe ellos andan por el mundo inventándolo todo. En todo caso en esa aldea escondida entre esos cerros, donde los Andes pierden ya su inalcanzable majestuosidad para hacerse mas humanos y donde el molle y el algarrobo crecen sin molestar a nadie, no se sabía de ello. Ni de la Coca-Cola, ni del Pepsodent, ni de las hojas de afeitar Gillette. Ni de las otras modernidades que la civilización trae consigo y que allá se habrían visto solo con suspicacia. Como meras extravagancias de gente que ha entendido la vida al revés.

Rufino Robles, entonces todavía un niño, se contentaba, como todos los habitantes de esa aldea de casas de adobe y calles tortuosas de tierra apisonada, con satisfacer sus demandas intestinales donde mas le apurara y mejor se le antojara. Es decir ya podía ir al muladar por decisión propia y vaciar sus intestinos a su mejor entender aprovechando la discreción que ofrecían los sauces llorones cuyas ramas en parábola formaban un techo natural sobre el arroyo. Y limpiarse la parte correspondiente del trasero con una piedrita, como había visto hacer a sus hermanos mayores, como lo harían seguramente sus padres (a quienes no había visto hacerlo, pero se suponía que lo hacían), como lo habrían hecho sus abuelos y seguirían haciéndolo un día sus propios hijos. Esas son cosas que a nadie inspiran a reflexiones mayores y Rufino Robles, su tierna edad aparte, no era una excepción.Y así seguiría haciéndolo mientras entendiera la vida como se debe, es decir con resignación. Y no como otra gente que quiere darle la vuelta a.todo. Aquello, lo de los intestinos, estaba en el orden natural de las cosas, como que el sol tenía que ponerse al atardecer detrás de esos cerros boludos de allá lejos o que el verano debería de acompañarse de sus aguaceros tan repentinos como impredecibles. Todo eso estaba escrito en el libro invisible de las leyes naturales, misteriosas e intransigibles, y así seguiría siéndolo, por la voluntad del Señor. Por los siglos de los siglos. Amén.

En Chaquipampa, como la aldea y sus alrededores se llamaba, y que en el idioma nativo significa pampa seca, había nacido Rufino Robles. Allá habían también nacido sus padres y sus abuelos. Gente dura e introverta, acostumbrada al polvo de la tierra y a los atardeceres lánguidos. Gente blanca, venida a menos, quien sabe cuando y porqué, pero que había conservado, con la discreción que el caso exige, el orgullo de ser blancos en tierra de indios y mestizos. La pobreza les obligaba a tragarse ese su orgullo. Pero este estaba igual ahí merodeándoles despacito en algún lugar de las vísceras, más cerca del corazón que del cerebro, a la espera de un golpe de suerte, quien sabe de donde, que les diera el lugar que les correspondía.

El padre de Rufino, Artemio Robles, hombre musculoso, de rostro desafiante y parco de palabras, se los decía a medias. A Rufino y a sus hermanos. Más que decirlo se los dejaba entender, que ellos, los Robles, eran distintos, blancos, superiores. "Nosotros somos blancones" - les decía en voz baja como revelándoles un secreto - "no como ellos" y al decir "ellos" giraba la cabeza en un cuarto de circulo, rastrillando con su gesto un horizonte ilimitado e incierto que abarcaba el rancherío de la aldea y los alrededores de la aldea, y los alrededores de los alrededores, más allá de los cerros marrones que dibujaban el horizonte.O sea todo el mundo hasta entonces conocido por Rufino. Artemio Robles decía "blancones" y no blancos, consciente de la concesión que le había hecho a la vida casándose con una mestiza, la actual madre de sus hijos. Pero ello había sido mas obra de lo imponderable que de la voluntad propia, porque la voluntad de él y la de sus hijos era y debería de ser la de ser blancos. Después de decirles aquello, Artemio Robles solía quedarse un largo momento en silencio, con la mirada perdida en algún punto lejano que los hijos no podían precisar porque no estaba en en ningún horizonte visible sino en la propia alma de Artemio Robles. Y en ese silencio Rufino podía adivinar un dejo de melancolía que dada su temprana edad le era imposible entender pero que le sugería, como una premonición, que el mundo de los adultos debería de ser intrincado, triste y enigmático.

En Chaquipampa no había agua potable, ni luz eléctrica, ni telégrafo. Ni médico que los atendiera cuando estuvieran enfermos, ni cura que los confesara y les diera la extremaunción en el apuro de dejar el mundo de los vivos. El cura venía una o dos veces al año, a lomo de mula, con la sotana negra cubierta con el polvillo marrón del camino y un cansancio pegado a los ojos como una membrana que le daba un aire de tristeza. Venía para la Pascua y a veces también para el Año Nuevo. Celebraba la misa en la iglesia del pueblo, daba un sermón cuyo contenido lo adaptaba mas a su estado de ánimo que al calendario litúrgico, y hacia su colecta. Después casaba a los amancebados y bautizaba a los recién nacidos, a precios módicos y sin mucha ceremonia, y se volvía a ir, montado en su mula, un poco mas contento, porque se llevaba el morral panzudito con aquello de las colectas. Eso era todo. El resto del año deberían de arreglar sus saldos con Dios por cuenta propia. Y entonces solían resolver sus asuntos espirituales no con el Dios cristiano del que el cura les hablaba con amenazas de fuegos eternos y promesas de paraísos improbables, sino con la Pachamama y las otras deidades menores que cohabitaban con el viento y las aguas, y que les eran mas cercanas y menos irascibles que aquel Dios que el cura les traía en aquél copón de oro que llevaba siempre consigo.

La pequeña iglesia, edificada en la época de la colonia española, y la plaza, con sus dos palmeras y sus dos ceibos centenarios, eran el orgullo del pueblo. Don Ciriaco Peñafiel, el Alcalde, hombre gordo y bonachón, vivía con su familia en la casa que servía de Alcaldía y que quedaba en la misma plaza. Èl había hecho, años atrás, empedrar ese espacio cuadrado para orgullo de los paisanos del lugar. Y ahí en ese espacio crecían saludables esos dos ceibos de grueso tronco y esas dos palmeras que se estiraban espigadas como mástiles gigantes, con un penacho de hojas en la punta, como queriendo hacerle cosquillas al cielo. Y esa plaza empedrada, con sus ceibos, sus palmeras y su pequeña iglesia de aspecto sombrío y barroco, eran lo único que la gente de Chaquipampa podía mostrar a sus visitantes sin avergonzarse. Quizá por ello Don Ciriaco Peñafiel se consideraba, con la no expresada pero igual aquiescencia general, el Alcalde vitalicio de Chaquipampa.

A Chaquipampa venían también una vez al año los comerciantes de trigo, maiz, papa y ganado. Llegaban desafiando ese camino angosto y pedregoso que serpenteando por las colinas de los cerros semejaba a una culebra cansada que se había echado a dormir en ese paisaje de silencio. Venían en sus camiones haciéndole el quite a los baches del camino y a sus curvas traicioneras donde la muerte podía estar al acecho treinta metros precipicio abajo. Llegaban con música, gordos y sudorientos, con sed de chicha y jarana, algunos trayendo a sus mujeres consigo. Los campesinos de las aldeas de la región acudían con sus productos traídos a lomo de burro o a lomo propio, acompañados de sus animales. Entonces se levantaban, a la entrada del pueblo, unas carpas improvisadas de unas lonas de colores imprecisos y se armaba la feria con música y baile, peleas de gallos y juegos de dados, algún acordeonista disonante, una que otra puñeteadura de rigor y algún embarazo involuntario. En las carpas se tomaba chicha, se intercambiaban chismes, se bailaba y se hacían las transacciones comerciales. Eran tres días de jolgorio, euforia y negocios. Después se cargaban el trigo, el ganado y los otros productos en los camiones, se desarmaban las carpas, los choferes y comerciantes, todavía medio borrachos, se encaramaban a sus camiones como mejor podían y se alejaban del pueblo entre el rugir de sus motores acompañados por una nube de polvo al perderse en la montaña dejando detrás suyo los restos de basura que el viento y las lluvias se encargarían de limpiar. Y Chaquipampa volvía a retomar su semblante de abandono y silencio hasta el año entrante.

Los Llorente llegaban también una vez al año. Venían por el verano. Se dejaban caer en patota y armando un alboroto que rompía el letargo pegajoso de la tarde veraniega y que a los paisanos del pueblo se les antojaba innecesario. Aparecían de improviso por el camino de la montaña, con sus dos jeepes adelante y su camión marca Fargo atrás, tocando bocina y despertando a los pobladores en el cabeceo de su siesta, alborotando a las gallinas, provocando el ladrido obligado de los perros y asustando a los cerdos que a esa hora dormitaban a pierna suelta en sus charcos de agua sucia en las calles de la aldea. Eran siempre muchos, como quince o veinte, contando las empleadas y los amigos que todos los años invitaban a veranear. Los más jóvenes llegaban cantando esas canciones en español que seguramente estarían de moda en la ciudad y que los del pueblo nunca las habían escuchado ni les decían nada. Traían consigo de todo un poco, colchones y frazadas, cortinas, algunos muebles, cámaras fotográficas, el gramófono a cuerda y los discos de Schubert de Dona Maria Antonieta, los libros de poesías que Don Enrrique leería para matar sus nostalgias nocturnas, cañas de pescar, escopetas, diversos juegos de sobremesa para sobrellevar el hastío de los atardeceres, ropa y objetos de tocador y hasta la jaula con el canario. Los jóvenes y las empleadas de la familia en el camión de atrás, junto con las cosas. Los adultos y los niños en los jeeps de adelante. Parecían turistas o gringos a los cuales los pobladores miraban con una mezcla de respeto y admiración por el hecho de ser blancos, una pizca de cariño porque la familia había estado allá por varias generaciones y una informe y justificada bronca porque los Llorente los habían explotado durante decenios. Todo aquello formando una madeja de sentimientos que los pobladores no se atrevían o no querían tomarse el trabajo de desenmadejar.

Que los Llorente venían una vez al año estaba en el orden natural de las cosas. Como también que meterían bulla y que sus muchachas se pasearían por la aldea vestidas con blusas de colores vistosos y pantalones cortos mostrando sin verguenza sus piernas pálidas, bromeando con la gente en un quechua enrevesado que sólo ellas entendían, sueltas de cuerpo y riendo, como si el pueblo fuera suyo. Y sus muchachos saldrían a cazar, montados a caballo, erguidos como estatuas y portando escopetas y rifles relucientes que inspiraban un temor arcaico entre los campesinos. No sólo parecían dueños de "El Duende", la propiedad que ellos tenían en las proximidades del pueblo, parecían dueños del mundo. Esto a pesar de que a Don Enrrique Llorente, padre de la familia, le habían confiscado la mayor parte de sus tierras hacía apenas un par de años atrás, dejándole sólo unas cuantas hectáreas alrededor de la casa de hacienda. Pero lo que a Don Enrrique Llorente aún no le habían podido confiscar del todo era su absoluta creencia de su superioridad y de que a pesar de la reciente revolución y de la Reforma Agraria, él seguía siendo el dueño de Chaquipampa y de cuantos allá vivían, al menos de sus espíritus. Y lo último tenía algo de verdad, los paisanos de Chaquipampa no habían podido aún desligarse de su autoridad patriarcal que databa de generaciones. Eso también estaba en el orden de cosas.

Los Llorente habían gobernado Chaquipampa por algo así como cuatro generaciones, desde que Don Nicanor Llorente, el fundador de la dinastía, llegara allá para tomar posesión de esas tierras por decreto del Gobierno y como gratificación por sus servicios prestados a la República. De cuales servicios se trataba no figuraba en el decreto correspondiente que sin embargo no por ello llegó a tener menor validez. Porque de su validez se encargó Don Nicanor en persona que se vino a vivir al lugar y se embarcó a la tarea de construir sus dominios montado a caballo y repartiendo latigazos e improperios a quienes podían tener la ocurrencia de dudar de que aquellos eran sus dominios por voluntad del Señor, la del Gobierno y la suya propia. Fue Don Nicanor quien hizo construir la casa de hacienda a la que, ironizando las supersticiones campesinas y para acentuar su poder, bautizó con el nombre de El Duende. Ya sólo el nombre despertaba entre los campesinos asociaciones con fuerzas sobrenaturales y misteriosas con las que sólo los blancos se atrevían a jugar.

La casa de El Duende fue construida mas de un siglo atrás, con piedras traídas a lomo de indio y mezcladas con el sudor de su resignación ante la autoridad cataclísmica del recién llegado. Las paredes de adobe fueron levantadas con el barro apisonado por los pies de los campesinos bajo la mirada vigilante de aquél hombre montado a caballo, provisto de un arcabuz de bucanero, de un par de bigotes monumentales y de un Decreto que lo guardaba, doblado en cuatro, en el bolsillo de la camisa. Y la casa fue tomando forma bajo la dirección de un francés extraviado que dijo ser arquitecto y que tuvo la ocurrencia de venir América provisto del sueño de hacerse una fortuna pero desprovisto de los atributos de crueldad necesarios para la empresa.

El francés, de nombre Jean Claude Depardieu, descubrió ya después después de sus primeros años en América, que este continente, donde todo parecía estar todavía por hacerse, donde todo se hacía a medias y para salvar solo el apuro, como si la gente estuviera allá sólo de paso, no era para él. Pero como no tenía dinero para el retorno, fue adentrándose cada vez mas en el continente a la espera de un golpe de fortuna que nunca llegaba con la consecuencia absurda de que mientras mas añoraba volver a su querida Francia, mas se alejaba de ella. Y mientras más se adentraba en ése continente, donde el sueño de El Dorado mítico ya era sólo un sueño, menos podía entender el inmediatismo de su gente. Monsieur Depardieu hubiera querido estar dotado del pragmatismo anglosajón, al que contra su voluntad admiraba, para así evitarse la molestia de sus elucubraciones rousseaunianas que le agriaban el alma. Pero aúnque se esforzaba en pensar como un pragmático igual no podía comprender que hubiesen pueblos tan ajenos a los sueños colectivos, tan trasminados de una visión individualista de la vida, como los sudamericanos. Cuando conoció a Don Nicanor Llorente, se contrató para dirigir los trabajos de la casa con la única promesa de ser pagado por sus servicios con lo suficiente para un pasaje de vuelta a Francia.

Fue así que la casa de El Duende fue el reflejo no de un plan arquitectónico preconcebido sino de los diferentes estados de ánimo por los que pasó su constructor. La base y el primer piso expresaron la esperanza y la confianza de su retorno a la ilustración del continente europeo como algo ya inminente. De ahí las columnas blancas de líneas limpias y sólidas de estilo clásico que sostenían frisos robustos y cornisas discretamente sobresalientes. Y de ahí también esos espacios libres y aireados del corredor que rodeaba el frontis y los laterales de la casa. Mas tarde, cuando su alma rouseauniana se rebeló en silencio ante los abusos de Don Nicanor, se decidió por darle a los arcos de las ventanas una apariencia ojival y complicada similar a la arquitectura árabe que en su alma de francés representaba la complejidad y la doblez de la naturaleza humana. La edificación del segundo piso coincidió con su enamoramiento platónico de una india joven de piel cobriza, carnes firmes y mirar tierno que, con un mutismo de sordomuda y con una obediencia de esclava, les preparaba sus comidas al atardecer. Fue entonces, ante su imposibilidad de comunicarse con la india y en un arranque de intimidad, le hizo la pregunta absurda a Don Nicanor de si sería posible que una india se enamorara de un blanco.

– Las indias están hechas para que nos revolquemos con ellas pero no para que se enamoren de nosotros – fue su respuesta

– Pero eso es barbarie – replicó el francés – Es una violación.

–Y lo que Ud. pide, Monsieur, es una insolencia. Tómele Ud el cuerpo a esa india que por lo que veo le está calentando la sangre. Remuévale las entrañas si así le parece. Pero deje a su alma en paz. No pida que lo ame, porque eso sí sería una violación....contra las reglas de la naturaleza.

Fue por eso que el segundo piso adquirió mas bien una apariencia barroca, de líneas suaves y complicadas, que se enredaban en si mismas sin llegar a ningún lado y que reflejaron la confusión del francés frente a una lógica que no entendía. Fue también cuando se empecinó en aquella claraboya monumental en el techo, como el último símbolo de su esperanza y que la quiso cubrir con vidrios a colores, como en las iglesias, pero que Don Nicanor, en su único gesto de buen gusto, se negó a aprobar. La claraboya quedó cubierta con vidrios opacos de un sólo color gris.

Curiosamente aunque el resultado final de esas mezclas de estilos pudo haber sido catastrófico, no sucedió tal cosa. El Duende resultó ser lo que su constructor, sin saberlo él mismo, había querido que sea. Un monumento a la búsqueda de una identidad, el símbolo del anhelo humano por algo cuya complejidad escapaba al entendimiento pero que, no obstante, poseía una armonía. Un elemento dramático, con una buena dosis de patetismo, que rompía bruscamente con la placidez de un paisaje adormecido.

Fue también el francés quien motivara el extraño mausoleo que daría que hablar en la ciudad por varios años. Cuando la casa estaba casi acabada Depardieu retornó una tarde de una de sus frecuentes caminatas, todo convulsionado y a la carrera, y le informó a Don Nicanor, en una mezcla confusa de francés y español que reflejaba su pánico, que había sido mordido por una serpiente. Don Nicanor, cogido de sorpresa, solo atinó a recriminarle que eso le pasaba por andar coleccionando insectos entre los matorrales como un maniaco. El lugar era conocido por sus serpientes venenosas. El único curandero de esa zona remota, el de la aldea mas cercana, a una hora de camino, fue urgentemente convocado para la emergencia. Pero cuando este llegó, horas mas tarde, con sus mejunjes de hierbas medicinales y sus alas de cóndor para la danza curativa, Depardieu había ya dejado el mundo de los vivos entre vómitos repetidos, escalofríos esporádicos y un sangrado de la nariz que nadie pudo parar.

La súbita y dramática muerte de Depardieu agarró a Don Nicanor fuera de guardia. Y de ahí su extraña reacción. Al día siguiente y luego de un entierro improvisado sin mas dolientes que los trabajadores de la obra. Don Nicanor ensilló su caballo y las 8 horas normales de camino a la ciudad las hizo en 5, empujado por una suerte de furia interna a la que no sabía ponerle nombre y que no era sino su protesta visceral contra la frágil vulnerabilidad humana y la injusta arbitrariedad del destino. "!Carajo! - anduvo murmurándole al caballo mientras lo espoleaba - morirse justo ahora cuando podía haberlo hecho en su país, como la gente". En la ciudad hizo uso de sus contactos políticos y del soborno de rigor al Director del Cementerio General, y en tiempo récord consiguió 36 metros cuadrados en una zona bonita cubierta de césped, a la sombra de unos cipreses. El Director General, agradecido por el soborno, se encargó de conseguirle el forjador de hierro, el picapedrero en mármol y los otros artesanos del caso. Fue así que durante años el mausoleo, con sus 16 nichos a la espera de sus muertos, sus columnas de capiteles dóricos y su ángel blanco con las alas extendidas en la cúspide, tuvo un solo nicho ocupado, bajo un nombre a todas vistas extranjero, y que no tenia nada que ver con el letrero en letras góticas plateadas que el mausoleo llevaba en su frontis, "Familia Llorente".

La súbita desaparición del francés provocó en Don Nicanor Llorente un vacío para él inesperado. Echó de menos sus diálogos mudos al anochecer, en el silencio de sus cenas comunes en el pórtico de la casa en marcha, con la lámpara de carburo en la mesa donde bailaban los insectos nocturnos y con la india joven sirviendoles la comida con un mutismo igual de hermético que el de su patrón. Si bien conversador por naturaleza el francés se había tempranamente adaptado al laconismo de su empleador. Sus prolongados silencios, al principio incómodos, mas tarde se tornarían en normales y libres de embarazo. Un no expresado sobreentendido parecía unirlos como una suerte de secreta hermandad, la de ser pioneros llamados a traer la civilización a una tierra de barbarie. En la habitación provisional de paredes de barro que sirviera de vivienda a Depardieu, Don Nicanor encontró una cajita de cuero con el dinero que él le había estado pagando durante aquellos meses, todo muy bien ordenado y en fajos de diferentes valores. Bajo la cama había un número considerable de cartulinas con cientos de insectos cuidadosamente clavados con alfileres y meticulosamente seleccionados según un sistema de clasificación probablemente propio pero que seguramente le inspiraba desconfianza dada la cantidad de signos de interrogación en las cartulinas. "¡Mierda!, el francés tenia sus cosas" fue su expresión. No encontró ningún documento que testificara el lugar y la fecha de su nacimiento y así también la lápida de Depardieu en el mausoleo de los Llorente tendría el curioso rasgo de llevar solo la fecha de fallecimiento con el de nacimiento dejado en blanco. Quienes casualmente circulaban por el lugar se preguntaban que misterioso incidente se escondía detrás de aquello.

Una vez completada la casa, Don Nicanor Llorente viajó a Sucre donde arregló su vida sentimental en el bufete de un abogado y se casó con una muchacha, quince años menor que él, sana y dócil, que pertenecía a una familia con los antecedentes requeridos y a la cual la hizo madre de cinco de su descendientes legítimos.

Fueron sus hijos los que hicieron construir el camino a Chaquipampa, al principio pensado sólo para los carruajes tirados por mulas, abierto por los peones, a pico y pala, en jornadas de hasta 14 horas diarias y bajo la vigilancia de los Llorente, que desde las monturas de sus caballos, contemplaban a esos hombres de piel oscura, preguntándose si realmente tenían que verselas con seres completamente humanos o con una especie que Dios se olvidó de nombrar y que solo fue un experimento divino antes de que se le ocurriera la idea de crear a Adán y Eva.

La tercera generación de los Llorente abandonó el campo para irse a vivir a la ciudad y manejar desde allá sus intereses agrícolas que, gracias a matrimonios ventajosos, se habían ya vinculado al capital bancario

El último descendiente de los Llorente y actual dueño de El Duende, Don Enrrique Llorente, había roto con la tradición autoritaria de la familia. Hombre mas bien bonachón y de ideas liberales, había incluso tenido la osadía, fuertemente criticada por las otras familias de terratenientes, de construir una escuela en Chaquipampa y contratar un maestro que se encargara de la educación de los campesinos. En el Club de Rotarios de Sucre, que Don Enrrique Llorente frecuentaba y donde se tomaba el obligado whisky luego de concluir su jornada diaria de trabajo en su bufete de abogado, se comentaba que la extravagancia de la escuela se debía a que a Don Enrrique le "habían lavado el cerebro" en Europa, haciendo referencia a los dos años que viviera en España y Francia, en sus mocedades.

Rufino Robles había visto llegar a los Llorente desde que diera sus primeros pasos tambaleantes de niño. En la perspectiva de su mundo pertenecía aquello a lo inevitable, como las estaciones del año o que los ceibos de la plaza se llenaran de flores intensamente rojas en la primavera o que los cerdos buscasen los charcos de agua de las calles en las tardes del calor veraniego. Fue justamente el verano cuando él cumpliría los 8 años de edad cuando los Llorente llegaron metiendo el bullicio habitual. O quizá aún mayor, porque hacía sólo dos años atrás que el nuevo gobierno les había expropiado la mayor parte de sus tierras para dárselas a sus antiguos colonos y querían demostrar con el bullicio que podían haberles quitado las tierras pero no el derecho de todavía sentirse los dueños del mundo. Y ésta vez eran también mas numerosos. Quizás también por aquello, por lo de la Reforma Agraria, o sólo por diversión, traían además esta vez consigo la novedad de un mono, que despertaría el asombro entre los niños del pueblo que nunca antes habían visto un animal así.

Era el hijo menor de los Llorente, que venia sentado en el primero de los jeepes, quien traía al mono trepado sobre su hombro. Cuando la caravana pasaba por la única calle del pueblo sucedió lo imprevisto. El mono pegó un brinco desde el jeep y, perseguido por el corro de chiquillos, fué a treparse a uno de los ceibos de la plaza. La caravana se detuvo y hubo una aglomeración de gente para ver al mono que trepado al árbol miraba a los humanos con aparente indiferencia. Gabriel, el hijo menor de Don Enrrique Llorente y dueño oficial del mono y el resto de la familia llamaban al mono para que bajase.

– ¡Pasquín!. ¡Pasquín! – llamaba el niño, mientras el mono lo miraba intrigado desde lo alto

– Que traigan maní. Eso les gusta a los monos – dijo alguien.

– Que traigan al Presidente que debe ser su papá – dijo un gracioso arrancando la risotada de algunos y provocando la irritación de otros.

– Más respeto por el Sr. Presidente de la República! – se escuchó una voz amenazante.

– Ya. hombre, si solo fue una broma – respondió el gracioso.

Gabriel Llorente, en su inquietud de niño, continuaba llamando al mono desde la base del árbol – ¡Pasquín!. ¡Pasquín! ¡baja! ¡vení para acá!

Uno de los jóvenes audaces del pueblo se trepó al arbol en busca del mono, pero este solo se subió a la rama mas alta donde se hacía inalcanzable y donde se puso a espulgarse la cola con estudiada displicencia.

Hubo diversas propuestas de parte de la concurrencia para bajar al mono, a la cual mas audaz y menos realista, mientras el grupo de gente iba en aumento al igual que la irritación de Don Enrrique Llorente, a quien le disgustaba ser el centro de atracción en esas circunstancias. En Chaquipampa, este tipo de incidentes adquirían el rango de acontecimientos sociales que daban que hablar por decenios.

- Bueno. Si el mono quiere quedarse que se quede- dijo Don Enrique - Lo dejamos ahí. Ya bajará cuando se le ocurra.

Gabriel, el hijo, se echó a llorar

-Yo no me voy sin mi mono. Diles que bajen a mi mono papá.

- Doy 100 pesos al que baje a ese mono - dijo el padre, dirigiéndose a la concurrencia.

Jerónimo, uno de los antiguos colonos de Don Enrrique, hombre ya setentón y de cabello canoso, se le acercó sombrero en mano. Jerónimo había servido a la familia Llorente desde su niñez, al igual que su esposa, ahora ya muerta, y era uno de los pocos en el pueblo que se atrevía en estos nuevos tiempos a mostrar una simpatía abierta por la familia.

- Yo se lo bajo en seguida patrón - le dijo a Don Enrrique -Tengo un palo en la casa. Ahorita vuelvo. Yo le sé la mente a estos animales. Y se alejó corriendo.

Volvió con el palo que efectivamente mostró ser lo suficientemente largo como para llegar hasta el mono y empezó a hostigar al animal que al final, acosado, pegó un repentino brinco hacia el grupo de gente reunida para caer justo a los brazos de Rufino que en un acto reflejo lo cogió asustado. Ese hecho fugaz y a todas vistas banal determinaría la vida futura de Rufino Robles.

Gabriel Llorente se le abalanzó corriendo para quitárselo de las manos.

-¡Pasquín!. ¡Pasquín!, monito lindo.

Don Enrrique se arrepintió en silencio haber ofrecido los 100 pesos tan irreflexivamente pero no tuvo otra alternativa que pagárselos a Jerónimo.

-Gracias patrón - agradeció Jerónimo con humildad.

-¡Pero si fué él el que agarró a Pasquín!- dijo Gabriel señalando a Rufino que no se reponía de su sorpresa. Es él quien debería recibir el dinero

-Ya vamos niño - le dijo Don Enrrique al hijo cariñosamente - ya está de buen tamaño. El mono ese me acaba de costar 100 pesos. Cuídalo y que no se te vuelva a escapar.

Gabriel se volvió a Rufino mientras se juntaba con la familia que se alejaba hacia los autos.

- Gracias. Te invito a casa. Vení cualquier día.

CAPÍTULO #2

Fue aquél incidente el que despertó la curiosidad de Rufino Robles por la familia Llorente. De natural introvertido no participó a nadie de sus inquietudes. Aunque no tomó en serio la invitación de Gabriel estuvo durante varios días jugando, sin convicción, con la idea de presentarse en la casona aquella y preguntar por Gabriel, que debería ser mas o menos de la misma edad que él, Por primera vez se preguntó de donde vendría aquella familia y de como sería aquello de vivir en esa casona enorme que ocupaban durante los veranos.

Días mas tarde, se encontraba Rufino en las afueras del pueblo en compañía de otros niños del lugar. Hacía calor y a falta de otra forma de pasar el tiempo, en esas horas de tedio en que la quietud del paisaje se hacía aún mas evidente, estaban tomando la sombra bajo un molle a orillas del arroyo que bordeaba el pueblo. En eso se apareció un grupo de los Llorente, en total cinco, que iban de paseo, entre ellos Gabriel. Este lo reconoció y se acercó a preguntarle porque no había venido a visitarlo. Rufino sintió repentinamente una timidez involuntaria y desagradable y, como solía sucederle en situaciones similares, se quedó inmóvil y con una mirada fuera de circunstancias, fija en su interlocutor. La confusión que sentía no se le notaba en su exterior que se mantenía impasible. Gabriel siguió hablándole y le instó a acompañarlo a la casa.

– Vení- le dijo - así no necesito estar con los amigos de mi hermano que creen que soy muy chico para estar con ellos. Vamos a jugar a mi casa.

Rufino le siguió pasivamente, mas para no desairarlo que por obediencia, mientras notaba que la forma espontánea y franca de Gabriel iba ganando sobre esa timidez que lo dominara en el primer momento.

Llegando a El Duende pasaron por una larga alameda de árboles centenarios que como centinelas alineados llevaban a un antejardin y al frontis del edificio. La casa se le antojó a Rufino aún mas grande de lo que se había imaginado, con sus altas y gruesas paredes, sus pilares de piedra maciza, sus enormes ventanales que parecían ojos escrutadores mirando hacia el pueblo, su puerta de entrada de madera maciza con altorelieves caprichosos y su antecorredor donde la familia tenía instaladas unas mecedoras para tomar el fresco de la tarde. Lo llevó alrededor de la casa a un jardín posterior cubierto de césped, en cuyo centro había una piscina y, junto a la piscina, mesas y sillas de metal, de un color blanco intenso. Años mas tarde recordaría Rufino Robles que ese color blanco brillante lo había encandilado obligándole a cerrar los ojos en el intenso sol de la tarde. Recordaría el profundo silencio del lugar, que tenía la misma inmovilidad del agua de la piscina, como un refugio de paz ajeno al mundo y recién se explicaría, años mas tarde, que ese silencio no se debía a ningún misterio de la vida de los ricos como en ese momento se imaginó, sino sencillamente a que los mayores dormían a esa hora la siesta. Sobre algunas mesas habían sombrillas de colores y los restos del almuerzo que las empleadas aún no habían alcanzado a recoger.

– ¿Juegas al croquet?– le preguntó Gabriel.

La timidez del primer momento del encuentro invadió de nuevo a Rufino, pero como siempre no se le notó nada en su exterior. Rufino nunca había jugado al croquet, ni tenía la mas remota idea de lo que era. Y como siempre le sucedía en esas circunstancias, se quedó en silencio con una mirada fija e inexpresiva. Era su naturaleza.

–Yo te enseño. Es divertido. Espera que voy a buscar las cosas.

Gabriel volvió del interior de la casa cargado de bolas, mazos y arcos. Y le enseñó a jugar al croquet.

Rufino le tomó gusto al juego, mas que por el juego en si, por el entusiasmo de Gabriel en enseñárselo. Gabriel se sentía extrañamente estimulado por la reserva de Rufino que interpretó mas como melancolía que desconfianza y recordaría, mas tarde en su vida, aquella escena como la primera vez, pero no la única, en la que se equivocó al juzgar la naturaleza humana.

Después de jugar un rato, Gabriel invitó a Rufino a la casa a tomar un refresco. Entraron a un vestíbulo amplio que tenia por techo una bóveda como en las iglesias y el piso cubierto de mosaicos adornados con dibujos arabescos de tonalidades oscuras lo que le daba al recinto una atmósfera de frescura. En las paredes colgaban gobelinos representando escenas rupestres, y un par de espejos monumentales de marcos dorados que se miraban frente a frente multiplicando las figuras y los espacios. Lo hizo luego pasar a una sala grande con muebles masivos de color oscuro y de cuyas paredes colgaban retratos de hombres y mujeres de expresión adusta en marcos también dorados. En una de las paredes había una estufa de leña y, encima de ella, pieles de animales clavadas en la pared cuyo origen Rufino no se atrevió a preguntar. Sobre el pretil de la estufa descansaban una estatuillas de hombres y mujeres semidesnudas. Sin saber porqué aquello le pareció como entrar a una iglesia y sintió el temor de hablar en voz alta. En aquél recinto para él enorme, aquellos retratos parecían mirarlo inquisitivamente y los vidrios de las ventanas parecían filtrar la luz del sol como en la iglesia del pueblo. Años mas tarde recordaría que aquellos muebles se le antojaron amenazantes por su impasible masividad. Y recordaría su verguenza de sentir la necesidad urgente de orinar sin atreverse a decírselo a Gabriel. Sólo aquella sala le parecía tan grande como toda su propia casa y se preguntaba que iba a decir si los padres de Gabriel se aparecían repentinamente. Por un motivo inexplicable, mas allá de su raciocinio, se hubiera sentido culpable de encontrarse allá, en un lugar que no le correspondía y en un momento inadecuado. Años mas tarde, ya de adulto, compararía aquello con la sensación de encontrarse de pronto en una cámara nupcial ajena, sin tener una explicación y con la pareja dueña de casa en su lecho preguntándole que diablos hacia él allá.

Gabriel llegó con los refrescos. Tenían sed y bebieron en silencio. Rufino sentía cada vez mas la urgencia de orinar y lo único que desaba en ese momento era en salir de esa enorme casa, con esos techos altos y sus muebles y espejos amenazantes, salir a campo traviesa, a la tierra de nadie y satisfacer su urgencia que crecía a cada minuto.

Finalmente no pudo mas.

- Me voy –le dijo.

- No quieres quedarte un rato más?. Te mostraré a mi mono. Te acuerdas? Tu fuiste el que lo salvastes. Vení.

- Es que tengo......tengo..

- ¿Tienes que?.¿ Apuro? Si no deben ser ni las 3. Mis padres todavía están durmiendo la siesta. Ellos se despiertan a las 3.

- Tengo... ganas de mear.

- !Ah! !Es por eso!- Gabriel se rió - Vení te muestro el baño. Y lo llevó a una puerta contigua a la sala de estar.

Rufino entró al cuarto de baño y apenas cerró la puerta tuvo la certeza de estarse enfrentando a un misterio insondable del mundo de los ricos. Allá estaban una serie de objetos para él desconocidos. El lavamanos, la tina, el bidé y el inodoro, todo de porcelana.Y varios espejos. Todo de un blanco intenso y reluciente con excepción del piso de azulejos. Por una ventana de cristales opacos entraba la luz disminuida del sol dándole al ambiente una atmósfera de intimidad. Unas toallas colgaban obedientes al lado del lavamanos y de la tina y en una repisa descansaban una serie de frascos de perfumes y jabones de formas caprichosas. Miró todo aquello con el asombro de enfrentarse a un mundo nuevo. Por pura intuición se imaginó que sería el inodoro el lugar donde debería de orinar, y lo hizo, viendo como su orina teñía de amarillo el fondo cristalino del agua. También por pura intuición tiró de la cadena y vio como su orina desaparecía devorada por el agua que caía del depósito, a esa orden suya, con un estruendo que debió de oírse en toda la casa a esa hora de reposo. Aquello superaba cuanto podía haberse imaginado. Satisfecha su urgencia, no pudo evitar la tentación de acariciar la canillas relucientes de metal, sintiendo en sus dedos su frialdad y su lisura. La habitación olía a diferentes perfumes pero sería el de lavanda el que se le quedaría grabado al futuro. Empujado por una irresistible curiosidad abrió la canilla de agua del lavamanos y vio correr un agua limpia, cristalina, y se preguntó fugazmente porque secretos caminos pudo esa agua llegar hasta allá. Podía haberse quedado ahí por horas, fascinado por ese misterio de aguas puras, de objetos blancos y relucientes y de olor a lavanda. Y fue seguramente en ese momento, sin darse cuenta, que tomó la decisión de ser rico algún día., a cualquier precio. Fué una decisión inconsciente. Y como toda decisión inconsciente formaría el resto de su vida.

- Te estoy esperando para mostrarte el mono - escuchó afuera la voz impaciente de Gabriel que lo arrancó bruscamente de ese mundo de asombro y cavilaciones

Cuando volvió a su casa aquella tarde no pudo disimular el entusiasmo que lo embargaba y contó a sus padres lo que había visto con una efusividad inusual en él. La madre, ocupada en desgranar unos choclos sentada bajo la higuera en el patio de tierra de la casa, lo escuchaba a medias y sin mayor interés, pero el padre frunció el entrecejo atento al relato del hijo.

- Son blancos, hijo - le dijo al final, en tono reflexivo - Son como nosotros, sólo que tienen mas dinero. Por eso te ha invitado, porque eres como ellos.

- ¡Ja!.- Dijo la madre como único y escéptico comentario

Aquél verano recordaría Rufino Robles como una de las épocas felices de su niñez. Rufino llegó a la casa de los Llorente, no una vez, sino muchas veces durante esas semanas y él y Gabriel llegaron a ser buenos amigos. Aprendió a nadar y a jugar al croquet y aunque nunca lo invitaron a sentarse a la mesa con el resto de la familia y amigos, se sintió siempre bienvenido. Y no pudo evitar una sensación de orgullo de ser el único chico del pueblo que tenía entrada libre a la casona. Incluso la mamá de Gabriel, una señora de rasgos frágiles, dotada de unos ojos soñadores de mirar intenso y todavía atractiva a pesar de sus años y sus tres embarazos, se lo había dicho

- Que bueno que Gabriel tenga un amiguito de su edad aquí en Chaquipampa.

Un solo incidente empañó su relación con la familia Llorente aquél verano. La actitud del hermano mayor de Gabriel, Pedro José, a quien el resto de la familia llamaban cariñosamente Pichin. Adolescente fornido, bien parecido y de constitución atlética Pichín tenía la firme convicción de que los campesinos eran una especie humana caracterizada por su debilidad mental y por ello natural que estuvieran al servicio de la ciudad. Buen nadador y audaz de temperamento, despreciaba todo lo que no fuera la cacería, los deportes y los riesgos." Sería militar - decía - sino fuera porque ahora el Colegio Militar se está llenando de cholos". Le era difícil entender que el Gobierno hubiera confiscado las tierras de la familia, hacia unos par de años atrás, para dárselas a los campesinos. Y aunque su padre, Don Enrrique, trataba de persuadirlo a tomar las cosas con calma ya que al menos a ellos, a diferencia de otros terratenientes, les habían dejado intacta la casa y algunas tierras,

Pichín solía decir que aquello había sido de todas maneras un robo. El padre entonces le hacía la señal de silencio y le decía que "las paredes tienen oídos", haciendo referencia a que esas expresiones podían llegar a conocimiento del Gobierno y deteriorar sus precarias pero amigables relaciones con las nuevas autoridades. "No les tengo miedo a esos cholos ladrones"- respondía el hijo en tono desafiante. Su mundo adolescente aún no comprendía la enorme transición por la que atravesaba el país y se negaba a creer que a algunos terratenientes ´la revolución no solo les había costado sus tierras sinó también la vida. De hecho mas de un terrateniente, en los primeros meses posteriores a la Revolución, había sido objeto de la ira acumulada por siglos y sencillamente degollado por sus antiguos peones. Pichín estaba en esa edad difícil de creerse omnipotente.

Un día Pichin se dirigió a Rufino como quien nada dice

- ¡Que raro!. Tu tienes la cara blanca para ser indiecito, ¿no?

- ¡No soy indio! - respondió Rufino con una vehemencia extraña en él, sintiendo como la sangre le subía a las mejillas.

- No es indio - salió Gabriel en su defensa - Rufino es blanco. ¿No ves que habla el español como nosotros y que sabe leer y escribir? Él es blanco, sólo que es pobre, que no es lo mismo.

- Para mi todos los que viven aquí son indios - replicó Pichín sin mayor entusiasmo como si se tratara de una verdad indiscutible y se alejó silbando ya sumido en otros pensamientos.

Aquello le quedó doliendo a Rufino durante varios días y seria algo que lo recordaría al futuro.

El padre de Rufino se enorgullecía en secreto que su hijo tuviera esa amistad con el hijo de Don Enrrique Llorente. Artemio Robles, en algún rincón de su espíritu, había siempre albergado una esperanza de revancha. Pero, consciente de que se iba poniendo viejo, se había ya resignado a la idea de que esa revancha no la podría conseguir sinó a través de sus hijos. Su última oportunidad había sido la reciente revolución que había sacudido al país en sus propias bases y de la que muchos salieron ganando con nuevos cargos de responsabilidad y nuevos dineros. Pero Anselmo Robles fue lerdo para entender lo que estaba sucediendo hasta que fue demasiado tarde para tomar partido. A Chuquipampa habían llegado esos nuevos vientos, en parte tarde, y en parte convertidos en sólo una leve brisa. Allá solo se habían aparecido algunos funcionarios del nuevo Gobierno para repartirles las tierras que una vez pertenecieron a Don Enrrique. Llegaron, repartieron los títulos de propiedad, dieron unos cuantos discursos de rigor y se fueron. Es cierto que a él le tocó una parcela de buena tierra y que su situación había mejorado, pero aquello no era suficiente. Sus sueños de revancha sobrepasaban los de sólo tener una buena cosecha y comida. Pero para ello, para su revancha, ya estaba viejo. Sus hijos deberían de encargarse de ello. Y en algún profundo recoveco de su alma tenía bien escondida la creencia de que entre todos sus hijos sería Rufino el que le daría esa satisfacción. No sabía exactamente porque. Era sólo una corazonada. Por eso no se lo decía a nadie, ni siquiera a su mujer. A veces, durante sus reflexiones solitarias, se arrepentía el haber cedido a su mujer en la elección de aquel nombre para el último de sus hijos. Rufino......no suena bien, se decía en esos sus soliloquios, debería de haberle puesto otro nombre.... pero mi mujer, carajo..... insistió tanto porque era el nombre de su propio padre..... y yo condescendiente.......ojalá no sea un obstáculo para el chico...... porque cabeza no le falta y es el mas blanco de mis hijos....... y ahora que se ha hecho amigo del hijo de Don Enrrique..... Las relaciones son importantes.........ojalá Senor.....ojalá.... porque yo ya no.....pero él...él si. Porque los Robles fuimos una vez dueños de tierras, gente decente.... pero mi abuelo y mi padre....... Alguna maldición tiene que haber habido...... Pero Rufino...... Rufino.........él si.

CAPÍTULO #3

A la conclusión del verano los Llorente dejaron Chaquipampa. Rufino sintió esa ausencia como un vacío difícil de llenar. El destello de una vida diferente, de juegos de croquet y baños de piscina, de cacerías y juegos de cartas a la caída del sol. Un mundo de comentarios sueltos que no llegó a entender pero que pintaban un algo ajeno se le quedó insertado en las retinas como una cicatriz. Por primera vez en su temprana vida fue consciente de su propia pobreza y de la de su aldea. No extrañó tanto a Gabriel ni a la familia como al estilo de vida que ellos representaban y que le había sido una revelación.

Los Llorente se fueron como habían llegado, es decir armando bullicio y sembrando alboroto a su paso por el pueblo. Se llevaron de vuelta todo cuanto habían traído, inclusive el mono, prometiendo volver el próximo verano. "Nos vemos el próximo verano. ¡Cuídate!" le había dicho Gabriel, agitando el brazo desde el jeep a manera de despedida. Y se había ido, como vino, con el mono a cuestas. Se fueron dejando detrás suyo un reguero de polvo amarillento que se tragó a los vehículos antes de dar la última curva del pueblo y un silencio que se tragó la montaña y que a Rufino se le antojó como un hueco en el estómago parecido al hambre.

Rufino se quedó varios días reflexionando sobre la ausencia de Gabriel pero no dijo nada a nadie, ni siquiera a sus padres. Era su naturaleza. Volvió a juntarse y jugar con los otros niños del pueblo que trataron de sonsacarle los detalles de como se vivía en aquella mansión pero Rufino fue muy parco en sus relatos. Esto llevó a los otros niños a suponer que Rufino no había cambiado y que era el mismo de siempre.

Sólo un observador perspicaz habría notado el cambio. De natural reservado esa su animadversión a la confidencia se hizo ahora mas

21

evidente. Ese año fue el mejor alumno de la escuela. Con una tozudez que compensaba sus limitaciones de inteligencia fué familiarizándose con los misterios de la aritmética y memorizando las lecciones de historia que el joven maestro de la escuela les explicaba con la misma ingenuidad que la de sus libros con figuritas a colores aderezado con su propio idealismo juvenil. Su empeño mayor fue para el español. Sentado a la luz de una vela, permanecía horas borroneando las cuartillas de papel con esas palabras que en Chuquipampa tenían un dejo de extravagancia, como una moneda de un país lejano sin mas valor real que el de la curiosidad. Porque, si bien en la casa de Rufino se hablaba una mezcla de quechua y español, en el pueblo, excepción hecha de la escuela, el idioma de comunicación era el quechua. En esas horas de transición de crepúsculo en noche, cuando el silencio era sólo roto por el empecinado ladrido de los perros y mientras se familiarizaba con las reglas de ese idioma mitad suyo mitad ajeno, dejaba su fantasía volar. Aprendería el español. Lo aprendería a hablar y escribir perfectamente. Cuando lleguen los Llorente el próximo verano – fantaseaba - les hablaría en un español perfecto, como el de Don Enrrique, que pronunciaba tan bien las eses y las zetas, porque había estado en España. Y le hablaría también a María Elena, la hermana de Gabriel, que tenía esos ojos tan claros y grandes como los de su padre y esas piernas tan largas que le daban un aire de fragilidad. Y a María Elena le diría esas frases lindas que el maestro decía cuando les leía aquel libro de cuentos en la escuela. Como aquello de "venid y os mostraré un mundo ajeno al vuestro". Bueno no exactamente así porque sonaba a antiguo, pero algo parecido. Y le mostraría a Pichin que hablaba igual que él, para que no crea que es indio. Y nadaría mejor que Gabriel para que María Elena lo note y se quede con la boca abierta. Y dispararía sus escopetas y cazaria el puma que el año anterior se les había escapado. Y lo mirarían con admiración dejándolo sentarse a la mesa al atardecer donde les contaría a toda la familia y a los invitados como cazó al puma, una enorme bestia. No, no seria con escopeta, seria con fusil, un balazo ahí en medio de los ojos que dejó al puma tieso, justo cuando le saltaba con las garras desnudas. Y le mirarían con deslumbramiento, en la mesa esa grande del comedor, especialmente María Elena, con esos sus ojos tan grandes que parecen amarillos por lo claros. Y le preguntarían una y otra vez como lo hizo y él tan tranquilo, como si nada, les contaría la historia bien contada, como se debe, como Sandokan, cuando vuelve de la guerra después de haber derrotado a los sarracenos en el cuento que el maestro les leía en la escuela. ¿Quienes serían los sarracenos?

Alberto Ruiz, el maestro, quedó tan satisfecho con los resultados de Rufino que se lo dijo a su padre.

- Rufino tiene cabeza Don Artemio. Sería bueno que pueda seguir la secundaria en Zudañez o en Padilla. Sería una lástima que se quede así nomas con la primaria. Es estudioso el chico.

Aquello confirmó las expectativas de Artemio Robles. El chico ese salvaría el honor de la familia. Su hijo estudiaría la secundaria. Claro que lo haría. Y no en Padilla ni en Zudanez. !No senor!. !En Sucre!. En el mismísimo Sucre. ¿Quien sabe? Quizá Rufinito no sólo acabe la secundaria. Quizá pudiera llegar incluso a la Universidad. ¿Porque no? A Sucre tendría que ser. Allá están las buenas familias y la Universidad y la gente educada. Podría quizás llegar a ser abogado o médico. ¿Porque no?. ¿Acaso el nuevo gobierno no había dicho que la educación ya no era privilegio de los ricos? Si ahora hasta los Kollkes y los Mamanis estaban entrando al Colegio Militar de La Paz, decían. Entonces ¿porque no podía su hijo entrar a la Universidad?, ¿si además era blancón?. Con mas derecho entonces. Le pediría a su tía Dionisia que vivía en Sucre. Ella le ayudaría. Pagaría algo por su manutención. Ya verían. El chico tenía que estudiar. No importaría el sacrificio.

Por su parte Rufino esperaba impaciente la llegada del verano y con ello la de la familia Llorente.

Llegó el verano pero los Llorente no retornaron. Ni ese verano ni el siguiente. Simplemente no volvieron mas. Las noticias fueron llegando al pueblo esporádicamente, a retazos. Don Enrrique Llorente había muerto aquél año. Repentinamente. Ataque al corazón, decían los pueblerinos en Chaquipampa. No se le notaba nada, decían. Parecía sano siempre, decían. Era bueno nomas, (decían los hombres el el pueblo). Gracias a él tenemos la escuelita, él la hizo construir. Iban a vender la propiedad de "El Duende", decían. Tenían problemas económicos, decían. Habían visto a la señora de Don Enrrique, a Doña María Antonieta, haciendo sus compras en el mercado, solita, sin una empleada. ¿A ver? llevando ella misma las bolsas con la carne y todo, ¿a ver? (comentaban las mujeres). Sin empleada, ¿a ver? Toda una señora, ¿a ver?. Pero los chicos dice que siguen en ese colegio de los curitas, diciendo, ¿como se llama? Sagrado ¿creo no?. Si. Privado es pues. Caro es pues. Para la gente con plata es pues. Y la niña Maria Elena seguirá pues en el colegio de las monjitas. También privado es pues. ¡Tan alajita que era!.... Ay, ¿a ver? También tantas cosas están pasando.... - decían las mujeres - ya se les está acabando la plata a los ricos pues. ¿Que pasará no?.

En realidad Don Enrrique Llorente no había muerto tan repentinamente como los rumores en Chaquipampa hacían valer. Fue por cierto un ataque al corazón que lo tuvo en cama durante unos días antes de fallecer. Pero si abandonó el mundo de los vivos de forma prematura fue gracias a los médicos que se mezclaron en esos menesteres que la naturaleza se habría encargado de curar en un par de semanas sin la ayuda de nadie. Como se trataba de Don Enrrique Llorente, miembro ilustre de la Logia Masónica en grado 19, apreciado miembro del Club de Rotarios, eminente abogado y esposo de Doña. Maria Antonieta Irarrázabal, las mayores eminencias médicas de la ciudad fueron convocadas. Y aquellas otras que, por error de omisión y en el apuro del momento, no lo fueron, se sintieron igualmente llamadas a concurrir al lecho del enfermo. El resultado fue que cada una de las eminencias se empecinó en dar una diferente explicación a los malestares que aquejaban al enfermo y, para no enemistarse transaron en un diagnóstico y un tratamiento que satisfizo a todos y que tuvo la virtud de ayudar a Don Enrique a dejar este mundo en el plazo expedito de 48 horas Con la extraña premonición de que su fin estaba cerca, Don Enrrique fue por primera vez consciente de cuanto en realidad amaba a su familia y, curiosamente, se dio cuenta, en la confusión provocada por las medicinas administradas, que si había de elegir entre sus sentimientos, la mayor parte de ellos iban dirigidos a su hijo Gabriel. Y si murió con muchas penas la mayor fue la de no poder ser el apoyo que Gabriel necesitaría en la vida. En su lecho de muerte fué consciente de que Pichín era lo suficientemente fuerte para valérselas por si mismo e incluso ser el apoyo de su madre, una vez controlada su impulsividad juvenil. Maria Elena era una chiquilla dotada de belleza y de una madurez temprana que pronosticaba ya a una mujer dueña de su destino. Pero en Gabriel Don Enrique adivinaba un alma sensible y una manía peligrosa de ponerse al lado de los débiles que a èl mismo lo había atormentado toda su vida. Era en Gabriel donde él podía reflejarse a sí mismo con mayor nitidez, como en un espejo, y por eso sabía cuan frágil podía ser un alma sensible en los tiempos de violencia que se avecinaban. Su última oración fue para Gabriel, para que Dios le diera la gracia de hacerlo fuerte para enfrentar esos tiempos difíciles.

En Chaquipampa la muerte de Don Enrrique dió lugar a mas de un comentario y reflexión en los coloquios vespertinos. Don Ciriaco Penafiel, el Alcalde del pueblo, se lo dijo al maestro Alberto Ruiz, mientras se llevaba a la boca indolentemente unas hojas de coca bajo los ceibos de la plaza, en la tertulia obligada de los pueblerinos al atardecer.

- Es que a los ricos se les acabó la mamadera Albertito. Con éste nuevo gobierno ahora somos nosotros los que cantamos la cueca. Aunque todavía no le sepamos la letra.

- La letra la estamos inventando nosotros pues Don Ciriaco- terció el flamante Corregidor nombrado por el nuevo Gobierno - Ahora vamos a tener médico y luz eléctrica en el pueblo. Vamos a tener teléfono y vamos a hacer asfaltar la carretera. Se acabó el oscurantismo Don Ciriaco. El pueblo es el que gobierna ahora.

- ¿Y con que plata vamos a hacer pues todo eso? - preguntaba el maestro.

- Con la plata que el gobierno nos dé, pues – fue la respuesta del Corregidor - Si este es nuestro gobierno. Y con la plata de los ricos. Va a ver nomas. Hay que exprimirle el jugo a los rosqueros que tienen guardada la plata después de tantos años de explotación. ¿No vé que ya las minas son de nosotros ahora? ¿Acaso las tierras no son ya de nosotros? ¿Y que el pueblo está ahora armado? Va a ver nomas Don Alberto, esto tira para arriba.

- Ojalá. Ojalá.- decía el joven maestro con aire preocupado.

- Ojalá. Ojalá - decía Don Ciriaco, como un eco.

El único de los Llorente que volvió a Chaquipampa fue Pichín. Llegó de improviso y sin meter ruido. Se apareció al atardecer manejando el camión Fargo de la familia y pasó de largo por el pueblo, mirando fijo adelante, como si no quisiera perder la huella y no ver otra cosa que el camino. Llevaba unas gafas oscuras que le ocultaban los ojos y que parecían acentuar su distancia. Los pocos que lo vieron decían que venia muy serio y que no contestó a los que lo saludaron. Con el único que se encontró fue con Jerónimo quien le ayudó a cargar algunas cosas de la casa de "El Duende" al camión, ya en la noche, como si quisieran que nadie los viera, como si estuvieran cometiendo un delito. Durmió en El Duende y partió de vuelta a la madrugada, cuando todavía estaba oscuro, antes de que cantaran los gallos, acelerando despacito a su paso por el pueblo, como para no despertar a nadie. La casa de El Duende parecía al día siguiente mas desolada que nunca. Algunos dijeron que Pichin le dejó las llaves de la casa a Jerónimo, algo que Jerónimo negó con vehemencia. " Al niño ése yo lo respeto. Pero llaves no" dijo desde su boca sin dientes y no le pudieron sacar una palabra mas. Jerónimo era viejo y la vida le había enseñado a ser escéptico. Estaba agradecido por lo de las tierras pero, aunque no lo decía, sospechaba que todo aquello tenía un trasfondo que ni él ni los otros campesinos estaban en condiciones de conocer. No sabía que, pero adivinaba que tenia relación con el egoísmo innato del hombre.

Rufino no vio a Pichin. Cuando escuchó que había estado por allá sintió como se le alborotaba bruscamente el pecho, sin saber porqué. Como un pájaro asustado que le aleteara por dentro. Pero no se le notó ni dijo nada. Se quedó un buen rato en silencio, con esa su mirada de circunstancias fuera de circunstancias. Era su natural.

CAPÍTULO #4

A Christoffer Burns le acompañó durante toda su niñez el extraño sentimiento de tener que disculparse del mundo por el mero hecho de existir. Una suerte de "disculpe, es que yo no pedí nacer, ¿sabe?, me trajeron al mundo sin que yo lo deseara, y, bueno, aquí estoy, *sorry sir, sorry m'am. I apologize*". Nadie podía imaginarse que ese era el caso exceptuando una docilidad inusual para su edad que le valiera el calificativo de "buen chico" y el curioso hábito de mover afirmativamente la cabeza cada vez que hablaba con alguien, como los japoneses. Difícil saber si con ello buscaba la aprobación de su interlocutor o simplemente mostrar su acuerdo con el mundo para así no molestar a nadie. Èl mismo no lo sabía. El médico que sus padres consultaran en su momento les dijo que no era un tic sino simplemente un hábito. Por lo demás discreto y que llamaba la atención solo de quienes lo veían por primera vez.

Si detrás de aquello estaban la siempre inquisitiva y vigilante mirada del padre a la espera de que en cualquier momento sucediera lo peor o la infantil liviandad de la madre, era imposible saberlo

Christoffer nació en el Estado de Texas, en Galveston, ciudad isleña de pasado dramático y con una mezcla desordenada y heterodoxa de los mas diversos estilos arquitectónicos que le daban una apariencia como demasiado mundana para ser ciudad chica. Nació en la Calle 42, a 4 cuadras del Brodway Avenue y a ocho del Seawall Boulevard que bordea la playa. Debido a las convicciones religiosas del padre, Joseph Burns, Christoffer vino al mundo con ayuda de una partera en el piso alto de la casa paterna y no en un hospital. En el piso bajo funcionaba la tienda de la familia.

Que ese niño, entonces recién nacido, sería determinante para el destino de Gabriel Llorente, a miles de kilómetros de distancia, ni él ni nadie podían obviamente entonces imaginarlo. Por lo demás Gabriel Llorente aún no había llegado al mundo.

Los Burns, escoceses de origen, habían vivido en los EE.UU por generaciones. Cuantas, era tema de polémica familiar y nadie lo sabía con certeza. Se habían ido extendiendo con el tiempo por diferentes estados de la Unión con el núcleo de Joseph Burns establecido en Detroit considerado ahora como su hogar. Allá había Joseph nacido y allá su padre y sus dos hermanos mayores trabajaban como obreros en la industria automovilística. Y fue de Detroit que Joseph Burns huiría un día en un arrebato de desesperación que lo llevaría a Galveston y, con ello, a ser el padre de Christoffer.

Cuando Joseph Burns, en su nativa Detroit, descubrió en su adolescencia que estaba enamorado de un chico de su clase, en la escuela, rubio, de ascendencia danesa y bastante bien parecido, aquello le vino como un chock. Michael Carlsen, como el muchacho se llamaba, le parecía la criatura mas perfecta que la naturaleza podía haber creado. No necesitó mucho tiempo para darse cuenta que se sentía mas atraído por los chicos que por las chicas. La evidencia de su homosexualidad fue para él una suerte de terremoto mental sintiendo que su mundo se desmoronaba en pedazos. Criado en una familia presbiteriana de convicciones firmes y orgullosa de su religiosidad escocesa sus sentimientos hacia su compañero de clase le crearon no solo confusión sino también un fuerte sentimiento de culpa. Se sintió contaminado, como si portara una enfermedad contagiosa, como la lepra. En la Biblia aquello se llamaba sodomía, palabra terrible de connotaciones tenebrosas, de ritos impúdicos y subterráneos, ejecutados en la oscuridad de la noche, en sitios malolientes y ocultos. ¿No haba la ira de Dios destruido Sodoma como símbolo del pecado? se preguntaba. La posibilidad de aliviar su ansiedad en confidencia con otro le era impensable. La sola idea de que su homosualidad fuera percibida por otros le provocaba pánico Estaba perdido, sin remedio, condenado al infierno, sin atenuantes. Durante un tiempo pensó seriamente en la posibilidad del suicidio. Pero después de meses de cavilaciones llegó a la conclusión de que quizá podía curarse siguiendo la lógica de que mientras mas masculinamente se comportara mas lejos estaría de su homosexualidad y mientras mas cerca de Dios estuviera mayores las posibilidades de la gracia de una cura.

Empezó así, disciplinada y obsesivamente, a levantar pesas y a desarrollar musculatura. Se hizo miembro del club de fútbol americano en la escuela, para él el deporte mas masculino de todos, y eligió la posición de defensa en el equipo, la mas riesgosa, la de los encuentros mas bruscos. Tuvo éxito en ambas cosas forjándose la imagen que deseaba, la del puro macho. Musculoso, de espaldas anchas y sólidas. El resultado obvio fue que algunas muchachas lo miraran con buenos ojos lo cual no le disgustaba ya que también descubrió que las muchachas no lo dejaban indiferente aunque eran los de su propio sexo los que le despertaban una verdadera atracción. Su madre quedó muy contenta con su nuevo entusiasmo para asistir a los servicios religiosos de su parroquia. La estrategia parecía ir en buen rumbo. Se cuidó de no mostrar ningún interés especial por Michael Carlsen aunque este ocupaba gran parte de sus pensamientos Se sintió mas tranquilo. Su imagen personal estaba blindada. Pudo concluir el high school con notas aceptables y sin mayores sobresaltos.

Un incidente vino a trastocarlo todo. Una tarde de calor, meses después de su graduación del high school, se encontraba caminando por la Avenida Jefferson en la zona de Saint Clair cuando vio casualmente a Michael Carlsen en la playa del lago. Lo vió un poco a la distancia y lo encontró mas esbelto y atractivo que nunca. Iba acompañado de una muchacha de andar grácil, formas suaves y cabellera abundante. Joseph los vio de espaldas, desde la avenida. La pareja caminaba distraídamente por la arena, iban tomados de la mano. Michael le decía algo a ella al oído lo que provocaba la risa de la muchacha haciendo que ella lo besara coquetamente. Parecían totalmente ajenos al mundo, enamorados, felices. Joseph sintió un violento ataque de celos. Estuvo mirandolos un buen rato con expresión estúpida hasta que se perdieron de vista. Esa noche no pudo dormir. Se sintió huérfano y olvidado. Y lo peor de todo, que su homosexualidad estaba intacta. Estaba donde había comenzado, sin cambio. Y aquello le enfurecía. Era una injusticia de Dios y del destino. No tenia salida. Tenia que huir. Ir a algún sitio donde nadie lo conociera y donde le fuera posible olvidarlo todo. Empezar de nuevo. De punto cero.

Fue así que Joseph Burns huyó de Detroit sin saber que solo huía de si mismo. Dejó una nota a sus padres indicando que quería "conocer mundo" antes de elegir una ocupación, que no se preocuparan, que él estaría en contacto con ellos y volvería a Detroit cuando tenga las ideas mas claras.

Con sus ahorros compró un auto bastante usado y partió al sur sin mas guía que un mapa carretero comprado en una gasolinera y que lo llevaba abierto en el asiento delantero.

Fueron meses caóticos. En Dayton trabajó de lavador de platos en un restaurante que le garantizó comida y techo por unas semanas. En Cincinnati estuvo un tiempo de guardia nocturno en una fábrica durmiendo en su auto durante el día. En Nashville tuvo que dormir en el Ejército de Salvación compartiendo un dormitorio grande con mendigos, enfermos mentales, drogadictos, ex-presidiarios y otros vagabundos como él. En Nueva Orleans las cosas fueron mejor. Trabajó de camarero en un restaurante fascinado por el pulso de la ciudad. Nunca había visto tantos negros juntos, el jazz parecía invadirlo todo y la gente como que mas bailaba que caminaba en las calles. En Lafayette empacó bolsas de algodón en una granja. A su arribo a Houston tenía un pequeño capital. Houston le pareció enorme y carente de personalidad. Sin un plan preconcebido buscó en su mapa el puerto mas cercano con la idea de hacerse a la mar. Continuar su huida por el océano. Se imaginó que en el puerto habría barcos que necesitaban tripulantes. A Marsella, a Singapur, al Medio Oriente, a cualquier sitio. Mientras mas lejos mejor.

Joseph Burns llegó a Galveston un día soleado y fresco de Noviembre de 1938, cuando el aplastante calor del verano texano ya había amainado. Y en Gavelston se quedó: Gracias a Mildred, la que seria la madre de Christoffer.

Nadie le había dicho que el puerto de Galveston en la práctica ya no existía. En su momento uno de los mas importantes de la costa este de EE.UU había sido destrozado por un violento huracán en 1900 y nadie tuvo después ni el dinero ni las ganas para reconstruirlo de veras. La ciudad pasó de comercial a mayormente turística, para los houstonianos que querían gozar de la brisa del mar. Durante la Ley Seca los casinos, bares y burdeles le dieron nueva vida con las autoridades centrales haciéndose de la vista gorda "si los galvestonianos quieren beber que beban, total allá en su isla no molestan a nadie".

Fue en el bar-restaurante Acrópolis que Joseph conoció a Mildred. El dueño, un griego gordo, de ademanes enérgicos, decisiones rápidas y poco aficionado a afeitarse, nada mas de verlo supo que había encontrado al tipo que buscaba. Las espaldas anchas y los bíceps gruesos de Joseph se lo dijeron. Necesitaba alguien capaz de sacar a empellones del local al borracho impertinente o a negar categóricamente la entrada al que llegaba ya borracho y que luego se pondría impertinente. Alexis Tatzansakis, como se llamaba el griego, velaba celosamente la reputación del lugar. Cuando Joseph le mencionó que había jugado al fútbol americano el trato estuvo hecho. Le ofreció un sueldo modesto pero aceptable, un cuarto en el piso alto del bar, un uniforme como guardia y comida en horas de trabajo, de 6 de la tarde a 3 de la madrugada. Alcohol, ni una gota, a riesgo de ser despedido expeditivamente.

El pulso del Acrópolis le quedó bien. Siempre lleno de gente en las noches, en el restaurante, en el bar, en las dos mesas de ruleta y en las máquinas tragamonedas que tenían en una de las alas del local. Viernes y sábados, grupos de música, mas jazz que country, y hasta una pequeña pista de baile para los mas entusiastas. El sitio era popular y Joseph supo hacer su trabajo. Solo excepcionalmente necesitó hacer uso de la fuerza, en general bastaba con una simple advertencia. Los texanos le parecieron mas relajados, como si el tiempo les fuera mas lento y podían tomar las cosas con calma y no como en su nativa Detroit donde todo el mundo andaba apurado como si los minutos fueran escasos y se les escurrieran de entre los dedos.

Mildred había trabajado en el Acrópolis desde hacia ya unos años a pesar de tener la misma edad que Joseph. Abandonó la escuela antes del high school por desinterés. Sin sorprender con ello ni a sus padre ni a sus profesores que decidieron dejarla en paz. Sus resultados escolares habían sido menos que mediocres y alguna forma de enseñanza especial había sido discutida en su momento. Apenas llegó al Acrópolis se ganó la simpatía de Alexis. Hacia el aseo y lavaba los platos y a veces le permitían atender el bar si habían pocos clientes ya que si estos eran mas de dos se enredaba con las cuentas. De rostro bonito y rasgos algo infantiles sus ojos grandes de tonalidad verde le daban a su expresión facial una viveza e inteligencia que no coincidía con la realidad. De sus ancestros irlandeses había solo heredado el color algo rojizo del pelo pero no el temperamento. Nada alteraba su buen humor como si el mundo estaría siempre libre de adversidades. Un experto no habría necesitado muchos minutos para concluir que padecía de una leve deficiencia intelectual siendo justamente aquello lo que le daba su encanto.

A Joseph Mildred llamó Jos, desde el primer momento, sin que ello le molestara. Nunca se había sentido cómodo con Joseph para él un nombre severo. Lo de Jos le sonó bien. Así como le gustó la risa fácil de Mildred y su buen humor. Los coqueteos de ella no lo dejaron inmune. Se dio cuenta que le atraían esos ojos grandes y esas sus formas femeninas suaves donde se adivinaban unos pechos tiernos. Su infantilismo le despertó algo que se aproximaba al erotismo. Mildred aceptó encantada cuando aquel muchacho serio de uniforme que había llegado del lejano norte la invitó, después de unas semanas, a salir a su primera cita.

A los seis meses de conocerse Joseph y Mildred formaron pareja, con el debido reconocimiento social y el apadrinaje entusiasta de Alexis que brindó sin costo el Acrópolis para la fiesta de boda. La huida había llegado a su fin y Joseph Burns había encontrado su lugar en el mundo, Mildred resultó la cura que buscaba, A decir verdad media cura. Sus fantasias homosexuales, las mas de ellas confusas y bizarras, lo acosaban de vez en cuando, algo que sin embargo podía controlar con solo masturbarse.

Al año siguiente les nació una hija, Jeanne. Joseph ya entonces había partido con pequeños negocios que con los años dieron lugar a su propia tienda en la calle 42 y mas tarde a la casa propia que la familia ahora habitaba. Su tienda, el Quick Shop, vendía de todo un poco, refrescos, cerveza, diarios, revistas, cigarrillos, caramelos, galletas, helados, artículos de higiene personal, café, té, comidas enlatadas, verduras congeladas, alguna fruta, hilo y agujas de costura, paraguas y hasta ramos de flores. Una suerte de tienda "saca apuros" Había logrado convertirse en un ciudadano irreputable. Christoffer vendría al mundo dos años después de Jeanne

Fiel a su estrategia original que se había propuesto un día en Detroit Joseph consideró necesario continuar su relación estrecha con Dios.

Lo natural hubiera sido, tomando en cuenta su tradición familiar, que buscara acogida en una congregación presbiteriana. O, de no ser así, que eligiera alguna de las otras tradicionales, como metodistas, pentecostales o baptistas que se sabía garantizaban una relación confiable y fluida con el Padre, el Hijo y el Espíritu Santo. Pues, no. Por alguna razón misteriosa Joseph encontró refugio en la Church of Jesus Chirst de un carismático y autocalificado Reverendo venido de California y que dijo llamarse Jimmie Johnson. Con una teología hecha a su medida y un discutible conocimiento de la Biblia Johnson proclamaba haber sido convocado personalmente por el mismísimo Jesús a salvar a los galvestonianos del alcohol, la prostitución, los juegos de azar y los otros vicios merecedores del infierno. Según él esa era la condición para el retorno de Jesús al mundo. Si ese retorno tendría lugar en Galveston o en otro sitio no quedaba muy claro. Sus feligreses eran en todo caso no solo muchos sino también generosos en sus contribuciones. Con una mezcla confusa de citas bíblicas, amenazas apocalípticas, invocaciones al Espíritu Santo, cánticos, aleluyas, hosannas, palabras misteriosas del mas allá y su propio carisma personal el Reverendo podía, en sus oficios religiosos, llevar a sus feligreses al éxtasis de un destello del reino de los cielos en un estado semejante al de la histeria. Sus esporádicos amoríos con una que otra de sus feligresas casadas no mellaba en absoluto su reputación bajo la lógica de que la exclusividad de tratarse de tú a tú con nada menos que el Espíritu Santo debería de otorgarle ciertos privilegios.

Las amonestaciones del Reverendo Johnson sobre la pecaminosidad de los galvestonianos no estaban del todo infundadas. Unos años antes los hermanos Sam y Rosario Maceo, inmigrantes sicilianos establecidos en Galveston, habían alcanzado el sueño americano de fama, poder y riqueza cambiando su ocupación de peluqueros por el de la venta clandestina de bebidas alcohólicas entonces prohibidas por la Ley Seca. Sam, líder natural, de figura impecable que despertaba envidia entre sus colegas mafiosos de Chicago y Nueva York, y con buen olfato para los negocios, expandió las ganancias del alcohol brindando a los galvestonianos, además de una embriaguez a precio módico, un emporio de juegos de azar, prostitución, narcóticos y espectáculo. Su Hollywood Dinner Club, con capacidad para medio millar de comensales y con mas de una decena de mesas de juego ilegal, se hizo legendario hospedando a las grandes estrellas de la música y la danza. En las mesas de ruleta y de black jack de su Balinese Club se perdió mas de una fortuna habiendo sin embargo siempre el consuelo de una prostituta de lujo. En su Turf Atletic Club, se manejaban con igual soltura los masajes y los baños turcos como las apuestas a las carreras de caballos y la distribución de narcóticos en el Estado de Texas. El sheriff del Condado de Galveston mostró ser sordo y ciego, ahí no pasa nada, era su opinión.

Cuando Christoffer vino al mundo aquello era ya sin embargo historia, El alcohol había sido legalizado. Las autoridades texanas se habían decidido por mano dura y acabado con el clan de los Maceo. Los galvestonianos se habían reencontrado con la sobriedad y la prostitución perdido su brillo. Ningún huracán de calibre había asolado la ciudad en los últimos años. Cuando él cumplía los 4 años la Segunda Guerra Mundial llegaba a su fin. EE.UU había salido victorioso y se respiraba en todas partes una atmósfera de optimismo y orgullo nacionales. Habían derrotado al nazismo. La alianza de pueblos anglosajones a través del Atlántico había demostrado su superioridad como raza. La bomba atómica evidenciaba el gran poderío de su nación acabando en apenas unos pocos días con una guerra a miles de kilómetros de distancia, en la lejana Asia. Sus soldados eran héroes y el Estado generoso con beneficios a esos 16 millones retornantes del conflicto. La Guerra Fría apenas se percibía en el horizonte. El impulso a la industria había sido gigantesco. Al igual que el de algunas fortunas personales alimentando el sueño americano de llegar a ser, con un poco de talento, trabajo y suerte, tan fabulosamente rico como Ford, Rockefeller o Vanderbilt. Las fábricas producían a todo vapor. Había trabajo para todo el que quería (si se era blanco) y los salarios eran decentes. Todos parecían tener ahora acceso a las recientes modernidades del refrigerador, la aspiradora, el televisor, la licuadora, la cocina eléctrica o a gas, el aire acondicionado y hasta el auto propio. Los estadounidenses se miraban unos a otros con alivio y con el orgullo de ser estadounidenses. La tienda de los Burns vendía bien y la familia estaba libre de preocupaciones económicas. Una buena época para ser niño. Que una nueva guerra estaba a la sola vuelta de la esquina, la de Corea, era por entonces apenas imaginable. Ser hegemónico demandaba ser guerrero.

Sin embargo Christoffer creció con la sensación permanente y difusa de que algo no estaba bien sin ser él mismo consciente de ello y, aún menos, de explicar el motivo. Si en su tierna edad hubiera tenido la suficiente capacidad reflexiva habría concluido en que ese su desasosiego tenia origen en el hecho de sentirse constantemente vigilado. Y si alguien le hubiese preguntado en que forma, como y porque, no habría sido capaz de dar una respuesta. No lo sabía. Era simplemente su subconsciente el que de alguna manera registraba esa sutil, constante e indefinible vigilancia.

Y su subconsciente tenía razón.

El mismo temor rayano en pánico que obsesionara a Joseph Burns en su nativa Detroit de que su homosexualidad pudiera ser percibida por alguien le asolaba ahora con la idea de que Christoffer podía haberla heredado. El tener un hijo no le gustó nada. Hubiera preferido otra hija. Cuando en el piso alto de la casa familiar y despúes de unas horas de labor del parto la partera abrió la puerta para con rostro alegre anunciarle a Joseph que esperaba ansioso al otro lado *"Congratulations sir*. Ud acaba de tener un niño"*, la reacción de Joseph fue solo la de un rostro inexpresivo. La partera, creyendo que no le había escuchado le repitió "Un niño señor, felicitaciones. Entre a verlo". Y Joseph había entrado a la habitación del recién nacido con pasos pesados. Camino a casa la partera se fue pensando que aquello había sido como de mal augurio.

Christoffer creció así bajo la mirada inquisitiva y vigilante del padre en todas las actitudes y movimientos temiendo detectar algún posible signo de homosexualidad. Sus temores crecieron cuando Christoffer mostró ser poco interesando por los deportes y de un comportamiento mas bien dócil y poco varonil. Los intentos del padre de que jugara al fútbol o al beisbol fueron inútiles. Hasta su adolescencia a Christoffer le interesó solo la escuela y los juegos espontáneos con otros niños entre los cuales era popular gracias a sus buenas maneras. La liviandad de su madre, en los hechos la misma de cuando era joven, parecía haberse acentuado dado que ahora se esperaba de ella un comportamiento mas maduro. Ella cuidaba de los quehaceres de la casa sin problemas pero carecía de la energía mental y el interés para otra cosa. Los resultados escolares de Christoffer la dejaban sin cuidado. Las conversaciones serias solían inducirla a la risa como si fuera una estupidez tomar algo en serio. El futuro parecía estar fuera de su esfera de preocupaciones y la religión algo exótico rayano en lo cómico. Joseph se cuidaba de llevarla a los oficios religiosos del Reverendo Johnson temeroso de que le causaran gracia y estallara en una risotada en mitad de los aleluyas. Curiosamente Joseph trataba a su esposa en términos de igualdad y al parecer inmune a su conducta algo original. Cuando Christoffer llegó a a adolescencia, y sin que él mismo se diera cuenta, había empezado a mostrar una actitud paternal hacia su madre. Su padre le inspiraba solo reserva como si entre ellos hubiese un muro invisible. Entre sus amigos Christoffer evocaba una actitud algo protectora dada sus maneras suaves, su figura frágil y su temor a los riesgos. Podía haber sido fácilmente víctima del acoso de parte de algunos alumnos inclinados al matonaje pero una suerte de curiosa serenidad interna parecía protegerlo.

Las aprehensiones del padre se esfumaron recién cuando Christoffer andaba por los dieciséis años un día que manejaba por la Calle 28 bordeando el Estadium Kermit Courville en las proximidades de la escuela de Christoffer. El tráfico iba a paso de tortuga y tuvo tiempo de ver a Christoffer en la acera de en frente con una muchacha muy joven de pelo corto y jeans Parecían enfrascados en una suerte de discusión que les acaparaba toda su atención. Ella tenia el rostro desencajado y lloriqueaba mientras Christoffer la tomaba cariñosamente en sus brazos y con el rostro muy cerca al de ella le daba alguna forma de consuelo. Toda la escena revelaba un conflicto amoroso. Joseph Burns sintió un enorme alivio, como si le quitaran una piedra de encima. Su hijo era normal. Ahora podía estar tranquilo. No pensar mas en ello. Ser un padre como otro cualquiera.

Christoffer no tenia un ápice de homosexual. La idea nunca le había siquiera pasado la por la cabeza. Lo que si a esas alturas de su vida le pasaba por la cabeza era el haber descubierto que era mas inteligente que su padre, que apenas acabara el high school abandonaría Galveston, que nunca se dedicaría a un trabajo manual, que no le interesaban los negocios y que jamás heredaría la tienda de la familia, Esto último lo haría su hermana que ya en los hechos trabajaba allá con entusiasmo.

Christoffer se inclinaba por lo intelectual, especialmente historia. Leía libros de historia fuera del curriculum de la escuela, prestados de la biblioteca. La historia de su país le despertaba una admiración naiva de adolescente y un respeto casi religioso por los que lo habían fundado. Se sentía agradecido por aquellos que un día habían luchado para que Texas pasara de mejicano a ser un Estado de la unión. La imagen difusa que tenia de los mejicanos era la del cine, cortos, de piel oscura, gordos, con sombreros descomunales, una barba de tres días y proclives a la jarana, o sea poco confiables. Los sufrimientos y fortaleza de los primeros peregrinos ingleses que llegaran en el Mayflower a las costas de Massachussets a principios de siglo XVII y fundaran allá sus primeras colonias le inspiraban un profundo respeto. La idea del Manifest Destiny que apareciera a mediados del siglo XIX le era un sobreentendido. USA era excepcional, un país que por orden divina tenia una misión especial que cumplir en el mundo Ya a los 12 años había impresionado a su maestro y a sus compañeros cuando en frente de la clase pudo nombrar en orden, y sin equivocarse, a los 33 Presidentes de USA hasta ese momento, con sus nombres completos y con sus años como Presidentes. El maestro agarró a Christoffer al terminar la clase "chico – le dijo - estuviste fenomenal, espero que le apuntes al college y a la universidad, que no te quedarás con solo el high school". Christoffer, sorprendido, no supo que responder limitándose, fiel a sus buenos modales, a un "yes, sir" que ocultaba su embarazo. Por aquel tiempo también se le había ya desaparecido aquel curioso hábito de mover la cabeza afirmativamente cada vez que hablaba con alguien. Aproximándose ahora a la adolescencia auguraba ser un joven esbelto y había empezado a usar gafas después que el oculista constatara que padecía de miopía.

CAPÍTULO #5

Hacían dos años que Bolivia andaba convulsionada. Desde abril de 1952. Una oligarquía soñolienta y ociosa que había cerrado los ojos a que el mundo cambia, fue tomada de sorpresa y echada de los centros de poder. Una generación nueva, cargada de entusiasmo e ilusiones, la había substituido. En el extranjero se veía aquello con curiosidad y preocupación. Parecía un nuevo experimento político de intelectuales con ideas avanzadas. El país estaba ahora sin ejército. El ejército, al servicio de la antigua clase gobernante, había sido derrotado por el pueblo en combates callejeros, de esquina en esquina, de guarnición en guarnición. Fue cosa de un par de días.

Ahora era el pueblo el que estaba armado, las milicias. Por todo ao se veían grupos de gente morena portando sus fusiles Máuser, patrullando los edificios públicos y vigilando las empresas donde tenían instaladas sus metralletas. Los antiguos dueños de las grandes empresas mineras habían optado por el exilio voluntario con sus propiedades ahora confiscadas, El nuevo gobierno apoyaba a los sindicatos de trabajadores. Se estableció por decreto. que todos los bolivianos mayores de 21 años tenía derecho al voto, a elegir y ser elegidos, lo que dió un repentino ingreso a los grupos indígenas a las urnas electorales. Las grandes propiedades agrícolas estaban siendo repartidas entre los campesinos. La tierra es para quien la trabaja, era la consigna. Pasaban muchas cosas.

– Nos jodieron compadre – decían en el Club de Rotarios de Sucre – Ahora tendremos a los indios analfabetos eligiendo al Presidente.

– Por ahí se les ocurre a estos indios piojosos hasta casarse con nuestras hijas.

– Ya no hay respeto a la cultura.

– Ni a la propiedad

– A nada.

– Pero todo esto es culpa de los bolcheviques que traen ideas raras al país. Si no fuera por ellos habría el respeto que siempre ha habido.

– Los bolcheviques y los movimientistas son la misma cosa.

– La misma chola con otra pollera

– Tenemos que defendernos

– No, mejor esperar. Ellos se joderán solitos.

– Como tu quieras. Pero yo no pienso quedarme con los brazos cruzados.

– En ese caso cuídate. Están agarrando a mucha gente. Y no es precisamente para hacerles cariños. Ya sabes lo que le pasó a Manuel Estéviz.

– Y a Jorge Lozano.

– ¿Que les pasó?

– Pues se les fue la mano con Manuel Estéviz, en la tortura. Parece que quedará inválido. Dicen que va en silla de ruedas. Y Jorge Lozano anda a la escapada. Se comenta que si lo agarran lo matan.

– Ya ves. De los movimientistas no se puede esperar nada bueno.

– Cuídate. Los del Control Político son gente sanguinaria.

– No te preocupes. Sé cuidarme. Además no estamos sólos....

– Bueno. allá tu. ¡Salud!

La muerte de Don Enrrique Llorente coincidió malamente con lo que venia sucediendo. La familia quedó no sólo con el dolor y la sorpresa que toda muerte de un ser querido provoca, sino también con un profundo sentimiento de inseguridad. El futuro se les dibujaba incierto y borrascoso.

Sus tierras habían sido una fuente segura de ingreso. Ahora se esfumaban también los provenientes del bufete de Don Enrrique. La cuenta bancaria de la familia, como las de otras familias de terratenientes, fue congelada hasta nueva orden. No podían disponer de dinero en efectivo que por lo demás ya no tenia valor. Una inflación galopante había convertido las cuentas bancarias en meros símbolos de una holgura del pasado. Impensable encontrar un potencial comprador de El Duende. La gente no tenía dinero y quienes lo tenían preferían no invertir hasta no saber de las verdaderas intenciones del nuevo régimen. Rumores circulantes decían que se iban a expropiar también las casas urbanas grandes. Que obligarían a los dueños a cobijar a las familias pobres bajo el mismo techo como en la Unión Soviética. Los rumores mas fantásticos mencionaban a niños quitados de sus padres para educarlos de acuerdo a la ideología bolchevique. De orgías satánicas misteriosas a altas horas de la noche, en lugares subterráneos. De gente del nuevo gobierno que no creía en Dios, ni en la familia, ni en la Patria, ni en nada, que rendía culto a Lucifer y que brindaba con sangre humana.

La escasez de alimentos se hizo aguda. Carne, pan, leche. Colas ya mucho antes de que las tiendas abrieran. Y aún así había gente que volvía a casa con las manos vacías. Se repartieron cupones de racionamiento para cada familia. El trigo que antes venía de los EE.UU ya no lo hacía. La producción lechera nacional era prácticamente inexistente. La leche era importada, en polvo, desde los EE.UU,. o concentrada, desde Holanda y Dinamarca. Ahora quedaban sólo los envases vacíos: "Leche en polvo KLIM para que su niño crezca sano", decían las latas de la leche en polvo, letras grandes y bien legibles. Las de la leche concentrada holandesa mostraban unas vacas gordas pastando plácidamente en un paisaje idílico, "Leche Evaporada Holandesa", decía la etiqueta. Exquisiteces. El pan adquirió el rango de rareza culinaria. Pesaba al principio 100 gr, luego 80 gr, ahora 70 gr. y a cada vez mayor precio. La carne un lujo. El lomo de res un lujo sibarítico, A lo mejor, con suerte, un bife delgadito, con harto "nervio", como decían. Un bifecito de corazón, una delicia. Una sopa de hueso con "tuétano", otra delicadeza. El tuétano es un alimento bárbaro, se decía. Aceite, una ostentación. Azúcar, una suntuosidad. ¿Pescado?, no hay señor. ¿Arroz?, no hay tampoco. La gente en cola, a la 1, 2, 3 de la madrugada, aguantando el frío, envuelta en frazadas, sentada en la acera, soportando estoicamente, a veces contando chistes para matar el tedio. Las mas de las veces en silencio. Con resignación.

–"Estos rosqueros han tenido cien años para producir leche.....¡Y nada!. Todavía comprando la leche en polvo !Importada!"- dice alguien que se añade a la cola de la leche a las tres de la madrugada. El hombre se pega al grupo, malhumorado, donde dicen que es la cola de la leche. No es seguro. Puede que mañana cuando abran el negocio sepan que no era cola para leche, ni para pan, ni para carne. Que era cola para las entradas al partido de fútbol del sábado. Y los que no gustan del fútbol

se jodieron. El que se ha pegado a la cola y ha hablado es medio blanco.
Lleva corbata. Y lentes. Está de mal humor y cansado y seguro que tiene
sueño. Se le nota. A esa hora todos tienen sueño.

La gente de la cola mira al hombre sin comprender porque se
ha dirigido a todos y a nadie. Lo miran en silencio, haciéndose los
desentendidos. Nadie tiene ganas de hablar a esa hora de la madrugada.
En la oscuridad de la calle es fácil hacerse el desentendido. ¿Tal vez un
provocador? Para empezar es raro que un hombre venga a hacer cola,
eso es cosa mas bien de mujeres. Además de corbata. ¿No seria marica?
Nadie le contesta. El hombre que habló entiende el mensaje, aunque
nadie ha dicho nada, sólo se han enfundado un poco mas en sus frazadas,
en sus ponchos, en sus mantones, para protegerse del frío del amanecer.
Para marcar la distancia. El hombre se calla. "Mierda – piensa para sí
mismo- si son las vacas de mierda las que producen la leche. Si esas vacas
de mierda que producen leche lo único que necesitan es comer pasto. Y
el pasto de mierda crece aquí donde sea. Y no obstante la leche hay que
traerla desde el culo de mundo, porque a la gente aquí no se le ocurrió
la ecuación: vaca-pasto-leche-hijos sanos. Y al que se le ocurrió, cuando
se le ocurrió, lo miraron como a un marciano. ¿Para que?-le dijeron- si
tenemos la leche KLIM que es tan buena, ¿no?. Mejor que esa leche no
la va ha encontrar, le digo. Es americana, ¿sabe? Si. Claro, si. Es buena,
claro. Si es americana tiene que ser buena, ¿no? Si, en realidad para que
producir nuestra propia leche si está la KLIM, ¿no es cierto?. Además
está la leche holandesa, ¿no? que también es buena. Sería una pérdida de
tiempo producir leche en el país, ¿no le parece?. Tiene razón. Además
la gente que importa la KLIM se quedaría sin trabajo, ¿no es cierto?.
¡Claro!. Mire, que no lo había pensado. Uno es medio tonto, ¿eh? Uno
no piensa en todos los detalles, ¿eh?." El hombre que ha hablado y que
se ha callado, y que ahora piensa solo para sí mismo porque nadie le
ha contestado, se sienta resignado sobre el pretil de la acera, suspira, se
quita los lentes para limpiarlos, piensa en su pequeño hijo que necesita
leche ya que con todo este alboroto de la revolución y las colas, a su
mujer se le cortó la leche. Y el hombre se da cuenta repentinamente que
KLIM no es sino la inversión de letras de milk, o sea leche en inglés.
Esos gringos tienen humor, piensa. Un hombre gordo sentado algo mas
adelante lo mira por el rabillo del ojo. Lo ha estado observando todo

el rato. El gordo también ha estado reflexionando. A su manera. Ese es un provocador - concluye el gordo, con convicción.

La muerte del padre tuvo en Gabriel un efecto cataclísmico. Se quedó los primeros días, durante el velorio y el entierro, sin entender nada de nada, y se encerró en su cuarto a leer sus libros, como si todo siguiera igual y nada hubiera pasado. Si por casualidad se aparecía por los corredores de la casa, se lo veía caminando con el rostro impasible, como un zombie, aceptando con aire aburrido los sentidos pésames de los invitados, sin derramar una sola lágrima, mirando ensimismado a esa gente y a esa casa que no le parecía suya porque ahora se había llenado de gente vestida de oscuro, que entraba y salía a todas horas, formando corrillos por todas partes hablando en voz baja como para no despertar al muerto. La única que corría era Eulalia, que con los ojos rojos y un llanto esporádico, preparaba el singani con té para los invitados, compraba pasteles, ponía caramelos en las bandejas del salón, acomodaba los ramos de flores que iban llegando, le traía un paquete de cigarrillos al visitante que había olvidado los suyos en casa y miraba a Gabriel de reojo pensando que en cualquier momento le daría un ataque a ése chico. Gabriel se negó rotundamente a acercarse al catafalco en el salón de la casa donde estaba el cuerpo de su padre, y tampoco quiso mirar el rostro del muerto Su madre tuvo que hacer uso de su autoridad para que se pusiera una corbata negra y Maria Elena y Pichin, lo miraban aterrados, sin poder comprender tanta indiferencia.

- Pareces comunista - le dijo Pichin, en voz baja, como un murmullo -. No tienes sentimientos.

Pichin haba adquirido una seriedad repentina. Vestido de terno negro recibía, con una dignidad en él nueva, los sentidos pésames de los invitados y de los familiares. Sentía que ahora era él el jefe de familia, el pilar que debía sostener el edificio de la casa. Y esta nueva responsabilidad que lo embargaba.le daba, a pesar de su tristeza una cierta satisfacción. Todos los trataban con un respeto diferente, como a un adulto.

Recién al cabo de unos días, ya pasado el entierro y cuando la casa retomaba de a poco un cierto aire de normalidad que Gabriel empezó a comprender lo que realmente había sucedido. Pero se negó todavía a aceptarlo. En un último y supremo esfuerzo estuvo unos días rondando por la casa, buscando a su padre, que debería de estar escondido en algún sitio y aparecería en cualquier momento para decirle que todo fue una mala broma. Riéndose y diciéndole que nada había cambiado, que él estaba ahí y que todo sería igual que antes. Eulalia, la empleada, lo vio rondando por el patio de las empleadas, husmeando los rincones donde no solía aparecer nunca, y se lo dijo a su madre, "algo le pasa al niño Gabriel, parece embrujado" Y sólo cuando la evidencia de los hechos lo rindieron a la aceptación de lo sucedido, se encerró en su cuarto y recién empezó a llorar unas lágrimas ácidas, en silencio, y que parecían no tener fin. Y se despertaba en él un sordo rencor contra la vida, contra el mundo, contra la muerte, contra Dios. Sobre todo contra Dios.

Fue entonces cuando su madre y Maria Elena, su hermana, lo sorprendieron en su cuarto, tirado boca abajo, sobre su cama, con la cabeza oculta bajo la almohada, los ojos hinchados y el rostro empapado en lágrimas, pero sin un gemido. De sólo verlo entendieron cuanto dolor comprimido había en esa lágrimas.

- No es cierto - les dijo volviéndose de espaldas cuando las vio entrar - no es cierto que Dios exista. No es posible que exista. Como puede haber un Dios que provoque lanto dolor – Lo dijo sin apuro, con una convicción que no parecía de niño, masticando cada palabra con un odio contenido, mirando al vacío, desde esos ojos enrojecidos de donde caían unas lágrimas como goterones.

Su madre, católica de acción y convicción, de las que rezaba el rosario, cumplía las novenas de la Virgen de la Merced y organizaba bazares de caridad, quedó horrorizada ante la blasfemia. Pero no dijo nada. Lo abrazó en silencio entendiendo que aquello tenía su origen en la tristeza. Y sólo entonces, Gabriel explotó en un llanto disonante, como aullido de perro, que se escuchó en toda la casa, hasta el patio de las empleadas, como si dentro de él se hubiera rajado algo que lo amordazaba y que ahora se desmoronaba como un edificio al cual le han quitado sus cimientos. Eulalia se apareció corriendo, asustada por el grito que acababa de escuchar, pensando que de no ser la mitad del día hubiera creído que era el gemido de un alma en pena. Doña María Antonieta la tranquilizó y le dijo que no era nada, que era sólo Gabriel que tenía dolor de estómago, que ya se le pasaría.

Doña María Antonieta habló, confidencialmente, con el Padre Salvador Justi S.J., maestro de Gabriel y de Pichín en el colegio, confesor y amigo de la familia. Hombre de reconocidas cualidades y de respeto entre quienes lo conocían. Temido entre los anticlericales.

- No se preocupe María Antonieta Deje a Gabrielillo por mi cuenta - le dijo el cura - poniéndole amistosamente la mano en el hombro y provocando en María Antonieta un rubor involuntario. El Señor – dijo - a veces manda pruebas difíciles a sus vasallos, para probar su fe, para fortalecerlos, hacerlos mejores cristianos. La rebeldía juvenil es un buen signo, dijo, pero había que saber encausarla al servicio del Señor. ¿Acaso San Ignacio, el mismísimo fundador de la Compañía de Jesús, no había sido un rebelde antes de convertirse al apostolado?. ¿Acaso San Agustín no había tenido su época de hereje antes de encontrar la sabiduría de Dios?

El Padre Salvador Justi no tenía hijos pero sus años de experiencia le habían dado una intuición de adivino para tratar con los jóvenes. Hecho cura en España, poco después de la Guerra Civil, había hecho los votos correspondiente de obediencia, pobreza y castidad exigidos por la Compañía de Jesús. Pero no el voto de humildad. En parte porque no se lo pidieron, y en parte porque hubiera encajado muy mal con su temperamento. De estatura mas bien mediana, una vivaz inteligencia le daba a sus ojos una curiosa transparencia. Su cuerpo espigado trasminaba la vitalidad y flexibilidad de un boxeador. Bien parecido, unas canas prematuras que contrataban con la tersura de su piel aún joven le daban un aire de autoridad varonil que inquietaba a sus feligresas y las hacia a veces sonrojarse sin motivo. Tenia cinco años de estudios de Filosofía y Teología y había estudiado algo de Biología en la Universidad de Nueva York. Hablaba el inglés lo suficiente para hacerse entender, algo que nunca mencionaba porque para él lo anglosajón estaba asociado al utilitarismo y la ausencia de pasiones. Prefería no recordar las derrotas militares de España frente a Inglaterra. Todavía le dolía que los norteamericanos hubieran echado a los españoles de Cuba y las Filipinas. Cuando sus superiores en su Navarra natal le dijeron que iria a Bolivia, se fue la biblioteca del convento, sin chistar, preguntándose como diablos sería aquél país. Acató la orden como correspondía y se preparó concienzudamente para la misión. Estaba convencido de que la Companía de Jesús era la flor y nata de la Iglesia Católica, su élite pensante. Al jesuita siempre lo escuchaban y el éxito de la Companía se debía a una combinación de disciplina militar con una visión elitista de su apostolado.

El Padre Justi se hizo cargo de Gabriel. En las horas de clases y fuera de ellas. Lo llevó algunas noches al telescopio que tenían en la azotea y le hizo ver la luna y las estrellas. Le explicó las constelaciones, las galaxias, los planetas, haciéndole comprender la magnitud del universo. La idea de que la vida de cada uno, así tan importante nos pareciera, era sólo un granito insignificante en ese plan infinito que era la creación divina. Allá vamos un día todos - le dijo señalando al cielo – y allá está tu padre, seguro que muy contento de que estés viendo está creación divina. No hay porque sentirse solos. Estamos siempre acompañados.

Utilizó todo su carisma de líder. Entre bromas y comentarios serios se lo fue ganando. La idea de que su padre estaba en algún rincón de esos cielos desde donde podía mirarlo le brindó un enorme consuelo. Unos meses mas Gabriel había recuperado su confianza en la vida.

El Padre Justi jugaba con la idea de que Gabriel quizás podía un día ser un buen jesuita. Es chico despierto, se decía. Buena pasta. Buenos antecedentes. Pero hay que pulir ese carácter. Si pudiera juntar a Pichin y Gabriel en uno solo. ¡Eso si sería bueno!, pensaba.

El Padre Justi decía rara vez la misa. Cuando lo hacía tenia ahora a Gabriel como su monaguillo. Con su túnica blanca y el misal en la mano se sentía hinchado de orgullo. Listo para responder a los latinajos, desde el *In nomine Patris et Filii et Spiritus Sancti/Amen*, del comienzo, hasta el *Ite missa est../Deo grátia,* del final. Cuando era Justi quien oficiaba para él tenían un sentido especial. Le gustaba escuchar su sermón, ahí frente a los alumnos de la Primaria, mocosos todavía, en una nave de la iglesia, y los de la Secundaria, ya mozalbetes con la barba que empezaba a aparecerles, en la otra. Alineados en bancos de a cinco, atentos porque Justi daba siempre una interpretación original al Evangelio, con un Cristo joven y optimista, un aliado en el cual se podía confiar, ningún marica como otros curas lo hacían aparecer en los sermones de domingo para las beatas. A Gabriel le gustaba cuando todo el alumnado cantaba el himno marcial a la Virgen del Colegio, haciendo retumbar la bóveda de la iglesia como una declaración de guerra y de fe, *"aunque avance rugiendo la tormenta/ y en mi mástil ya gima el huracán/ feliz con tus recuerdos soberanos/ desafío a las olas de la mar".* Y los alumnos internos del Colegio, que venían de partes lejanas del país, le ponían mas entusiasmo a la parte que les despertaba asociasiones con sus madres ausentes, " *me arrollarán* - cantaban- *quizás entre su espuma/ mas negar que me amaste y que te amé/ negar que fuí tu hijo y que en tus brazos/ naufragó como un sueño mi niñez/ ¡eso nunca lo haré madre querida!/ !eso nunca, nunca lo haré! / ¡eso nunca lo haareeé!".* Promesa de recordar por siempre el haber sido educado por jesuitas, el orgullo de pertenecer a una élite, el espíritu guerrero de Ignacio de Loyola. *Per secula seculorum. In nomine Patris, et Filli, et Spiritus Sancti.*

Los domingos Gabriel salia con sus amigos al paseo obligado en la Plaza Central, a comer empanadas, a tomar helados, a escuchar a la banda de música de la Policía a mediodía. A ver a las muchachas del Santa Ana y el Santa Teresa que tambien eran escuelas privadas. Coquetas y reilonas, ya sin el uniforme del colegio, con zapatos de medio taco no permitidos en sus escuelas y unas falditas demasiado cortas para el gusto de las monjas encargadas de su enseñanza. Los muchachos pavoneándose con el pelo engominado y los pantalones jeans que eran la última moda. Jóvenes de apellidos conocidos que venían a mirarse mutuamente, a medirse. Entre los gomeros y los ceibos y las estatuas de los próceres de la Independencia, la Casa de la Libertad, la Catedral Metropolitana. Las muchachas dando vueltas a la Plaza en una dirección, los muchachos en la opuesta. Tradición. Intercambiando saludos y miraditas al paso, tímidas, audaces. Conversaciones fugaces, un besito cortés en la mejilla a las chicas que el muchacho conocia mejor o era pariente. Los padres saliendo a esa hora de la misa de 11 en La Catedral, en parejas, elegantes, juntándose con otras familias conocidas para ir a tomarse un aperitivo en el Rotary Club o en el Hotel Londres, antes del almuerzo. Cumplir con el ritual de la pertenencia a un grupo social, marcar su presencia. Aferrarse a las tradiciones. Especialmente ahora que todo se iba poniendo cabeza abajo. La esperanza de que la observancia de las tradiciones podía, en una suerte de milagro, frenar el colapso.

Un radar interno guiaba a esos citadinos en los laberintos de sus relaciones sociales, Pocos segundos les bastaban para acomodar al desconocido en el lugar exacto de la pirámide. Rasgos faciales y color de la piel ocupaban la primera prioridad. La vestimenta y el manejo del español le seguían en importancia. Si el radar no estaba satisfecho bastaba con preguntar al desconocido la zona en que vivía, el colegio donde había estudiado y si conocia a tal y a cual. El cuadro estaba con ello completo y el radar le señalaba al citadino como comportarse. En la conservadora Boston del siglo XIX se decía que los Lodge hablaban solo con los Lowell, los Lowells con los Cabot y los Cabot solo con Dios en la conservadora Sucre de un siglo mas tarde los Omiste hablaban solo con los Lafayette, los Lafayette con los Santibañez y los Santibañez solo con Dios. Un puñado de familias en la cúspide, que reclamaba para si unos vagos y nunca confirmados ancestros entre la nobleza europea, daban el tono contando entre sus miembros con algunos diplomáticos, uno que otro senador e incluso un Presidente de la República. Un centenar de otras familias, con ancestros mas modestos y con una pizca de sangre indígena en la venas accedían a los mismos salones bajo el supuesto de poseer tierras y una cuenta bancaria sólida,. El resto no contaba. Si eran pobres e ignorantes era porque así lo querían. Hubo hasta quien deseando dejar fuera de toda duda su abolengo se hizo a la mar rumbo al Vaticano donde simplemente compró el título de Príncipe y, como buen Príncipe, construirse un exquisito castillo con un igualmente exquisito parque en las afueras de la ciudad.

¿Has visto como te ha mirado? - le dice María de los Àngeles a su amiga Patricia en la plaza

- ¿Quien?- responde Patricia

- Pues Juan Carlos. ¿Quien va ha ser? Cada vez que pasa te da unas miradas....

- No seas tonta. Te mirara a tí.

.- No seas tímida chica. Te mira a tí. Ya verás como se nos acerca en la siguiente vuelta

- No lo digas mujer. Ojalá no lo haga. Me moriría de verguenza. Vamos mejor al Bar Lácteo a tomar una vienesa.

- Pues sería peor para ti. Entonces él vendrá allá y quedrá sentarse a la mesa.

- ¡ Ay Dios! Tienes razón Mejor seguimos dando vueltas. Es un churro, ¿no crees? Cada vez que lo veo no se que me da. ¿A tí no te gusta?

- A mi me gusta mas Pichín. Es mas churro que tu Juan Carlos.

- Si es churro. Pero Pichín como que me da miedo. No se´porqué.

Pichín tenía éxito con las muchachas. Por sus espaldas anchas, su nariz firme, su mentón con una leve ranura al medio, a lo Kirk Douglas, su abundante pelo y sus groserías. Las muchachas le tenían cierto temor. Por lo de sus groserias.

- Vení para acá María René- podía Pichin decir. Ese tu vestido rojo como que me despierta al toro, ¿sabes?. ¿No te gustarían unas cornaditas? - y Pichín imitando al toro, con la cabeza gacha, simulando los cuernos con las manos y riéndose. Y María René roja como un tomate, como su vestido, sin saber como interpretar lo de las cornaditas. Y Pichin muy divertido con el embarazo de Maria René.

Pero las muchachas venían igual a verlo al Club de Natación donde entrenaba sus saltos ornamentales del trampolín. Venían como al paso, como si solo estarían por allá de pura casualidad, para disfrutar de un paseo por el Parque Bolívar o en camino hacia el Club de Tenis o hacia la Rotonda o hacia la Estación del Ferrocarril. Para que Pichin no se las crea ni se le suban los humos. Les gustaba verlo con ese su traje de baño y su cuerpo atlético, saltando desde 6 metros de altura, haciéndose una bolita que daba vueltas en el aire, enderezándose a último momento antes de romper con su cabeza la superficie del agua. O doblándose en dos en el aire o girando como un tirabuzón o saltando de espaldas. A las muchachas les gustaba aquello de los saltos, les parecía cosa de magia que exigía su buena dosis de habilidad y coraje. Y el entrenador vociferando al lado "¡endereza mas las piernas Pichín y hunde mas la cabeza! ya te dije que los dedos tienes que enrectarlos mas, ¡bien rectos!, ¿me entiendes?". Y Pichín otra vez arriba al trampolín, para saltar de nuevo.

Aunque Pichín no estaba este último tiempo para las chicas. Ni siquiera para la natación. La muerte de su padre lo había cambiado. Se había tornado mas serio. Su intolerancia contra el nuevo régimen era sin embargo la misma de antes. Se lo veía frecuentemente caminando con personas mayores, enfrascado en conversaciones a media voz. Se había hecho Camisa Blanca, es decir militante opositor al régimen Se pavoneaba con su camisa blanca de mangas cortas, mostrando sus bíceps y tríceps, acompañado de nuevos amigos, como buscando camorra. Ahora era miembro de la Falange Socialista cuyo objetivo central era la lucha contra el comunismo Leía a Primo de Rivera, el del franquismo español, y le gustaba. Admiraba a Francisco Franco "que puso a los comunistas patitas a la calle". Se sentía llamado a salvar a su país. "Los movimientistas son unos bolcheviques disfrazados. Una mierda" decía. "El día que Bolivia caiga en las manos del comunismo estamos perdidos". La natación pasó a segundo plano. Sus estudios de último año de bachillerato los arrastraba como una obligación innecesaria. Salía al anochecer a reuniones secretas y volvía a la casa pasada la medianoche, a veces cuando el reloj de la Catedral tocaba ya la una. Cuando su madre le preguntaba donde había estado su respuesta era siempre " por ahí, con amigos". Su madre sabía que ni el Padre Justi podía ayudarla. Pichín no escuchaba a nadie.

Pichin veía con malos ojos que la Plaza Central, antes refugio de la "gente bien", se fuera llenando de "morenitos" que empezaban a sentarse en los bancos de la periferia, como quien nada hace, a lo disimulado. Que miraban a sus chicas y a veces incluso las saludaban. Cuando Pichin pasaba por allá los miraba de reojo, con desaprobación,"si se acercan mas estos cholitos, les sacamos la mierda" les decía a sus amigos. En el fondo intuía que aquello era una lucha desigual y condenada al fracaso, una pelea contra la historia, pero igual se negaba a aceptarlo.

Algunos sábados en la noche se iba con sus amigos mas fieles a los extramuros frecuentados por indígenas borrachos. Iban "a sacarles la mierda", inmotivadamente, a puñetes, como una suerte de entrenamiento, " para que sepan quien manda". Gustavo Lafayete y Fernando Videla eran siempre parte de su séquito. Para ellos aquello era ser Camisas Blancas. Pinchin llegaba entonces a casa satisfecho y con menos bronca en el cuerpo. A su madre le decía siempre lo mismo: "por ahí, con los amigos".

CAPÍTULO #6

Adrián Bellini había aprendido a una temprana edad a bandeárselas en la vida. O, como él diría mas tarde, no se ahogaba en poca agua. Las lecciones aprendidas en el conventillo de su barrio en Buenos Aires le habían sido útiles Sabía cuando hacer una finta, cuando golpear y, en ese caso, de sorpresa, desapareciendo luego como el viento, sin rastro. Como Pascual Perez, su ídolo, que confundía a sus adversarios con un juego de cintura como una cobra y luego sacaba de la nada esos ganchos veloces como un rayo Y si el gancho pegaba en el adversario, adiós adversario, a dormir y buenas noches. No en vano una medalla de oro olímpica y campeón mundial de los pesos pluma. 92 combates, 87 victorias, 57 por knockout. En aquella época estaba recién cosechando sus primeros triunfos pero ya era una leyenda. O como José Sanfilippo, El Nene, su otro ídolo, puntero derecho del San Lorenzo de Almagro. ¡Madre! ¡Que pies mas piolas para la cachaña!, ¡que facilidad para burlar la defensa contraria!. ¡Que goles!. Para sacarse el sombrero pibe. Junto a su cama, a la cabecera, en el cuarto que compartiera con sus cuatro hermanos, estaban clavadas las fotos de sus dos ídolos.

Quizás seria aquello lo que daría lugar, años mas tarde, a que su destino se cruzara con el de otro muchacho, en otro país, con el de Gabriel Llorente.

Lo natural habría sido que Adrián fuera hincha del Boca Juniors, equipo del barrio y su fuente de orgullo. Pero ese no era el caso. Y no se debía a que la familia no tenia dinero para pagarle la entrada a los épicos partidos de la Primera División en La Bombonera boquense, a unas pocas cuadras de su casa, con capacidad para mas de 50.000 espectadores. Adrián de hecho se contentaba con escuchar las trasmisiones en directo de los partidos en las radios Belgrano y El Mundo de Buenos Aires, los domingos en la tarde. Se sabía tan de memoria las alineaciones de los equipos de la Primera División que para él era casi lo mismo que estar sentado en las graderías. Allá había estado una sola vez, con su padre. Y ahí nació su incondicional admiración por Sanfilippo. Su octavo cumpleaños cayó en domingo y su padre lo llevó a La Bombonera como regalo. Boca Juniors contra San Lorenzo de Almagro. Las graderías reventando de gente, banderas, petardos, luces de bengala, bandas de música, cánticos, vitoreos, vendedores. La atmósfera le pareció apoteósica. A los 89 minutos de juego el marcador 1-1. Todo el mundo seguro que aquello acabaría en empate. Ataque de San Lorenzo en el minuto final, por la punta derecha, Sanfilippo con la bola enfrentado al zaguero izquierdo del Boca. Y lo inesperado. En lugar de seguir avanzando Sanfilippo da un brusco giro de 180 grados y cede la pelota a su mediocampista Lattisio que ahora tiene en contra al zaguero derecho y a un mediocampista del Boca. Sanfilippo ya está en la media línea recibiendo el pase de Lattisio y haciéndole un túnel al zaguero derecho de Boca con lo que tiene el camino libre adelante. El arquero boquense, en su pánico, saliendo de su arco para cubrir el mayor ángulo posible. Y la genialidad de Sanfilippo, levantando la bola, suavecita, en una parábola perfecta, justo por encima de las manos del arquero. Y la bola entrando en el arco del Boca dando unos botecitos socarrones hasta acabar en la red. Silencio sepulcral en la barra de Boca, atónita, con el corazón en la garganta, paralizada ante lo imposible. Y la ovación ensordecedora en las graderías de San Lorenzo, como un rugido de mil tigres eufóricos, ¡¡gooool!!. Nunca había visto tanta alegría en unos y tanta decepción en los otros. Se le quedó grabado por el resto de sus días.

En el conventillo de tres pisos y dos patios, sobre la calle Aristóbulos del Valle, entre Caboto y Ministro Brin, donde creciera Adrian, vivían alrededor de 50 familias compartiendo los patios y algunas también los baños. El padre de Adrián, Giovanni Bellini, inmigrante genovés, se consideraba sin embargo afortunado. Contaba con 3 habitaciones para su familia de 7 personas y compartía el baño con solo la familia vecina. Compartir no era, por lo demás, un problema. Ahí se compartía todo, hasta las intimidades, como en una gran familia. Los chiquillos siempre corriendo por lo corredores, las madres gritando a los críos para que se comportaran, los hombres intercambiando noticias sentados en los patios mientras tomaban mate y las mujeres poniendo a secar las ropas recién lavadas en las lianas que corrían entre las columnas, compartiendo sus tribulaciones. Se sabía lo que comía el vecino por el solo olor que venia de al lado. Lo del agua era problema solo en el verano, la presión no daba para llegar a tercer piso donde vivían los Bellini y tenían que bajar al patio con unos baldes para conseguirla. Giovanni Bellin se consideraba afortunado además por su trabajo, en la fábrica de tejas de un genovés, que aunque pesado le daba un ingreso seguro, a veces reforzado con los ingresos esporádicos de su mujer como costurera. No se arrepentía haber dejado su nativa Arenzano, un poblado cerca de Génova, en su lejana Italia.Que el español le costara y lo hablara solo a medias no era motivo de preocupación. La mayor parte de sus amigos eran genoveses. Marianella, su mujer, hablaba solo español pero entendía perfectamente lo que ella llamaba el "itañol" de su marido. Igual lo hacían sus hijos.

Adrián fue siempre despierto. Descubrió tempranamente que la vida tiene reglas. La primera es la de estar siempre alerta, si uno no lo está hay algún otro que lo hace. La segunda obtener respeto. El que se hacia respetar tenia la mitad ganada. Lo de alerta era en él algo espontáneo y no necesitaba ni siquiera pensarlo. Lo del respeto era mas complicado. Le indignaba que la gente no mostrara el debido respeto por su padre. A pesar de ser este un hombre alto, fuerte y bien parecido los del conventillo parecían tratarlo con cierta condescendencia, como si fuera un niño. Podía ser porque no era especialmente inteligente, hasta quizás un poquito tonto. Le llamaban "Fratello" en lugar de Giovanni. La palabra en si tenia un contenido afectuoso pero para Adrián tenía un toque burlón, una referencia a las dificultades del padre con el español. Alguno que otro se refería a su padre como "Oggi" por su frecuente uso de esa palabra italiana en lugar del "hoy" del español. La gente apreciaba al padre por su carácter llano, pacífico y modesto pero al mismo tiempo le mostraban una actitud de superioridad protectora, medio paternal, como si les costara tomarlo en serio. "Mi marido es un pan de Dios" decía su madre a las otras mujeres del conventillo. "Que suerte la tuya piba", le contestaban. Y era cierto, Giovanni Bellini no contradecía a nadie, no se irritaba nunca, parecía estar siempre de buen humor y satisfecho con su destino. "Es incapaz de matar una mosca", había comentado alguien Y para Adrián aquello hacía que no fuera capaz de ganarse el respeto.

Lo del respeto se le aclaró un poco cuando salió por primera vez de su barrio. Tendría entonces como ocho años. La familia había decidido hacer un picnic en Palermo para cambiar de aires, que los niños vieran algo de su ciudad. Allá estaban los Bosques de Palermo y, si les alcanzaba el dinero, podrían hasta visitar el zoológico. Fue un día memorable. El viaje les tomó mas una hora y tuvieron que cambiar varios buses. Nunca se había imaginado que Buenos Aires fuera grande. Ya en Palermo y luego de caminar un buen trecho desde la Avenida del Libertador encontraron un lugar bonito en los bosques, a orillas de un lago,. La madre había llevado sandwiches, pollo frito, ensalada rusa, frutas e incluso chocolatines. Disfrutaron del picnic por unas horas. El zoológico mostró ser demasiado caro para toda la familia así que decidieron dar una caminata por los alrededores tomando la calle Godoy Cruz hacia el Automóvil Club. Adrián quedó impresionado por el tamaño y elegancia de las casas, nunca podía haberse imaginado que hubiera gente viviendo en lo que se le antojaron como palacios. Al llegar a una calle lateral vio del pronto un auto negro inmenso, como un pequeño bus.

– Mirá ese auto enorme mamá – le dijo a su madre sorprendido

– Es una limusina hijo – le explicó la madre – son autos en los que viajan los muy ricos

El auto estacionó pausadamente junto a la acera en frente de un edificio blanco de cinco pisos, con ventanas muy largas y aire distinguido. Adrián leyó el letrero en el frontis del edificio, "Cyan Recoleta Hotel", en letras grandes, plateadas. Delante de la enorme puerta de vidrio que hacia de entrada un hombre de figura esbelta, uniforme de chaqueta morada, pantalones grises, zapatos reluciendo al sol. La chaqueta llevaba charreteras y botones dorados como en los retratos de los mariscales que Adrián había visto en la escuela. Supuso que se trataba de un hombre de muchísima importancia. Para su sorpresa el uniformado bajó corriendo las gradas desde el hotel hacia el auto apenas este hubo estacionado. Un chofer, de uniforme negro y chaqueta con botones plateados, ya se había bajado del auto y andaba abriendo una de las puertas traseras. El uniformado del hotel se apresuró solícito a abrir la otra puerta. Del auto salió primero una señora joven que se la veía atractiva, con un vestido floreado amplio muy bonito y un sombrero de ala ancha de esos que Adrián había visto en las revistas de moda. Sus gafas oscuras le ocultaban algo el rostro. Por la otra puerta bajó un hombre, también joven, impecablemente vestido con una terno claro, veraniego, llevando también gafas para el sol. El hombre con el uniforme de mariscal saludó a la pareja con una amabilidad sumisa abriendo inmediatamente el maletero del auto y sacando unas maletas que las llevó escaleras arriba, hacia la puerta. Al aproximarse la pareja de huéspedes a la puerta de vidrio esta se abrió misteriosamente apareciendo allá un señor de terno oscuro muy elegante quien con una sonrisa de oreja a oreja los invitó a pasar con una venia, haciéndose él mismo a un lado y manteniéndoles la puerta abierta. Todos parecían felices de recibir a la pareja de huéspedes y prestos a servirles, hasta el hombre vestido de mariscal. ¡Uhau! se dijo Adrián para sí mismo, atónito. Se le antojó que aquello era respeto, verdadero respeto, y en algún lado de su subconsciente se prometió ser respetado cuando llegase a adulto.

Pero ganarse el respeto no era fácil. Demandaba sacrificios y a veces incluso riesgos. Ahí estaban por ejemplo Rufo Alcócer y Tomás Videla, en la misma escuela y en la misma clase. A Tomás le llamaban Tufi. Rufo y Tufi 'siempre juntos, inseparables. Y temidos. Rufo, de rostro hosco, modales rudos, espaldas anchas y cuello grueso que le daban un aire de fuerza y agresividad. Tufi, pequeño y mas bien delgado, burlón, astuto y tramposo, podía insultar sin motivo seguro de contar con la protección de Rufo que siempre salía en su defensa. Rufo era proclive al matonaje, lo que lo hacia al azar, inesperadamente, dependiendo de su humor. Solo con Luis Ferrer ese matonaje era continuo. Alto, flaco, con una nariz demasiado larga para su rostro, expresión un poco estúpida y espalda algo encorvada a pesar de su juventud Luis Ferrer le despertaba tirria a Rufo. Siempre encontraba alguna forma de agriarle la vida, sacarle los cuadernos del maletín tirandolos por el suelo, echarle tierra al pelo y frotárselo, quitarle la silla justo a tiempo de sentarse, empujarlo inesperadamente en los corredores. Y Tufi siempre riéndose y festejando las ocurrencias de Rufo. Luis Ferrer soportaba aquello estoicamente, sin protesta, con resignación, aceptando pasivamente su rol de víctima que lo convertían por un momento en el centro de la atención. Esa resignación de Ferrer solo reforzaba la tirria de

Rufo. Adrián, al igual que otros chicos del curso, experimentaban esporádicamente el matonaje de Rufo. Las mas de las veces eran solo empellones inesperados al paso cuando se cruzaban en los corredores con un "abre cancha boludo" de Rufo hacia Adrián quien dejaba pasar el incidente. Rufo era mas grande y le inspiraba miedo. Aquello duró hasta el día en que la clase estaba en la sala que servía de vestuario después de la gimnasia. Adrián estaba en calzoncillos cuando a Tufi, detrás suyo, se le ocurrió hacerse el gracioso.

- Mira las piernitas de Adrián - dijo Tuffi socarronamente – parecen de mujer por lo bonitas.

- Las piernas de su madre deben ser aún mejores ummm – comentó Rufo.

Adrián sintió una ola de ira subiéndole a la cabeza. Volverse, ver la cara burlona de Rufo y el puño que se le iba hacia la cara de este fue todo uno. El puñete de Adrián agarró a Rufo totalmente desprevenido y pegó en su nariz. Rufo sintió el dolor inmediato y un líquido tibio que le bajaba de la nariz hacia el mentón, viendo las gotas de sangre cayendo al suelo. Se tomó de la nariz y vio como su mano se teñía de sangre. Su reacción fue curiosa. Quizás consideró que una nariz sangrante no era lo mejor para una pelea de verdad. Se limitó a buscar el grifo de agua mas cercano y lavarse la cara sin decir palabra. Adrián se vistió rápidamente y dejó el vestuario viendo como Tufi reculaba todo asustado. El incidente trajo consecuencias. Algunos compañeros le dieron a Adrián palmadas a la espalda, como si fuera un líder. Rufo se calmó por un tiempo en su matonaje. Incluso dejó en paz a Luis Ferrer por unas semanas. Se acabaron los pechazos cuando Adrián y Rufo se cruzaban en los corredores. Para Adrián fue un lección valiosa, pegar de sorpresa era la mejor defensa. Había conseguido que lo respetaran.

Pero la vida era obviamente mas complicada. Los estudios le costaban. Tenia realmente que esforzarse para cumplir con los deberes de la escuela que acababa siempre haciendolos a medias. Haba cosas que sencillamente no entendía. Ello se reflejaba en sus notas mediocres. Sabía que no estaba hecho para estudiar. Tampoco para convertirse en un Sanfilippo. Sus pies no se ponían de acuerdo con la bola. La pelota nunca iba a donde él quería. Sus intentos de jugar en un equipo infantil acabaron con él sentado en el banquillo de los suplentes la mayor parte el tiempo y el entrenador siempre exasperado cuando le permitía jugar unos minutos. No. No estaba hecho para el fútbol.

El incidente con Rufo del cual Adrián saliera triunfador y su admiración por Pascual Pérez le despertaron la idea del boxeo.

Don Nemesio Cárdenas, de mediana edad, vientre y tórax abundantes, brazos fuertes y piernas cortas que recordaba a un luchador de sumo japonés, tenia una ferretería en la Calle Pinzón, no lejos del conventillo de Adrián. Su verdadera pasión no eran sin embargo los fierros sino el boxeo, deporte que había practicado en su juventud sin mayores éxitos. Esa pasión por el boxeo lo llevaría a crear su propio club en La Boca, con dinero propio y sin fines de lucro. Al Club de Boxeo Sarmiento, como el local se llamaba, llegaban niños y adolescentes de todo tipo que querían probar ese deporte. Dejaba entrar a quien quisiera al club y hacer adentro lo que en realidad también quisiera, entre la 1 y las 5 de la tarde. A esas horas entraban y salían los muchachos a su antojo y podían ponerse los guantes, entrenar a dar golpes a las bolsas grandes con aserrín que colgaban del techo, a las mas pequeñas llamadas speed bags, saltar cuerda y hacerle a Don Nemesio preguntas a su antojo. Solo la subida al ring exigía su previa aprobación y en ese caso Don Nemesio tenia un ojo puesto para que los guantazos de los muchachos no degeneraran en una puñeteadura de tipo callejero. Entre 5 y 8 de la noche la entrada se restringía a los que empezaban a tomar en serio el boxeo y a los cuales Don Nemesio entrenaba de una forma mas sistemática. Su sueño era encontrar algún día una estrella que se destacara en los grandes escenarios para la gloria del Barrio y la suya propia. Hasta ahora esa estrella había solo brillado por su ausencia aunque por ahí se perfilaba una que otra promesa.

Adrián se apareció por allá unos días y estuvo horas dando de golpes a las bolsas, entrenando algo de cuerda y conversando con los otros muchachos. Probablemente el ojo experimentado de Don Nemesio observó la concentración con que Adrián pegaba a las bolsas y la seriedad con que parecía tomar el asunto. Al tercer día se le aproximó para darle algunos consejos y decidió probarlo.

– ¿Te gustaría subir al ring para entrenar con otro muchacho? - le preguntó.

Adrián que se sentía seguro de sus puños después de haberle estado dando a la bolsa aceptó la sugerencia.

- ¡Sixto! - llamó Don Nemesio a un muchacho que estaba en una esquina absorto en su propio entrenamiento. Era mas o menos de la misma edad y corpulencia que Adrián. Su rostro tenía sin embargo algo que le atemorizó. Una suerte de expresión dura y salvaje, como si llevara toda la bronca del mundo metida en el cuerpo.

Don Nemesio les puso los guantes de entrenamiento, mas grandes y blandos que los de pelea, y se dio tiempo para darles las instrucciones del caso. Ningún golpe debajo de la cintura, ningún golpe si el adversario cae, ningún golpe si el adversario levanta los brazos. Les dio consejos de como cubrirse el rostro y el vientre, de los diferentes golpes del boxeo, de nunca bajar la guardia, de mantenerse siempre en movimiento, del juego de pies y de cintura. Tres rounds a un minuto por round. "Es solo entrenamiento muchachos. Así que no tiren a matar" fue su advertencia.

Para Adrián fue una dura experiencia. Sixto tenia realmente la bronca del mundo metida en el cuerpo. Después de un medio minuto de escaramuzas provisionales Sixto pasó a un ataque devastador, como si en lugar de brazos llevara aspas que le golpeaban implacablemente el rostro y el cuerpo. El primer round Adrián acabó como pudo. En el segundo round Sixto se vino encima como una locomotora furiosa, imposible defenderse ante esa arremetida de golpes rápidos que venían de todo lado y lo dejaban atontado. A la mitad de segundo round se escuchó la voz de Don Nemesio "stop! Ya está bien. Lo han hecho bien muchachos. Es suficiente". Don Nemesio preguntándose si por ahí al fin había descubierto a su estrella. Adrián con un ojo rojo que luego se le pondría morado. A sus padres les tuvo que contar una historia inventada. En la escuela aquello le dio sin embargo algunos puntos bajo la lógica de que si uno utilizaba los puños, bueno, por ahí siempre corría el riesgo de uno que otro ojo en tinta.

Aquello le bajó la moral y lo dejó cavilando durante varias semanas sobre lo difícil que era ganarse el respeto. Lo de los puños le parecía ahora bastante relativo. El camino mas seguro era el de la limusina. Si se era rico se era respetado, sin necesidad de usar de los puños ni arriesgarse a un ojo amoratado.

CAPÍTULO #7

Rufino Robles no pudo ir a estudiar la secundaria en Sucre como su padre lo había pensado. La tía de Sucre le dijo al padre que allá había escasez de todo. Que por el momento era mejor que se quedara en Chaquipampa donde al menos tendría comida. El padre logró de todas maneras que Rufino fuera al pueblo cercano de Padilla a comenzar la secundaria. Lo ubicaron como pensionado en la casa de una familia con la que Don Artemio tenía alguna relación de negocios.

Para Rufino Padilla fue como llegar a una metrópoli. A pesar de ser un pueblo soñoliento, de calles empedradas y tortuosas, casas de un sólo piso con techo de tejas o de paja, quedó impresionado por el asfalto de la plaza y el del patio de colegio que se le antojó enorme. Además descubrió que podía comprar caramelos cuando se le antojara y cuando le alcanzaba el dinero, en unas tienduchas pequeñas y ófricas que estaban abiertas casi hasta las diez de la noche. Ahí siempre había una chola sentada a la luz de una vela, inmóvil como una estatua, sumergida en la penumbra del mostrador vendiendo de todo un poco. La gente y los muchachos de su edad le parecieron demasiado bulliciosos y dicharacheros para su gusto, pero se fue adaptando al nuevo medio sin mayores protestas y sin decir mucho a nadie.

Al anochecer se juntaban corrillos de jóvenes en la plaza del pueblo a tocar guitarra, a cantar, a contar chistes mil veces repetidos y a comentar los pequeños incidentes de la vida pueblerina. A la espera, casi siempre fallida, de que pasara por allá alguna muchacha cuya silueta de mujer joven en la penumbra les diera algo de inspiración que llenara el vacío de sus sueños. Rufino no participaba en esas tertulias.

En el colegio hizo algunos amigos y aprendió a jugar al trompo y a la rayuela, cosas para él nuevas. Aprendió a hacer volantines que se elevaban bien con los vientos de invierno, secos y fríos, cargados de polvo. Un invierno que rajaba la piel de los nudillos de las manos con unas heridas pequeñas que ardían y que aprendió a curárselas con jugo de limón. Sus resultados escolares fueron mediocres a pesar de su esfuerzo y dedicación, pero fue aprobando los cursos con las notas necesarias. Sus mejores notas fueron en Castellano, materia a la cual le brindó su mayor dedicación inspirado por sus recuerdos de Chaquipampa y de la familia Llorente que iban palideciendo.

Su carácter reservado y su poca espontaneidad le valieron el apodo de "Viejo", cosa que el aceptó con resignación y sin protestas. Tan sin protestas y con tal resignación que los chicos del lugar no vieron en ello mayor gracia y pronto se olvidaron del apodo. O sea que lo llamaban simplemente Rufino.

En la familia donde fue pensionado lo aceptaron sin mayores miramientos y como pronto se dieran cuenta de que no molestaba a nadie, le cobraron un aprecio especial. Allá tenía su cuarto sin ventana y con piso de cemento y con una puerta que daba al patio de la casa. Contaba con lo mas necesario para una vida decente. Una cama, una mesa, un candelabro y una alacena donde podía poner su ropa y sus libros. En las noches se sentaba a la luz de la vela y hacía sus tareas con una responsabilidad minuciosa, escuchando el ladrido de los perros que le traían recuerdos de su aldea.

Sin ser consciente de ello Chaquipampa estaba especialmente asociado en sus recuerdos con sus necesidades intestinales. El baño de la casa era un cuartucho oscuro y maloliente con un pozo ciego en medio del piso y un agujero redondo en una de las paredes a manera de ventilación. Ahí, sentado de cuclillas, rodeado de vapores fétidos, en la oscuridad del cubículo, se le aparecían los recuerdos de su aldea con mayor nitidez que nunca y, a veces, un destello de la casa de El Duende con sus objetos de porcelana y su olor a lavanda que ahora era un mero recuerdo intelectual imposible de ser evocado.

En Padilla la revolución daba bastante que hablar. Además del cambio de autoridades, se veían marchas frecuentes con gente portando pancartas, en quechua y en español. Los milicianos marchaban con sus fusiles Máuser al hombro, de la época de la Guerra del Chaco contra Paraguay, veinte años atrás. También habían concentraciones campesinas para las efemérides cívicas, que acababan en la plaza del pueblo, a los pies del monumento a la heroína de la Independencia. Allá se daban discursos fogosos evocando la guerra contra España asociándola con la guerra actual contra la rosca terrateniente y contra el imperialismo norteamericano. Los campesinos apenas entendían aquello de la guerra independentista y del imperialismo pero sabían que el nuevo gobierno les había dado sus tierras y eso bastaba. Las concentraciones se disolvían, los campesinos compraban sus latas de alcohol para emborracharse, merodeaban sin rumbo fijo por el pueblo durante algunas horas, mascando su coca y tambaleándose por la borrachera, gritándose entre ellos o hablando sólos, sin molestar a nadie. Y se volvían a marchar a sus aldeas como habían llegado, tocando sus quenas, sus charangos y sus zamponas. Y el pueblo volvía a su placidez letárgica de siempre.

Fue en ese periodo que a Don Artemio Robles se le ocurrió la idea de comercializar en Chaquipampa el alcohol en latas de metal que se vendía en Padilla. En un momento de inspiración descubrió que ahora el campesino empezaba ya a tener un poder adquisitivo y que el alcohol tenía siempre buena demanda. Provisto de una mula y dos burros hizo su primera viaje a Padilla. Además de alcohol se trajo coca y unos cigarrillos primitivos, baratos y que apestaban pero que los campesinos fumaban con fruición cuando estaban de fiesta. Fue un éxito. A los pocos meses no sólo vendía alcohol, tabaco y coca, sino también azúcar, sal y kerosén, agujas e hilo de coser, serpentinas y petardos para las fiestas, velas y fósforos, estampas religiosas y jabón, todo aquello mezclado sin ton ni son pero con buena utilidad. Su tienda fue la primera y única an Chaquipampa. Cuando los campesinos no podían pagarle al contado, cosa bastante corriente, aceptaba el pago en productos agrícolas, huevos, gallinas, corderos, queso, que él se encargaba, a su vez, de vender en Padilla con doble ganancia. A los dos años pudo comprarse un pequeño camión usado que le facilitaba sus viajes. La vida, se le empezó a pintar, por primera vez, de una manera prometedora y pudo, también por primera vez, darse el placer de sonreír con la convicción de que aquella extraña maldición que había pesado sobre su familia durante generaciones al fin daba señales de acabarse. "Ahora Rufino podrá estudiar en Sucre, pensó Y mis otros hijos estudiarán en Padilla. Carajo, por algo somos Robles".

Fue también por entonces que Rufino empezó a despertar al preámbulo de la adultez. La pubertad le llegó de una manera abrupta e inesperada. La causa fue su amigo Hilarión, un par de años mayor que él, astuto como un zorro y experto en introducirse en los recovecos de las pasiones ajenas y propias. Se lo dijo mientras pitaba un cigarrillo, a ocultas, en los extramuros de la escuela.

– ¿A vos ya se te para o no se te para todavía?

– ¿Que cosa?– le pregúntó Rufino sin entender.

–Ja. ja. Que cosa se te ha de parar. La pichula pues, hijo. La pichulita.

Y como Rufino no supo que responder, el otro, con ademán seguro pero como quien no quiere la cosa y sin descuidar el cigarrillo, le tomó con la mano los testículos con movimiento rápido de tasador de ganado y medidor de virilidades. Su ademán no portaba mas entusiasmo que el puramente profesional. Una fracción de segundo le bastó a Hilarion para dar su veredicto.

– Ja Ja. A vos ya se te para pendejo. Vení mañana que te voy a mostrar algo que te va gustar. Pero no es gratis. Me tienes que traer cigarrillos. Si quieres nomas.

El incidente despertó en Rufino una curiosidad imprecisa con sabor a prohibido. Casi sin saber porqué y empujado por una fuerza que no pudo reprimir estuvo al día siguiente, en el lugar convenido, temprano en la tarde como habían acordado, con los cigarrillos. Vinieron también otros dos chicos, amigos comunes, a quienes Hilarión, había igualmente prometido introducir en ese mundo desconocido a cambio de cigarrillos.

– ¡Ja!.¡ja!,¡ja! – se rió Hilarión. mientras recibía y controlaba la calidad de los cigarrillos – ¿Han visto alguna vez la chupila de una mujer? ¿No?. Ahora se las voy a mostrar. Pero no van a decir nada a nadie ¿eh?. A ustedes nomas se las voy a mostrar, ¿listo?. Cuidado con hablar. Al que hable le saco la mierda. ¿Entendido? Es una cosa negra así de grande – explicó, señalando con las manos un tamaño aproximado. Aunque podía ser de cualquier tamaño porque aquello excedía la imaginación de los chicos despertándoles imágenes e ideas confusas. Una suerte de misterio con sabor a prohibido que estaba mas allá de su comprensión.

– No es mi culpa si se les para la verga – añadió.

Los llevó por unos cañadones a las afueras del pueblo. Después de caminar un rato les hizo la señal de silencio guiándolos hasta una arboleda en una colina. Desde ahí, ocultos, podían divisar un arroyo que en el lugar formaba una piscina natural. Una docena de mujeres del pueblo se encontraban bañándose con aire despreocupado, seguras de contar con su privacidad. Lo alejado y oculto del sitio les daba la confianza de no ser observarlas. Se las veía alegres y juguetonas a pesar de ser algunas de ellas ya adultas. A falta de traje de baño tenían puestas unas enaguas de nailon que al mojarse se hacían transparentes pegándoseles a la piel y dibujando nítidamente los contornos de sus cuerpos. La piscina era poco profunda y el agua las cubría solo estando sentadas de manera que cada vez que se paraban sus cuerpos se dibujaban nítidamente a trasluz a través de las enaguas. No solo las hacía aparecer desnudas sino que esa desnudez mostraba lo que se suponía querían ocultar. Rufino sintió que el corazón le daba un vuelco. Era como si una confusión extraña lo avasallara junto con una involuntaria erección del pene Reconoció a varias de esas mujeres que las veía todos los días. Alguna en la edad de ser su madre. Pero igual sintió una suerte de atracción irresistible.

- Miren las chupilas, carajo - les cuchicheó Hilarión, riéndose - Esa cosa negra que tienen entre las piernas las mujeres, eso es. Vayan aprendiendo. Es rico. Cuando lo prueben ya no han de querer largar. Miren haber las tetas de la Asunta, ¿grandes no?. ¿Ricas deben ser. no?. Y las piernas de la Benita, bien también, ¿no?. Carajo, lindas hembras, ¿no?

Rufino y los otros chicos se quedaron con el alma en hilo, boquiabiertos, contemplando ese misterio de la desnudez de aquellas mujeres. Sintiendo que se les despertaba una fuerza extraña y desconocida que les nublaba el entendimiento y los empujaba a un mundo nuevo, fascinante y peligroso.

Hilarión, con cualidades de líder natural, fue el guía espiritual de Rufino. Su madre, "La Bajo", dueña una de las chicherias mas frecuentadas del pueblo, administraba su negocio con mano firme y gracia de gitana. Apodada "La Bajo" por tener el poto grande y las piernas cortas, experta en escuchar confesiones de borrachos y dotada de una risa contagiosa, era una de las personalidades mas prominentes de los alrededores. A su chicheria se llegaba, mas temprano que tarde, encontrándose siempre allá un plato de comida y una jarra de chica aderezadas con las risotadas de la mujer que igual podía dar un consejo maternal al despistado como sacar a empellones al borracho impertinente. Sus encantos de cuarentona los ofrecía con sabiduría de alquimista y si llegó a tener dos hijos y una hija, todos para diferentes padres, esos fueron accidentes provocados por pasiones de juventud que ya pertenecían al pasado. Ahora era una mujer de negocios, que solo esporádicamente y en un arranque de generosidad bien calculada, podía permitirse el lujo de ofrecer las fruiciones de sus tetas abundantes y sus anchas caderas a algún galán desesperado. Pero esos eran mas bien actos de beneficencia dirigidos a reforzar el buen nombre de su chicheria que el resultado de sus pasiones propias.

"La Bajo", mujer de buen corazón, llegó a tratar a Rufino como una segunda madre, Consciente de la amistad con su hijo se compadecía de ese chico parco de palabras y mirar ausente que vivia lejos de su familia. Rufino, se aparecía por allá en compañía de Hilarión después de la escuela y siempre tenían un plato de comida que la mujer se cuidaba de servirselas en una habitación separada de la de los borrachos.

–Vengan, vengan, huahuays – les decía - Se van a comer una saktita bien rica. A ver Rufinito, mirá tu camisa hijito, le falta un botón. Vení huahuay, quítate la camisa, te lo poner ese botón. A ver huahuay, ¡tan lejos de tu casa estás!. ¡Ay, pena me das huahuay!

La hermana mayor de Hilarión, una muchacha de risa fácil y con las cualidades de hembra chúcara heredadas de la madre, inició a Rufino bruscamente y sin muchos preámbulos en los misterios del amor. Una noche de sábado, cuando la chicheria estaba como mas frecuentada y reinaba la euforia general de la borrachera, la hermana llevó a Rufino al galpón de la casa y entre risitas entrecortadas y con mano firme y avezada le bajó los pantalones. Con mano mas matrera que la esperada dada su juventud lo guió en esos preámbulos de manoseos que Rufino en su confusión del momento no acabó muy bien por comprender pero que concluyó en un terremoto silencioso que lo levantó desde sus raíces dejándolo en un vacío como si le faltase aire. Cuando cayó en la cuenta, ya Jenny estaba ordenándose el pelo y ayudándole a subirse los pantalones.

- Bien nomas lo has hecho che - le dijo, con una risita contenida por la complicidad y el secreto. ¿Te ha gustado Rufinito?. Rico ¿no?. Pero cuidado con contarle a mi hermano, ¿no?. Hombrecito serás ¿no?. Si le cuentas es capaz de matarme. Bruto es mi hermano.

Las precauciones de Jenny fueron innecesarias. Hilarión, capaz leer en el alma de los otros como un adivino, se lo dijo unos días después

- Te la has cogido a la Jenny, ¿no? Dime la verdad. ¡Te la has cogido o no! - le preguntó.

Rufino se quedó paralizado y en silencio, azorado ante esa mirada mitad acusadora y mitad de complicidad de su amigo.

- No te preocupes..- le dijo Hilarion después de un tenso silencio, con un esbozo de sonrisa, mezcla de resignación y cinismo, dándole una palmada tranquilizadora en la espalda - Buenas piernas tiene mi hermana. Pendeja es, que le vamos a hacer - añadió. Bueno, pensándolo bien todas las mujeres son unas pendejas, me parece. ¿O que dices vos?- le preguntó. En su pregunta había una pizca de ansiedad, rara en él, como si deseara que Rufino le dijera que no, que no era verdad que todas las mujeres fueran unas pendejas.

Rufino, no supo que contestar. Solo lo miró en silencio, con esa su mirada muda de circunstancias, fuera de circunstancias, que Hilarión había aprendido a conocerle. Hilarión lo estuvo contemplandolo un buen rato, con esos ojos de zorro que habían de pronto cobrado una seriedad repentina.

- Eres un suertudo - le dijo finalmente. A vos te van a violar las mujeres toda tu vida y ni siquiera te vas ha dar cuenta.

CAPÍTULO #8

Fue en 1958 que Joseph Burns decidió que su familia de Galveston y la de Detroit debieran conocerse. Una nostalgia repentina por su niñez y juventud le hizo tomar esa decisión. Hacían veinte años que no había visto a sus padres ni a sus hermanos. Los contactos habían sido esporádicos y lacónicos. Una que otra carta de pocos renglones o las obligatorias tarjetas de Navidad y de cumpleaños que en la práctica eran solo la confirmación de que uno estaba todavía vivo. Los Burns nunca habían sido especialmente efusivos. Mildred se entusiasmó ante la expectativa del viaje y a los hijos les gustó la idea. Secretamente Joseph se preguntaba si el azar le brindaría la posibilidad de ver a Michael Carlsen, el amor de su juventud. Se preguntaba como este podía haber cambiado.

El viaje fue detalladamente planificado. Descartaron el avión por lo caro. El Greyhound les salía barato pero les tomaba casi dos días de viaje continuo, vía Chicago, Decidieron por el auto. Así verían mas del país. Pernoctarían en algún motel. Mildred mostró repentinamente una sorprendente lucidez para lo práctico. Dirigió el empaque de las cosas dando consejos meticulosos como si se tratara de una expedición al Polo Norte y no un simple viaje de unos pocos días.

Partiendo muy temprano de Galveston via Houston apuntaron hacia Arkansas City. En Memphis almorzaron pasado el mediodía. Estimulado por una súbita inspiración Joseph les fue contando anécdotas de su antigua vida en Detroit. Episodios que antes jamás había nombrado. De Memphis la ruta 55 los llevó a través del Shawnee National Forest en Illinois donde disfrutaron de vistas naturales espectaculares al atardecer tomando un café. La noche los agarró sobre la ruta 57 en las proximidades de Salem donde pernoctaron en un motel de la carretera.

Al día siguiente se dirigieron hacia Indianápolis sobre la ruta 70 y luego a Fort Wayne y a Toledo arribando a las afueras de Detroit al anochecer. Christoffer estaba impresionado por la inmensidad de su país y por la variedad de lugares que había visto. Nunca se había imaginado que el mundo pudiera ser tan grande, tan fascinante y tan ajeno. A Joseph le costó encontrar el suburbio de Cumberlands Hills donde su hermano Bryan vivía, en la Calle Dawson, donde se hospedarían. Estuvo manejando al azar mas de una hora por los suburbios tratando de reconocer esos lugares antes por él conocidos que ahora le parecían totalmente ajenos. "Este no es el Detroit donde yo crecí" le estuvo diciendo a la familia. Tuvo que preguntar a varias personas antes llegar al lugar de Bryan. Los Burns de Galveston se sintieron bienvenidos por los Burns de Detroit.

Los Burns amaban Detroit y su industria automovilística, sobre todo la Chrysler. El padre, ya jubilado, había trabajado allá toda su vida. El hijo, Bryan, había empezado allá a los 18 años y era ahora jefe de una sección de ensamblaje. Anton, el otro hijo, había sido mecánico, también de la Chrysler, hasta que su alcoholismo lo llevara a la cesantia. Los Burns le debían a la Chrysler su seguridad económica y su razón de vida. Y el orgullo de haber contribuido al triunfo de EE.UU en la Segunda Guerra Mundial cuando la empresa pasó a producir tanques, tractores, bombas, munición y partes de aviones en lugar de autos. Los Burns tenían solo dos enemigos en el mundo, la Ford y la General Motors. Aunque un nuevo enemigo mas peligroso había surgido en los últimos tiempos, la Unión Soviética.

Detroit y autos eran lo mismo. Su población había crecido de 305.000 a principios de siglo, cuando las primeras fábricas empezaron a instalarse, a algo mas de 1.800.000 tres décadas mas tarde. La sola Ford contaba en 1930 con 90.000 empleados. El padre de Joseph había experimentado esa explosión demográfica. Henry Ford con su innovadora planta de ensamblaje en línea y su legendario Ford T de 1908 había revolucionado EE.UU y el mundo. El carro tirado a caballo pasó a la historia. Fabricar autos era sin embargo un negocio riesgoso. La mayoría de las primeras empresas que se instalaran en la euforia del momento acabaron en la bancarrota o devoradas por sus competidores. Ahora eran solo tres las dominantes, General Motors, Ford y Chrysler.

La competencia mutua era mortal y cada nuevo modelo un juego de ruleta. Expertos en mecánica, hidráulica, electricidad, aerodinámica, combustibles e iluminación se rompían la cabeza junto a diseñadores, especialistas en materiales, montaje, mercado, economistas, abogados y financiadores, antes de lanzar un nuevo modelo. Algunos modelos habían hecho historia como el Thunderbird de la Ford de 1955. Otros habían fracasado como los Airflow de la Chrysler de 1934 que a pesar de sus avances técnicos no cayeron en el gusto de los consumidores. La guerra mundial vino a su rescate gracias a la demanda de material bélico. La Chrysler le había dado ahora sin embargo en el clavo con sus nuevos motores V-8. Sus Saratoga y New Yorker gustaban y se vendían bien. Bryan Burns podía dormir tranquilo.

Toda la familia se reunió en aquellos días, incluso Anton que vino por unas horas. Joseph quedó atónito al ver de nuevo a sus padres. Habría podido pasar al lado de ellos en la calle sin reconocerlos. Le parecieron mas pequeños que en sus recuerdos. Ambos con el pelo totalmente canoso, su padre con una calvicie que le cambiaba el rostro. Su madre le pareció confusa y no recordaba incidentes pasados para Joseph del todo evidentes. Después supo que los médicos le habían diagnosticado demencia. Christoffer encontró a su tio Bryan como una persona amable pero algo pomposa. Fornido, con una gordura acumulada por los años de vida sedentaria y un deseo evidente de que todos supieran que él era jefe de una sección de montaje en la Chrysler. Su tío Anton le cayó mas simpático. Vino sobrio aunque olía un poquito a alcohol. Delgado, bien parecido y aficionado a las bromas. Parecía prematuramente envejecido y se disculpó después de unas pocas horas porque tenía que ver "algunos negocios con gente de Florida". El tío Bryan les reveló que Anton vivía en un solo cuarto con un baño y una pequeña cocina que pagaba la Seguridad Social. No tenia hijos. Su esposa, según Bryan una muchacha de belleza excepcional, había muerto con una bala en la cabeza durante un asalto en su trabajo como cajera en un supermercado. En el tiroteo entre la policía y los asaltantes ella recibió una bala. Nunca se supo si de la policía o de los asaltantes. Anton no pudo soportarlo, se dio al alcohol y perdió el trabajo.

El último día su tio Bryan insistió en que Christoffer y Joseph vinieran con él a ver su lugar de trabajo. Su posición le daba el privilegio de llevar a visitantes. Christoffer aceptó por pura cortesia. Joseph se excusó indicando que prefería ver aquellos sitios de Detroit que había frecuentado en su juventud. En realidad quería volver al barrio de Saint Clair donde viera a Michael Carlsen por última vez. Para él seria aquello "cerrar el círculo".

Christoffer quedó fuertemente impresionado de su visita a la fábrica. Bryan era jefe de la sección de montaje de carrocerías con una pequeña oficina.propia en el piso alto desde donde tenia vista completa de su sección, Los autos venían a esa sección desde la precedente por una banda corrediza con el chasis, el motor, la transmisión acoplada, el esqueleto metálico de los asientos y el volante ya puestos. Otra banda paralela traía las flamantes carrocerías con la pintura recién secada. En medio de las dos banda había una grúa que funcionaba automáticamente a la manera de un robot y que cogiendo la carrocería con sorprendente precisión la trasladaba a la banda de los chasises acomodándola al chasis con exactitud milimétrica. Las decenas de operarios de la sección ajustaban entonces las carrocerías al chasis con pernos y soldadura siguiendo una secuencia fija de tiempos predeterminados. Simultáneamente otros operadores se encargaban de poner los paneles de control de la consola. Todo esto no tomaba muchos minutos. El auto estaba entonces listo para pasar por la banda a la siguiente sección. El ritmo de trabajo era febril y Christoffer tuvo la impresión de estar contemplando una danza misteriosa ejecutada por robots humanos. Por lo demás todo muy limpio y ordenado, nada de manchas de aceite o herramientas tiradas por el suelo como había visto en los talleres de reparación de autos. Su tío le explicó que cualquier demora en el proceso paraba a los autos que venían de la sección previa y obligaba a esperar a los trabajadores de la siguiente. Algo nada popular porque eso aventuraba los bonos. La empresa pagaba bonos a sus trabajadores de acuerdo a ciertos niveles de producción. Si estos niveles no se alcanzaban desaparecían los bonos. Su tío Bryan le mostró también la siguientes secciones que ya no estaban a su mando. La dedicada a los acoples eléctricos, al aire acondicionado y las partes blandas de los asientos. La de los parabrisas, ventanillas laterales y cerraduras. La del acople del sistema hidráulico y montaje de las ruedas. En todas parte se trabajaba con igual celeridad y precisión. En una última sección se hacia un control general. Si todo estaba en orden un papel verde era pegado al parabrisas y el auto llevado a la zona de embarque. En caso de falla el auto recibía un papel rojo. En la zona de embarque esperaban unos camiones enormes listos para cargar los autos hacia los puertos y lugares de venta.

- ¿ Que te pareció? - le preguntó el tío Bryan

- Impresionante tio – fue la respuesta sincera de Chistoffer. Gracias por traerme. Ahora entiendo porque te sientes tan orgulloso de tu trabajo, añadió con una pizca de ironía. A Bryan la ironía le pasó desapercibida. No era el tipo para tales sutilidades.

En la cabeza de Christoffer se movían ideas desordenadas. Le hubiera gustado discutir aquello con su tío pero algo le dijo que este no era la persona adecuada,. Su juventud le impedía ordenar esas ideas y convertirlas en palabra, De haberlo podido se habría referido a esa sorprendente efectividad de la moderna tecnología. A esos trabajadores que parecían robots obligados a ejecutar las mismas tareas día tras día y hora tras hora. De haber tenido mas madurez le habría puesto el nombre de alienación acoplada a la automatización. Su cerebro era aún muy joven para compaginar en un contexto lo aprendido en las lecciones de historia en el colegio. Que hasta 1933 los trabajadores en USA eran tratados como animales. Que no tenían derecho organizarse en sindicatos ni declararse en huelga, ni negociar sus salarios. Que eran exclusivamente los patrones quienes fijaban las pesadas jornadas de trabajo y los salarios bajos. Que el empleado podía ser despedido en cualquier momento, sin razón alguna y sin ningún beneficio. Que fue el Presidente Franklin Roosevelt, en 1933 con su New Deal, quien vino a poner orden en ese caos. Que las cosas habían mejorado pero que subsistía algo central. Que había una poca gente que ordenaba, creaba y financiaba y otra gente, la mayoría, que sencillamente obedecía. Que esa mayoría, si quería sobrevivir, no tenia otra alternativa que obedecer. Sorprendentemente esos trabajadores que Christoffer habia visto y que le recordaran a los robots parecían satisfechos. Como también lo hacia su tío.

Los Burns de Galveston regresaron contentos. El padre puso durante el viaje de buena gana la radio del auto que en esos tiempos era todavía una novedad. Se sentía orgulloso de su Saratoga Chrysler que ya llevaba radio. Las estaciones locales de los diferentes Estados los fueron acompañando, Michigan, Indiana, Missouri, Arkansas, Texas. Esta vez hicieron noche en un motel en las proximidades de Memphis. La conversación fue mas sobre la familia de Detroit pero parte de su atención estuvo ocupada por el temor creciente por la Unión Soviética. Los soviéticos tenían ya la bomba atómica desde hacia unos años. Las noticias recientes hablaban de tener también misiles intercontinentales que podían alcanzar USA con sus bombas. Para sorpresa y decepción de los norteamericanos los rusos habían puesto un satélite en el espacio antes que USA, el Sputnik, en octubre de 1957. Y como sal sobre la reciente herida habían lanzado una perra, Laika, a circundar la Tierra un mes mas tarde. El Presidente Eishenhower tuvo que prometer solemnemente que Norteamérica se pondría las botas. En enero de 1958 USA lanzó su primer satélite al espacio, el Explorer, mas pequeño que el Sputnik. En EE.UU había temor.

- No se porque los rusos nos odian – comentó Mildred – ¿acaso no son tan rubios como nosotros?

- Es que hablan otro idioma *sweetheart* – le contestó Joseph. No entienden nada de inglés, ¿sabes? Además su país es muy frío y con mucha nieve. No pueden entender que haya otros pueblos que vivan felices en lugares cálidos. Sienten como envidia.

- Además está la ideología - completó Christoffer con mas criterio – Odian el capitalismo y quieren una sociedad comunista donde todos sean iguales. Que la propiedad sea común, de todos.

- Y no creen en Dios – añadió Jeanine - queman las iglesias y persiguen a los sacerdotes. Y todos tienen que pensar igual.

- ¡Uf! !terrible – dijo Joseph – imagínate una sociedad sin religión ni propiedad. Que el vecino venga y me diga, "mire necesito su auto y me lo llevo, se lo traigo de vuelta cuando ya no lo necesite". Y tú no puedas hacer nada. Esos rusos tienen que estar locos. No en vano Stalin mató a millones de sus compatriotas,¿verdad?. Este nuevo, Cruschev, parece un poco mas sosegado. Pero uno nunca sabe lo que los comunistas tienen en mente.

En Christoffer el viaje le había despertado una motivación patriótica. El ver la inmensidad de su país, su variedad y la amenaza que ahora se cernía sobre este, le hizo pensar que su futuro seria el servir a su país de la mejor forma posible. También por primera vez en su vida se sintió conectado con su padre de una manera natural. Por su parte Joseph, había visto de nuevo a su familia en Detroit y cumplido con su ritual de pasear por Saint Clair donde viera a Michael Carlsen por última vez, lo que tuvo en él un efecto curativo. Había rehecho su vida en Galveston, tenia una familia propia y era un ciudadano respetable. Podía sentirse satisfecho.

CAPÍTULO #9

Eran tiempos de concentraciones multitudinarias por todo lado. Un boicot internacional amenazaba con llevar la economía del país al colapso. El Gobierno boliviano necesitaba demostrar que contaba con el apoyo del pueblo. La minería corría el peligro de parálisis por falta de repuestos para sus maquinarias. Había dificultad de encontrar mercados para el estaño producido. La producción minera en riesgo, la columna vertebral de la economía, la fuente principal de divisas. En las minas se hacia todo lo posible para mantener los niveles de producción, pero ello era tarea difícil. La maquinaria necesitaba repuestos y el extranjero se negaba a venderlos. Bombas de agua, taladros, compresoras de aire, generadores eléctricos, poleas, cables de acero, necesitaban renovarse. La producción agrícola no abastecía la demanda de las ciudades. Muchos productos tenían que importarse pero no había el dinero suficiente para ello. La escasez de alimentos era aguda.

El dos de agosto, fecha declarada como el Día del Indio, se hizo una demostración multitudinaria en Sucre. Miles de campesinos fueron convocados a participar en apoyo al Gobierno. Decenas de camiones trasladaron a los campesinos desde sus comunidades mas alejadas. Otros vinieron a pié o a lomo de mula o de burro. Las organizaciones de trabajadores se adhirieron a la marcha.

Los campesinos marcharon por la calles céntricas, especialmente por aquellas donde se sabía vivía la oposición burguesa, las familias de los antiguos terratenientes que ahora experimentaban la nostalgia del poder y de las tierras perdidas. Para advertirles que no se les ocurriera oponerse y confirmarles que ahora el poder estaba en manos de aquellos zaparrastrosos, emponchados, mal vestidos y de piel oscura. Eran miles, en filas desordenadas de a ocho o diez, gritando consignas, portando pancartas, llevando fusiles de palo porque no había armas de verdad para todos, tocando sus quenas, sus zampoñas y sus bombos, con sus vistosos ponchos a colores. Los hombres vestidos con esos pantalones cortos que sólo les llegaban a las canillas, las mujeres ensombreradas, con sus niños a la espalda y sus abarcas de cuero, dando un aspecto extraño y exótico a la ciudad. Una ciudad que antes se había enorgullecido de haber mantenido sus calles libres de indios tenía ahora a miles de ellos marchando por sus calles, dándole duro al bombo y a la zampoña, gritando improperios contra la rosca burguesa, metiendo un alboroto ensordecedor, dando vivas al Gobierno. Las casas elegantes del Parque Bolivar, de la Calle Arenales, de la Plaza 25 de Mayo, de la Calle Calvo, de la Calle Km. 7, cerrando sus balcones y sus ventanas demostrativamente, con el orgullo herido y por miedo.

La casa de los Llorente cerró también sus balcones aunque a Eulalia aquello le pareció un absurdo, como cerrar la puertas a un circo.

–Miraremos nomas pues señora - le dijo a Doña María Antonieta - van ha venir los tarabuqueños. Bonito se visten con sus monteras y sus ponchos a colores. Va a ver. A la señora le va a gustar. Ponchos lindos tienen, con hartos colores.

Doña María Antonieta, sentada en el salón de la casa, con su bordado para el Bazar de Caridad de las monjas de La Merced, le dijo que no, que no abriera las ventanas.

– Nos van a meter mal olor a la casa hija - le dijo. Después vamos a tener que ventilar toda la casa. Deja nomas los balcones cerrados.

Pichin andaba furioso. Llamaba por teléfono a sus amigos, consolándose, dándose coraje, alimentándose mutuamente en su impotencia ante lo que consideraban un abuso.

Ya a la tarde, cuando la concentración había concluido y la tranquilidad vuelto a las calles llamaron a la puerta de los Llorente. Fueron unos aldabonazos firmes que dieron eco en el silencio del patio y que sobresaltaron a la familia. ¿Quien podía ser ahora que las calles ya estaban casi vacías? Pichín bajó las gradas bordeando las macetas de geranios que en agosto todavía no estaban en flor y cruzó el patio bajo los limoneros preguntándose quien sería.

Al abrir la puerta se encontró a boca y jarro con un hombre cubierto de polvo, como si llegase de un viaje largo, tez oscura, apariencia robusta y armado hasta los dientes. Llevaba una cananas cruzadas al pecho donde relucían las balas como las cuentas de un rosario y una metralleta que le colgaba del hombro. En el cinturón llevaba un revólver. Vestía botas de caña alta y un sombrero de ala ancha que le ensombrecía el rostro.

- Hola Pichín- le dijo jovialmente - quitándose en sombrero para que le vea el rostro - Caramba como has crecido. ¡Ya eres un hombre!

Pichín no lo reconoció. La figura del hombre le inspiró miedo por su atuendo y por la circunstancias del día y de la hora. Pero mas que miedo le provocó irritación. Quizá no tanto porque aquel hombre moreno lo tuteara tan sin preámbulos sino mas bien por ese aire de seguridad que exhalaba y que parecía rodearlo como un aura. La molestia pudo mas que el miedo. En lugar de responderle al saludo lo miró lentamente de abajo a arriba, en toda su longitud, observando su indumentaria guerrera hasta detenerse finalmente en el cinturón.

- Parece que se le olvidaron las granadas - fue su comentario.

El hombre se rió de la ocurrencia.

- ¿No me reconoces Pichín? - le dijo. Soy Cipriano, el hijo de Jerónimo, de Chaquipampa. ¿No te acuerdas de mi?.- y le extendió la mano.

Pichin recién cayó en la cuenta de quien se trataba. Claro que era Cipriano. Estaba cambiado. De niños habían alguna vez jugado juntos en El Duende, aunque Cipriano era unos años mayor que él. Cipriano había dejado Chaquipampa para hacer su servicio militar hacían varios años atrás y desde entonces no se habían visto. Pichín nunca se había acordado de él. Hasta ahora. Y ahora se le aparecía, tan diferente, hecho un miliciano.

- Hola Cipriano - le contestó Pichín fríamente.

- ¿Como estás Pichin?. Tanto tiempo, ¿no? ¿Como está la familia?. He venido a echarme de menos. Traigo unos encargos de mi papá. Para tu mamá. ¿Puedo pasar?

- Si. Si. Pasa.

Doña María Antonieta lo recibió con amabilidad calculada, consciente de que se trataba del hijo de uno de sus antiguos peones. Por cierto el padre, Jerónimo, había trabajado para la familia por años como capataz y hombre de confianza en El Duende. Pero como hijo del peón debería no obstante recibirlo en la cocina. Pero sospechando que aquel hombre representaba el nuevo poder lo hizo pasar al salón de las visitas, preguntándose cual podía ser el motivo de aquella aparición.

Cipriano mostraba una prestancia que sobrepasaba la jactancia de su indumentaria de soldado revolucionario. Se quitó respetuosamente el sombrero y las cananas que las puso a descansar junto a la metralleta. Pidió disculpas por aparecer sin haberse anunciado y portando aquellas armas y esperó que lo invitaran a sentarse. Todo en él respiraba una armonía interior ajena a la ostentación. Los ojos experimentados de Dona Maria Antonieta, con años de entrenamiento en las escaramuzas de salón, lo midieron sin consideraciones, aprobando finalmente aquella prestancia y aplomo que le parecieron extrañas en un hombre de baja cultura.

–Tanto tiempo que no te veía Cipriano – le dijo. Estás muy cambiado. Sientate por favor.

Cipriano solo respondió al comentario con una sonrisa.

– Señora María Antonieta– le dijo una vez se hubo sentado – Le traigo algunos encargos de mi papá. Yo estuve hace poco en Chaquipampa. El no se olvida de ustedes. Me contó que los animalitos que ustedes dejaron allá a su cuidado están bien. Me pidió que les avisara que les está engordando un chanchito para la Navidad. Me mandó también parte de las cosechas que este año han sido buenas. Les he traído algo de trigo, maíz, papa y unos corderitos.

A decir verdad la familia LLorente estaba pasando hambre aunque hacían lo posible por ocultarlo.

– Muy amable de tu parte Cipriano

–No señora, no me lo agradezca a mi. Agradézcaselo a mi papá que los estima tanto. El estaba muy preocupado por la falta de comida en Sucre. Les debe estar haciendo falta, me dijo. Llévales estito, me dijo. Les he traído cosas que están en una camioneta en la calle.

– Porqué te molestaste Cippriano. Traernos cosas desde la propiedad. A nosotros que somos rosqueros. Yo aprecio este tu gesto.

– No me lo diga señora. Si son cosas que les pertenecen a ustedes. Son productos de su tierra. Nada mas justo que se las trajera.

- ¿Y no te arriesgas a que tus compañeros te molesten si haces favores a los rosqueros?

- ¿Porquè señora?. Si todos somos bolivianos ¿no? Rosqueros y movimientistas somos igual de bolivianos. Si todos queremos el bien del pais y podemos ayudarnos, porque no hacerlo, ¿no le parece?

- Si es cierto. ¡Pero los tiempos han cambiado tanto!...que una no sabe ya ni que pensar.

- Es cierto señora... los tiempos han cambiado.......

- ¿Te ofrezco un sherry, Cipriano?

- Gracias señora. Le acepto. Aunque Ud. sabe que nosotros tomamos solo chichita, le dijo riendo. Nunca he tomado sherry pero le acepto. Alguna vez también hay que probar las bebidas finas, ¿no?

En ese momento y atraídos por la curiosidad entraron Maria Elena y Gabriel.

- ¡Hola Gabrielito!- se levantó Cipriano a saludarlo. ¡Como has crecido!. ¡Ya eres un joven!.

A María Elena no se atrevió a tutearla a pesar de que ella recién iba para los dieciséis y él se acercaba a los treinta.

-¡Señorita María Elena! ¿Como está?. Ud. también ha crecido. ¡Como pasa el tiempo!...

Cipriano les contó que era miembro del Comité de Seguridad del Movimiento. Que por ello que andaba armado y que también gracias a eso podía viajar mucho y traerles todas aquellos productos. Lo dijo sin vanidad, como simples hechos explicativos. Una vez tomado su sherry pidió permiso para hacer meter las cosas que había traído para la familia. Eran varias bolsas de trigo y maíz, dos corderos, un chanchito, verduras frescas, papa y algo de fruta. Los productos fueron acomodados por sus hombres en el patio de las empleadas mientras le informaba a Eulalia sobre el contenido de los sacos.

La familia Llorente tuvo aquel día la deferencia de no sólo invitarle al salón de visitas de la casa sino también la de dejarlo permanecer allá el tiempo que quisiera. Conversaron de Chaquipampa y de la gente de allá. Cipriano les hizo saber que no deberían temer nada del nuevo régimen pero dejó entender discretamente que ello suponía al menos una actitud neutral, "es que nuestro Gobierno tiene muchos enemigos, dentro y fuera del país, por eso es que estamos obligados a ser precavidos.

Lo que menos queremos es molestar a nadie, pero también tenemos que defendernos", dijo. Se levantó para despedirse en el momento adecuado, educadamente, demostrando un respeto a la familia fuera de toda duda, pidiendo permiso para retirarse por consideración a su gente que lo estaba esperando y prometiendo no descuidarse de que los productos de Chaquipampa les llegaran regularmente. Doña María Antonieta tuvo la deferencia de pedir a Pichin que lo acompañara hasta la puerta de salida.

Una vez que Pichin y Cipriano quedaron sólos, éste le dijo confidencialmente

- Pichin, quiero advertirte como amigo que no te mezcles con los falangistas. No debería de decírtelo pero quiero que sepas que el Control Político te tiene en sus listas. Por favor no te metas en política. Yo te ayudaré en lo que esté a mi alcance. Pero no hagas macanas. Piensa en tu madre. Te lo digo como amigo de tu familia.

- ¿ A que macanas te refieres?

- Eso de andar pegando a campesinos en La Tablada, por ejemplo. No te dejes engañar por los Camisas Blancas, Pichin. No es gente buena. Tu eres un muchacho inteligente. ¿Porqué no vienes a visitarme al Comité Departamental del Partido? ¿Y ahí charlamos?

- ¡No!. Ahí jamás. Sería una traición a mi gente. Y tú lo sabes.

- Bueno piénsalo. Si quieres venir algún día estaré yo allá para recibirte.

- No es necesario que me esperes porque no vendré. No quiero tener relaciones con comunistas.

-Tu sabes que no somos comunistas, Pichín. Aún mas, te puedo decir que estamos contra el comunismo.

- ¿Y porqué están entonces contra la propiedad privada?. ¿Porqué quitan a la gente sus legitimas propiedades? Eso es, para mi, comunismo.

- Pichín. Lo único que hemos hecho es darle la tierra a quienes la trabajan, a los campesinos. Y les hemos dado el derecho a voto como a cualquier otro boliviano. Y las minas que antes estaban en manos privadas ahora son del Estado. Eso es todo. Lo que queremos es modernizar el país. Que haya un poco de justicia social. Nada mas. No queremos ningún comunismo en Bolivia.

- Nada mas, claro. Y a nosotros y a otras familias nos dejaron sin tierras.

- Casi sin tierras, Pichín. No te olvides que todavía les queda la casa de hacienda y algunas hectáreas. Y eso nadie se los quita.

- Ah. ¡ Claro! Gracias. Muy amable. Mira que lo había olvidado.

- Yo sé que esto es difícil para tí y tu familia. Y para tí es difícil de entender. ¿Porqué no vienes al Comité un día? Para poder charlar con calma. Para que nos conozcas mejor.

- No. No vendré.

- Bueno. Como tu quieras. Pero seguimos siendo amigos, ¿no?

- Creo que si.

Se despidieron con un apretón de manos.

Cipriano se alejó convencido de que Pichín era un jodido. Se alejó pensando sin pensar, aunque de todas maneras pensando, que la señorita María Elena era una muchacha bella, que lo había estado mirando todo el tiempo desde aquellos ojos claros y escrutadores, sin decir una sola palabra, envolviéndolo entero con esos ojos que exhalaban una extraña paz desde ese rostro de rasgos finos y acabados como una obra de arte. Se alejó preguntándose como podía ser que los rosqueros tuvieran hijas tan bellas. Pensando sin pensar, aunque de todas maneras pensando, que quizás.... ¿porque no?. No. ¡Nunca! Pero... quizás. Los tiempos estaban cambiando. Si no fuera por Pichin que era un jodido....

Aquella noche Pichín no pudo dormir. Sentía una rabia mayor que la usual aunque sin poder precisar el motivo. La conversación con Cipriano le había dejado humillado aunque no sabía explicarse el porqué. Su subconsciente sin embargo lo sabía: Cipriano había mostrado un espíritu conciliatorio y generoso y él había reaccionado de una manera inmadura e impulsiva. Aún peor: los tiempos eran tales que era el hijo de su peón quien ahora venia con comida y protección. El mundo se había puesto al revés. María Elena, por su lado, se durmió evocando la imagen aquél hombre armado a quien no recordaba haber conocido y que le había despertado asociaciones con polvos de camino y sudores de guerreros, olores a caballeriza, a virilidades patéticamente insatisfechas, provocando en ella una inquietud extraña. Gabriel estuvo pensando varias horas en lo que Cipriano había dicho y se prometió preguntarle algunas cosas al Padre Justi. Mientras Doña María Antonieta daba un suspiro de alivio ya que ahora no tendría que preocuparse por la comida por un tiempo y quizá no fuera necesario ya vender el jeep o los candelabros de plata,..... por un tiempo.

CAPÍTULO #10

Christoffer Burns acabó el bachillerato en Galveston con notas entre buenas y excelentes ganándose la reputación de buen alumno. Matemáticas, Física y Química le dieron mas de un problema con notas solo algo por encima del promedio. En Historia y Lenguaje obtuvo sin embargo el nivel de excelencia.

Unas semanas antes de concluir el bachillerato Mr. Charles Hobson, un texano calvo y cuyos rasgos faciales de niño contrastaban con su figura corpulenta, lo retuvo al final de la clase.

Hobson enseñaba Historia y era querido por sus estudiantes por su carácter jovial y bromista. Ya canoso, con unas gafas muy gruesas, se había dejado años atrás crecer la barba en un cándido intento de compensar su calvicie. Amaba la Historia y se sentía orgulloso de enseñarla bajo la consigna de que quien no tiene una idea de los últimos 10.000 años de la humanidad camina por el mundo a tientas, como un explorador sin brújula. "Imagínense ustedes - les decía a sus alumnos - que solo recordaran lo que hicieron ayer olvidando todo lo que les sucedió antes en su vida. Se sentirían bastante desorientados, ¿verdad?. Pues eso es lo que le sucede a la gente cuando ignora la Historia". Hobson había sido profesor de Christoffer durante todo el high school.

- ¿Cuales son tus planes cuando acabes el high school, *boy*? Le preguntó

- No lo se muy bien Mr Hobson– contestó Christoffer – Me gustaría seguir con el college

- ¿Y has pensado en los temas que te gustaría estudiar?

- No estoy muy seguro. Creo que algo que tenga que ver con Ciencias Sociales, como Historia, Ciencias Políticas o algo por el estilo

- Pues me parece muy bien. ¿Y has pensado donde?

_ Le he estado dando vueltas al asunto. Creo que la Universidad de Texas en Austin me quedaría bien. No me sentiría tan lejos de casa

- Austin… Austin,,, Mira Christoffer, a ti te gusta la Historia, ¿no es cierto?. Lo has demostrado con las mejores calificaciones estos años y en las conversaciones que hemos tenido. Estás hecho para el tema. La Universidad de Texas no es muy buena para Historia. Su atención está mas centrada en Ciencias Naturales. Para serte franco nosotros los texanos estamos en la prehistoria en cuanto a Historia. Creemos que el mundo comienza y acaba en Texas El resto no cuenta. ¿Porqué no pensar en Princeton? Ahí si tienes una escuela de Historia de primera clase.

La sola palabra Princeton hizo que Christoffer diera un paso atrás como empujado por una fuerza invisible. Princeton era para los muy ricos o los muy genios. Nada para él, hijo de un modesto comerciante de Galveston.

- ¿Princeton? ¡Oh no!. Eso no es para mi, sir. Eso es para los ricos o los muy inteligentes. ¿No es cierto?

- Bueno… verdad…. Es una Universidad cara y exclusiva, por cierto. Pero siempre es posible conseguir una beca o arreglarlo de alguna manera. Lo importante es apuntar alto. ¿No crees? No se pierde nada con probar.

- Si…. Pero Princeton…..¡Uhh!…

- Mira *young man*, quien no apunta alto no llega a ningún lado. Te propongo lo siguiente. Yo te doy una carta de recomendación como excelente alumno, porque te lo mereces. Hablaré con el Rector para que escriba una carta similar, y acompañas esas cartas a tu solicitud de ingreso.

- ¡Uhhh!…..¿Ingreso a Princeton?….

- Yes *young man*. Ingreso a Princeton. Si te parece yo llamo a la Universidad y les pido que te manden los formularios de solicitud a tu casa. ¿Te parece bien?

- OK sir… aunque no lo sé…. La sola idea como que me asusta un poco.

- Nada para asustarse *young man*. Ni tampoco hacerse ilusiones por cierto. Solo el 5% de los solicitantes son admitidos. Al mismísimo Nelson Rockefeller, cuando joven, le rechazaron su solicitud de ingreso,

¿lo sabías?. Así que no lo sabemos. Pero vale la pena probarlo. Además...
Burns... suena a escocés...eran tus ancestros escoceses?

- Yes, sir
- Entonces tenían que haber sido presbiterianos, me imagino
- Yes sir.
- En ese caso te sentirias en casa. Fueron los presbiterianos quienes fundaron la Universidad de Princeton. ¿Lo sabías?
- No sir
- Pues si. Fueron ellos. Y además puede que tengas suerte. Me han soplado al oído que ahora andan discutiendo allá la posibilidad de abrir por primera vez la universidad también a las chicas
- ¿De veras?
- Pues si *young man*. Imagínate estudiar en Princeton y tener además a chicas bonitas como compañeras de clase... el paraíso – añadió riendo

A los pocos días le llegó a la casa un sobre con el rótulo de la Universidad de Princeton, New Jersey. Llegó primero a manos del padre quien decidió no hacer comentario y pasárselo a Christoffer como si nada. Ya hablarían después. Christoffer abrió el sobre con una sensación de inquietud y respeto, como si fuera una misiva procedente de algún sitio misterioso e inalcanzable.

La información que contenía, además de lo formularios de solicitud, era extensa.

Los gastos anuales eran de 9000 dólares y comprendían, además de la matrícula y otros gastos de estudio, también los de vivienda en el mismo campus. Las viviendas tenían cocina que permitía a los estudiantes preparar comidas ligeras. Por lo demás en el campus había varios restaurantes y cafeterías cuyos precios eran mas bajos que los de afuera. Los cuartos albergaban a entre dos y cuatro estudiantes, con diferentes precios. Los dormitorios tenían anexos en forma de salas de estudio, biblioteca, salas de reuniones sociales, salas de juegos y hasta cuartos oscuros para los estudiantes interesados en fotografía. El campus tenía varias instalaciones para diversas actividades deportivas. ¡9000 dólares! ¡madre! La cifra se le antojó a Christoffer como una fortuna. La Universidad ofrecía sin embargo un 30% de los gastos en forma de préstamo a baja renta y a pagarse en cuotas mensuales a partir del 5º año después de la graduación. Además había la posibilidad de trabajo por horas, en el mismo campus (cafeterías, bibliotecas, etc) o en la ciudad próxima de Princeton a donde se podía ir caminando o en bicicleta. Muchos comercios en Princenton aceptaban de buena gana a los estudiantes de la Universidad como empleados. Los alumnos que durante el primer año mostraban resultados excepcionales tenían la posibilidad de una beca que cubría el 60% de los gastos, al margen del crédito. Conseguir la beca era difícil pero no imposible. El folleto adjunto mostraba las fotos de edificios antiguos, de piedra y estilo gótico, con sus paredes cubiertas de enredaderas, parques, teatro, museo de arte, iglesia. Había bibliotecas, cafeterías, restaurantes y campos deportivos. Todo muy elegante, impecable y con una atmósfera de tranquilidad. Un lugar paradisiaco para un joven que quisiera estudiar, hacer nuevos amigos para el futuro y pasarla bien. Un mundo totalmente distinto al hasta entonces por él conocido. En la reseña histórica se mencionaba que el mismísimo Albert Einstein había tenido una oficina allá. Muchos de sus ex-alumnos se habían hecho merecedores de premios prestigiosos. De la Universidad habían salido futuros senadores, algún miembro de la Corte Suprema de Justicia e incluso Presidentes del país. "¡Uhau!" fué lo único que Christoffer atinó a decir acabado de leer el folleto.

Si bien la información enviada no lo mencionaba era hecho conocido entre los iniciados que en las bibliotecas de esa Universidad se guardaban 7 millones de ejemplares. La mas importante de esas bibliotecas, la Firestone, poseía 350.000 ejemplares de libros raros, del siglo XV para adelante, y en su sección de manuscritos, bajo veinte cerraduras y otros tantos códigos, se guardaban invalorables joyas literarias veneradas por los norteamericanos, entre otros el manuscrito *The Great Gatsby* de F. Scott Fitzgerald. Tampoco mencionaba que su Museo de Arte incluía 92.000 piezas, de todos los.continentes y épocas, entre ellas pinturas de Monet, Cezáne, Van Gogh y Andy Warhol.

Christoffer mandó, sin mucha esperanza, su solicitud de admisión adjuntando sus certificados de notas y las cartas de su profesor Hobson y la del Rector de la escuela. También la fotografía que exigían. Aquello probablemente para seguridad de la Universidad de tener que vérselas con un solicitante blanco y caucásico. Otras razas eran miradas con cautela o sencillamente no admitidas, como los negros. En su solicitud especificaba las razones por la cuales quería estudiar allá, con su interés por la Historia como central. Consideraba sus posibilidades como remotas. Como Hobson le había dicho, no había que hacerse ilusiones. No se atrevió decir nada a su padre antes de recibir la respuesta ya que lo mas probable esta seria negativa. En ese caso le quedaba Austin como alternativa. Allá era mucho mas fácil ser admitido y mas barato.

A las 3 semanas le llegó un sobre con el membrete de la Universidad. Esta vez aún mas grueso que el anterior. Lo abrió con manos temblorosas. Entre la documentación contenida había una carta. Su nerviosismo le obligó a leerla varias veces para poder comprender lo que decía y admitirlo como cierto. Su solicitud había sido aceptada y le daban la bienvenida. El lenguaje era cordial indicando que sería para ellos un placer tenerlo como alumno. La documentación que acompañaba era extensa y había que estudiarla con calma. Había un formulario muy largo a llenarse con información personal y de la familia con, entre otras cosas, el nombre del Banco y el número de cuenta del padre o apoderado que se haría cargo del pago por los estudios. Había diferentes opciones de pago: mensual, trimestral y anual. El sobre contenía un catálogo con los diferentes cursos a los que podía acceder de acuerdo a sus méritos e intereses, puntajes, lugares en el campus donde tenían lugar esos cursos y nombres de los profesores responsables. Le ofrecían un mentor que se haría cargo de él a manera de guía durante sus estudios. En la carta indicaban que la Universidad se sentiria "extremadamente complacida" si los padres o apoderados acompañaban al alumno en su primera visita al campus para "discutir temas prácticos". La vivienda que le ofrecían era un cuarto a compartir con otros tres estudiantes. Todo aquello estaba todavía sujeto a confirmación hasta que la documentación exigida haya sido valorada por el Comité de Admisiones. En caso de confirmación era además posible que fuera invitado a una entrevista con el Comité de Alumnos de la Universidad.

Christoffer sintió que esos papeles pesaban de pronto una tonelada. Aquello sonaba a serio. El final de la vida despreocupada de joven en la modesta Galveston. Y costaba una fortuna. Y estaba lejos, como en otro mundo, nada que ver con Texas. Sintió que la cabeza como que le daba vueltas. Tenía que conversarlo con alguien antes de hablar con su padre. Se decidió hacerlo con Lena, su enamorada, que también había acabado el high school y trabajaba de momento como cajera en un supermercado mientras decidiera que hacer con su vida. La encontró saliendo del trabajo y le invitó a una caminata por el Sea Bouevard, el paseo obligado de los galvestonianos. Lena pareció no entender nada y su único temor era que él dejaría Galveston. Que se iría a vivir a otro sitio. Christoffer quedó frustrado.

Después de despedirse de Lena se quedó sentado un buen rato en un banco del Sea Boulevard mirando el mar. La brisa de noviembre era fresca. Necesitaba pensar. Le agobiaba la sensación de estar cometiendo un error. De estar metiéndose en algo que no le correspondía, en aguas profundas sin saber nadar, que ninguna de las personas que conocia, con excepción de Hobson, lo entenderían. ¿Porqué mierda tuvo Hobson que meterse en esto? se preguntó indignado. De no ser por Hobson él no habría pensado jamás en Princeton. Por alguna razón extraña se sentía desleal con su origen, con su ciudad, con su familia, con Lena, con todos. Como si ingresar a Princeton le significaría romper con sus vínculos sociales y su pasado. Bueno, al fin y al cabo no hay compromiso, se consoló. Podía sencillamente dejar de mandar a la Universidad la documentación que le pedían y escribirles que había cambiado de idea, que Princeton ya no estaba mas en sus planes. Lo pensaría un par de días mas antes de hablar con su padre y quizás con Hobson. Con su madre no tenía sentido hacerlo, lo tomaría a broma Además estaba el problema del dinero, ¿que diría su padre sobre eso?.

De lo que Christoffer no tenía la mas remota idea era que su solicitud había dado lugar a mas de un comentario y a una que otra expresión de sorpresa. Birgit Hoenecker, una treinteañera, dotada de una viveza juvenil y un temperamento efusivo, era una de las secretarias del Comité de Admisiones de Princeton. Sus funciones incluían el abrir la correspondencia diaria dirigida al Comité clasificándola en las cartas de solicitud y las de reclamos. Listaba los nombres de los remitentes haciendo un resumen conciso de cada caso antes de pasar el material a su jefa en la oficina contigua, la Sra Sylvia Johnson.

Johnson, quien doblaba en edad a Hoenekker, era una las Consejeras del Comité de Admisiones y encargada de evaluar las solicitudes para luego presentarlas a la reunión de los 5 miembros del Comité. Portaba en secreto el orgullo de tener su oficina en el mismísimo Nassau Hall, el centro administrativo del campus, un edificio con casi 300 años de antigüedad, con sus dos tigres de bronce a la entrada y que tenía el mérito de haber sido la sede del gobierno de EE.UU durante unos meses en 1783. Para ella esas paredes respiraban historia. Y tradición. Cada año no podía sino sonreírse al saber que los estudiantes, de nuevo y aprovechando la oscuridad de la noche, habían trepado secretamente a la cúspide del edificio y robado el badajo de la campana encargada de llamar al primer día de clases. Su otro orgullo, el que lo hacia público, era el de pertenecer a una institución que admiraba y que se le hacía ostensible en la atmósfera de quietud que experimentaba en sus paseos por el campus entre esas áreas de césped con sus árboles centenarios y esos edificios góticos de piedra que le daban al lugar un aire de contagiosa y severa distinción. En sus veinte años en el cargo había desarrollado un sexto sentido para juzgar con certeza cuales solicitudes de los estudiantes merecían tomarse en cuenta y cuales no. Buenas notas, procedencia y abolengo entraban en su cálculo. Cualidades excepcionales para el deporte podían eventualmente compensar otras deficiencias. Su cargo no le daba la potestad de decidir, solo aconsejar, pero gracias al prestigio que se había ganado era solo excepcionalmente que el Comité de Admisiones no seguía sus consejos

Aquel día Birgit Hoenekker tenía en su escritorio algo mas de 50 sobres para abrir y otras tantas cartas que leer. Cuando abrió el sobre de Christoffer y fiel a su temperamento no pudo evitar un *"What the hell!"* de sorpresa lo suficientemente audible para que le llegara a los oídos de su jefa que tena en ese momento la puerta de su oficina abierta.

- ¿Pasa algo Birgit? - le preguntó Sylvia Johnson desde su propia oficina

- No, Ms Johnson. Respondió Hoenekker- *Sorry*. Solo que acabo de leer una solicitud de Galveston.

- ¡Oh! *funny*! - respondió Johnson, solo por decir algo

- Se la traigo enseguida para que la vea - siguió Hoenekker, dirigiéndose a la oficina de su jefa

- Mire Ms Johnson - le dijo entregándole la carta de Christoffer – De Galveston. ¿No es curioso?.

La Sra Johnson tomó la carta y la miró por un segundo

- Galveston, ¿donde queda eso?

- Texas, Ms Johnson

- ¡Oh ya! la islita aquella que tienen cerca de la costa. Ahora lo recuerdo

- Si Ms. Johnson. Muy extraño, ¿verdad?.

Ms Jonhson le dio una mirada mas atenta a la carta y luego de un minuto se la devolvió a su secretaria.

- Está bien formulada – fue su veredicto – Bueno. Ponla junto al resto y ya la estudiaré con calma antes de la reunión del Comité.

- Bien, Ms Johnson

La sorpresa de las dos mujeres no estaba infundada. Prácticamente todas las solicitudes de ingreso venian de las ciudades grandes, Nueva York, Filadelfia, Pittsburgh, Atlanta, Cincinati, Indianápolis, Mineápolis, Washington, Chicago. Incluso algunas de Boston, de aquellas familias que por algún motivo le tenían tirria a Harvard o que no se atrevían con la MIT. De California venían pocas, allá hasta los ricos eran demasiado liberales para que Princeton les cayera al gusto, preferían Berkeley, progresista y cerca de San Francisco o, si se era muy inteligente, el Califonia Institute of Technology en Pasadena. El Comité de Admisiones de Princeton tenia sus tradiciones. Había desarrollado una suerte de radar que en apenas unos segundos les decía si el solicitante pertenecía o no a alguna familia conocida. "¿Van Der Berg?, algo me dice que la familia es co-propietaria del First National City Bank en Indianápolis, ¿o estoy equivocado?. "¿Lewis-Scott?, si la memoria no me engaña la madre es una respetada Fiscal General en Memphis" "¿Lowenstein? He escuchado de buena fuente que es gente con intereses en la industria hotelera en el Caribe". "¿Bolton? Su padre es ahora candidato a Senador por West Virginia, fue alumno nuestro hace 25 años". Era el tipo de comentarios que se escuchaba en el Comité.

Por cierto no se podía decir que los texanos fueran precisamente los mas cultivados del mundo y que ocuparan el pináculo mas alto en los círculos académicos de Nueva Jersey. Eso se sabía. Pero ¿además de Galveston? ¿Donde, que se sepa, ni siquiera tenían un college propio?. ¿No era Galveston un lugar de pescadores o de gente así? ¿Y Burns? ¿Quien había escuchado alguna vez de algún Burns?

Fue la misteriosa intuición de Sylvia Johnson que vino a la ayuda de Christoffer. Esa intuición le dijo que el muchacho, al margen de lo meritorio de sus papeles, merecía una oportunidad.

CAPÍTULO #11

Pichín no fue a la Universidad. En parte porque le aburría sentarse a leer libros por horas y, en parte, porque su familia necesitaba dinero. Acabó el bachillerato como pudo, con la notas mínimas. Doña María Antonieta aceptó aquello con resignación porque la familia tenía que sobrevivir. Cipriano cumplió su promesa y los envíos de Jerónimo fueron llegando con cierta regularidad garantizándoles al menos la comida del día. Aquello no era sin embargo suficiente. Estaban los gastos de ropa, del colegio y aquellos para mantener los últimos vestigios de dignidad y que también costaban. Las apariencias eran importantes, señalaban el estatus de la familia, el nivel de respeto a esperarse. Con resignación admitió que ya no iría a su costurera cada 2 meses con el último número de las revistas Vanidades y Para Ti que mostraban los vestidos de la última moda en París y Buenos Aires, para que le haga uno igual. Ni cada mes a su peluquera para que le arregle el pelo y le pinte las uñas. Ni recibir a sus amigas los sábados a tomar el te con pastelillos y chocolates, intercambiar chismes y jugar al rummy. Ni comprar aquellas sales marinas aromáticas, que las traían de no se donde y que por eso eran tan caras y que ella usaba en sus baños de tina dejándole la piel tan suavecita, como rejuvenecida. Hecharía de menos la revista LIFE que traía esas fotos tan grandes y bonitas sobre lo que pasaba en el mundo y por eso era cara. Solo mantendría las Selecciones del Reader´s Digest, mas barata, cuyos artículos la consolaban mostrándole un mundo ordenado con respeto por la familia, la religión y las buenas costumbres.

Los Llorente no tenían dinero. Para empeorar las cosas resultó que Don Enrrique tenia unos préstamos misteriosose ignorados por Doña María Antonieta. Se lo dijeron los del Banco Agrícola,

el mismísimo gerente que era también miembro del Rotary Club
y amigo de la familia. Le había pedido que venga por favor a su
oficina. Y allá éste se lo dijo, amablemente, como correspondía,
pero al mismo tiempo con la firmeza a esperarse de un hombre
con responsabilidades bancarias. "Tenemos nuestras normas, María
Antonieta"- le dijo – y esas, como comprenderás, son inviolables".
Doña María Antonieta recibió la noticia con compostura, sin dejarse
traicionar por la sorpresa, mostrando mas bien compresión por los
importantes menesteres del gerente.

Uno de los jeeps tuvo que venderse para pagar la deuda. El otro
se lo consideró vital para mantener un mínimo de dignidad. Con
la discreción del caso Doña Maria Antonieta vendió parte la vajilla
Baccarat que era su orgullo en los banquetes, los candelabros de plata
de la época de la colonia española, la araña de cristal traída de Francia y
los espejos venecianos del salón que eran uno de los signos de distinción
de la familia. Donde estuvieron los espejos quedaron unos huecos
vacíos de un tono mas oscuro que el resto del empapelado, como un
recuerdo permanente del ocaso de la familia. Para contento de Gabriel
no apareció níngún comprador para los 72 volúmenes de la Enciclopedia
Espasa-Calpe que llenaban un extenso estante en lo fuera la biblioteca
de Don Enrrique. Dona María Antonieta se encerraba a veces en su
dormitorio, cuando los chicos estaban fuera, a llorar en su soledad,
recordando los días felices con su esposo, evocando los veranos en
Chaquipampa, las fiestas en el Rotary Club, los vestidos largos de fiesta
de las damas, los fracs de los caballeros, las revistas de modas de Paris,
las visitas a las propiedades de las otras familias. Ese mundo que parecía
tan estable y sólido, con reglas de juego fijas que todos las conocían y
no como ahora que nadie sabía quien era quien, que todo cambiaba con
tanta prontitud, que no se sabía ni como comportarse. Eulalia, que tenía
la intuición de una clarividente, y que había aprendido con los años a
leer en el alma de su patrona, sabía aún antes que ella misma, cuando
era llegado el momento de esos arrebatos de tristeza. Entonces salía de la
casa con el pretexto de ir al mercado o cualquier otra cosa, para dejarla
tranquila, con sus recuerdos y sus lágrimas. Y no volvía a aparecer hasta
que no escuchaba la música del gramófono de cuerda, que marcaba el
final de aquellos ataques de nostalgia.

- ¡Ay que linda su música senoray!- le decía - ¿Un poco triste pero, no?

- Es Bizet, Eulalia - le contestaba Dona María Antonieta, ya recuperada de su crisis. Con el espíritu recargado con el bálsamo de la música, lavándose los últimos residuos de su melancolía con los acordes de los violines. Empezando a sonreír - No es triste. Es sólo sentimental. Escucha los violines. Este pedazo se llama "El sueño del pescador de perlas". ¿Te gusta?

- Como no me ha de gustar pues. Bello es. Distinto de nuestros huayñitos, ¿no?

- Si Eulalia- le contestaba Doña María Antonieta, ya riendo - Muy distinto. Pensando que lo último que vendería sería aquél gramófono de cuerda. Que si algún día volvían a tener dinero compraría una de esas consolas eléctricas de lujo que había visto en algunas tiendas y que eran por entonces una novedad. Que daban una música que invadía toda la habitación y que parecía salida del cielo.

Pichín, en lugar de entrar a la Universidad se hizo chofer. Tomó el camión Fargo de la familia y se dedicó al transporte. Transportaba a la ciudad la fruta que se producía en las zonas agrícolas, transportaba cemento producido en la fábrica local, transportaba campesinos impasibles que solían treparse al camión junto con sus productos y sus animales, transportaba trigo, papa, maíz. Lo que fuera y diera dinero. El trabajo era duro y peligroso, jornadas largas y cansadoras, caminos malos, plantadas a la media noche, lluvias que dejaban los caminos intransitables. Agotador pero rentable y el camioncito se portaba bien. Pichin fue el primer blanco que empezó a trabajar de camionero. El primer blanco que empezó a ganarse el pan con sus manos.

- Si los cholos pueden hacerlo porque no he de hacerlo yo - se decía a sí mismo. No en voz alta porque los tiempos eran ahora otros. Estaba aprendiendo a cuidar la lengua. La advertencia de Cipriano había tenido efecto. Había que andarse con cuidado. A Gustavo Lafayete lo habían detenido, con la manos en la masa, preparando un asalto a una de las sedes del partido de gobierno y estaba preso. Fernando Videla había salido al exilio a la escapada, estaba en Buenos Aires. Se rumoreaba que lavaba platos platos en un restaurante italiano en el barrio de Velez Sarsfield. A Pichin no lo detuvieron, seguramente por

Cipriano, ni siquiera lo llamaron a interrogatorio, como a Juan Carlos Montaño que nunca tuvo nada que ver con los Camisas Blancas. Y no solo lo interrogaron, le dieron también una paliza recordatoria antes de soltarlo. No, a Pichin lo dejaban en paz. A pesar de que Gustavo Lafayete había dado su nombre como miembro de las Camisas Blancas durante el interrogatorio. Eso se lo había contado el tío de Gustavo, Nicolas Lafayete, que también era tío suyo y subgerente del Banco Mercantil.

– A Gustavito estos carajos del Control Político le pusieron la picana eléctrica y le apagaron cigarrillos en la planta de los pies – le había dicho su tío Nicolás, impecable como siempre, con su terno elegante y sus bigotes bien recortados – Así cualquiera habla, hijo.Hasta el mas macho. Así que a Gustavito no hay que culparlo. Pero tienes que cuidarte Pichin. Aunque …. te digo, las cosas están cambiando

– ¿Y como lo sabes?– le había preguntado Pichín.

– Bueno…. uno tiene sus contactos – le había respondido enigmático, al oído, acercándosele y dejándole sentir el vaho de su perfume de banquero – Los movimentistas ya se están cansando – había añadido, como diciendo un secreto – ¿Que quieres?. No hay dinero. No hay comida. La minería anda mal. Están jodidos. ¿Y porqué? ¿Porqué crees, Pichin?

– Bueno, por boludos ¿no?. Por eso ha de ser. Porque llevaron este país al desastre.

– No, querido Pichin. No. Lo que pasa es que los movimientistas no se la pueden, hijo. Y ¿sabes contra quien no se la pueden?¿No?. ¿No lo sabes?. ¡Pues contra los gringos hijo!. ¡Contra los gringos!. Si los gringos no quieren que haya dinero en este país y no haya comida en este país, pues no habrá dinero ni comida en este país. Así de sencillo.

– Hablas como los comunistas, tío.

– No querido Pichin. De buena fuente te digo que los movimientacos están levantando las manos. Eso de la revolución tiene su límite. Los movimientacos quieren también gozar del poder, como todos. Y quieren dinero. Este tu tío sabe de lo que habla. El año que viene ya tendremos a los gringos militares aquí reorganizando el ejército y ya verás como aparecen la comida y el dinero. Ya lo verás. Y los movimientacos tranquilos. Y nosotros también tranquilos. Todo se va ha resolver. Gracias a los gringos. Ellos saben lo que hacen. ¿Sabes que el hermano del Presidente Einsenhower estuvo hace poco en La Paz para conversar con el gobierno? ¿No? Pues si, estuvo en La Paz, directo desde Washington, y todo fue muy amistoso. Tu tranquilo Pichin. ¿OK? - y le había puesto la mano al hombro riendo - Comunista... ¿así que hablo como comunista?.. ja, ja, Pichin, eres gracioso. Aparécete por el Club, hace tiempo que no te vemos por allá.

Pichin no supo que pensar de aquella conversación. Nunca había pensado en los gringos.. ¿Que diablos tenían ellos que hacer en todo esto?. Aquello le parecía muy raro. Pero su tío Nicolás tenía fama de bien informado y de bueno para los negocios. ¿Se habría también vuelto político?

Pichín aprendió a hablar el quechua con cierta fluidez, por necesidad, por lo de su trabajo. Los otros choferes de camiones que lo vieran al principio con desconfianza porque era blanco, lo fueron aceptando como uno de los suyos. Le apodaron despectivamente *k'arachupa*, sin que él lo supiera. Por su piel blanca y por joder. Cuando él se enteró, se los dijo como quien nada quiere, un día en que varios de ellos esperaban carga

- El *k'arachupa* es animal fiero. Si lo provocan puede matar, ¿no es cierto?

Pero no fue la disimulada amenaza lo que les hizo cambiar de opinión, aunque lo sabían capaz de usar de sus puños, sino el hecho de verlo trabajar con las manos y que cada día se les parecía mas. Se hizo aún mas robusto y fuerte de cuerpo, las manos se le pusieron callosas y empezó a engordar por aquello de estar sentado por horas al volante. Alguna que otra vez acompañaba a los otros choferes a tomar unas chichas. Aprendió a hablar como ellos e hizo algunos amigos. Incluso a algunos les empezó a cobrar cariño. Las condiciones del trabajo les obligaba a ayudarse mutuamente, en el camino, en conseguir la carga, en obtener repuestos.

A veces se encontraban en el camino, siempre angosto y lleno de curvas peligrosas, y era parada obligada. Por cortesía, por curiosidad, porque lo angosto del camino obligaba a veces a uno de los camiones a retroceder para dar paso al otro.

- ¡Hola Cardenio! ¿Como vá?. ¿Que estas llevando? - preguntaba entre el ruido del motor, sacando la cabeza por la ventanilla.

- ¡Hola Pichín¡. Cemento. ¿Y vos?- le gritaba el otro

- Asuntos de ferretería. Y también a estos campesinos. Vengo de Aiquile. ¿Como está el camino mas adelante?

- Ha llovido fuerte por El Meadero, resbaloso está. Con cuidado hay que subir. El José se había plantado ahí, en la quebrada. Repuesto de Sucre está esperando dice, desde anoche.

- Camión viejo es pues el del José ¿no? ¿Y la quebrada del Rio Chico?

- Está bien nomas. Se puede pasar.

- Carajo ¿y esa cholita linda que llevas atrás?. ¿De donde te la has sacado pues?-- bromeando - eres un pícaro vos Cardenio. Que sepa tu mujer y te va ha cortar los huevos con su cuchillo de la cocina.

-Ja.Ja. Chau Pichín. Que te vaya bien.

- Chau.

Pichin iba desarrollando un sentido de solidaridad con esa gente. Todos eran mestizos.Trabajaban duro, sin quejarse, pero tenían poca cultura y una debilidad evidente por el alcohol. La chicha ocupaba un lugar importante en sus vidas y el emborracharse era el culmen de la diversión. Algunos de ellos ganaban bien pero seguían viviendo en condiciones de aparente pobreza, en casas sucias, mal ventiladas, sin un libro. Sus diversiones se reducían a comer y a emborracharse. Cuando alguna vez le invitaban a sus casas no podía evitar una sensación de desagrado, porque le obligaban a beber chicha que era la forma de demostrar su cariño y por la dejadez de sus casas con paredes sin pintar, ventanas sucias, hacinamiento. Cosas que muchos de ellos podían mejorar porque tenían el dinero, pero no lo hacían, Dios sabe porque. Por alguna razón extraña se sentía mas cómodo con los campesinos que eran indios puros. Como si la línea demarcadora entre ellos y él fuera clara para ambos. Con los mestizos esa línea era difusa y fluctuante generando cierta incomodidad. Los campesinos eran y se sentían indios, orgullosos de serlo. Con el mestizo no se sabía y era un insulto referirse a sus raíces indígenas.

Gabriel ya estaba en la mitad de la secundaria y era uno de los mejores alumnos de su curso. Tenia una curiosidad insaciable y le gustaba estudiar. Leía cuanto se le ponía en frente. La idea del padre mirandolo desde el cielo era otra motivación. Admiraba y respetaba a

Pichín pero le era difícil entender lo que a sus ojos era una especie de bloque de cemento, sólido pero sin variaciones. Pichín, paternal en su actitud, en su intimidad consideraba a Gabriel como algo tonto y despistado. Para que diablos leer tantos libros que no le serviran de nada, se preguntaba. Le hubiera querido mas parecido a él, deportista, directo y algo fanfarrón. María Elena miraba intrigada a su hermano menor sin entender ese su fervor por la lectura y su manía de andar preguntárselo todo. Sus intentos como hermana de llegar a una mayor intimidad con Gabriel habían siempre chocado con una suerte de mundo enigmático que Gabriel parecía llevar adentro y demasiado complejo para hacerse palabra.

La pubertad que sorprendiera a Rufino de una forma súbita y dramática, aunque le generara confusión, estuvo libre de culpa. En Gabriel sexualidad y culpa fueron una y la misma cosa. El descubrimiento de que las muchachas tenían un encanto irresistible que despertaba el impulso de abrazarlas, y de algo mas, le generó problemas. La moral del colegio daba por sobreentendidos el amor a Dios y a los padres, la honradez, la sinceridad, el respeto a los mayores, etc como virtudes tan básicas que apenas demandaban mayor amonestación. El sexto mandamiento era otra cosa. Había que machacar. No fornicar. Alcanzarse la "pureza". Ninguna sexualidad previa al matrimonio, Castidad. y virginidad hasta el visto bueno de la Iglesia a copular mediante el sacramento del matrimonio. Para los hombres había cierta tolerancia. Las muchachas tenían que andarse con mas cuidado. Virginidad derramada en un momento de distracción podía llevarlas a la estigmatización y el solterío. Las hormonas adolescentes en revuelo no encajaban con aquella ecuación de la pureza. A pesar de los folletos que les daban a leer. Evocativos. Con fotos de muchachas y chicos exuberantes de salud, bien parecidos, con la mirada clara, mirando al cielo, libres de sexualidad, puros.

La primera vez que Gabriel se masturbó fue como un terremoto que lo dejó anonadado, lleno de miedo y culpa. Había pecado. Pecado además mortal Si moría en ese momento se iba al infierno de cabeza, por toda una eternidad. La única solución era el perdón mediante la confesión, Ser absuelto por el cura Borrón y cuenta nueva. El resto de sus años en el colegio sería para Gabriel una larga cadena de confesiones y absoluciones. Ningún alumno mencionaba el tema, acoplado a un sentimiento subterráneo de verguenza. No comulgar por un tiempo despertaba sospechas. Comulgar requería "estado de gracia", libre de pecado. Y quien... Bueno...no había que ser un Sherlock Holmes. Menos mal que estaba el Padre Ortega, viejo, canoso y bonachón, quien recibía las confesiones con la expresión soñolienta de quien ha escuchado por años la misma cantaleta y cuya receta mágica era "un Padre Nuestro y tres Ave Marías, y no peques más", lo último sin mayor convicción. Y, ¡voila!, se estaba libre, se podía comulgar, e irse al cielo si a uno se le daba por morirse. Nadie se confesaba con el Padre Juan Alejandro Triana, alto, espigado, de expresión severa, erecto como si se hubiese tragado una espada y con un humor ácido que inspiraba temor. Además el Prefecto del Colegio. Mejor el infierno a confesarse con Triana. Ni con el Padre Saint-Esteban, que enseñaba apologética, de gafas gruesas, nariz larga y aguileña y una solemne seriedad solo obtenible si se estaba de tú a tú con Dios y sus misterios.

Gabriel ya había dejado los cuentos de Constancio C. Vigil y de los hermanos Grimm, las historias de Sandokan, los cuentos de hadas alemanes y holandeses, las Fábulas de Esopo y los cuentos de Guillermo Brown de Richmal Crompton con su mundo para él exótico por lo ordenado y sin diferentes razas. Había también pasado las de Robinson Crusoe, las de Tarzán el Rey de los Monos, las de las Mil y Una Noches, las de los mosqueteros de Dumas y las novelas de Verne. Ahora buscaba otra cosa, no sabía que, pero tenía de alguna manera relación con la religión. Ya no pensaba en su padre con la intensidad de antes pero su muerte le había hecho ver el mundo de una forma que le costaba entender. Sus dudas acerca de un Dios bondadoso le preocupaban. Trataba de explicarse el sentido del dolor, de entender a Cristo y su sufrimiento. Le parecía absurdo que Cristo y los hombres tendrían que sufrir. ¿Porque? Lo del pecado original como causa del dolor que los curas les explicaban le parecía mas absurdo mientras mas lo pensaba.

Se lo había dicho al Padre Justi:

- Lo que no entiendo es como se puede condenar a todos los hijos solo porque los padres cometieron un error. ¿No le parece una injusticia Padre?

- Es que fué un error de soberbia, Gabriel. El mas grave pecado que el hombre pudo cometer contra su Creador.

- Y porque ellos fueron soberbios, ¿ahora tenemos que pagarlo todos? ¿Por eso tiene que haber muerte y enfermedad y pobreza y sufrimiento?

- Sí. Porque nosotros heredamos esa soberbia de nuestros antepasados. Por eso mandó Dios a su hijo para crear una nueva alianza entre el Hombre y Dios. Para enseñarnos el valor del sufrimiento y hacernos humildes. Para darnos una segunda oportunidad.

- Pero el niño que muere no puede ser soberbio, ¿no le parece?: por lo menos aún no. ¿Entonces porque castigarlo con la muerte si aún es inocente? ¿No le parece una injusticia?

- Aparentemente si, Gabriel. Aparentemente. Pero es que a Dios sólo se lo puede entender sino a través de la humildad. ¿Acaso incluso Cristo no se quejó en la cruz? ¿Acaso no dijo "Padre mío porqué me has abandonado?". Esa fue su queja. Pero no nos olvidemos que añadió "pero que sea tu voluntad y no la mía". ¿No te parece éste un acto de extrema humildad?.

- ¿Entonces no hay que rebelarse contra la enfermedad y la muerte? Hay que aceptar todo el sufrimiento humano pasivamente, sin combatirlo y sin protestar?.

- La palabra rebelarse es sumamente peligrosa Gabriel. !Ten cuidado!. Combatir la muerte si, combatir el sufrimiento si, porque ésas no son obras de Dios sino del pecado. Pero rebelarse no. Al menos no contra Dios. Porque ése es el peor pecado. Ese es pecado de soberbia.

- Me cuesta entenderlo Padre. Le digo que me cuesta.

- Ora, Gabriel. La oración es la única fuente de sabiduría acerca de Dios. Esas son cosas que jamás las entenderás con el razonamiento. Sólo las podrás adivinar a través de la oración.

Pero Gabriel seguía sintiendo una suerte de ira sorda contra Dios. Lo que le daba miedo porque Justi había dicho que eso era soberbia, el mayor pecado de todos. ¿Podía Dios hacerle daño por ser soberbio?. ¿O hacer daño a su familia? ¿Sería un Dios vengativo?. ¡Claro que lo era!.¿Acaso no se estaba vengando desde que la humanidad era humanidad? Le hubiera gustado hablar de ésto con alguien más pero no encontraba con quien. A su madre la habría escandalizado. María Elena lo hubiera escuchado con paciencia pero sin entenderle. A Pichín le hubiera parecido simplemente una estupidez y su expresión categórica habría sido "no te preocupes de huevadas, Gabriel"

Por suerte estaba Fritz, compañero de curso y mejor amigo. Con Fritz no hablaba de estas cosas que no le habrían interesado, pero en lo demás era una buena compañía. Alto, delgado, de pelo rojizo y con abundantes pecas en la cara, había heredado de su madre unas piernas largas que le daban un caminar a zancadas. Su padre, Henrich Schneider, gordo, parco de palabras, de pelo muy negro y cortado a lo militar, tenia una importadora. Su madre, una inglesa de nombre Eleane Rutherford, alta y pelirroja, tan parca de palabras como su esposo, daba la impresión de estar siempre como despistada y fuera de lugar. Como era que se habían establecido en esta ciudad era un misterio. La importadora de productos de agricultura y eléctricos les daba una situación holgada con una casa grande y varias empleadas. Los Schneider llevaban una vida recluida. Si ello era porque las "buenas familias" de la ciudad consideraban que la pareja carecía del árbol genealógico necesario o que sus habilidades sociales para las escaramuzas de salón no eran las apropiadas, era difícil saberlo. La finezas del idioma, las reglas de cortesía y la sutil ironía que los locales cultivaban con maestría les eran a los Schneider un enigma. Frente a ese mundo social intrincado se sentían como torpes e inferiores. No eran miembros del Club de la Unión, ni del Rotary Club, ni del Club de Tenis. Ni siquiera del Club de Leones. Pero ello parecía no afectarles, ni a la pareja ni a sus seis hijos.

Fue por aquel tiempo que Fritz y Gabriel aprendieron a nadar. Por mano propia y con la sola guía del libro "El arte de nadar el crawl" de Johnny Weissmuller, el Tarzán del cine. En realidad.Gabriel ya sabía nadar aunque no lo hacia bien. Para Fritz era algo totalmente nuevo. El Club de Natación, antes refugio para "los chicos y las chicas bien" estaba ahora desierto. Sus antiguos visitantes no estaban de humor para la natación. Un cuidador con cara de aburrido se aparecía por allá algunas horas de acuerdo a su humor y les dejó entrar las veces que quisieran a cambio de una parte del dinero semanal que Fritz reciba de sus padres. Empezaron entrenando en la parte baja de la piscina con el libro como guía. A las pocas semanas Gabriel había perfeccionado su estilo y Fritz podía cruzar a nado la piscina entera. Aquello les hizo sentirse orgullosos y como que cementó su amistad.

Un año mas tarde Fritz seria enviado a Alemania. Sus padres lo consideraron maduro parra un baño de cultura germánica. Que ventilara su cerebro de la cultura local que los padres no aprobaban. Gabriel sintió su ausencia por un buen tiempo.

CAPÍTULO #12

Hasta los dieciocho años Adrián Bellini fue un muchacho observante de la ley y las buenas costumbres en su nativa Buenos Aires. La única reservación eran sus mediocres resultados escolares a pesar de dar la impresión de ser un joven despierto, amiguero y decidor. Fue su amigo y compañero de escuela Jacinto Benitez quien lo llevara por senderos escabrosos. Jacinto, de la misma edad, algo mas bajo y de piel mas oscura que Adrián, era un muchacho inquieto, de maneras nerviosas, hablar apresurado, mirar elusivo y temperamento impulsivo. Fue él el quien le pasó el dato de Puerto Madero. Según él allá habían tesoros ocultos, al alcance de la mano, prestos a ser descubiertos. Èl había estado allá y lo había visto con propios ojos. El lugar quedaba algo apartado, pero fácil de llegar y abandonado.

Y era cierto El puerto había sido construido hacían mas de 50 años atrás y tenido una vida corta debido a que a su conclusión aparecieron los barcos de gran tonelaje que requerían aguas mas profundas para su aproximación y descargo. Puerto Madero no se los podía brindar. Así que fue entrando en desuso, sus barracas abandonadas y sus contenidos olvidados. La vigilancia era escasa y allá se podía entrar y salir sin problema. Jacinto creía que allá se encerraban cosas valiosas y dinero a la mano.

- Por la ventana en uno de esos galpones vi algo que brillaba. Parecía oro - le había dicho Jacinto

- ¡Eh! ¡Parála Jacinto! Y como van a tener oro ahí sin vigilancia. ¿No te parece estúpido? - respondió Adrián escéptico

- Pues te lo digo. No se si es oro. Pero lo parecía. En todo caso es algo valioso. Hay que entrar y verlo para saberlo

- ¿Y entrar como? ¿Es que tenés las llaves?

- Bájala Adrián. ¿Es que sos boludo? Con un barrete pibe. Con un barrete. Hay que romper la cerradura

- ¡Uf! No me parece buena idea….

- Bájala, bájala Adrián. ¿Es que no tenés cojones? Es solo romper una cerradura. Nada del otro mundo. ¿Sabés lo que pasa? Es que estando yo allá solo me dio miedo. El lugar es enorme, ¿sabés?. Barracas aquí y allá, maquinaria vieja por todo lado, un despelote. Y desierto. Es un lugar…. como te diría…. tétrico. Eso, tétrico. Entrás ahí solo y sentís algo raro en el cuerpo. Por eso quiero verlo contigo. Para salir de dudas. Por ahí nos hacemos ricos, pibe.

- ¿Y como llegamos allá?

- En bicicleta. Nos toma menos de veinte minutos. Te metés por la Martin Rodriguez, a la Ricardo Balbin, cuando llegás al río tomás a la izquierda hasta el puente, cruzás el puente y estás en Madero. Facilísimo. Yo le saco a mi viejo un barreno del garaje y vemos que pasa.

Jacinto y Adrián se fueron para allá un domingo en la tarde. Jacinto se trajo del taller mecánico del padre un barreno y una bolsa que contenía un martillo, varios desarmadores y un alicate, en caso de que fueran necesarios. Era cierto. El lugar era desértico. A pesar de ser un día de sol aquel silencio entre barracas abandonadas, grúas oxidadas, maquinaria cayéndose a pedazos, vigas de acero y madera tiradas al azar y vegetación salvaje creciendo a su gusto, le daba al sitio una atmósfera fatídica. Jacinto le guió a la barraca donde había visto lo que creía podía ser oro. A través de los vidrios llenos de polvo y telarañas la semioscuridad interior no les mostraba mucho. Si, había algo metálico amarillo en diferentes lugares del piso. El portón de la barraca era grande y cerrado con una cadena corta y un candado ya oxidado colgando de la cadena. Jacinto intentó romper en candado con el barreno sin éxito. El candado no cedió pero si uno de los clavos a los que la cadena estaba acoplada que se aflojó a la presión permitiéndoles abrir la puerta. Una vez adentro se llevaron una decepción. Aquel amarillo metálico que habían visto de afuera no era oro. Eran carretes grandes de cable de cobre, como diez y también placas delgadas de cobre de como un metro cuadrado, cuidadosamente apiladas Habían muchas otras cosas. Montones de recipientes de plástico apilados hasta el techo que llevaban el rótulo de ácido acético, sacos amontonados igualmente casi hasta el techo que en su momento habían contenido maíz pero que ahora estaban totalmente enmohecidos, cadenas de metal y sogas enrolladas, engranajes oxidados, picotas, palas, un montón de ropa vieja seguramente tirada por los trabajadores portuarios, un par de linternas rojas que no funcionaban, botellas vacías, periódicos enmohecidos de hacían treinta años, cascos amarillos de metal con una lámpara adelante que tampoco funcionaba.

- ¡Joder! - dijo Adrián en voz baja como si alguien podía estar escuchando – aquí no encontrás oro ni con lupa.

- ¡Joder! - repitió Jacinto como un eco - Cierto. Es que te dejás engañar por el color amarillo, ¿sabés?. Pero esto quizás tiene algún valor – añadió, señalando con la cabeza los carriles y las placas de cobre.

- ¿Y como te las llevás? Pesan una tonelada

La cruzada exploratoria había sido un fracaso. No encontraron tampoco nada interesante curioseando por las otra barracas que solo las escrutaron a través de las ventanas. Jacinto tuvo el cuidado de poner el clavo en su lugar en la barraca que habían abierto.No se notaba que el clavo había cedido. "Por si acaso" dijo.

El asunto tomó un giro inesperado unos días mas tarde. Jacinto había hecho averiguaciones discretas sobre el cobre entre los operarios del taller de su padre. Manuel, uno de los mecánicos jóvenes, le dijo que si, que el cobre tenía demanda en las firmas de construcción y, además, se pagaba bien. Después de darle vueltas al asunto Jacinto decidió contar a Manuel sobre su descubrimiento. Este se mostró interesado y fue al lugar con Jacinto y Adrián. Manuel tenía un pequeño pick-up que podía llevar hasta una tonelada de carga. Adrián fue incorporado en la trama. Acordaron en los dividendos, 50% para Manuel, 30% para Jacinto y 20% para Adrián. Las placas de cobre podían ser levantadas a fuerza de solo brazo pero no el cable de los carriles. El cable había que tirarlo manualmente, cortarlo en pedazos menores y cargarlo al pick-up en rollos mas livianos. Manuel puso anuncios en la sección de Clasificados de La Nación y El Clarín de Buenos Aires y los clientes surgieron como por milagro. Fueron semanas intensas de trabajo dominical. No era seguro que los precios que decía Manuel fueran los reales, al fin y al cabo era él el único que tenía contacto con los compradores. En todo caso Adrián recibía su dinero como caído del cielo, inesperadamente, además para él mucho dinero, tanto que no sabía que hacer con él. No se atrevía gastarlo para no despertar sospechas en sus padres, así que lo tenia de momento guardado en la funda de su colchón. "Parece que llegar a rico no es tan difícil" pensaba.

Nunca sabrían como fueron descubiertos. Un domingo en la tarde cuando estaban en lo mejor de su trabajo de cargar sus rollos de cobre se les apareció de la nada un auto de la policía con dos oficiales uniformados y sus revólveres bien visibles al cinto. No necesitaron sacar sus revólveres para decirles que estaban detenidos. Lo que siguió fue una pequeña pesadilla que para Adrián concluyó con una sentencia de seis meses en el Centro Cerrado Instituto Virrey Del Pino para delincuentes juveniles, en las proximidades de Buenos Aires. A Jacinto lo enviaron a un centro similar pero en otro sitio. Las autoridades no los querían juntos. El fiscal pidió para Manuel un año de cárcel que luego fue reducido a la mitad en consideración a que no tenia antecedentes penales y era padre de un niño pequeño. Durante los trámites que llevaron a su sentencia Adrián pudo ver a su padre por primera vez indignado. Su madre derramó muchas lágrimas cuando ambos vinieron a visitarlo al calabozo de la policía en la Boca antes de su sentencia. Para la familia aquello fue una tragedia y algo que dio mucho que hablar entre la gente del conventillo de la calle Aristóbulos del Valle.

La disciplina del centro era férrea. El área amurallada con prohibición total de salida durante los primeros tres meses y luego, bajo el supuesto de un buen comportamiento, salidas cortas esporádicas con retorno a hora fija. Cualquier violación a las normas implicaba el riesgo de un aumento del tiempo de condena. Las condiciones de vida en su interior eran todo menos cómodas. Dormitorios comunes, comida escasa, baños sucios y guardias que miraban a los presos con una expresión de desprecio, prestos al castigo físico si uno no hacía lo que le ordenaban. La mayoría de los presos eran "cabecitas negras", muchachos provenientes de los barrios periféricos y mas pobres de Buenos Aires, hijos de inmigrantes bolivianos, peruanos y paraguayos. De piel algo oscura, mirar hosco, parcos de palabra, andar insolente, prestos a la trifulca si se daba el caso y a usar no solo los puños sino también el cuchillo si la situación lo demandaba. Adrián se dio cuenta de entrada que había que cuidarse. Teóricamente los internos deberían continuar sus estudios para no quedar rezagados en la escuela pero en la práctica nadie lo hacía. Los dos profesores encargados vigilaban a desgana que se mantuvieran solo las apariencias. Había un taller de carpintería y otro de encuadernación para aquellos que quisieran aprender esos oficios pero los interesados no eran muchos. El fútbol los tenía ocupados unas horas a día.

Fue allá que Adrián escuchó por primera vez de la política. Bernardo Lorenzetti, un preso un año mayor que él, lo introdujo. Para Adrián política era solo una cosa, peronismo. Había prácticamente crecido con el peronismo, casi una religión en su conventillo. Todos eran allá peronistas y a nadie se le ocurría otra cosa. El libro "La Razón de mi Vida" de la mujer de Domingo Perón, Evita, había sido distribuido gratuitamente y estaba en todo sitio. La Biblia podía estar ausente en los hogares pero no "La Razón de mi Vida". El amor por la ya muerta Evita era a toda prueba y había quienes proponían su canonización como Santa Evita. Al mejor estilo hispanoamericano Domingo Perón había creado entre las masas una imagen suya casi divina. Había sido derrocado cuando Adrián era todavía un niño y sus recuerdos de aquella época eran solo fraccionados.

Con Bernardo Lorenzetti tenía bastante en común y de ahí su rápida amistad. Èra también hijo de un inmigrante italiano, aunque no de Génova sino de Nápoles. Se cayeron bien desde el primer momento. Aunque inicialmente algo reservado después de unas semanas de amistad Bernardo le confesó que estaba allá por robo a una joyería. Pero no para beneficio propio sino para la organización a la que pertenecía y que no la quiso nombrar. La policía no lo sabía, creía que había sido un asalto como otro cualquiera. Èl era comunista, mas que comunista castrista. Durante sus conversaciones, mientras daban largas caminatas a lo largo de los muros, lo introdujo con fervor en la ideología del castrismo. Le habló de lo fantástico de la entonces todavía fresca revolución cubana, del ejemplo que era para toda Latinonamérica, de la necesidad de levantarsen armas contra el imperialismo norteamericano. Había estado en Cuba aunque se negó a dar mas detalles. Adrián le escuchaba absorto reflexionando en las noches antes de dormir.

Bernardo Lorenzetti cumplió su condena 3 meses antes que Adrián. Al despedirse le instó a que, una vez libre y si así le parecía, le contactara por teléfono. Le dio un número con la instrucción de que lo mantuviera oculto. Que cuando llamara preguntara no por Bernardo sino por Bochi y que se identificara como "el amigo del Virrey del Pino". Aquello era una suerte de contraseña para que la persona que contestara al teléfono se lo pasara a Bernardo. Eran, le dijo, "medidas de seguridad".

CAPÍTULO #13

Rufino Robles llegó a Sucre un día de febrero de 1959 a cursar su último año de la secundaria. El sueño de su padre pudo hacerse realidad. A pesar de ser Sucre una ciudad plácida y soñolienta Rufino quedó encandilado: Le pareció haber llegado a la ciudad de sus sueños. O mejor dicho a la de los sueños que su padre le había inculcado. Quedó impresionado por la limpieza de sus calles, por la cantidad de gente que caminaba por ellas, por sus arboledas y sus monumentos, por los autos, por las muchachas que le parecieron tan diferentes a Jenny y las otras que había conocido hasta entonces, tan sueltas de cuerpo y tan llenas de confianza en si mismas que por un momento se imaginó que nunca alguna de ellas se fijaría en él. Por todas partes había iglesias y bufetes de abogados y consultorios de médicos. Nunca antes en su vida pudo imaginarse que hubiera tanta gente de corbata, como si siempre fuera día de fiesta.

Fue inscrito en el Colegio Junín, para las familias mas bien pobres, pero según su padre el mejor de la ciudad después del Sagrado. Aunque aquello no fuera verdad valió para Rufino como explicación. "De aquí a la Universidad es ya un sólo paso, Rufinito"- le dijo dándole una palmada cariñosa. En la misteriosa estratificación social de los colegios de la ciudad, de la que nadie hablaba pero que todos la conocían, el Colegio Junin era para jóvenes de familias obreras, albañiles, empleadas domésticas, auxiliares de enfermería, choferes, sastres, peluqueros y similares.

El Colegio del Sagrado Corazón no fue siquiera pensado por el padre. Los tiempos estaban cambiando, pero no tanto. La distancia entre Chaquipampa y el Sagrado era no sólo física sino sobre todo mental y esta era todavía insalvable. Nadie lo decía. Eran sólo sus muros austeros con su portón de hierro los se encargaban de mostrarlo. Y sino la figura ascética, severa, huesuda y aristocrática de su Rector, el Rvdo. Padre Juan Alejandro Triana S.J., que atrincherado tras su perfecta dicción castellana y la fuerza invisible de su alma catalana, estaba ahí para recordarle al eventualmente despistado, dejándole entender, con la diplomacia del caso y la firmeza exigida, que el Colegio del Sagrado Corazón era eso, el Colegio del Sagrado Corazón y no otra cosa.

Aunque a decir verdad las precauciones y modestia de Don Artemio Robles, si bien no del todo infundadas, se estaban tornando en anacrónicas. En el último tiempo el Rvdo. Juan Alejandro Triana estaba atravesando por los laberintos de la duda y la inquietud. Sentía desde los niveles jerárquicos la exigencia creciente de un cambio en la política social. Alguien había desempolvado en el Vaticano una encíclica de 1891, la Rerum Novarum, del Papa León XIII y decenios de olvido se habían de pronto tornado en urgentes quehaceres. Un hijo de campesinos de la Lombardia italiana, nombrado Papa en 1958 como Juan XXIII, estaba mostrando una curiosa inclinación por los pobres. Justicia social, derechos de los trabajadores, igualdad de oportunidades, combate a la pobreza, aparecieron como por arte de magia en el vocabulario católico. La Iglesia debía actuar para los pobres y la Compañía de Jesús obedecer. El Rvdo Triana, paseándose en las noches con su misal en la mano en la penumbra de los corredores de la clausura del colegio, cuando los alumnos internos ya se habían echado a dormir y el claustro respiraba una atmósfera de silencio, se preguntada ¿y que justicia social? En el reclinatorio de su austero dormitorio, hincado frente al crucifijo clavado en una pared, pedía a ese crucifijo que le diera lucidez. Que le quitara las imágenes de su España natal, de fusilamientos, combates sangrientos, familias destrozadas y odio entre compatriotas. Una guerra donde su propio hermano fuera fusilado por los republicanos. ¿No era acaso justicia social lo que pedían los anarquistas, comunistas y los otros republicanos? Ahora la mismísima Iglesia hablaba de ello. Los mandos superiores exigían que había que adaptarse a los nuevos tiempos. Hasta habían creado una nueva materia para los alumnos, la Sociologia Pontificia, donde se explicaba el reciente descubrimiento del Vaticano de que en el mundo habían pobres. Al Rvdo. Juan Alejandro Triana, soldado de Cristo y de la Compañía de Jesús, aquello no acababa de gustarle. ¿Y la excelencia? se preguntaba, ¿y donde queda ahora la excelencia? Orar, la oración le daría la gracia de la luz para ver todo aquello en el contexto de la obra divina.

Rufino Robles fue instalado a lo de su tía Dionisia Robles en la calle Lemoine sin número, detrás de la Estación de Ferrocarril y cerca del camino sin asfaltar que llevaba al aeropuerto. La calle ya estaba parcialmente empedrada pero no había todavía recibido el beneficio del asfalto. Pertenecía a esas zonas que colindaban con la tierra de nadie, con casitas de un sólo piso muchas de ellas con las paredes aún sin revocar ni pintar y con techos de tejas, zonas que esperaban ser incorporadas al mapa urbano y que crecían con la aquiescencia pasiva de las autoridades y en base a arreglos jurídicos dudosos.

Allá ejercía Dionisia Robles su trabajo de peluquera. "Se hacen permanentes" decía el letrero en letras negras sobre una cartulina amarilla pegada a la puerta de entrada a una habitación con una sola silla y un espejo en la pared. Debajo del espejo un estante para los diferentes frascos, toallas, tijeras y peinetas que ella utilizaba en su trabajo. La habitación olía a un mejunje de perfume barato, brillantinas y fijadores de diversa calidad: En las paredes recortes de revistas con las fotografías de Sarita Montiel, Esther Willams, la reina Soraya de Irán, Ava Gardner, Greta Garbo y Doris Day. Al lado de la silla un trípode con un casquete en su extremo superior con el el que Dionisia calentaba el pelo a permanentizarse de sus clientas. Dionisia Robles tenía olfato para los negocios. Allá llegaban las cholitas de trenzas largas y vestidas de las tradicionales polleras y que deseaban convertirse en señoritas citadinas con la ayuda de las tijeras y los mejunjes milagrosos de la peluquera. La transformación era radical y asombrosa. Llegaban con trenzas y polleras, señal de su pertenencia al campo, y salían con un peinado corto, con rizos a la última moda. En media hora, con unos cuantos tijeretazos y al precio módico de 15 pesos daban el salto monumental del campo a la ciudad. Entraba la cholita Josefina Morales, oriunda de la aldea de Huayllas, y salía la señorita Josefina Morales. La pollera era rápidamente substituida por un vestido a la usanza citadina y el milagro quedaba consumado. Al poco tiempo podía llamarse Yesica Morales, irreconocible aún para sí misma, porque al cortarse las trenzas y cambiar de indumentaria había cortado el cordón umbilical con su origen, su aldea..... y su pasado.

Pero las clientas mas asiduas eran las muchachas del Faro Rojo, decidoras y provocativas, de mirar audaz y andares desafiantes, que se aparecían solo por la tarde, recién despertadas, todavía con los vapores del alcohol de la noche anterior y con una angustia difusa en el vientre de incógnita procedencia. Se dejaban caer con el pretexto de hacerse arreglar el pelo aunque en realidad, sin que ellas mismas lo supieran, venían a arreglarse el alma. Porque sabían que a la llegada de la noche los hombres se encargarían de desarreglarles tanto el pelo como el alma en la euforia del amor comprado en sus cuartuchos fríos y malolientes del burdel. Por eso Dionisia Robles no sólo les peinaba y les ordenaba el hirsuto pelo, y les hacía unos rizos de acuerdo a las últimas revistas de moda, sino también les escuchaba sus confidencias y les daba sus gratuitos consejos a su buen entender y mejor criterio. Por eso a Dionisia Robles no le faltaban clientes y podía vivir modestamente pero con holgura.

Rufino Robles se adaptó con resignación al ritmo de la casa de su tía Dionisia donde compartía su cuarto con el hijo menor, un muchacho alegre y travieso llamado Jhonny. También se adaptó con relativa facilidad a la vida de la ciudad. Su timidez de las primeras semanas fue disminuyendo a medida que descubra que habían muchos otros muchachos como él, también venidos del campo y que los de la ciudad no eran tan omnipotentes como al principio se los había imaginado. Desde que llegó a Sucre pensó que un encuentro con Gabriel sería inevitable y se preguntaba como sería aquello. Conforme fueron pasando las semanas se inclinó por la idea de que Gabriel se movía por lugares distintos a los suyos ya que no se dio el caso de que sus caminos se cruzaran. En el fondo Rufino deseaba evitar tal encuentro. Por algún motivo se hubiera sentido incómodo. Un encuentro con Pichin se le antojaba sencillamente amenazante.

A quien vio primero fue a María Elena. La encontró en una calle del centro, a medio día, cuando los estudiantes de los diferentes colegios, escuelas y de la Universidad salían para la pausa del almuerzo, llenando las calles del centro. La vio venir con su mandil blanco, por la misma acera, acompañada de unas compañeras, llevando unos libros en la mano y conversando con aire despreocupado. Cuando la vio acercarse el corazón se le subió a la garganta y se quedó clavado en la calle sin saber que hacer. María Elena pasó de largo sin reconocerlo, enfrascada en la charla. Estaba mas alta y espigada, tenía el pelo largo y suelto, los mismos ojos claros y ese andar liviano que a Rufino se le antojó la hacían dueña de la calle Sólo cuando ella hubo pasado se atrevió a darse la vuelta y ver que se alejaba, sintiendo que algo se encendía en él, algo que había olvidado y que era mas brillante que el sol que a esa hora encandilaba la ciudad.

Por aquella temporada la ciudad se convulsionaba esporádicamente por alborotos estudiantiles. El gobierno había logrado estabilizar la economía con la ayuda de los EE.UU, el ejército había sido reorganizado con la cooperación militar de los EE.UU. y la política inicial de cambios se había frenado, por demanda también de los EE.UU. Los EE.UU. estaban ahora medianamente contentos. Habrían querido un gobierno un poco más dócil pero de momento no encontraban otro mejor. Había sectores que veían todo aquello como una traición a los objetivos originales de la revolución, que consideraban el viraje del gobierno como una muestra de docilidad inaceptable a los EE.UU. Los comunistas veían al gobierno como reaccionario y los falangistas estaban convencidos de que, a pesar de su moderación, seguía siendo un gobierno de bolcheviques disfrazados.

En el colegio Junin Rufino descubrió un caleidoscopio humano que nunca había imaginado. Algunos estudiantes miraban a los maestros con desprecio, como protegidos por suerte de rebelde clandestinidad, desafiantes, con muñequeras de cuero y cinturones gruesos tachonados de metal y unos bíceps voluminosos con los que buscaban respeto. No se juntaban con los otros alumnos sino para ofrecerles algún anillo o algún collar de oro a un precio irrisorio. Otros andaban siempre hablando de la Unión Soviética y de los avances de comunismo, refiriéndose a Lenin y a Stalin como "camaradas", anotando que el Sputnik fue no solo lanzado antes que el Explorer norteamericano sino que era también mas grande y avanzado. Que los gringos se habían encontrado con un enemigo superior. Había quienes se concentraban en el deporte convirtiéndose en ídolos de los mas jóvenes. Y también había quienes se dedicaban al estudio, como Rufino, que pronto descubrió que estos estaban mucho mas adelantados que él, especialmente en matemáticas. También descubrió que el Colegio del Sagrado Corazón no despertaba allá otra cosa que antipatías. Era el colegio de los "highlones" "de los "maricones", de los "culitos blancos".

Una nueva atmósfera invadió los ambientes juveniles.Vino sin anunciarse. El aire se llenó de los acordes antes nunca escuchados de la guitarra eléctrica y el sintetizador con unas vibraciones nuevas sacudiendo fibras hasta entonces dormidas. Llegó el rock con una suerte de optimismo y una vitalidad exuberantes y contagiosas Bill Halley,. Paul Anka, Neil Sedaka, The Platters, Chuby Checker, Little Richard, se hicieron ídolos con sus canciones en inglés, inentendibles, pero que provocaban no obstante entusiasmo. Grupos latinos copiaban algunos hits al español. Elvys Presley pasó inadvertido. Quienes, años mas tarde, ya en la adultez y empujados por la nostalgia, tratarían de identificar el comienzo de aquello, señalarían la repentina aparición de Bill Haley y sus Cometas con su "Rock Around the Clock" como lo que alborotó el avispero. El "*one, two, three o'clock, rock/ five, six, seven, eight o'clock, rock*"" se pegaría como cola de carpintero. Los jeans salieron de la nada para convertirse en la prenda mas preciada. Los adolescentes fijándose el pelo con gomina y usando brillantina. El bolígrafo hizo su entrada en las escuelas, la pluma fuente y el tintero pasaron al olvido. Los niños canjeaban entusiastas las revistas de historietas de los héroes del lejano oeste, Kit Carlson, Tom Mix, Roy Rogers, Hopalong Cassidy, o los del espacio como Flash Gordon o las del mago Mandrake. Tintin y Pinochio perdieron su atractivo. Algunos hijos de los nuevos ricos se lucían en las calles con la novedad de las motonetas Vespa y Lambretta, relucientes, traídas desde Italia, provocando envidia entre los adolescentes.

Hollywood hizo su entrada con pompa y sonaja. Las salas de cine abarrotadas para ver la novedad del tecnicolor y el cinemascope en pantalla gigante. Las películas de Cecil B Demille fueron las de mayor éxito. Los estupefactos espectadores sentían estar presentes mientras Cristo era crucificado o los gladiadores romanos luchaban en el Circo. Los nombres de Kirk Douglas, Robert Mitchum, Rita Hayworth, Victor Mature, Marilyn Monroe, Yul Brynner, Charlton Heston estaban en los labios de todos. Un comerciante sagaz vendía caramelos que traían las fotos de´esas decenas de estrellas, una por caramelo, a pegarse en su catálogo, con una bicicleta como premio al catálogo completo. El consumo de esos caramelos se hizo febril entre los niños, el canjeo de fotografías intenso, nadie completó el catálogo, nadie recibió una bicicleta, hubo un comerciante contento. Un mundo nuevo venía de los EE.UU con una música que entusiasmaba y un cine que despertaba la imaginación. Un mundo de suburbios limpios, calles ordenadas, chicas atractivas, casas elegantes, el césped siempre verde y bien cortado. Familias que parecían tenerlo todo; refrigeradores, aspiradoras, cocinas eléctricas, aire acondicionado, agua caliente, auto a la puerta, vacaciones. Todo automatizado y elegante. La despreocupación de la abundancia. Un paraíso inalcanzable y lejano que estimulaba la imaginación de las clases medias. Las bajas parecían inmunes prefiriendo el cine y la música mejicanas donde se hablaba español y se mostraba un mundo mas parecido al suyo propio. Pichin y María Elena aceptaron esas novedades de EE.UU con entusiasmo y sin reflexión. En Gabriel despertaba un conflicto de lealtades entre aquello de afuera, tan atractivo y fácil de aceptarse y la realidad tan diferente con la que él se enfrentaba diariamente.

Un incidente que tenía que ver con aumento de salarios para los maestros llevó por unos días a los estudiantes de los colegios estatales a una huelga general y a manifestaciones callejeras. Sucedió al final del invierno, con cielos todavía intensamente azules y libres de nubes, propios de la estación. A los estudiantes les interesaba un bledo lo del salario de sus maestros. Solo querían dar rienda suelta a impulsos reprimidos y a sus broncas subconciensciales. Uno que otro líder daba a sus compañeros discursos fogosos. Hubo enfrentamientos con la policía, gases lacrimógenos, lanzamientos de piedras, rotura de cristales, lloriqueo de mujeres, insultos de grueso calibre de los hombres. Estudiantes aglomerados en las calles céntricas, en pié de guerra, con los ojos rojos, la nariz cubierta con un pañuelo contra los gases, piedras en las manos. Los comerciantes cerrando apresuradamente sus negocios, los adultos buscando el refugio de sus hogares. El centro de la ciudad un caos. Y el Sagrado como si nada, con sus muros inexpugnables, sus estudiantes en las aulas, sus profesores dando clases como siempre y la misa de las once como de costumbre.

Los alumnos del Junín se vinieron al Sagrado, en tropa, piedra en mano y bronca en el cuerpo: "Que salgan los maricones", "que salgan los culitos blancos" era el estribillo. Y al no obtener respuesta empezaron las pedradas con uno que otro vidrio roto Rufino fue arrastrado por la corriente, por la presión de grupo, por la euforia. El Padre Juan Alejandro Triana mas serio que nunca, llamando por teléfono a la policía y exigiendo protección. El Padre Justi dando sus clases de Biologia como si nada, solo levantando la voz para hacerse escuchar sobre la barahúnda de la calle. El Sr. Becerra nervioso y equivocándose en los verbos del inglés. El hermano Albornoz, hombrón de 2 metros de altura, fuerte como un toro, de mucho corazón y pocas luces, cocinero oficial del convento y vasco de origen, furioso por lo de los vidrios rotos, dejando su cocina para ir a la Prefectura a preguntarle al Padre Triana sino sería bueno darles una lección a esos gilipoyas. Preguntándose a si mismo si la caridad cristiana no acababa en el mismísimo momento en que había vidrios rotos. Y el Padre Triana que consideraba la pregunta tonta porque era tarea de la policía el garantizar la seguridad del colegio. Hasta que el hermano Albornoz no pudo mas, el ruido de nuevos vidrios rotos le despertó una ira mas fuerte que el voto de obediencia a su superior. Dejó la oficina del Prefecto y cruzando a zancadas el patio hacia el Salón Mayor llegó al aula de los del Sexto Año, los mas creciditos, aquellos que ya iban a salir bachilleres. Entró al aula sin pedir permiso, interrumpió al Padre Castedo en medio de su clase de Matemáticas

- Muchachos - dijo con el rostro desencajado por la rabia - quiero un grupo de alumnos de cojones para darles una lección a esos gilipoyas que quieren hechar abajo el colegio.

El Negro Martinez se levantó primero como si solo hubiera estado esperando ésa orden seguido por el pesado de Belmonte, apodado Puente Roto porque nadie lo pasaba y que para este tipo de ocasiones estaba hecho a medida. Y el gracioso Lemaitre, apodado Charlie por su parecido con Chaplin, para quien esta era una excelente oportunidad para dejar en paz las ecuaciones del Padre Castedo. Y Raúl Wagner que amaba su colegio y le dolía que lo anduvieran apedreando. Y luego todo el curso, con ruido de pupitres que era cerrados a las volandas y de libros que caían al suelo en el apuro. Entre ellos Gabriel, siguiendo al hermano Albornoz y al Negro Martinez que tenía fama de golpeador y le gustaba el zafarrancho, dirigiéndose a zancadas hacia el portón de entrada. El Padre Castedo, tiza en mano, mirando sus ecuaciones escritas en la pizarra, sin entender nada. En la portería el portero se había atrincherado tras las puertas de hierro. El hermano Albornoz se armó de una banqueta larga que la levantó como si fuera una pluma. Abrió la puerta de hierro y se enfrentó a la multitud en la calle.

- Jóvenes - les dijo, en voz que era un grito pero aparentando tranquilidad, dominando su ira. Con su dicción y gramática muy españolas que a los oídos de los jóvenes aglomerados sonaba extravagante - "Os rogaría que os vayáis de vuelta a vuestros colegios. El deber de los estudiantes es estudiar y no andar tirando piedras por las calles. Este es un colegio privado y no tiene nada que hacer con vuestra huelga. Estáis rompiendo los vidrios y eso no está bien".

La aparición repentina de la imponente figura del cura agarró a la gente de sorpresa haciendo que recularan de la puerta quedando unos segundos en silencio. Pero al instante parecieron reponerse y los líderes volvieron al estribillo: "que salgan los maricones, que salgan los maricones", aunque con algo menos de entusiasmo. Se les notaba cierto temor. El Hermano Albornoz no pudo contenerse y se abalanzó contra la multitud portando la banqueta a manera de lanza y rastrillo obligando a los sitiadores a retroceder. Y detrás del Hermano Albornoz el Negro Martínez que ya le estaba agarrando gusto a la cosa, seguido del pesado Belmonte y del gracioso Lemaitre que tampoco le huía el cuerpo a la pelea. Y detrás el resto de los alumnos del Sexto contagiados por el valor de sus compañeros. El Negro Martinez ya estaba repartiendo patadas y carajazos a los que no querían recular. El hermano Albornoz rastrillando el aire de acera a acera con la banqueta mientras las muchachas de los sitiadores pegaban el chillido corriendo a la estampida con los hombres retrocediendo ante la arremetida del cura. Cuando los sitiadores vieron detrás al grupo de treinta o cuarenta, imaginaron que todo el colegio se le vendría encima y se dieron a la fuga perseguidos por los alumnos del Sexto. La esquina mas cercana quedó momentáneamente vacía. Les habían ganado la moral.

- Que vengan los mas valientes de vosotros - gritaba el cura energúmeno al grupo de atacantes dispersado que trataba de reagruparse. Que vengan vuestros dirigentes a pegarse de hombre a hombre- añadía, levantando los brazos amenazantes como aspas, con su sotana negra y su banqueta al lado. Mientras los policías recién llegaban a la carrera con sus uniformes verdes, sus cascos, sus máscaras antigás y sus palos blancos, disparando gases lacrimógenos para dispersar a los combatientes. Pensando que aquello superaba el orden, que podía haber heridos y hasta algún muerto si los grupos se trenzaban en una batalla campal con piedras y palos.

La nube de los gases lacrimógenos tuvo el inmediato efecto de dispersar a la multitud en una huida de pánico en todas las direcciones, mezclando atacantes y atacados hacia las calles laterales en busca de aire o de algún umbral donde protegerse de los batacazos de los policías. Algunos de los defensores alcanzaron a volver al colegio pero otros, entre ellos Gabriel, se vieron empujados por la estampida en dirección contraria. Cuando Gabriel pudo detenerse después de la carrera en un lugar donde ya se podía respirar se encontró cara a cara con Rufino.

Lo reconoció inmediatamente. Tenía la misma nariz algo curvada que ya tenía de niño y que ahora se le había hecho mas pronunciada. La misma cara cuadrada y el mismo pelo castaño algo hirsuto La misma boca que parecía dotada de una curiosa inmovilidad y que ahora tenía como un rictus de escepticismo que Gabriel solo había visto en los viejos.

– ¡Gabriel!

– ¡Rufino!

Se miraron con ojos rojos, lagrimeantes, jadeando por la carrera. Gabriel tuvo un primer impulso de abrazarlo porque lo asociaba automáticamente a Chaquipampa, a su último verano feliz allá y a su padre. Pero algo en la expresión de Rufino lo contuvo. En una décima de segundo una distancia había sido marcada por Rufino.

– ¿Que haces aquí?– le preguntó Gabriel, todavía incrédulo. No se imaginaba encontrárselo en la ciudad

– Estoy estudiando en Sucre.

– ¿En el Junin?

– No en el Zudañes – mintió Rufino sin saber porqué. Quizá para evitar que Gabriel creyera que Rufino estaba entre los atacantes.

– ¡Ah! menos mal.... le dijo Gabriel medio en broma – ¿Como estás?

– Bien – le contestó Rufino con ese laconismo que a Gabriel le trajo recuerdos de Chaquipampa.

Se miraron un rato sin saber que decir. A Gabriel le extrañó que Rufino no le preguntara nada de él. Finalmente Gabriel le dijo.

- Tengo que volver al colegio. Un gusto haberte visto. - y le dio la mano

Rufino le entregó una mano flácida, sin entusiasmo.

Gabriel volvió al colegio por las calles ahora vacías de gente donde el olor de los gases todavía subsistía, sintiendo que aquel encuentro le dejaba un sabor desagradable.

CAPÍTULO #14

Christoffer Burns llegó a Princeton un día de enero nevoso y frío Como buen texano no había nunca antes visto la nieve o, en el mejor de los casos, unos cuantos copos destinados a desaparecer en un par de horas. Las calles y senderos habían sido limpiados por palas mecánicas formando montículos enormes de nieve a los costados. La gente caminaba con ropa gruesa, botas, guantes y gorro. Le recordaron a los astronautas. Enfrentado por primera vez a ese frío glacial agradeció que su padre hubiera tenido el buen criterio de equiparlo con la ropa adecuada antes de partir de Galveston No había sido fácil. En Galveston no estaban habituados a ese tipo de ropa.

La reacción de su padre cuando él, al final, decidió a mostrarle las cartas de la Universidad le había sorprendido. Nunca antes le había oído usar malas palabras así se mostrara indignado. Como buen feligrés de la Church of Jesus Chirst y seguidor del Reverendo Jimmie Johnson el padre se cuidaba para no interferir con los planes del Reverendo de un inminente retorno de Jesús a la Tierra de acuerdo a sus sermones. Ya tenía mas que suficiente con sus inclinaciones homosexuales, bajo control por cierto pero que todavía lo acosaban de vez en cuando. Se podían contar con los dedos de la mano las veces que Christoffer escuchara a su padre decir *"damn"*, la peor palabra que entraba en su vocabulario. En la mayor parte de los casos se limitaba a los inofensivos *"Good Lord"*.o *"Oh dear"* Sin embargo esta vez, cuando leyó la primera carta de Princeton con la cifras del costo anual de los estudios no pudo evitar un *"Shit! What the hell?* ¡Es una fortuna!". "A mi también me parece - le contestó Christoffer - en tono de disculpa — pero creí que debería de mostrártela de todas maneras. Es tanto dinero que he pensado que Austin sería una mejor alternativa". Pero el padre, después de su exabrupto, siguió en silencio con la lectura minuciosa del resto de la documentación. Su cerebro iba haciendo simultáneamente cuentas. Tenía un dinero ahorrado que era pensado como seguro para cuando se hiciera viejo, para la pensión de él y de la madre. Una vez acabada su lectura se volvió a Christoffer.

- *Good Lord! Boy*! ¿Sabes que me haces sentir realmente orgulloso? Nunca un Burns ha estudiado en un college, ¿lo sabias? ¡Nunca!. Nosotros los Burns hemos sido siempre gente modesta y de trabajo y nada mas. Y ahora, ¡mira! Resulta que un Burns es admitido en una Universidad. Y ¡además en Princeton! *Oh boy*! Me siento orgulloso de ti. Es mucho dinero, cierto, pero creo que es posible arreglarlo y que vale la pena.

Christoffer quedó atónito ante el entusiasmo del padre. Èl era el único de la familia interesado en la lectura y en la práctica los únicos libros que habían en la casa eran los suyos. El mundo académico les era a los Burns un misterio. Se imaginó que el padre, al ver el sobre de la Universidad enviado a Christoffer semanas antes, había hecho sus propias averiguaciones y así entendido de lo que realmente se trataba. Quizás buscó a Mr. Hobson para pedirle consejo. Podía ser. Cuando Christoffer había llamado a Hobson por teléfono para darle la noticia de su admisión este no dió señales de sorpresa mostrándose mas bien conmovido diciéndole "*Young man*, ¿sabes lo que eso significa? ¡Serás ahora alumno de la Yvi League!. *Old boy*, eres un orgullo para la escuela y me haces sentir feliz". Le había deseado también suerte en los estudios y que, si tenia tiempo, le escribiera de vez en cuando.

El padre decidió ampliar el horario de atención de la tienda los viernes y los sábados hasta la medianoche cuando había mas gente en circulación. Los dos supermercados de la ciudad habían recientemente ampliado su horario de atención hasta las siete de la tarde. El sabía que siempre había gente que necesitaba algo a último momento, cerveza, refrescos, café, azúcar, cigarrillos, hojas de afeitar, una revista o el periódico vespertino antes de irse a dormir. El Quick Shop estaría ahí brindandoles el servicio. La hija, Jeaninne, estaba además ahora de novia con un muchacho emprendedor que le había propuesto el negocio de vender pizza a la ventanilla. La idea parecía interesante. La pizza de los inmigrantes italianos había caído al gusto de los norteamericanos.

Ya verían. Lo importante era que Christoffer entrara a la Universidad. Este, por su lado, prometió conseguir un trabajo por horas en algún sitio cerca a la Universidad tan pronto como le fuera posible. Acordaron que también tomaría el 30% del costo en forma de crédito a pagarse a cuotas, 5 años después de concluidos los estudios. Con ese arreglo la familia podía solventar los gastos sin hacer demasiado esfuerzo.

Christoffer sintió que una enorme responsabilidad descansaba ahora sobre sus hombros. El padre le había dicho "ya eres un hombre y tienes que comportarte como tal". Sería la primera vez que se enfrentaba al gran mundo por mano propia. "¡Sé un hombre!" se repetía a si mismo como si fuera un mantra. Sus padres y Jeanine lo llevaron en auto a Houston para despedirlo en el aeropuerto. El padre, dada la inexperiencia de Christoffer, creyó que el avión, con cambio en Newark, era la mejor alternativa. Descartó el tren entre Nueva York y Princenton. Joseph Burns nunca había estado en Nueva York pero sabía de la pesadilla que era para los provincianos orientarse en las enormes y complicadas estaciones Central y de Pensilvania de aquella ciudad. Y los neoyorkinos no eran precisamente pródigos en perder dos minutos de su tiempo para orientar al despistado, "si no lo sabes, te jodes" parecía ser su filosofía al respecto. El aterrizaje en el Aeropuerto Newark Liberty en New Jersey dejó a Christoffer todo confundido. El aeropuerto le pareció enorme, nunca había visto tanta gente en movimiento, tantos corredores que se cruzaban y tantos letreros con todo tipo de ofertas e instrucciones. En los paneles de información de vuelos aparecían nombres de lugares que ni sabía que existieran. Todos parecían moverse en ese laberinto con soltura y apurados, seguros de si mismos, sabiendo exactamente lo que que hacían, con excepción de él. Logró sin embargo hacer la conexión de vuelo a Princeton sin mayores contratiempos. Al aterrizar en Princenton sentía una mezcla de temor y curiosidad, "Ahora comienza mi verdadera aventura" se dijo. Había varios taxis parqueados y tomó el primero al azar. El chófer, un hombre ya mayor y que seguramente había alcanzado la edad de la jubilación, apenas mirarlo supo que era un estudiante. En sus años de taxista había llevado a cientos en la misma situación. "¿Al campus?" - le preguntó directamente., "Yes, sir" - contestó Christoffer sentándose en el asiento trasero. "¿Primerañero?" - le preguntó el taxista con una sonrisa. Sus años de experiencia le permitían determinar a los primerizos por la sola expresión de confusión, preocupación y temor en sus rostros. "Yes, sir" - admitió Christoffer. "Pues se te nota, *young man*" - comentó el taxista con una corta risa – "entonces te llevo directamente a la Conserjería para el registro, es ahí donde comienzan todos". Christoffer se sintió agradecido de ser llevado directamente al punto correcto desde donde empezaría su nueva vida.

Le dieron una habitación en el Walker Hall, un simpático edificio en L, de 5 pisos y paredes de piedra, que hospedaba a varias decenas de estudiantes, a pocas cuadras del Nassau Hall, el centro nervioso del campus. Después sabría que el edificio había sido donado por la familia de un ex-alumno, de apellido Walker No era inusual que ex-alumnos de familias ricas hicieran importantes donaciones a su antigua casa de estudios. Sus dos compañeros de dormitorio resultaron ser Jacob Goldstein, un muchacho alto y narigón, delgado, de carácter reservado y de familia judía que estudiaba Matemáticas y James Winthrop, un pelirrojo de pelo crespo, aficionado a las bromas, que venía de Nueva York donde su padre era abogado y la madre enseñaba Biología. Èl mismo estudiaría Biología. El cuarto sitio del dormitorio, para un joven que venia de Arkansas, no había sido aún ocupado por razones poco claras. Después se sabría que al muchacho le habían recientemente detectado alguna enfermedad sanguínea rara, que estaba todavía en fase de diagnóstico y la familia había pedido a la Universidad mantener el sitio hasta que la situación se aclarara. El sitio se mantuvo desocupado el resto del año y los tres jóvenes se preguntaban si no habría sucedido lo peor.

Con James Winthrop el contacto fue inmediatamente amigable.

- ¿De donde vienes? Había sido una de las primeras preguntas de Winthrop

    - De Galveston – fue la respuesta

    - ¿Galveston? ¿Y donde queda eso?

    - Buena pregunta. ¿Y tu?

    - De Nueva York

    - ¡Ah! Que bueno…. ¿Y donde queda eso?

Ambos se rieron. Fue un buen comienzo

Con Jacob Goldstein fue distinto. Andaba siempre inmerso en su mundo de números y ecuaciones a las que nadie sino él tenia acceso.

Suave en el contacto, poco conversador, obsesivamente ordenado y siempre cortés pero distante, daba la impresión de estar siempre como fuera de foco y valorar que lo dejaran en paz. Sus objetos personales no solo debían estar en su lugar sino también observar una perfecta simetría, para él importante. De haber nacido treinta años mas tarde lo habrían calificado como una personalidad de rasgos autísticos. Con el tiempo Christoffer sabría que Jacob tenía en sus círculos del campus la fama de genio. Sus ídolos eran Alan Turing, el matemático inglés que rompiera el código secreto nazi de comunicación durante la Segunda Guerra Mundial y Nikola Tesla, el ingeniero croata que desarrollara en los EE, UU el por entonces totalmente revolucionario sistema de la electricidad alterna. James Winthrop era su opuesto. Tomaba las cosas con liviandad tratando de averiguar cuan bonitas eran las chicas de la ciudad aledaña al campus, cuales de sus restaurantes tenían la mejor cerveza y cuales eran los clubes de la Universidad en la Prospect Avenue donde servían la mejor comida. Según él era asunto de salud mental el cerciorarse que también había mujeres en el mundo y que estas eran mucho mas bonitas que los "lémures y babuinos" que circulaban por el campus. La Universidad no admitía alumnas. De su madre había heredado su curiosidad por el ADN, entonces todavía un fresco descubrimiento pero que auguraba un enorme potencial. En sus planes estaba el concentrarse en el tema.

El esquema de estudios de Christoffer cayó bajo el Departamento de Historia. Allá encontró a su mentor, Patrik Smith, un rubio de ojos claros, delgado, juvenil, con la grácil contextura del corredor de largas distancias e informal en sus maneras. Èl mismo no sabía si su verdadera pasión era la Historia o el correr. En sus horas libres se lo veía corriendo, enérgico y concentrado, por la Alexander Street y en las vecindades del Springdale Golf Club. Nunca había ganado una medalla en alguna competencia pero entre sus méritos contaba con varias maratones de Nueva York. Como adjunto en el Departamento de Historia enseñaba Historia de los EE.UU y a sus recién cumplidos 40 años tenia ya varios artículos publicados en revistas especializadas. Estaba ahora escribiendo un libro sobre el rol de su ídolo, el General Ulises Grant, en la Guerra Civil norteamericana. Con el tiempo Christoffer sabría que su mentor vivia en las proximidades del campus con sus dos niños y su esposa que era enfermera en el hospital local. Hechas las presentaciones le dejó claro a Christoffer que prefería que lo llamara Patrik y no "sir". Le informó de los diferentes cursos y de la flexibilidad existente. La Universidad fomentaba estudios interdisciplinarios acomodados a las necesidades e intereses del estudiante. Le informó de los puntos necesarios para el grado de Bachellor of Arts. Algunos cursos eran obligatorios, otros electivos. Entre los obligatorios estaban un idioma extranjero y ética. En su caso además Análisis Histórico, Historia Antigua Greco-Romana y Historia de los EE.UU. A Christoffer le pareció buena la propuesta de combinar Historia con Relaciones Internacionales. "Eso te abriría un campo profesional mas allá de lo académico – le dijo - y la posibilidad de un mejor salario. Como académico no se tiene precisamente la billetera. gorda" - .añadió con cierta ironía. Christoffer se decidió por combinar Historia con Relaciones Internacionales enfocadas a Latinoamérica y, en cuanto al idioma, el español, con el que ya estaba algo familiarizado desde la high school en Galveston.

Christoffer se sintió rápidamente cómodo en su nuevo ambiente, en realidad como pez en el agua. Aquello encajaba con sus intereses y personalidad. Princeton, la ciudad aledaña al campus, era pequeña, aún mas pequeña que Galveston. Desde el primer momento quedó fascinado con el campus, con esa su atmósfera de sobria distinción que parecía invadirlo todo dándole al lugar una suerte de tranquila quietud. Le costaba creer que él, un modesto estudiante de Galveston, podía estar caminando entre esos adustos edificios góticos de piedra cubiertos de enredaderas, por esos parques elegantes con sus árboles centenarios, entre esas bibliotecas señoriales, con todo a la mano y con gente joven como él para compartir. No se veía ni un solo estudiante de raza negra. Había unos pocos hispanoamericanos y algunos asiáticos, venidos directamente de sus propios países donde habían mostrado un rendimiento acedémico excepcional. La Universidad veía con buenos ojos a solicitantes de esos países en ciencias naturales, se sabia que luego de graduarse los mas se quedarían en EE.UU donde darían un valioso aporte. Un "brain drain" en la dirección correcta.

El neoyorkino James Winthrop, sin tomar noticia de sus diferencias sociales y de origen, le presentó a otros neoyorkinos del campus, no solo como compañero de cuarto sino también como si fuera un viejo amigo.

El carácter jovial y cálido de Winthrop abría puertas, a él y a aquellos con quienes él se relacionaba. En apenas unas semanas había logrado su ingreso al club Cloister Inn, en la Prospect Avenue, normalmente accesible a los *sophomores* y no a los *freshmen* como él y Christoffer. El Supervisor del Club, un tal Hugh Phillips, no pudo al parecer resistir la simpatía de Whinthrop decidiendo hacer una excepción bajo el supuesto de que ningún sophomore protestara. Aunque Christoffer, obligado a medir sus gastos, acudía al lugar sólo esporádicamente, quedo atónito al vislumbrar ese mundo en que parecían moverse sus nuevos amigos. Ropas caras, sueltos de cuerpo, con dinero que parecía sobrarles. Venían de suburbios cuyos nombres a Christoffer no le decían nada pero para ellos importantes dando lugar a discusiones jocosas. Para el uno las Prospect Heights eran lo mejor del mundo para el otro no podía ni siquiera compararse con Flatiron District o NoHo o SoHo o Queens. Solo la Quinta Avenida y el Central Park no admitían discusión. El mismísimo ombligo del universo. Allá se estaba con jet set. Familias ricas tradicionales y nuevos ricos. Compartiendo vecindario con estrellas de cine y del deporte, banqueros expertos en lavado de dinero y cuentas bancarias secretas en paraísos fiscales, algún jeque árabe que venía una vez al año con su séquito de esposas y críos a darse un baño de herejía occidental en Manhattan, abogados conocidos, la hija de algún alto político tercermundista que se embolsaba enormes cantidades de dineros estatales y para quien un apartamento de 5 millones de dólares era una bagatela, tiburones de la Bolsa de Valores del Wall Street, algún dramaturgo famoso de Broadway. Christoffer, tomando cerveza con sus nuevos amigos en el Cloister Inn, escuchaba y aprendía., atento, con esa su serena tranquilidad que parecía estimular a los neoyorkinos a mostrar su superioridad al provinciano.

Le puso empeño a los estudios. La enseñanza estaba en gran parte basada en seminarios y grupos de discusión. La investigación propia ocupaba un lugar importante. En las clases los alumnos podían hacer las preguntas que quisieran y los profesores estimulaban el debate. Tomó los cursos de Historia de los EE.UU, Análisis Histórico, Ètica, Español y Relaciones Internacionales con Latinoamérica pasando largas horas en las bibliotecas y los cuartos de estudio de su vivienda. En un arranque de osadía y como pasatiempo para sus escasas horas libres se inscribió en uno de los varios coros a capela del campus, en el Princeton Tigertones. Era tradición que aquellos grupos dieran un concierto nocturno al aire libre una vez al año, en el Arch Blair del campus, al aproximarse el verano.

Razones mas prosaicas le hicieron sin embargo abandonar el coro. James Winthrop, dotado de una extraordinaria curiosidad para investigar los alrededores y de una gran capacidad para registrar detalles, le pasó el dato de una pastelería que buscaba un empleado. Christoffer se fue para allá. Era la Harvey´s Bakeri, sobre Terhune Road cerca a la esquina con Ewing Street, a diez minutos del campus en bicicleta. Lo recibió la dueña, Jane Harvey, una mujer grande, de mediana edad, corpulenta, rubicunda y con senos abundantes, que parecía irradiar un exceso de energía. Cuando Christoffer le explicó a lo que vena su reacción fue de escepticismo. Prefería una muchacha en ese puesto. Fue primero cuando supo que Christoffer era texano que se ablandó. Tenía una hermana en San Antonio, casada con texano, le explicó. Su idea de los texanos era de flemáticos y lerdos de entendimiento pero confiables. Decidió poner a Christoffer a prueba. "Tengo la mejor pastelería de Princeton – le dijo- En realidad la mejor de todo el Estado de New Jersey. Ya llevo veinte años en esto". Tenía, según ella, clientes que venían de muchos kilómetros. Podía ser. La oferta de la pastelería era asombrosa. Necesitaba un vendedor extra de 5 de la tarde a 8 de la noche, cuando había mas clientes, de martes a sábado. El salario, 8 dólares la hora con excepción del sábado que pagaba diez. Christoffer acabó trabajando aquellas horas familiarizándose con tortas, gelatinas, frutas confitadas, pasteles, tartaletas, lionesas, croissants, merengues, galletas carameladas, baguetes y brioches franceses, ciabattas y foaccias italianas, brezen alemán, pita del Medio Oriente pan de arroz de Tailandia y Vietnam. Nunca se había imaginado que hubiera gente con tal debilidad y gusto por el pan y los pasteles. Siempre había clientes. Las tortas especiales para bodas y aniversarios eran pedidas de antemano, de acuerdo a catálogo, y enviadas a domicilio si el cliente lo deseaba. El resto era vendido sobre el mostrador. El salario, por cierto modesto, le hacía sentir bien. No necesitaría pedir dinero a su padre para algunos gastos y hasta podría participar en algún viaje a Nueva York de los que la Universidad organizaba regularmente para ver teatro en Broadway.

Fue en esa temporada en que se le despertó el interés por América Latina. Ya durante la high school y como buen texano había quedado fascinado por las guerras entre Méjico y EE.UU que llevaran a la anexión de Texas a la Unión. Con la candidez de adolescente había concebido entonces a sus compatriotas simplemente como héroes de una razón justa combatiendo contra villanos. Ahora que se iba adentrando en el tema empezaba a comprender que todo aquello era mucho mas complejo. Conforme iba estudiando el español iba también visualizando una cultura para él hasta entonces solo conocida a través de la simplificación del cine. "Aquí hay en algún lado un gato encerrado" se decía para si mismo. Que dos terceras partes del territorio actual de EE. UU hubieran sido colonias españolas le provocaba sorpresa estimulandolo a profundizar en el tema. Al igual que le sorprendía como dos regiones de un mismo continente, USA y Latinoamérica, hubieran tenido un desarrollo tan desigual. Que su país hubiera mostrado durante toda su historia una actitud intervencionista y fanfarrona hacia Hispanoamérica. Tenía muchas preguntas para sus profesores.

Antes de la llegada del verano pudo participar en un viaje de la Universidad a ver teatro en Nueva York. La primera vez en su vida que veía teatro. "A la espera de Godot" de Samuel Becket en el Barrymore Theatre, entre Broadway y la 8:a Avenida. No pudo decir despues si fue el destello fugaz de Manhattan o la misma obra lo que le causó la mayor impresión. A diferencia el algunos de sus compañeros de viaje Christoffer quedó fascinado con la obra donde en sus dos actos no pasaba en realidad nada pero donde el espectador quedaba no obstante hipnotizado. Curioso – pensó - como el arte lo puede levantarlo a uno a otra dimensión.

CAPÍTULO #15

Rufino Robles Robles no solo acabó el bachillerato en Sucre sino que también entró allá a la Universidad. Su padre Artemio Robles comentó el hecho muy orgulloso a sus amigos y conocidos en Chaquipampa. No se había equivocado, su hijo tenia buena pasta y le daría al futuro nuevas satisfacciones. Rufino eligió la carrera de Derecho. Quería ser abogado. Había descubierto que a los abogados la gente llamaba "doctor" lo cual le sonaba bien. Además los estudios parecían fáciles, la profesión daba prestigio y abría la posibilidad de buenos ingresos. Las opciones para diferentes carreras eran por lo demás limitadas. La única Universidad de la ciudad, con mas de 3 siglos de antigüedad, se resistía a la idea de un mundo en cambio. Su oferta educativa se limitaba a unas pocas carreras tradicionales. Artemio Robles arregló que su hijo cambiara de vivienda a una parte mas céntrica de la ciudad. No era conveniente que un futuro abogado continuara viviendo con su tía Dionsia Robles, en una zona considerada pobre, de reputación dudosa y donde aùn no había llegado el asfalto. La calle se convertía en un lodazal cada vez que llovía. No se vería bien que Rufino llegara a a Universidad con los zapatos todo embarrados. Artemio Robles vino en persona a Sucre para comprarle a Rufino un terno decente. Aunque la indumentaria estudiantil se iba haciendo cada vez mas informal muchos estudiantes todavía llevaban terno y algunos incluso corbata. No faltaba mas, Rufino no se sentiría inferior a nadie. Artemio Robles tenía ahora el negocio que se había extendido a fertilizantes y que daban buenas ganancias. No faltaba mas.

La Universidad tenía su antiguedad. Era la quinta mas antigua del continente, 8 años anterior a Harvard, la primera de USA. A su nombre llevaba adosados los calificativos algo enigmáticos de Mayor, Real y

Pontificia, Excepción hecha de algunos historiadores a los que nadie preguntaba, nadie sabía la razón de aquello. Real porque seguramente en el tiempo de la colonia fuera el Rey de España quien autorizara su fundación. Pontificia por alguna intromisión papal ya que los Papas, por aquellas épocas, se entrometían en lo que fuera y, si se daba el caso, también en lo que no fuera. Lo de Mayor era mas enigmático porque nadie sabia a ciencia cierta que hubieran universidades menores. De todas maneras los títulos sonaban solemnes y como de alta alcurnia así que siguieron manteniéndose al futuro. Las apariencias demandaban su cuidado. El contenido podía descuidarse pero jamás .las apariencias Y así también el trato mutuo de las autoridades y profesores en los actos oficiales estaba lleno de los calificativos rimbombantes de honorable, distinguidísimo e ilustrísimo. El mas rimbombante de todos, el de magnífico, era monopolio del Rector. Nadie creía que existiera una correspondencia entre esos calificativos y la persona a la cual estos iban dirigidos, excepción naturalmente del sujeto en cuestión, pero su uso era igual de prolífico como entusiasta. Cuando Rufino en sus primera semanas como universitario constató aquel hábito, se quedó con la boca abierta pensando que algún día le gustaría él mismo ser llamado ilustrísimo y distinguidísimo.

Pero así de satisfecha se sintiera como bastión de la tradición y de mantenerse al margen de lo que sucediera en el mundo, la Universidad no podía sustraerse a las transformaciones sociales de la revolución de casi una década atrás. El color de la piel de los estudiantes había fluctuado en los últimos años del blanco a lo moreno. Ahora eran los hijos de gente modesta, de sastres, peluqueros, choferes, obreros, auxiliares de enfermería, los que llenaban las aulas y mostraban entusiasmo por un título profesional.

Los de las familias antes ricas, enfrentados ahora a la pobreza, tenían preocupaciones mas inmediatas, evitar la pobreza y, sobre todo, ocultarla. Los mas audaces entre esos jóvenes miraban su salvación en Europa, los algo menos audaces y con los contactos adecuados, ponían los ojos en USA. Los mas realistas se mudaban al trópico donde se sentirían libres de la lengua indígena, donde la gente era supuestamente mas blanca, donde se esperaba mejores oportunidades y, lo mas importante, donde nadie se alegraría de su reciente pobreza. Allá se encontrarían con gente como ellos, con distinción y buenas maneras. El trópico no había sido tocado por la revolución, Las familias de la cúspide seguían en la cúspide y la región prometía expansión económica. Quienes tomaron el paso hacia al trópico se encontraron con el sofocante y húmedo calor de la selva y con una actitud benevolente por parte de las familias patricias. Pero solo benevolente. El asunto no era problema suyo. Esas familias tenían la pródiga selva a la vuelta de la esquina, sus tierras estaban intactas y sus cultivos crecían sin esfuerzo. La relación con su peonaje había siempre fluido con naturalidad, la lengua les era común y nada los restringía de sentarse juntos a la misma mesa. No como los de la montaña, los "*collas*", enfrentados en su tierra a una lengua indígena, proclives a creerse condes y marqueses, a complicarse la vida innecesariamente y a comunicarse mutuamente con curiosos eufemismos. Los recién llegados encontraron a los tropicales demasiado alegres y ruidosos, algo rudos en sus maneras, con un español extraño que ignoraba olímpicamente las zetas y las eses y que mostraban sarcasmo hacia aquello que para los recién llegados era sagrado, las sutilidades idiomáticas en el contacto social y el orgullo por su árbol genealógico.

Gabriel Llorente entró a la misma Universidad y el mismo año que Rufino A la carrera de Medicina. No precisamente por vocación sino porque le pareció la única digna de estudiarse entre las que había disponibles. También por el libro La Peste de Albert Camus cuyo protagonista, el doctor Rieux, le causara una fuerte impresión como el summum de la virtud humana. Se sentía atraído por el existencialismo que estaba en boga. Identificado con ese mensaje de la lucha humana frente a un destino absurdo. Camus y Kierkegaard eran sus preferidos, Sartre le parecía innecesariamente enredado con un mensaje que se perdía en un laberinto de palabras. Medicina tenía fama de pesada. Largos días de clases, muchos trabajos prácticos y un gran volumen de información a aprenderse. Los estudiantes de Medicina miraban a los de Derecho con aire de superioridad. A Derecho iban los flojos que se ganarían la vida hablando, a Medicina los que realmente querían estudiar y brindarían luego un servicio real a su sociedad. Los egresados de Medicina recibían el lacónico título de Médico-Cirujano. El graduado de Derecho obtenía el imponente título de Doctor en Leyes, Ciencias Políticas y Sociales. Algún extranjero despistado enfrentado al portador de tal título quedaba convencido de estar frente a un genio que había logrado tres doctorados en apenas cinco años… y estudiando a medio tiempo.

Medicina tenía sus rituales. Los alumnos del último año daban la bienvenida a los novatos en una ceremonia rapándoles el pelo al raso como inicio a cuatro días de festividad que concluía con un baile de gala en el mejor salón de la ciudad. Con orquesta traída de afuera. Los de Derecho podían darse todos los doctorados que quisieran pero Medicina era, al fin y al cabo, eso, Medicina. ¡No faltaba mas!. La aparición repentina en las calles de jóvenes con la cabeza totalmente rapada y la ocupación súbita de las costureras con los trajes de las chicas invitadas al baile hacían que en la ciudad el hecho no pasara del todo inadvertido. El baile tenia su prestigio entre las muchachas.

Gabriel y Rufino se encontraron casualmente mas de una vez como suele suceder en las ciudades pequeñas, limitándose ambos a un simple saludo cortés al paso. El aprecio que un día Gabriel sintiera por Rufino como niños en Chaquipampa se había esfumado. En su último encuentro Rufino había mostrado que prefería que lo dejaran en paz. En realidad no tenían nada que decirse.

Ambos tomaron sus estudios en serio. Rufino familiarizándose con las bases del Derecho Romano y los recovecos de los Derechos Civil y Penal Gabriel empezando a entender la estructura macroscópica del cuerpo humano, la Anatomía Descriptiva, su conformación microscópico, la Histología, y aquel proceso endiablado que producía todo aquello, la Embriología.

Pichin se hizo cargo de los gastos de Gabriel en la Universidad. Le iba bien en los negocios. Ya había descubierto los secretos del transporte. Sabía que tipo de transportes eran los mas rentables, cuales eran los productos de mayor demanda, como podía ahorrar tiempo y distancia planificando sus rutas. Además vendía él mismo algunos productos en asociación con los productores agrícolas que le daban un precio rebajado. Tenía un nuevo camión y había contratado un chofer. Planeaba comprar un camión mas. El futuro se le pintaba promisorio. No tenía planes de abandonar el país ni de irse a vivir al trópico como algunos de sus amigos. A su madre le había regalado un tocadiscos, una consola con altavoces, de esos que estaban a la última moda, para los discos de vinilo que eran una novedad, los pequeños de 33 rpm con solo una canción por lado y los long play de 75 rpm que llevaban hasta 7 piezas musicales por lado. Su madre quedó encantada aunque los discos de música clásica eran difíciles de conseguir. Su gramófono de cuerda pasó al desván de.las cosas viejas. Los envíos de comestibles de Jerónimo desde Chaquipampa con la mediación de Cipriano que llegaran inicialmente con cierta regularidad se habían luego suspendido sin explicación. A los Llorente ya no les hacían falta gracias al trabajo de Pichin. Pichin se encontró un día casualmente con Cipriano, en la calle, cuando salia del Mercado Central donde había dejado una carga. Escuchó un bocinazo y que alguien gritaba su nombre. Era Cipriano agitando el brazo desde un Toyota rojo de último modelo y muy elegante. Al lado tenia una mujer rubia. Cipriano salió del auto cuando Pichin se acercaba. No se habían visto desde aquella vez cuando Cipriano se apareciera por su casa vestido de miliciano y armado hasta los dientes. Ahora se miraba mas mundano con una camiseta y unos pantalones demasiado ajustados, botines de taco alto, puntiagudos, de vaquero, y un brazalete de cuero en la muñeca. Su apariencia tenia algo de vulgar, distinta a la del guerrero discreto e idealista de años atrás. Su lenguaje corporal trasminaba esa liviandad despreocupada del satisfecho con la vida.

- Hola Pichin. Que casualidad encontrarte. ¿Como estás? - extendiéndole la mano

- Pues muy bien Cipriano. Gusto de verte. Hace bastante tiempo que no te veía,

- Si. Es que ahora trabajo en La Paz, ¿sabes? Soy asesor político del Ministerio de Agricultura desde hace unos años. Estoy ahora en Sucre por solo unos días

- Pues te felicito. Por lo visto estás haciendo carrera política.

- Eh…. Bueno, es un carguito nomas - respondió aparentando modestia - Te presento a mi novia - dijo socarronamente señalando a una muchacha en el asiento delantero, cabellera abundante, teñida de rubio, maquillaje exagerado, labios rojo escarlata, falda corta que revelaba bastante muslo, medias negras de nailon y un escote profundo que le llegaba a la mitad del busto.

- Hola. Un gusto – le dijo Pichin extendiéndole la mano

La mujer le entregó una mano llena de anillos y una sonrisa de desgano sin decir palabra. A Pichin.le saltó la idea de estar frente a una chica de burdel

Conversaron cordialmente unos minutos. Pichin prefirió no preguntarle si ese auto caro era suyo. Cipriano le ofreció sus servicios si alguna vez necesitaba algo del Ministerio de Agricultura, que si venia por La Paz lo visitara.

María Elena, la hermana, se había convertido a estas alturas en una muchacha cuya belleza despertaba la atención de quienes la veían en la calle. Esbelta, grácil, de cabello largo y castaño, ojos claros, su figura exhalaba una gracia natural que la hacía popular. No estaba aún de novia aunque pretendientes le sobraban. Estudiaba para guía turística en quizás la única Universidad del mundo que daba título universitario a esa ocupación. Allá, prácticamente todas mujeres, estudiaban la historia local y aprendían algo de francés e inglés. En la práctica era solo un cuarto intermedio para las casaderas a la espera del príncipe azul que las convirtiera en amas de casa.

La situación en el país se había tranquilizado. Los líderes del gobierno moderaron su retórica revolucionaria. La realidad había mostrado ser difícil de acomodarse a los sueños originales. Si se quería que la minería y los transportes funcionen, que la gente tenga comida en la mesa, los enfermos medicinas en las farmacias y los oleoductos funcionen como deben, había que hacer concesiones y ser menos vociferante. Los diplomáticos lucieron sus mejores sonrisas en Washington y en La Paz. Mensajes tranquilizantes fueron intercambiados. Asesores militares de cabello rubio y uniforme caqui aterrizaron en el país. El ejército fue reorganizado. El antiguo casco prusiano fue cambiado al mas simpático norteamericano y los viejos fusiles alemanes Máuser substituidos por las flamantes carabinas semiautomáticas M1 Garand. "Flor de carabinas" – decían los tenientes. El Máuser, grande, pesado, con solo 5 cartuchos en el cargador y con manivela contra el Garand livianito, 30 cartuchos en el cargador, nada de manivela, solo apretar el gatillo y ráfagas de a cinco balas si se quería. "Una obra de arte compadre - decían los capitanes - estos gringos saben lo que hacen". Películas instructivas fueron mostradas en los cuarteles, como hacer una emboscada, como armar y desarmar minas explosivas, como usar lanzallamas y lanzagranadas, como combatir en medios urbanos, como desarmar y limpiar el fusil M1 en tres minutos. Después esos oficiales de uniforme caqui se volvieron a su país despidiéndose de sus colegas bolivianos con unas palmaditas paternales. Se fueron. tranquilos. A los jóvenes oficiales mas destacados los mandaron a la Escuela de las Américas en Panamá para hacerlos mejores soldados y darles un baño de adoctrinamiento. Mejor estar por el lado seguro. Jóvenes voluntarios norteamericanos con el pelo rubio y su recién concluido college, pertenecientes al Cuerpo de Paz, emergieron aquí y allá despertando cierta simpatía entre los locales por su ingenuidad y su despiste como si ellos mismos se preguntaran que diablos hacían allá El Banco Interamericano de Desarrollo y los otros bancos se mostraron repentinamente proclives al crédito y las multinacionales contentas de venderle al país sus productos. La mayor transformación del país en su historia era ya sin embargo un hecho consumado. Millones de indígenas, antes siervos, habían ahora pasado a ser ciudadanos con todos los derechos.

La clase media también sintió alivio. No les habían expropiado sus casas, ni adoctrinado a sus hijos, ni las iglesias habian sido quemadas. Pichín pensó que su tío Nicolás Lafayette tenia razón, los gringos sabían lo que hacían.

Entre los estudiantiles se respiraba no obstante inquietud. Nadie sabía bien porque. Quizás porque la pobreza y la falta de oportunidades subsistían. El gobierno había fracasado en la diversificación de la economía y en la industrialización. La reforma agraria había repartido tierras demasiados pequeñas para que las familias campesinas sobrevivieran. Muchas de ellas, primero cientos y luego miles, emigraban al trópico para empezar allá de cero. El país seguía siendo dependiente de sus materias primas, especialmente minerales, vulnerable, Había corrupción y malos manejos de la cosa pública. La euforia inicial de la década pasada se había tornado en decepción.

Los jóvenes buscaban explicación a esa su desazón. El marxismo vino a su ayuda. La causa de todos los males era el capitalismo y su punta de lanza, USA. Desaparecidos el capitalismo y USA todos los problemas se esfumarían para siempre.El país sería feliz. El mundo sería feliz. Todos los humanos serían iguales, libres, pacíficos y dichosos. Había que derrotar al capitalismo. Destronar a USA.

Había marxismos para todo gusto. Los troskistas, una minoría, todavía resentidos por el asesinato de su fundador decenios atrás por orden de Stalin, serios, inclinados al secreto, solemnes, con aire de intelectuales y profetas. Los maoístas, agresivos, proclives a la trifulca y al insulto, malhumorados, desordenados, con su revolución campesina y su profeta Mao cuyo Libro Rojo se suponía leían con devoción. Los burocráticos moscovitas, seguidores de la ortodoxia Soviética, mas sosegados, atentos a obedecer las directivas de su Comité Central, inmersos en sus reglamentos y jerarquías. Los castristas, por lo de Fidel, proclamando que era hora de que hablaran los fusiles. Uno que otro titoísta, atraído por Yugoslavia, al que nadie tomaba en cuenta. Todos fanáticos, intransigentes, convencidos de poseer la verdad, prestos a condenar a los otros como traidores y herejes. Pocos habían hojeado los textos marxistas pero ello no disminuía su convicción basada en una intuición visceral. Y, como se sabe, son las intuiciones viscerales las que están detrás de las convicciones mas firmes. Algún grupo minoritario se daba la molestia de estudiar los libros de marxismo, pero ellos no decían nada, el clima no era apto para conversaciones sobrias.

Todos ellos portaban el sobreentendido, y como tal innecesario de mencionarse, de una inferioridad hispanoamericana respecto a USA. Los gringos eran mejores, mas capaces, superiores. A nadie se le ocurría, así sea por un segundo, preguntarse sobre la razón de ello. La inferioridad hispanoamericana era solo el resultado de la mera existencia de USA. De su política de matonaje ante una Hispanoamérica inocente y libre de defectos. Se daba por supuesto de que, si por algún milagro, USA desaparecía del planeta todas las posibles falencias hispanoamericanas desaparecerían como por encanto. Algunos buscaban consuelo en una identificación con la Unión Soviética. ¿No era acaso la Unión Soviética un enemigo militar al que USA tenía que hablar de igual a igual? ¿No estaban los soviéticos a la par de USA en la carrera espacial? Si había la Unión Soviética no se estaba solo. Y si no estaba China, todavía pobre pero que tiraba para arriba. O Cuba que había mostrado no tenerle miedo a USA. Para los inclinados a lo intelectual estaban los europeos que lo pensaban todo, que tenían el cerebro para ello. Bastaba con leerlos y repetir lo que estos decían Le obviaban a uno el trabajo de pensar por si mismo.

Al otro lado estaban los estudiantes de clase media, de tez mas blanca y rasgos mas caucásicos, para quienes el comunismo era el mayor enemigo que la humandad había engendrado. El colapso de la civilización de occidente. La pérdida de los valores humanos mas básicos. El dominio de lo diabólico. El final de la religión, la familia y la Patria. Un cáncer que debía extirparse a cualquier precio. Se sabían en minoría. Mantenían una actitud reservada y vigilante, haciendo amigos solo entre ellos, mezclándose con el resto por obligación y de mala gana. Los venidos del trópico, los mas blancos, con una actitud también mas beligerante como dispuestos a las trompadas si se daba el caso. Reacios a la lectura y propensos a la indignación. "Esos son de los que cada vez que escuchan la palabra cultura sacan el revólver" decían de ellos los marxistas, homologándolos con Hemann Göring, el de la Gestapo.

La mayoría de los estudiantes venían sin embargo a estudiar y a obtener un título. Y a pasarlo bien. Salir de parranda de vez en cuando y quizás encontrar una pareja con la cual formar familia. Y era eso lo que hacían, así no les fuera fácil sustraerse a aquella atmósfera de rivalidades políticas. Gabriel, que había heredado la personalidad benevolente de su padre, no tenía problemas de hacer amigos independientemente del grupo social y del color de la piel. De natural sociable hizo amigos entre hijos de sastres, peluqueros y obreros de las minas. Los trataba a todos por igual. Su radar social no funcionaba, De esa manera logró obtener una estima entre sus compañeros de curso. Era popular. Como buen católico no podía sino mirar suspicacia hacia aquellos que predicaban abiertamente su marxismo. Los veía como intolerantes e irreflexivos. Podía entender esa rebeldía cuando pensaba en la pobreza presente en todas partes. Se conmovía ante esa pobreza preguntándose si no habría alguna forma para acabar con ella.

Por ahora estaba mas enfrascado en su Anatomía, la materia mas pesada del primer año. Le parecía haber entrado a una secta con un lenguaje propio y secreto. Nombres totalmente extraños se hicieron parte de su vocabulario: válvula mitral y tricuspidal, red de Purkinge, esfínter de Oddi, delantal de los epiplones, arteria mesentérica aquí, carótida allá, iliaca mas allá. Se sentía orgulloso de penetrar en los secretos del cuerpo humano. Mucho de su tiempo iba dedicado a las disecciones.

Los cadáveres de indigentes muertos en la calle o en el hospital y cuyos cuerpos nadie reclamaba reposaban esparcidos sobre las mesas de disección, formalizados para evitar la putrefacción, secándose lentamente con el paso de las semanas hasta convertirse en momias. Siendo poco a poco cortados en pedazos por los estudiantes hasta quedar solo la articulaciones que era lo último desechable. Nadie se preguntaba donde acababan aquellos restos. Ahí, donde reinaba la muerte, los estudiantes disimulaban sus temores con bromas colindantes con lo grosero. Eran las reglas de juego. Enfrentarse a la muerte, a los repulsivos humores orgánicos, a la sangre y a lo nauseabundo sin inmutarse ni perder el buen humor. Al anochecer llegaban los prodisectores, alumnos destacados del último año que recibían un pequeño sueldo por este trabajo, a revisar si los novatos habían hecho correctamente las disecciones asignadas y a tomarles examen. Los novatos miraban a sus prodisectores con respeto y admiración, como a gente que ya conocía los secretos de la ciencia de curar, que podía juzgar con precisión a un enfermo crítico y tomar las decisiones correctas, salvar vidas.

Y Gabriel se enamoró. Por primera vez. De veras..Y se decepcionó también por primera vez, de veras. Sucedió mientras tomaba un café con un amigo en la confitería Lui frecuentada por los estudiantes porque podían sentarse allá el tiempo que quisieran y por sus ventanales amplios hacia la plaza que les permitían ver el pulso de la ciudad. Ella estaba en la calle conversando con un grupo. Delgada, estatura media, esbelta, cabello castaño, pálida, tenía un aire de fragilidad pero al mismo tiempo de firmeza. Hubo algo en ella que a Gabriel lo agarró desprevenido, Lo delicado de sus facciones, su expresión seria, casi melancólica, su piel tan fina, de una palidez extraña que parecía irradiar como un aura. Su actitud totalmente concentrada en lo que el otro le decía. "Es un ángel" pensó.

- ¡Uau!,¿ y quien sera esa chica?- le preguntó a su amigo

- ¿Cual?

- Aquella- Esa que está parada ahí junto al árbol con sus amigos, la de chompa amarilla y jeans, la de cabello castaño

- ¡Ah! ¿Esa?. No la conozco pero sé mas o menos quien es. Se llama Sofia … y algo mas. ¿Te gusta?

- Es fenomenal

133

- Estudia Economía. Pero cuidado. Creo que es troskista aunque no estoy seguro

- ¡Uh! ¿Troskista? !Joder!. ¿Tendrá novio?

- No sé. La he visto algunas veces con un flaco medio barbudo. Puede que sea su novio.

La imagen de la muchacha se le quedó grabada como con hierro candente ocupándole las noches antes de dormir y también durante el día. El nombre de Sofía le parecía bello como ella misma. Sus averiguaciones no le dieron mucha información. Apellidaba Poggy y venía de una zona lejana, del Chaco. Gabriel se preguntaba como esa zona primitiva y aislada podía haber engendrado una criatura tan atractiva. En sus diálogos imaginarios la suponía reflexiva, .interesada por los temas que a él le preocupaban, el destino humano, la ética de la vida, el compromiso con los demás, si existía un Dios. Su fantasía le atribuía una suerte de extraña transparencia, algo que de alguna manera señalaba un dominio del espíritu sobre la carne. Una carne, sin embargo, tibia y acogedora que él, de buena gana, quedría abrazar. Se imaginaba paseando con ella por las calles de la ciudad, tomados de la mano, conversando de todo un poco, riendo, como lo hacían otras parejas de jóvenes. Se sentiría entonces feliz. Anduvo jugando con la idea de la existencia de alguna forma de telepatía entre los amantes. Algunas ondas misteriosas que hacían que ella también pensara en él. No le parecía del todo imposible. Había mucho que era desconocido en el mundo. La vio varias veces en La Cartelera, lugar de encuentro de todos, el sitio de la Plaza Central donde se exponían los horarios y programas de los cines. Pero la muchacha no dio muestras de registrar su presencia. Quizás lo sabe pero lo disimula, trató de consolarse. No se atrevía a acercarse. Su sola proximidad le inspiraba pánico. Èl sabía que no era especialmene atractivo. Le hubiera gustado ser mas alto y mas musculoso como Pichin. Tener unas líneas mas firmes en el rostro y una postura mas erecta. Eso atraía a las chicas. Cuando se miraba en el espejo se daba a si mismo una aprobación reticente, con reservaciones "OK, no soy feo – se decía – pero podría verme mejor". Era su pelo, que ya le había crecido después de la rapada, lo que mas le irritaba. Apenas se lo dejaba crecer se le empecinaba a formar unos rulos extraños que lo obligaban a tenerlo corto. Lo único que contaba con su aprobación eran sus ojos, grandes, redondos, como los de su padre, con una mirada que a él mismo se le antojaba como bondadosa,

Al pasar un día cerca a La Cartelera la encontró sola esperando a alguien. No habían muchos transeúntes, La ocasión ideal. Ahora o nunca se dijo. Tomó coraje y se le acercó.

Hola! - le dijo esbozando la mejor de sus sonrisas, aparentando naturalidad y dominando su nerviosismo – ¿esperando a alguien?

La chica se volvió sorprendida como si sus pensamientos hubieran estado en otro sitio y fueran ahora interrumpidos por una impertinencia

- Eee... si – le contestó, sin apenas mirarlo, sin entusiasmo, por pura cortesía

- Me llamo Gabriel. y le extendió la mano todavía aparentando soltura aunque sentía que el corazón se le alborotaba en el pecho. Mirándola de cerca parecía aún mas bella. Una belleza frágil protegida por una coraza de misterio que pensó podría romperse si uno la besaba.

La muchacha lo miró intrigada, como si estuviera frente a un bicho raro, sin entregarle su propia mano

- ¿Y? - le preguntó con rostro inexpresivo. En su voz había una suerte de irritación recriminatoria, un "¿y eso a mi que?"

- Bueno....- siguió Gabriel ya reculando - Es que te he visto varias veces por aquí y pensé que por ahí te gustaría tomar un café conmigo. .....quiero decir como amigos...bueno, es decir ser amigos.....por supuesto si es que no tienes novio ... y estas libre .... y todo eso

La muchacha lo miró fijamente, sin parpadear, por unos largos segundos como si se tratara de una proposición exótica. Su mirada era penetrante y tenía algo extraño, una suerte de firmeza casi despectiva. Gabriel se había equivocado, la muchacha no tenia nada de frágil. Todo lo contrario.

-No – fue su lacónica respuesta

- ¿No?

- ¡No!. Un no rotundo, categórico, definitivo

El alma se Gabriel se le cayó por los suelos y no se le ocurrió decir nada. Estaba derrotado. Lo único que le quedaba era una retirada decente.

- Bueno.. en ese caso... disculpa la molestia - le dijo - retrocediendo confuso

La muchacha no se dignó a contestarle volviendo su mirada hacia la plaza marcando con ello que su corta conversación había concluido. Gabriel se alejó con la autoestima herida: Se sentía humillado. "Imbécil, imbécil" se decía a si mismo. Furioso contra la chica y contra si mismo. Pensando que podía haber sido mas original, decirle algo divertido que la hiciera reir y le bajase las defensas. ¿Pero que? No se le ocurría nada. No era su estilo. Ahora sabía que no había ninguna telepatía de los enamorados.

Además la fragilidad que le había otorgado era falsa. Por el contrario, parecía fría y dura como el granito.

Que aquella muchacha, años mas tarde, reaparecería en su vida en circunstancias extrañas, era algo que obviamente le hubiera entonces sido imposible de imaginar.

Aquello le dolió varias semanas. Se refugió trabajando horas extras en la sala de disección. Un recién iniciado Cine.Club también le sirvió de consuelo. Allá mostraban películas de Vittorio de Sicca, Luchino Visconti, Michelagelo Antonioni, Ingmar Bergman, Sergei Einsentein. Quedó fascinado con el cine italiano que podía tocar temas serios y no obstante mantener el humor y la jovialidad. Las películas de Bergman lo dejaban deprimido. Einsentein le parecía como demasiado solemne y trágico

CAPÍTULO #16

Cuando Christoffer Burns retornó a Galvestón durante sus primeras vacaciones de verano lo primero que escuchó fue que estaba cambiado. Su madre lo había recibido a besos y con lágrimas en los ojos diciéndole "¡Oh mi niño! ¡como has cambiado!". Eso también le dijeron su padre y su hermana. A él le parecía ser exactamente el mismo de siempre y la única explicación que encontraba eran las pocas prendas de vestir que había comprado en Princeton y que no eran corrientes en Galveston.

Durante su ausencia la familia había iniciado su nuevo negocio de venta de pizzas a domicilio y en la ventanilla, la Quick Pizza, justo al frente del Quick Shop de los Burns. Idea de Duke, el novio de la hermana, muchacho enérgico y lleno de ideas. Era Duke quien administraba la pizzeria en sociedad con Joseph Burns quien había puesto el capital. Las pizzas se vendían bien, había siempre clientes, especialmente pasadas las seis de la tarde. Duke había contratado inicialmente a un italiano de Houston hasta aprender él mismo los secretos de hacer pizzas. Ahora lo hacía mejor que el italiano descubriendo que la pizza italiana tenía demasiada masa para el gusto norteamericano. Sus propias pizzas, algo diferentes, cayeron mejor en el gusto de la gente. Al margen de las tradicionales Vesubio, Cuatro Estaciones, Margarita, Primavera, Napolitana y las otras, había creado una propia, la Al Capone, con una exquisita salsa, mezcla de avocado y chilli, que fue un éxito. La Al Capone era la mas vendida.

Cristoffer se puso como ayudante de Duke, ya a los primeros días de su llegada. Era su forma de mostrar que no había cambiado, que era el mismo Christoffer de siempre y, además, compensar de alguna manera los esfuerzos económicos de su familia por su educación. Duke le había caído simpático. El intenso calor veraniego y el del horno hacían el trabajo fatigoso a pesar del aire acondicionado pero ello no afectaba el entusiasmo de Christoffer. Aprendió rápidamente a manejarse con el horno, la masa y los otros ingredientes y a las dos semanas Duke pudo a veces darse unas horas libres para otras cosas. Su hermana pudo concentrarse mas en el Quick Shop ayudando al padre. También aprendió a manejar la motoneta para las pizzas a domicilio pedidas por teléfono. Le gustaba hacer esos mandados en la motoneta con su vistoso chaleco a rayas rosadas y grises y su letrero en la espalda Quick Pizza, Str. 42- Nr 104. Lo del chaleco idea también de Duke.

Fue cuando Christoffer vio de nuevo a Lena, su enamorada y posible novia, que tuvo que admitir que su familia tenía razón, él había cambiado. Lena seguía trabajando como cajera en un supermercado y era la misma de antes, ojos verdes grandes, rasgos suaves y femeninos, figura agradable, maneras dulces. Todavía contenta con su trabajo y todavía sin planes para el futuro. Como les era habitual salieron de paseo por el Sea Boulevard y se detuvieron en su cafetería preferida, la Seagull, a tomar milkshake, la preferencia de Lena. Christoffer notó que los relatos de su vida en Princeton, a pesar de darles él un carácter jocoso, solo la entristecían, como si aquello le fuera ajeno y solo la confirmación de que Christoffrer, cada vez mas, vivía en un nuevo mundo. Por su lado Christoffer consideraba los pequeños incidentes de la vida de ella en Galveston como bastante pueriles teniendo que hacer un esfuerzo para mostrarse interesado. Aquel verano seguirían viéndose regularmente aunque parecía haber el acuerdo tácito de que su relación no tenía futuro. Christoffer sentía una difusa melancolía al constatar como aquella muchacha de la que había estado tan enamorado había perdido parte de su encanto y que ello no se debía a ella sino a él. Al cambio que había sufrido y con ello la antigua conexión entre ellos. Le costaba ahora imaginarse a Lena como parte del futuro que vislumbraba para si mismo.

El encuentro con su antiguo profesor de Historia del high school fue lo que le hizo la mayor impresión. Cuando llamó a Charles Hobson por teléfono este se alegró y le invitó a su casa. Christoffer nunca había estado allá. Hobson vivía en un pequeña pero simpática casa de un solo piso, detrás de una verja y un antejardin con bastantes flores. Su esposa que trabajaba de parvularia se mostró ser tan jovial y corpulenta como su esposo. Lo primero que Hobson le dijo al recibirlo efusivamente fue "se acabó lo de sir, ahora me llamas Charles, ¿OK?. Ahora somos colegas, ¿no es cierto?". Lo hizo pasar a un jardín trasero donde se sentaron a tomar café a la sombra de un frondoso árbol. Dentro de la jovialidad de Hobson Christoffer pudo adivinar un dejo de inquietud. Su obesidad de años le estaba pasando factura. Los médicos le habían diagnosticado diabetes, hipertensión arterial y colesterol alto y estaba obligado a tomar varias medicinas. Y, lo peor de todo, a comer menos y abstenerse de pasteles. Su médico había sido categórico "Mire, Mr. Hobson − le había dicho - o Ud deja los dulces y baja de peso o vamos a tener serios problemas" Solo un sádico puede recomendar tal cosa, comentó Hobson con ironía. No se lo veía muy saludable. Sus canas en su barba color caoba habían aumentado. Del pelo no se podía hablar porque apenas tenía pelo. Su entusiasmo era sin embargo el habitual. Quería saber de la vida de Christoffer en Princeton, de los profesores, de los cursos que había tomado, de como se había sentido allá. Intercambiaron recuerdos comunes de la escuela y Hobson le contó de las cosas nuevas que habían pasado desde que Christoffer acabara el bachillerato.

Su interés común los llevó al tema de la Historia dejando fluir la charla un poco al azar. Como buenos galvestonianos Texas les acaparaba su mayor atención Se sentían orgullosos de esa tierra plana, sin obstáculos, donde uno como que podía dejar vagar la mirada sobre un horizonte sin límites generando una sensación de libertad. Compartían su gratitud por aquellos hombres que habían luchado para que Texas dejara de ser mejicano y pasara a ser un Estado de la Unión. Hablaron de las batallas de El Àlamo y San Jacinto de 1836. De la inteligencia de San Houston de sorprender a las fuerzas mejicanas prácticamente durmiendo en San Jacinto infringiéndoles una derrota mortal en apenas unos minutos de combate y con ello la declaración del Estado de Texas. De la guerra posterior entre USA y Méjico entre 1846 y 1848 que culminaría con la invasión norteamericana de la mismísima capital mejicana. Como todo aquello acabaría con la pérdida por parte de Méjico de 5 millones y medio de kms2 que pasaron a ser territorio de USA. Christoffer le contó a Hobson que su currículum de estudios en Princeton incluía

Relaciones Internacionales y que él había elegido la parte de relaciones con Hispanoamérica. Que también estaba estudiando el español.

- ¿Hay un tema especial que te interesa en esas relaciones? – preguntó Hobson

- Bueno… en realidad, si – contestó Christoffer – me gustaría encontrar la explicación a ese desarrollo tan desigual entre ambas regiones. Como es que USA se haya desarrollado tanto y que Hispanoamérica permanezca en el subdesarrollo. Una desigualdad que además parece solo acentuarse.

- Interesante… interesante. ¿Y tienes algunas ideas sobre el tema?

- La verdad que no. ¿Y tu Charles?

Hobson se quedó unos segundos pensativo mirando el suelo para luego decirle en voz[1] baja, casi como un susurro

- La religión

Hobson lo había dicho en voz tan baja que Christoffer apenas escuchó

- ¿Como? - le preguntó

- La religión – repitió con voz mas clara y esbozando una sonrisa

- ¿La religión?- preguntó Christoffer confundido

- Si. ¿Te parece curioso? Pues lo es. Pero es también cierto – Hobson reacomodó su masivo cuerpo en la silla como preparándose para decir algo largo - Pues si. La maldición de Hispanoamérica es su catolicismo.

Christoffer lo miró sorprendido. A la expectativa.

- Mira Christoffer – continuó Hobson – ¿Sabías que no soy texano? ¿No? Pues es cierto. Soy californiano. Llegué a Galveston hacen tantos años que me siento ya como un texano. Pero lo de californiano naturalmente me queda. Como tu sabes los californianos somos bastante liberales y tolerantes, incluyendo la religión

- No tenia idea que venias de Califórnia

- Pues si. Y ahora te va ha hablar un californiano - añadió con una sonrisa pícara – Te tengo que confesar también que no soy religioso. No se lo digas a nadie porque por ahí me quedo sin trabajo. Tu sabes como somos en estas zonas Si no crees en Jesús eres diabólico y no puedes enseñar a los jóvenes, tu empleador se siente con el derecho y casi en la obligación de despedirte. Vivimos en el Cinturón de la Biblia,

---
[1]

¿no es verdad?. Yo voy a la iglesia de vez en cuando para mantener las apariencias. ¿Te escandalizo?

- No. En absoluto. Princeton como que me ha abierto los ojos.

-¡ Ah! Eso me tranquiliza. El Cinturón de la Biblia me inspira solo temor. Por su simpleza y su fanatismo, tan rabioso como irracional. Los creyentes parecieran haber sufrido un lavaje cerebral, como si fueran zombies con quienes es simplemente imposible razonar. Para ellos existen solo Jesús y la Biblia.Y punto. Están incapacitados de ver otra cosa. Toda divergencia les despierta solo ira. Si no crees en Jesús podrían hasta matarte sintiendo que con ello hacen una buena acción Quizás exagero un poco pero no es del todo falso, ¿verdad?

- Pues hay mucho de eso

- Los católicos, al menos los modernos, son mas tolerantes, ¿no es cierto?. Si no crees en Jesús, OK, eres un tipo raro pero nada del otro mundo. Solo te irás al infierno por tonto y con ello se acabó el lío. Aquí no. Aquí eres sencillamente una mala persona. Un traidor. Un ser despreciable. Además somos racistas, ¿no crees?. Y no poco racistas. Muy racistas. Es cierto que la esclavitud de los negros está abolida. Por lo demás después de una furiosa resistencia texana. Pero el racismo subsiste. El catolicismo es mas tolerante en cuanto a razas. De hecho el colonialismo español en Hispanoamérica fue muchísimo menos racista que el inglés en USA. Lo que les hicimos a los nativos americanos y a los negros fue sencillamente abominable. No te olvides que uno de, llamémoslos, "pretextos" de la guerra entre Méjico y EE.UU fue justamente que Méjico se oponía a la esclavitud vigente en Texas. Digo "pretextos" porque obviamente el motivo real de la guerra, como siempre, fue económico.

- Pero... no entiendo la relación...

- Pues ahí voy. Si los católicos son algo mas tolerantes en temas religiosos y algo menos racistas debería también de irles mejor, ¿no es cierto? Además, no te olvides, Hispanoamérica precedió a os EE.UU en educación superior. Cuando nosotros fundamos nuestra primera Universidad, la de Harvard, Hispanoamérica ya tenía cinco.Su avance debería así haber sido mas rápido que el nuestro. Y ese no es el caso. ¿Porque? Aquí somos herederos de los puritanos, ¿no es verdad?. Del Mayflower y todo aquello. Con una convicción firme en la Biblia, a prueba de balas. Una moral rígida, al menos en apariencia. A esos primeros inmigrantes puritanos los vemos como nuestros padres espirituales, con gran respeto. Festejamos todos los años su supervivencia en el Día de Acción de Gracias. Feriado nacional y todo aquello. Y aquí viene el meollo. Esa gente vino a trabajar con las manos, A construir su futuro a puro músculo e inteligencia, partiendo de cero, desde la mas absoluta pobreza. El trabajo es para nosotros sagrado, no importa que sea con la manos o con el cerebro. El que trabaja no peca, es mirado por Dios con buenos ojos. Mas duro el trabajo mayor la satisfacción divina. El catolicismo es lo contrario. Si tienes que trabajar duro es prueba de que que no estás en la gracia de Dios. Lo óptimo para el católico es vivir bien sin trabajar, es la muestra de que esa persona goza de la bendición divina. El trabajo duro manual es así el mas despreciado, les provoca casi verguenza. ¿Y como puedes generar riqueza y progreso sin trabajar? Mira el curioso efecto que pudo tener una simple diferencia de interpretación del Génesis, con aquello de la expulsión de Adán y Eva del Paraíso. Para los católicos el trabajo seria castigo, para los protestantes un medio para hacer las pases con Dios.

- No lo había pensado....

- Y aquí tienes la segunda parte. El Catolicismo, dentro de su relativa mayor tolerancia racial y religiosa que el puritanismo, es verticalista y autoritario. Una estructura piramidal rígida con su Papa, sus Cardenales, Obispos y todo ello. Ellos son los que saben y le dicen a la gente lo que tiene que creer. Y la gente lo acepta porque se supone que esas autoridades están en relación directa con Dios. Tus pecados no pueden además ser perdonados así por así. No señor. Es con la intermediación del cura que tus pecados son perdonados. Y no te olvides que detrás de ello está algo extraordinariamente serio para el creyente, el riesgo de quemarse en el infierno por una eternidad. Ningún piojo tuerto, por cierto. El poder del clero es inmenso. Un autoritarismo blindado que obviamente se traslada imperceptiblemente a los otros aspectos de la vida social y no menos a la política. La educación de los niños en la familia y en la escuela es autoritaria y en la política el caudillismo es una epidemia. ¿Cuantos caudillos hemos tenido en USA en toda nuestra historia? Ni uno. ¿Y cuantos ha tenido Hispanoamérica? Ni para que decirlo. Muchísimos. ¿Te imaginas a George Washington como caudillo? Yo no, ni creo que nadie lo haga. Y no porque el pobre, al cúlmen de su gloria como líder anduviera mas atormentado con su dentadura postiza, sino porque lo de caudillo no entraba en sus cálculos ni en los de nadie. Pero a Simón Bolívar es perfectamente posible imaginarlo como a un caudillo. Los hispanos aman a sus caudillos, parecieran buscarlos con lupa. Tenemos la ingenua creencia de que la religión es algo que se queda en las iglesias y por ahí influye un poco en la familia y con ello basta. Pues no señor. Lo invade todo. Los sistemas educativos, la política, la actitud respecto al trabajo, la moral pública, la sexualidad, todo. Combina eso con el machismo y no te saldrá ninguna buena combinación

Ambos se quedaron por un momento en silencio. Christoffer tomando un sorbo de su taza de café. Hobson bebiendo de su botella de agua mineral. Gozando de la sombra del árbol que les daba frescura en medio del calor veraniego.

- Mira Charles – dijo finalmente Christoffer – no lo había pensado... Es una idea extraordinariamente interesante.

- Pues te tengo que confesar que no es mía, y quizás sea algo a lo que le puedas meter el diente en tus futuros estudios. ¿Has escuchado de Max Weber?

- Si, por cierto, lo he escuchado nombrar varias veces en mis clases de Interpretación de la Historia pero no lo he estudiado.

- Pues te lo recomiendo. Especialmente su "La ética protestante y el espíritu del capitalismo". Es magistral y te dará muchas ideas en cuanto a las relaciones entre USA e Hispanoamérica. Y está también por supuesto la idea fija de los norteameiicanos de nuestra predestinación como nación, nuestro Destino Manifiesto, de hace mas de un siglo. Nadie en realidad lo entiende pero es algo así como una nueva tierra construyendo un nuevo cielo. Somos soñadores Christoffer. Vivimos en la misma ilusión de Virgilo de los romanos antiguos de "romano, tu destino es gobernar el mundo" que para nosotros es "norteamericano, tu destino es gobernar el mundo". Los salvadores del mundo, un mundo que nos debe estar agradecido.

- Verdad – comentó Christoffer pensativo – Hispanoamérica no tiene una mística similar. Que yo sepa

- Pues no. No la tiene. Se pelean demasiado entre sus países. Les cuesta pensar en términos supranacionales, de verse a sí mismos como un subcontinente con una cultura y tradiciones comunes. Crear concenso. Hacer concesiones.Lo único que pareciera unirlos es ya sea una antipatía o una sumisión a USA. Triste para ellos si lo vemos sobriamente

Se quedaron en silencio durante unos minutos como dándole cada uno vueltas al asunto.

–Y la diferencia con USA parece solo acentuarse – comentó Cristoffer como pensando consigo mismo – ¿Crees posible que esas diferencias se acorten en el futuro?

Hobson no contestó inmediatamente quedándose con la cabeza gacha como reflexionando, mirando el suelo y moviendo la cabeza negativamente.

– No. No lo creo – fue su respuesta – Ha pasado demasiada agua bajo el puente. Hasta hace algo mas de un siglo Hispanoamérica tenia todavía chance, éramos mas o menos iguales. Pero ahora ya no. ¿No se si recuerdas una de mis clases en el high school cuando les hablaba de la Centennial Exposition de 1876 en Filadelfia?. Festejábamos los 100 años como nación. Fue el hito que marcó nuestra entrada al gran mundo. Y a ese mundo lo dejamos absorto. Hasta entonces éramos para todos solo hijos de colonizadores semianalfabetos, labriegos aficionados al caballo y al revólver. Y ahí estaban de pronto nuestros avances, a la vista de todos, el teléfono, la máquina de escribir, el dinamo eléctrico, máquinas para cortar y perforar metales, máquinas de impresión, de costura, de bombeo, alimentos envasados, que se yo. La mano le había enseñado al cerebro a crear. Después vendrían Edison y sus inventos, la electricidad al alcance de todos, Ford con su fabricación de autos en línea, la gran industria del acero y la agricultura a gran escala. Todo a gran escala, incluyendo las fortunas personales. Después tuvimos las dos guerras mundiales. Forzados a mezclarnos en los entuertos europeos, a sacarlos del apuro, a costa de decenas de miles de vidas de nuestros jóvenes. Salimos victoriosos Ya nadie pudo dudar de que éramos una potencia, la primera. Tenemos ahora la bomba atómica, misiles, industria pesada de todo tipo, vendemos acero y alimentos al mundo como locos, sacamos petróleo de todos los confines de la Tierra, estamos saliendo al espacio exterior, somos la economía mas grande, que se yo. No, la distancia con Hispanoámerica se ha hecho demasiado grande. La historia muestra a veces milagros, así que que hay que ser siempre cuidadoso. Yo diría que es altamente improbable que Hispanoamérica acorte distancias, rayano con lo imposible.

Cuando Christoffer volvió a casa después de esa conversación tenía muchas ideas dándole vueltas. Se daría tiempo para ver mas de cerca aquello. Le preocupaba haber visto a Hobson algo decaído. Deseaba que bajara de peso siguiendo las recomendaciones de su médico y se mantuviera saludable. Le era importante poder conversar con él otras veces en años venideros. Encontrarse con Hobson era como reencontrarse con Galveston a un nivel que le daba inspiración.

CAPÍTULO #17

Rufino Robles se adentraba en los vericuetos de los derechos penal y civil. El curso de Derecho Romano no le había hecho sino preguntarse porque diablos había que aprender cosas que se dijeron hacen 2000 años. Y quedó aún mas confundido cuando el profesor mostró ser un fanático por los griegos antiguos y sus referencias a Grecia eran tan frecuentes como entusiastas. Que la cultura de occidente estaría basada en la Grecia y la Roma antiguas no le quedó nada claro. Con los derechos penal y civil le fue mejor adentrándose en los conceptos de propiedad, derechos reales, obligaciones, contratos, sucesiones, delito, proporcionalidad, imparcialidad y demás. Los profesores hacían gala de erudición con citas textuales de autores y libros y, si se daba el caso, la editorial y el número de página, provocando admiración en sus alumnos. Todo pensamiento crítico estaba prohibido y solo se esperaba de ellos el aprendizaje repetitivo de lo dicho en los libros o en las clases. La asistencia era libre pero Rufino mostró una puntualidad tan evidente que los profesores quedaron convencidos de estar ante un alumno dedicado. Fue en esa época que descubrió algo que le seria de mucha utilidad en el futuro, una memoria excepcional para el texto escrito. Le bastaba leer un texto unas pocas veces para que se le quedara grabado así no entendiera bien el contenido. Dada su personalidad reservada no hizo amigos inicialmente y tomó un par de meses antes de que sus compañeros de clase aprendieran su nombre. Participaba en los frecuentes corrillos de los estudiantes con una actitud amistosa aunque sin decir mucho.

Un incidente vendría a ponerlo en el foco de la atención. El Dr. Gustavo Carreño, profesor de Derecho Penal, conocido por su actitud distante no exenta de cierta arrogancia había, en sus años jóvenes, cumplido funciones diplomáticas en Roma y Buenos Aires para el gobierno conservador de entonces. En su práctica privada atendía mayormente casos de divorcio y herencia pero la imagen de si mismo era la de ser un penalista de pura sangre. Obeso, de tez colorada que despertaba sospechas de una no saludable afición al alcohol, siempre bien rasurado e impecablemente vestido, impartía sus clases con un aire de pausada solemnidad. Rumores maliciosos mencionaban su debilidad por las divorciadas lo que explicaría lo cuidadoso de su apariencia. Algún alumno indiscreto llegó incluso a mencionar los nombre de dos damas con las cuales había tenido sus aventurillas. Como en toda ciudad chica la gente se vigilaba mutuamente y los chismes eran rápidos. Sus alumnos lo adivinaban como una persona flemática, exenta de toda forma de humor y portadora de la secreta convicción de estar impartiendo clases a imbéciles. Las preguntas de los alumnos las respondía con una mordaz ironía haciendo que estos aprendieran pronto a no preguntar por el temor a ser humillados El incidente ocurrió durante una clase sobre la punibilidad en relación a las formas de aparición del delito y el delito no consumado por razones ajenas al delincuente. En ese caso, el profesor dijo, el delincuente será sancionado con una mitad de la pena establecida para el delito consumado.

En eso se escuchó la voz de Rufino

- Dos tercios doctor

El profesor se quedó en media sentencia mirándolo con incredulidad

- ¿Como dice? - le preguntó con una mezcla de sorpresa e irritación.

- Disculpe doctor – respondió Rufino - pero el Título 2, Artículo 8, del del Código Penal establece que quien mediante actos idóneos o inequívocos comenzare la ejecución del delito y no lo consumare por causas ajenas a su voluntad, será sancionado con los dos tercios de la pena establecida para el delito consumado. Eso a diferencia del que voluntariamente desiste de la comisión del delito que, según el artículo 9, no será sancionado con pena alguna. - Lo dijo con la mayor soltura y precisión como si estuviera leyendo el texto de la ley en frente suyo. Su memoria excepcional no le había traicionado.

Un silencio tenso invadió la sala a la espera de la furiosa reacción del Doctor Carreño. Aquello era una insolencia, corregir a un profesor. Este, con la boca abierta, se quedó unos segundos sin saber que decir.

Fue la actitud corporal y el tono de voz de Rufino que lo desarmaron. En ellas no identificó ni pizca de provocación. Sino mas bien la candidez del niño que sin poder dominar su sorpresa le dice a una dama que esta tiene una nariz muy grande. En una fracción de segundo Carreño se compuso.

– ¿Como se llama Ud? – le dijo

– Rufino Robles doctor

– Pues muy bien señor Robles. Esto significa que Ud está atento a la clase y ha estudiado el tema. Correcto, son dos tercios. Yo solo quería saber si alguno descubría el error. Y usted lo ha hecho. Lo felicito.

Al final de la clase Rufino recibió palmadas amistosas de sus compañeros que ahora tendrían una anécdota divertida que contar. Su fama de inteligente y buen alumno se había establecido. Además había mostrado no temer a la autoridad. Todos sus compañeros sabían ahora su nombre.

Fue por casualidad que Rufino encontró un nuevo mentor en substitución de Hilarión, el que lo fuera en Padilla. La Universidad no ofrecía residencias a sus estudiantes suponiéndose que ellos se las arreglasen como mejor pudieran. La mayoría vivía en cuartos arrendados en casas grandes y antiguas que solían contar con uno o mas patios interiores. Como herencia española de la época colonial esos patios estaban rodeados de habitaciones sin conexión mutua y con una puerta al patio. Muchas familias arrendaban esas habitaciones a los estudiantes donde estos contaban con su independencia. El arrendatario les ofrecía también un baño rústico común pero no una cocina. Para sus comidas solían así acudir a "pensiones" o comedores pequeños donde se les brindaba almuerzo y cena por un precio módico mensual.

Cuando Don Artemio Robles le buscó a Rufino una nueva vivienda encontró uno de esos patios como adecuado. Allá tendría Rufino un cuarto propio, con ventana, acceso a un baño común y una cocinilla eléctrica que le permitía preparase el desayuno y calentarse en las frías noches de invierno.

Faustino Reyes resultó ser el otro inquilino del patio aunque demoraron semanas antes de que Rufino se diera cuenta de ello. Ese otro inquilino resultó ser. estudiante de Ingeniería Química aunque en 3 años no había aún aprobado el primer curso. Ni tenia intenciones de hacerlo porque su verdadero interés no estaba en la Química sino en otros menesteres. La primera vez que Rufino se topó con él en el patio se sintió invadido por una timidez y respeto tan injustificados como involuntarios. Faustino emanaba esa suerte de mundana displicencia que frecuentemente se ve en gente adulta con una vasta experiencia de la vida y que parece hacerles ocupar mas espacio del que realmente merecen. De contextura delgada y algo mas alto que el promedio, ademanes lentos y calculados, vestimenta informal pero elegante y voz calmada, lo inquisitivo de su mirada hizo que Rufino se sintiera a su lado como un niño. Para enredarle mas las cosas Faustino le explicó con su flemática calma y su aire de autoridad, que estudiaba Ingeniería Química "por la pura joda" porque en realidad tenia cosas mas importantes que lo ocupaban Rufino no se atrevió a preguntarle cuales eran .esas cosas aunque supuso que tenían que ver con sus llegadas a casa al amanecer.

A Faustino le inspiró simpatía aquel muchacho recatado, mas bien corto, a todas vistas provinciano, dos años menor que él, que empezaba a crear cierta obesidad a pesar de su temprana edad, cuya tradicional forma de vestir había ya pasado se moda y que tenía un andar curioso como si tuviera los pies planos.

Faustino adoptó desde el comienzo una actitud paternal. "Faustino y Rufiino" .le decía bromeando. "somos casi tocayos". Había vivido en la Argentina de donde se trajo el hábito de tomar mate. A la llegada de la primavera se le dió por sentarse en el patio en las tardes a tomar el sol e invitar a Rufino a acompañarlo con el mate. Atando cabos en sus conversaciones Rufino descubrió que sus ausencias nocturnas se debían al billar y al póker que eran sus grandes aficiones y su forma de ganarse la vida. "Yo naci en el país equivocado" le decía "de nacer en California estaría yo en Las Vegas haciendo fortuna. Es en Las Vegas, coño, donde está la pasta, ¿no crees?". Rufino no sabía que contestarle. Para él los salones de billar colindaban con lo clandestino y el póker era cosa de adultos inclinados al delito. La sola idea de tales recintos le despertaban aprehensión. ¿Como podía Faustino, apenas mayor que él, moverse con soltura en esos ambientes dudosos? se preguntaba.

Cuando Faustino lo invitó un atardecer a un salón de billar Rufino aceptó por obediencia y no sin cierta reticencia. El lugar era como se había imaginado. Penumbroso, con olor a moho, con una nube de humo de cigarrillo invadiéndolo todo. Las mesas de billar distribuidas por el local, cada una con su lámpara arriba que poco menos que gritaba para que la desempolvaran. Afiches de mujeres semidesnudas en las paredes.

Rufino quedó asombrado al ver a su amigo en acción. De manera para él misteriosa eligió entre los mirones a su víctima a la que invitó a jugar unas partidas a 30 bolvianos la partida. Las dos primeras Faustino las ganó con evidente esfuerzo y mínimo margen impulsando al amoscado adversario a seguir jugando y a doblar la apuesta. En la última partida mostró Faustino todo el registro de su destreza con el taco haciendo correr las bolas en ángulos improbables, chocarlas con rotaciones misteriosas, llevandolas con golpes de carambola.a agujeros donde uno no podía creer que llegaran o dandoles un toque que mas parecía una caricia.

Terminado el juego Faustino se embolsilló los 190 bolivianos que había ganado.

– -Je… je… 190 morlacos en 2 horas, no esta mal ¿no? - le dijo - Vamos, te invito a comer. 190 era mas de lo que su padre le enviaba a Rufino al mes para todos sus gastos.

Al póker nunca le invitó. Allá no les gustaban los mirones y no se trataba de "centavos" como en el billar. Allá se jugaba de verdad y había que concentrarse. No solo en el póker, también en el black jack. En black jack rara vez perdía porque él era bueno para contar las cartas. El póker era mas complicado, había días buenos y días malos. A los dados jamás, cuestión de principios, nada para gente decente como él. "Para las cartas necesitas `moscú` - le decía señalándose la frente con un dedo - para los dados basta tener una mano para tirar los dados, como para hacerte la `paja`". Dados no, exclamaba con un orgullo herido cuyo motivo Rufino tenía dificultad de identificar. Allá había, según Faustino, gente que había perdido casas.y cosas peores. Algunos venían con una pistola en el bolsillo. Aquello a Rufino le provocaba un temor difuso.

Los anocheceres de los sábados le eran pesados a Rufino. El de los viernes se le hacían llevaderos porque todavía le quedaba en el cuerpo el ajetreo de la semana. Los de los domingos le eran también tolerables ya que sabía que la gente se replegaba a sus hogares acumulando fuerzas para la nueva semana. Pero los sábados la soledad y el tedio le eran aplastantes. Ese día se daba el lujo de comprar algún periódico del día que le aliviara el aburrimiento. No había aún llegado la televisión. La radio le hacía compañia. Las novelas no le atraían. Saber de vidas ajenas con las cuales no tenía personalmente nada que ver le parecía una pérdida de tiempo. Nunca haba tenido la posibilidad de ver teatro. La música no le disgustaba pero hubiera sido incapaz de decir el tipo que prefería. El cine le despertaba poco entusiasmo, similar a las novelas. Aquel sábado se sintió agradecido cuando Faustino llamó a su puerta y le invitó a su cuarto a tomar una cuba libre.

El hábito de beber alcohol le era a Rufino prácticamente ajeno. En su aldea haba alguna vez bebido chicha y en la ciudad alguna esporádica cerveza. Si aceptó la cuba libre fue por su necesidad de hablar con alguien.

– Ron cubano – le informó Faustino – de primera calidad. Mis tragos son misiles puros, te digo. Tengo mi receta propia. Se llama sputnik. Le sirvió en vaso largo, ron con Coca-cola, una raja de limón y varios cubos de hielo. Ninguna receta especial.

El efecto del alcohol en Rufino fue casi inmediato. Se sintió relajado y cómodo a pesar de que el sabor inicial no le fuera agradable. Se puso elocuente y, contra su personalidad habitual, le contó a Faustino algunas anécdotas de la Facultad de Derecho. Este, a su vez, algunos pasajes de su vida en la Argentina. Pasadas un par de horas ambos estaban ya eufóricos y con ganas de ir a algún sitio.

– Vamos a visitar a la Topacio – propuso Faustino

. ¿Y quien es la Topacio?

– ¡Oh! Una chica bella que te va a gustar.

– ¿Y donde vive?

– ¿Donde crees que pueda vivir una chica que se llame Topacio?. En casa de putas pues Rufinito, ja ja. Allá donde trabajan las señoritas de honor distraído. Vamos, para que te espabiles un poco.

A Rufino le asustó la idea pero la acabó aceptando- El alcohol le daba audacia.

Un taxi los llevó a las afueras de la ciudad, a una calle de tierra y pobremente iluminada con casas que al parecer ni siquiera estaban aún numeradas. La casa en cuestión se la veía bastante acogedora con un farol rojo que iluminaba una entrada de gradas hacia un sótano. En la puerta un hombre joven de aspecto agradable, pantalón negro, camisa blanca y corbata pareció reconocer Rufino.

- Pase nomas joven – le dijo a manera de saludo – las chicas están adentro

El salón era amplio e iluminado con luces rojas, las mesas dispersas con sus sofás para los grupos de clientes y una barra de bar. Una pequeña pista de baile que a esa hora estaba todavía vacía. Unos pocos clientes sentados a las diferentes mesas con algunas mujeres tomando tragos. En el barra del bar 5 o 6 chicas conversando con el barman, mirándose en el gigante espejo de atrás, matando el tiempo. El corazón le dio un vuelco a Rufino. Todas llevaban unas faldas tan apretadas que apenas les cabían las nalgas, cubriendo casi nada de los muslos. Sus escotes profundos mostraban generosos gran parte de sus senos con un "ahí están, ¿no te gustaría tocarlos?". Zapatos de taco alfiler, muy altos, alargándoles las piernas. Labios intensamente rojos, uñas pintadas. Todas jóvenes, atractivas, de melenas abundantes, curvonas. Una sola idea emergió en el cerebro de Rufino ¡sexo!

Un mozo de rasgos indígenas y corbata se les acercó una vez que se hubieron sentado perguntándoles que querían tomar.

.- Cuba libre, ordenó Faustino

- ¿Desearían también señoritas?

.- ¿Esas que están en la barra? - pregunto Faustino displicente, como si no fueran lo suficientemente atractivas para él

- Si señor. Algunas mas llegan un poquito mas tarde. ¿No les gusta ninguna que está en el bar?

- Shiiiss.... no están mal.... Respondió Rufino -- ¿¿Y la Topacio?

.- Se fue señor. Ya no trabaja aquí

- Ah, mala noticia.Linda hembra, ¿no?

- Si señor. Pero las otras señoritas son también lindas. ¿Les digo a algunas que vengan?

- Esta bien. La de falda negra de cuero y la otra de blusa azul

- Muy bien señor. Les diré a Jenny y Penélope que vengan

Una timidez repentina agobió a Rufino enredándole las ideas. ¿Podía ser así de sencillo? ¿Que mujeres así de atractivas vengan sin mas ni mas al solo pedido?.¿A sentarse con ellos mostrándoles de cerca su tentadora semidesnudez como si estuvieran en la vitrina de una tienda? ¿Dispuestas a mostrarse enteramente desnudas si se daba el caso?

Las chicas resultaron alegres y decidoras

.- ¿Que me vas a invitar cariño? fue la primera pregunta de Penélope, la mas desenvuelta de las dos.

Deseaban daiquiris que les fueron servidos, con pago inmediato. El pago era siempre inmediato.

Faustino se hizo pasar por hombre de negocios. En la escala de valores de esas mujeres los hombres de negocio ocupaban el pináculo mas alto. Solo por debajo de los políticos. El hombre de negocios era para ellas un prestidigitador que creaba dinero de la nada, como un mago saca conejos blancos de un sombrero vacío. Los políticos eran peligrosos. Si estaban en el poder podían hacer cerrar o abrir el local a su antojo y, si así se les ocurría, tener a todas las chicas solo para ellos y sus amigotes. Tanto poder tenía sobre ellas un efecto erótico. Pero los políticos no eran de fiarse, prometían lo que fuera en la ebriedad del momento y luego se olvidaban o hacían lo contrario. Los hombres de negocio eran mas confiables, querían siempre impresionar con su dinero lo que los tornaba en generosos. La timidez de Rufino fue interpretada como aburrimiento estimulando a las chicas a darle conversación con lo que se fue relajando. La proximidad de la piel suave de las dos mujeres, expuesta con tanta desfachatez, ofreciéndose sin descaro, le excitaba. Faustino quiso pavonearse pidiendo una botella de ron para la mesa, con pago inmediato. Su estatus subió un pináculo mas y ellas recibieron del mozo unos brazaletes a colores.como signo de que recibirían una porción de la ganancia. Los brazaletes les daban además prestigio frente a las otras mujeres del local, marcaban su estatus Se las veía contentas. Cuando la botella estaba a medias era hora de entrar en substancia

- ¿Y cual es la tarifa de Uds? - preguntó Faustino

- Depende cariño. Por un rato cobramos cien. Por toda la noche 400. Si es salida 600 pero hay que pagar 200 extra a la casa – le inforrmó Penélope

- ¡Uf! ¡son caritas, mi amor!

- Bueno y que quieres cariño. Tu puedes hacer lo que quieras conmigo - dijo Jenny. Y lo pasarás rebien, ¿no es cierto?

- ¿Eres cariñosa?

- ¡Oh ya!. Hago lo que quieras mi amor. Te dejo feliz.

Faustino, en un acto de generosidad inspirada por su ebriedad, acabó dándole a Rufino 200 para que estuviera con Jenny. A él le gustaba mas Penélope. Le dijo que no lo esperara ya que él no sabía cuanto tiempo se quedaría allá.

La aventura de Rufino fue tan corta como veloz. La primera vez que estaba frente a una mujer totalmente desnuda. Su excitación fue tal que tuvo una eyaculación precoz apenas unos segundos después de la penetración "Ay cariño, se ve que estabas apurado" fue el comentario compasivo de Jenny dándole un par de palmaditas a la espalda a manera de consuelo. Jenny tenía experiencia en esos fiascos. Con la pasión ya calmada Rufino recordaría solo de una forma vaga como llegó a su casa, se le antojaba haberlo hecho en taxi.

Tres días mas tarde sintió una irritación en la uretra y unas ganas frecuentes de orinar. Al cuarto día vio con pánico una mancha amarillenta en sus calzoncillos, era una secreción maloliente que le salia del pene. Sintió que el mundo se le venia encima. Su primer impulso fue correr en pos del primer médico que encontrara. Pero decidió esperar a Faustino para pedirle consejo. Estuvo despierto hasta eso de las dos de la madrugada cuando Faustino llegó.

- Faustino – le dijo todo agitado y en voz baja por lo avanzado de la noche – me ha sucedido algo terrible. Y le explicó su problema.

Faustino lo tomó con calma, casi jovialmente. No es nada, le dijo, había sido solo "condecorado". Cosas que pasan. Nada del otro mundo. Que fuera mañana al Dr. Máximo Diaz, en la calle Ravelo, dos cuadras arriba de la Plazuela del Cine Ebro. Tenia un letrero. Imposible no encontrarlo. Èl era experto en condecoraciones. Le arreglaría el enredo en un dos por tres. Que se vaya a dormir tranquilo.

El Doctor Máximo Diaz le arregló el enredo. Gordo y canoso, con la edad ya de haber llegado a la jubilación, no se daba el trabajo de ponerse la bata blanca y recibió a Rufino tratándolo de hijo "A ver hijo, cuéntame cual es tu problema". Y cuando Rufino, muy serio, le detalló sus síntomas, lo único que el Doctor dijo fue "Bien, hijo, bájate los pantalones". Cuando Rufino lo hizo con evidente embarazo.una mirada veloz del doctor a la mancha amarilla en sus canzoncillos le bastó para su diagnóstico. "Te agarraste una gonorrea, hijo" fue su veredicto volviéndose a su escritorio donde escribió una receta. "Una inyección intramuscular diaria por tres días", le dijo entregándole la receta. "Hay una enfermera que pone inyecciones a domicilio, sobre esta misma calle, a tres cuadras a la derecha Tiene su letrero en la ventana. Se llama Aida. Dile que vienes de mi parte. Cobra diez bolivianos- Por mi parte son cien bolivianos".

La cura del Doctor Diaz resultó milagrosa. A los pocos días estaba libre de molestias. Económicamente estaba sin embargo en la bancarrota. Para poder comer aquel mes tuvo que llamar a su padre y contarle una historia sobre unos libros de estudio caros que necesitaba. Fue cuando decidió que el mentor de su patio era demasiado para él. Pasado el verano se mudó a otro cuarto, en otra casa.

CAPÍTULO #18

Adrián Bellini no volvió mas al conventillo de la Aristóbulos del Valle en el Barrio de la Boca. La vergüenza que había provocado a su familia le era suficiente. No se atrevía a mostrarse por allá. No podía imaginarse contestando las incómodas preguntas de los vecinos. O peor aún, que no le preguntaran nada bajo el sobreentendido de no tocar lo inmencionable. Durante una de las visitas de su madre a la correccional le había revelado a ella del dinero oculto en el forro de su colchón. La madre no quería saber nada de ese dinero pero se lo había traído a la correccional antes de su liberación. Era un pequeño capital con el que podría contar por un tiempo.

Lo primero que hizo al salir libre fue llamar a Bernardo Lorenzetti. Al número que este le había dado y preguntar por Bochi según sus instrucciones. Bernardo lo reconoció inmediatamente y en la corta conversación que tuvieron Adrián notó un cambio, una suerte de autoridad en el tono, casi como si fuera un jefe al mando de algo. Le dio instrucciones donde encontrarse.

Se encontraron esa misma tarde, en una de las entradas al Parque Lezama, donde Almirante Brown y Martín García hacen esquina, a dos cuadras del Palacio Lezama. Adrián casi no lo reconoció al primer momento, Vestía informalmente pero con elegancia, se había dejado crecer el pelo en una melena que le alcanzaba a las orejas y toda su imagen traspiraba mundanidad, aplomo y hasta una cierta distinción. Muy diferente al Bernardo de la correccional Virrey del Pino. Adrián no lo sabía pero desde que alguien le dijera a Bernardo, años atrás, que se parecía al compositor húngaro Franz Liszt se había dejado crecer el pelo y hecho extremadamente meticuloso con su apariencia. La semejanza era real. Alto, delgado, rostro alargado rasgos finos pero bien definidos, mentón protuberante, cabello largo. Bernardo nunca había escuchado una pieza de Liszt ni le interesaba, le bastaba con parecerse a un famoso que había tenido éxito con las mujeres. La melena había solo temporalmente desaparecido durante su permanencia en el correccional.

El cambio de Bernado era no no solo de apariencia, también de conducta. Mientras caminaban por el parque hacia la Avenida Brasil mostró una actitud de mando, protectora y como distante. Le hizo a Adrián preguntas puntuales y prácticas. ¿Había salido "limpio" del correccional? ¿Nada que la policía pudiera luego usar para molestarlo? No, nada. ¿Donde vives? De momento en un hotelucho, no muy lejos de la Plaza Constitución, bueno… en realidad en el barrio Barracas, sobre la calle California. Te saldrá muy caro, sentenció Bernardo. Mejor te conseguís un cuarto de alquiler propio, Yo te lo arreglo. ¿Como andás de guita? Tengo unos pesos para un tiempo. Necesitás un trabajo, pibe. Yo te lo arreglo. No te preocupés. ¿Seguis pensando sobre el asunto de la revolución que conversamos en Virrey del Pino? Si…. Creo que si. Me alegra saberlo, pibe, me alegro.

Llegando a la Avenida Brasil Bernardo pareció tener repentinamete apuro

- Mirá Adrián – le dijo. Tengo que hacerme pedo, ¿sabés?. Nos encontramos mañana a las 6 de la tarde en el mismo sitio, ¿de acuerdo? Yo seguramente te habré arreglado lo del trabajo y la vivienda. No podés estar viviendo en un hotel y sin trabajar, pibe, se te acabará la guita. Mientras tanto dale una mirada a este material – sacando del bolsillo unos folletos que se los entregó a Adrián – y me dices mañana que te parecieron, ¿estamos?.

Esa noche Adrián se puso a la mesa, en el cuarto de su modesta pensión en la Calle California, a leer el material. Uno de los folletos trataba del asalto fracasado de los rebeldes de Fidel Castro al Cuartel Moncada en Santiago de Cuba, en julio de 1953, lo que marcaría el inicio de la revolución que llevara a Castro al poder seis años mas tarde. El otro era El Estado y la Revolución de Lenin. Lo del Cuartel Moncada le pareció interesante, había algo de acción en ello, aunque se le antojó como algo bastante extraño, lejano, que en realidad no le concernía. ¿Que tenía que hacer Argentina con Cuba? El Estado y la Revolución de Lenin, le demoró bastante tratando de entender a donde diablos apuntaba todo aquello. Después de una hora de esfuerzo mental con una buena dosis de aburrimiento, acabó dejando el folleto sobre la mesa con su veredicto, "carajadas". No había que ser sin embargo precipitado. La situación exigía ser como Pascual Perez, usar el juego de cintura, juzgar la situación, acomodarse a las adversidades. Trató de memorizar algunas ideas que le parecieron claves, dictadura del proletariado, lucha de clases, pequeñoburgués, clases oprimidas, imperialismo. Nunca se sabía. Por ahí le serían útiles. La gran ciudad se le antojaba amenazante. La Boca había sido hasta hace poco su refugio, allá sabía moverse con soltura, conocía las reglas. Ahora tenía que enfrentarse al gran mundo bonaerense, complejo y desconocido. Tener un aliado como Bernardo podía decidir muchas cosas.

Bernardo mostró ser efectivo. Cuando al día siguiente caminaban entre los árboles en el Parque Lezama le informó a Adrián que le había conseguido un cuarto de alquiler barato y bastante céntrico, en Caballito. Irían a verlo juntos para saber si le gustaba. También le había conseguido un trabajo como mesero en El Dubliner, sobre la Avenida Congreso, en el Barrio Belgrano. Si le gustaba el cuarto, de ahí al trabajo el metro lo llevaría en menos de media hora.

- Hablás algo de inglés? - le preguntó

- Eh, párala Bernardo! Que voy a hablar inglés. No, ni jota viejo. Bueno... good morning y esas cosas

- No importa. Te lo digo porque a ese restaurante vienen algunos gringos, Antes era de un irlandés, sabés, ahora el dueño es argentino. Ya te darán allá un folleto para que aprendás unas frases. El sueldo es una perrada. Lo que ganás allá es por las propinas. Los clientes son esos boludos ricos para quienes 10 pesos es una pipoca. Si les cais bien te dejan la buena guita. ¿Agarrás la onda?

- Si. Gracias.

- Y bueno. Y que te pareció el material que te di, lo leíste?

- Si. Me pareció buenísimo. Especialmente lo del Moncada. Increíble Fidel hubiera iniciado así una revolución para su pueblo

- Para todos los pueblos – corrigió Bernardo - El Comandante. ¿Y lo de Lenin?

- También. Te explica clarísimo las cosas.

- ¿Que cosas por ejemplo?

- Que se yo Lo de la lucha de clases, la lucha contra el capitalismo, la dictadura del proletariado…. Todo eso.

- Pues me parece muy bien compañero.

Tomaron el subterráneo para ver el cuarto que mostró no quedar exactamente en Caballito sino al lado, en La Tablada, no lejos de la Avenida General Paz, en la Calle Vito D Sabia. De ahí se podía llegar caminando a la estación de San Pedrito. La casa era modesta. La dueña, una mujer gorda de mediana edad, de cabello desordenado, vestida con mandil de cocinera y ademanes enérgicos resultó llamarse Soledad. Conocía a Bernardo desde antes y arrendaba los cuartos por meses. El cuarto era pequeño pero simpático, espartanamente amoblado, con ventana al patio, Baño a compartir con otros 3 inquilinos, "solo 2 extranjeros en toda la casa" dijo la dueña con orgullo dejándole entender a Adrián que no arrendaba a cualquiera, si lo hacía ahora era por su confianza en Bernardo. "Nada de traerme mujercitas livianas, ¿estamos?" le dijo muy seria y mirándole firmemente a los ojos. Acordaron el precio y que Adrián se mudaría al dia siguiente

Mientras caminaban de retorno Bernardo le dejó algunas cosas claras. Que fuera al día siguiente al Dubliner después de las tres y preguntara por Zito, "es el segundo jefe ahí- le dijo – le llaman "Second Manager". En la práctica es el que lo maneja todo. Que a Zito solo le dijera que venía de parte de Bochi. El resto se arreglaría solo. Zito sabía de que se trataba y le daría todas las instrucciones del caso, "es un pibe de confiar". Por lo demás, "cuidado con andar diciendo que Bernardo aqui o Bernardo allá. Tu no sabés quien es Bernardo, ¿agarrás la onda?" Que él ya lo llamaría a la pensión de Doña Soledad para ver como le iba. Si había algo especial de su parte que lo llamara al teléfono de antes y preguntara por Bochi. La actitud de Bernardo mostraba una efectividad neutral, libre de afecto, como si no fueran precisamente amigos pero quizás, si Adrián se portaba bien, podían ser camaradas. Al llegar a la estación de San Pedrito Bernardo pareció repentinamente tener apuro, como el día anterior, despidiéndose apresuradamente porque tenía un par de asuntos urgentes que hacer, deseándole suerte en el Dubliner.

Cuando Adrián llegó al Dubliner se encontró con un edificio grande, de un solo piso, sólido, antiguo, de aire señorial, hecho de piedra rosada, con techo de tejas de un color rojo oscuro. Tenía unos ventanales opacos grandes a la calle con el nombre como pulido en los vidrios en letras góticas transparentes, The Dubliner. Debajo, en letras mas pequeñas, Pub-Restaurant. Un letrero mas grande, en letras azules y rojas, encima de la entrada, con dos mástiles cruzados que llevaban en su tope el uno una bandera argentina y el otro una bandera que Adrián no reconoció pero que supuso sería irlandesa. Delante una terraza con algo así como diez mesas al aire libre con sus respectivas sombrillas con los colores de la bandera argentina, celeste y blanco. Unos pocos clientes a esa hora en las mesas, los mas tomando cerveza.

Zito resultó ser una persona joven que se acercaba recién a los treinta, alto, delgado, bien parecido y de personalidad cálida. Recibió a Adrián con una cordialidad que parecía natural y que inspiraba confianza. "Vos debés ser Adrián - le dijo extendiéndole la mano - Yo soy Zacarias Osorio, me llaman Zito. Así que para vos soy también Zito" Era como si lo hubiera estado esperando o lo conociera de antes. Apenas Adrián mencionó a Buchi le hizo a pasar a una suerte de despacho en la parte trasera del restaurante.

- Mirá, mirá Adrián – le dijo - apenas se hubieron sentado – Sientete bienvenido. ¿Te costó encontrar el sitio?

- No, no, me fue muy fácil

- ¡Ah! Me alegro.

- ¿Tu primer trabajo en un restaurante?

- Si, nunca he trabajado en esto.

- Bueno. Quiero explicarte en ese caso algunas pequeñas cosas primero. ¿De acuerdo?. Para que "entrés en calor", como se dice. Todos creen que el trabajo de mesero es fácil y, bueno, en realidad lo es. No hay donde perderse. Poner unos platos y algo de comida sobre una mesa no es cosa del otro mundo, ¿no es cierto?. Pero depende. Déjame explicártelo. Depende de donde, ¿entendés?. Éste es un restaurante grande, tenemos diez meseros, entre chicas y chicos, y otros tantos en la cocina, entre cocineros y ayudantes. Muchos clientes. Pero eso no es nada. Lo importante es que tenemos clientes exigentes, ¿sabés?.Ésos que de buena gana pagan mas por un buen servicio. Este es un sitio caro, y conocido. Y ahí viene el asunto, no a todos les encaja en trabajo de meseros, ¿sabés? Yo he visto a muchos dejar esto después de apenas unos días, cabreados. Es mucho de sicología, ¿entendés?.Adivinar lo que el cliente quiere y que se lo des en la forma correcta y sin demora para que esté contento. Ganarse su simpatía, ¿entendés?. Que ambos queden satisfechos, el servido y el servidor. El que sirve queda contento porque un cliente contento es normalmente generoso. Y luego, están los rituales. que uno los va aprendiendo de a poco. Como se sirve esto y lo otro, cual vino para que, que licor para esto y que licor para lo otro y que se yo. Abrimos a las once de la mañana. Entre las once y las siete de la tarde somos mas informales y andamos vestidos como ýo ahora. Los clientes no necesitan reservar mesa, se sientan en la primera mesa libre y listo. A partir de las siete nos hacemos..... ¿como te diría?... mas formales... por así decirlo. Se acaba la camisa de manga corta y todos usamos camisa de manga larga, chaqueta blanca, pajarita negra y guantes blancos. Entonces solo admitimos a clientes con reserva previa. Gente mas exigente y todo eso. Entre las once de la noche y la una de la madrugada se puede beber en la barra del bar sin necesidad de pedir comida. A las otras horas el bar solo sirve a las mesas de comida.

Acordaron que Adrián trabajaría a prueba durante una semana acompañando a Marcela, una mesera de experiencia, sirviendo solo a la clientela de las mesas de afuera. A tiempo de despedirse Zito le entregó un folleto con instrucciones generales sobre el servicio a la mesa, reglas de conducta, tipos de platos, cubiertos, vasos, servilletas y otras cosas prácticas. Que lo estudiara. Y otro folleto sobre las palabras y frases mas usadas en inglés en cuanto a comida y servicio.

Cuando Adrián retornaba a su cuarto con los folletos en el bolsillo, se iba diciendo "joder!, poner unos platos y cuatro tenedores en la mesa tenía que ser tan complicado". Zito y el lugar le habían caído simpáticos pero también intimidado. Aquello era para él el Buenos Aires que no conocía, nuevo y lleno de misterios.

Para su sorpresa el Dubliner no fue solo un lugar donde se encontró a gusto sino también descubrió nuevas facetas de su personalidad. A los tres meses estaba ya con su chaqueta y guantes blancos, su pajarita negra al cuello y sus pantalones negros, sirviendo a los clientes en las mesas interiores como cualquiera de los otros mozos. Bajo la guía de Zito y gracias a su celo personal fue descubriendo los secretos del oficio. Como se acomodaban los cubiertos y las servilletas, de que lado del cliente la comida era servida, cuando y como se cambiaban los platos, cubiertos y vasos, como se servía el vino a la mesa, como mostrar al cliente la botella de vino pedida antes de abrirla, a quien en la mesa se le servía la primera porción del vino para su aprobación, como la copa de coñac tenía que calentarse antes de ser llevada a la mesa, que el vino blanco debía estar frío y el tinto a la temperatura ambiente, que el vino blanco y preferentemente seco iba con el pescado y los mariscos y el tinto con la carne roja, que tipo de martini pasaba mejor a un postre dulce, cuales aperitivos eran los preferidos por las damas y cuales por los caballeros. Y, sobre todo, mostrarse siempre amable y servicial manteniendo una discreta reserva. Nunca se había imaginado que hubiera tanta variedad de vinos, wiskys, coñacs, rons, gins, cervezas, mariscos, pastas, carnes asadas y postres. Iba aprendiendo rápidamente.

Observado por un ojo experto este habría concluido que Adrián tenía una buena cuota de inteligencia emocional. El concepto era sin embargo por entonces todavía desconocido. Y era cierto. Adrián percibía en fracción de segundos las señales subliminales de los clientes acomodándose automáticamente a ellas. Los mas de ellos era gente habituada a esos ambientes, segura de si misma, acostumbrada a dar órdenes y a ser obedecida. A veces acompañados de gringos que eran socios en algún negocio y estaban de visita en Buenos Aires. Pero había variantes. En segundos Adrián identificaba al petulante, al afable, al inseguro, al mundano, al enamorado, al impaciente, al malhumorado, al receloso, al incauto, al risueño. Gracias a esa facultad y a la confianza que le diera el paso de los meses se convirtió en un experimentado mesero. Hasta se atrevía alguna vez a una muestra de humor mesurado. "¿Le gustó el vino señor?" "Estaba exquisito" "Pues tenemos mas si le apetece" con un esbozo de sonrisa. Fue aprendiendo los trucos que conducían a mejores propinas. Al inseguro darle atención extra, al petulante un comentario lisonjero, al arrogante mostrarle modestia, al risueño encontrar graciosa su broma ridícula, al con novia hacerle sentirse el dueño del mundo, al malhumorado mostrarle paciencia, al receloso inspirarle confianza. El alcohol estimulaba la generosidad y así no escatimaba en ofrecer "¿un coñac con el café señor?" o "¿quizás un irish coffee?", al final de la comida. Las pocas frases en inglés que memorizó tenían un efecto milagroso en los gringos para una buena propina. Los meseros siempre a la carrera, entre la cocina o el bar y las mesas o, por momentos, parados ahí con sus uniformes junto al bar, vigilantes, un poco solemnes, rápidos a responder a las señales de los comensales, intercambiando mutuamente comentarios útiles. En la cocina una actividad siempre febril entre las siete y las diez de la noche con los dos cocineros jefes, el uno especialista en pescado, mariscos y pastas y el otro en carnes rojas, aves y postres, gritando órdenes a los otros cocineros, incitándolos a trabajar mas rápido, controlando que todo iba como se debe.

El Dubliner tenia sus cosas. Por ejemplo el Reservado, una habitación discretamente conectada al comedor, para solo 8 comensales que allá contaban con su privacidad y que era el monopolio de Zito. "Mis dominios" decía este un poco enigmático. Èl era el único que se encargaba de su servicio incluyendo el poner en orden la mesa antes que los comensales llegaran y después de la comida. Adrián sabría luego que esos clientes solían ser personas importantes, ministros, senadores, militares de alta graduación, gente de la banca, abogados y médicos famosos, alguno que otro personaje de la farándula bonaerense cuya foto salía en los periódicos. El Reservado tenía su propia puerta extra "de emergencia" directa al parque de estacionamiento del restaurante, apta para una retirada circunspecta del que había bebido mas de la cuenta para mantener un balance digno. El dueño, Don Santiago Santibañez, delgado, mas bien corto, de tez bronceada, narigón, de apariencia agradable y que exhalaba salud y aplomo, se aparecía allá solo unas horas, generalmente entre 7 y 10 de la noche. No se tomaba la molestia de usar corbata, vestía informalmente, siempre de manga corta, con ropas eso si caras, y parecía conocer a muchos de los clientes a quienes a veces llevaba personalmente a la mesa después de darles la bienvenida con un apretón de manos. O se paraba por ahí junto a alguna mesa a conversar un minuto preguntando si todo estaba en orden y la comida a gusto. Según los chismes entre los mozos Don Santiago era fanático por la navegación a vela, tenia un yate de 20 metros de eslora, negocios por otros sitios y era miembro del Tortugas Country Club, ese que queda cerca de la Avenida Hipólito. Yrigoyen. Por ahí hasta jugaba al polo.

Bernardo Lorenzetti no llamó a Adrián por varios meses aunque no le había olvidado. Aproximadamente una vez al mes Zito le entregaba a Adrián un sobre "Bochi estuvo por aqui y te dejó esto", le decía sin mayor comentario. Su contenido era variado, discursos de Fidel Castro y del Che Guevara, algún artículo de un brasileño llamado dos Santos, conocido en los círculos de izquierda, algunos recortes del diario cubano Granma, algún extracto de teoría marxista de Lenin o Engels. Por lo demás Adrián había descubierto que Bernardo tenía razón. El sueldo en el restaurante era solo simbólico. Lo que daba ingresos eran las propinas. En un buen día podía Adrián volver a casa con 150 pesos en el bolsillo. Nada mal. También empezó a ponerle mayor atención al folleto del inglés que Zito le había dado. Por ahí le era útil all futuro…. Nunca se sabia.

Tuvieron que pasar seis meses antes que Doña Soledad, su casera, se apareciera por su cuarto con el mensaje "Joven Adrián, Don Bernardo quiere hablar con usted, está al teléfono". Cuando se dirigía a la sala de estar donde tenían el teléfono para los inquilinos, Adrián no pudo sino pensar para si mismo "tenemos casi la misma edad pero yo soy el joven Adrián y Bernardo es Don". Cuando levantaba el auricular no sospechaba que aquella conversación cambiaría su vida

CAPÍTULO #19

A Pichin le iba bien en los negocios. El transporte era rentable y ahora tenía 3 camiones con sus respectivos choferes, Èl mismo ya no necesitaba manejar concentrándose en solo la parte administrativa. Su empresa no tenía nombre. Le parecía mejor así. Era por lo demás la forma local y menos complicada de hacer negocios. También estaba de novio. Fiel a sus convicciones había elegido una muchacha de su antiguo círculo, María Teresa Ascarrunz, hija de antiguos terratenientes, cuya familia tenía años de vínculos con los Llorente y que también habían experimentado la amenaza de una súbita pobreza. Delgada, esbelta, de ojos grandes y claros, rostro bonito, mirada un poco triste y maneras suaves, María Teresa tenía un aire de melancolía que estimulaba en Pichin un deseo de protección y le despertaba el erotismo. Èl quería una mujer a quien proteger y con la cual le uniera una misma historia. El hermano mayor de María Teresa había emigrado a los EE.UU, a Fresno, en Califormia, y no se tenía claro que era lo que él hacia allá. Se decía que cuidaba ancianos. En todo caso mandaba mensualmente una cantidad de dólares a su madre que eran el alivio de la familia. A Pichin le gustaba que Maria Teresa mantuviera un estilo discretamente elegante y sus buenas maneras a pesar de las adversidades. "Los buenos modales entran con la leche materna" se decía. "Yo quiero una novia con clase y María Teresa lo tiene". No había aún pedido formalmente la mano pero tanto ella como sus padres daban por sobreentendido que la cosa apuntaba a matrimonio. Pichin de hecho ya andaba imaginando su boda como una fiesta a recordarse, como en los viejos tiempos, con una cena de 5 platos y 8 cubiertos, mantel blanco, servilletas de lino, mozos de corbata, vasos diferentes para el vino, la cerveza y el champán, los brindis de rigor y una buena orquesta para el baile. "No faltaba mas – se decía – que los cholos sigan con su huachaforreo pero los Llorente tenemos clase". Había estudiado el Manual de Carreño de etiqueta que tenían en la casa para aquello de los cubiertos y vasos que no le quedaba muy claro. Había también pedido consejo a su amigo Franz Ortiz que decía ser conocedor de los vinos franceses pero este solo le enredó las ideas con nombres como pinot noir, pinot blanc, chardonay, bordeaux, muscat y cosas así. El problema era que no había donde comprar vinos franceses. Ni italianos. Ni siquiera españoles. Tendría que contentarse con chilenos, si los conseguía. En todo caso los vasos para el champán serían de aquellos medio planos y redondos y no delgados y cónicos que otros usaban y que a él se le antojaban como medio amariconados.

Su tío Nicolás Lafayette había ascendido ahora a gerente del Banco Mercantil lo que le daba acceso a información reservada de la vida económica de la ciudad. La última vez que se encontraron en el Rotary Club y mientras bebían un whisky le había contado que la única cervecería local estaba en quiebra y a la venta. Su antiguo dueño y fundador de la empresa, el alemán Helmut Scholtz, había muerto el año anterior y la hija no tenía ningún interés en la empresa. De hecho ella ni siquiera vivía en Sucre. El hijo era drogadicto y aparecía tan misteriosamente como desaparecía de la ciudad.

- Desde la muerte de Don Helmunt la empresa tira para abajo Pichin – le había dicho el tío Nicolás - La hija anda desesperada por vender la cervecería. Ahí tienen otro alemán, un tal Heinrich, que es el conocedor del proceso y que también quiere irse porque no le ve ya porvenir a la empresa. ¿No te gustaría comprarla? El precio que pide la hija es un regalo.

- ¿Una cervecería? - preguntó Pichin extrañado. ¿Y cuanto piden?

- Cienmil bolivianos. Es un regalo te lo digo. Locales, equipos, todo. La marca tiene su mercado, pequeño pero establecido. El Banco ha hecho un análisis de mercado y el resultado es prometedor si una persona emprendedora como tú se hace cargo. Naturalmente necesitarías unos treintamil mas para poner la cervecería a tono. Hay que modernizar sus procesos de producción y arreglar otros detalles. Nada del otro mundo y el alemán Heinrich sabe muy bien lo que se necesita

- No tengo cienmil, tío. Y tu lo sabes. Al menos no cienmil, así, a la mano.

- No es problema Pichin. El Banco te los da. Te da los ciento treintamil. A una baja renta. De acuerdo a nuestros cálculos la inversión es recuperable en algo así como dos años. ¿Que te parece? Al experto Heinrich sería fácil convencerlo para que se quede. Ha estado aquí por mas de diez años y es casado con una mujer de aquí.

- La idea no es mala. Pero... bueno. Son mas de cienmil, ¿no? Déjame pensarlo.

- Pues piénsalo Pichin. Pero no por mucho tiempo porque por ahí aparece otro comprador.

Pichin tena bastantes cosas en que pensar. Entre otras la alarma que le provocara su hermana María Elena con su repentino capricho de enamorarse de un muchacho que definitivamente pertenecía a otro grupo social. "Los tiempos están cambiando - se dijo — pero, carajo, no tanto". El muchacho tenía la piel bastante morena y no pertenecía ni de lejos a los círculos de los Llorente. Su padre, un señor gordo, rudo y de origen humilde, probablemente con apenas alguna educación, había tenido algún cargo como funcionario del nuevo régimen en la municipalidad y, por razones algo milagrosas, apareció repentinamente como dueño de un capital. Su carácter emprendedor lo llevó a partir con una fábrica de azulejos y mosaicos, la primera de la ciudad, que iba viento en popa. El señor se iba haciendo rico. Querendón de la familia, el tal señor no descuidó la educación de los hijos. Roberto Cuéllar, como el muchacho se llamaba, al margen de su piel cobriza era bien parecido y algo flemático en sus maneras. Había conseguido su bachillerato en el Don Bosco, un colegio privado dirigido por los curas salesianos y de estatus claramente inferior al Sagrado. Corazón de los jesuitas. El muchacho estudiaba ahora Economía en la Universidad. Pichin tuvo que admitir que, a pesar de todo, el muchacho le había causado una buena impresión cuando su hermana se lo presentó. Parecía serio, recatado, algo parco de palabras, seguro de si mismo y tenía un porte varonil. De momento el romance se limitaba a visitas del galán a la casa de los Llorente y de una que otra invitación a María Elena a dar un paseo, tomar un café o a ir al cine. La hermana parecía enamorada y

Pichin consideraba juicioso no mezclarse mientras las cosas siguieran su debido curso. Tendría, eso sí, puesto un ojo vigilante sobre el muchacho.

Gabriel le había agarrado el gusto a la Medicina. Ya estaba en los cursos preclínicos. Había pasado las pesada materias de Anatomía y Fisiología que lo dejaron fascinado. La estructura y el funcionamiento del cuerpo humano se le antojaron como verdaderos milagros. Estaba ahora con la materia que explicaba los mecanismos detrás de la enfermedad, la Patología, y aprendiendo acerca de los sígnos y síntomas reveladores del cuerpo enfermo, la Semiología. Su contacto con pacientes era solo indirecto. Acompañaba regularmente junto a sus compañeros de clase a los médicos de planta del hospital que les mostraban en pacientes reales aquello que los estudiantes habían leído en los libros. Se sentía orgulloso de llevar el mandil blanco durante esas rondas. Reflexivo como era los pacientes reales evocaban en él preguntas acerca del sentido del sufrimiento humano, de las injusticias del destino, de las diferencias sociales, guardándose esas reflexiones sin embargo solo para si mismo. Fue durante esos estudios que surgió algo que le provocó sorpresa. Prácticamente todos los nombres de aquellos que habían descubierto algo en Medicina eran anglosajones o germánicos. Por ahí algún francés o un italiano pero prácticamente nunca un apellido español. El ganglio era de Virchow, el esfínter de Oddi, el síndrome de Addison, el nódulo de Keith y Flack, el haz de His, el cromosoma de Filadelfia, la cápsula de Bowman, ampolla de Vater, el método de Fick, el triángulo de Einthoven. ¿Donde estaban el síndrome de Fernández o el ganglio de Ortega o el método de Cabrera? ¿Es que seremos los hispanoparlantes tan tontos que no hemos aportado nada a las ciencias médicas?- se preguntaba. ¿Siendo tantos y viviendo en 2 continentes?. Le parecía que lo mismo sucedía con la Física y la Química donde el dominio anglosajón, germánico, francés e italiano era igualmente evidente, Newton, Einstein, Bohr, Rutherford, Plank, Ampere, Volt, Watt y decenas de otros nombres similares. Nunca uno de la esfera hispánica. Gabriel prefería guardarse esas reflexiones para si mismo, sospechaba que si lo comentaba sus compañeros lo mirarían extrañados como a un marciano.

Fritz Schneider volvió de Alemania. Después de un baño de cultura germánica de varios años que al parecer tuvo un efecto adverso. La amistad con Gabriel se había mantenido incólume a pesar de su falta de contacto durante su ausencia. Ambos se alegraron de verse de nuevo. Fritz era ahora un joven alto y espigado, las pecas de su rostro habían palidecido, el pelo se le había oscurecido, pero su forma de caminar a zancadas era la misma de antes. Había estudiado en Alemania el bachillerato y algo que tenía que ver con negocios. El padre lo quería como heredero de su importadora. La cultura germánica no le había convencido del todo. Se había sentido como un ciudadano de segunda clase, venido de un país subdesarrollado y no como un germano de pura sangre. Durante su primeros años tuvo que soportar las burlas de sus compañeros de escuela por su acento extranjero y sus errores con el alemán. Sus tíos con los cuales vivió, en Neuss, una ciudad en las proximidades de Dusseldorf, eran gente mas bien modesta. El tío era obrero en una fábrica de embutidos y la tía auxiliar de enfermería. Una gran diferencia con el estatus que él tenía en Sucre. Ninguna de esas experiencias fueron mencionadas a sus padres pero le habían despertado un conflicto de lealtades entre Alemania y Bolivia. Después de un tiempo se había decidido por Bolivia. La nostalgia por el país lo había acosado allá todo el tiempo y, en su nostalgia, había idealizado. "Mi sangre pertenece a Alemania pero mi corazón está en Bolivia" le había dicho a Gabriel. Venía decidido a adentrarse en el alma boliviana, a encontrarse con su verdadero meollo. Con lo indígena, con lo nativo, con aquello que había surgido de las mismas entrañas de esa tierra. Tenía planes de aprender el quechua. Gabriel se entusiasmó con su propuesta de salir juntos al campo y se dio tiempo para acompañarlo en largas excursiones, a veces de varios días, a sitios remotos, a donde se podía llegar solo a pié. A caseríos indígenas en lugares desolados, donde nadie hablaba español, donde la gente vivía en condiciones primitivas y en contacto íntimo con la naturaleza. El idioma era una barrera pero ambos querían creer que establecían de todas maneras un contacto emocional con esos indígenas. Acampando en la noche y conversando frente a la hoguera Gabriel sentía que ese era su país, aquella era su gente. Humilde, desinteresada, incontaminada. Aquello cerros silenciosos y esos cañadones llenos de misterio y belleza eran su naturaleza. Y Fritz era un verdadero amigo. Dejaban vagar la imaginación en proyectos, tan bienintencionados como irrealizables, de ayuda a los campesinos, de como sacarlos de la pobreza, darles acceso a la educación, de hacerlos partícipes y motores del progreso del país.

Rufino se había ganado la fama de inteligente. Andaba ahora con los cursos de Derecho Constitucional y Derecho Procesal Su memoria excepcional para el texto escrito le iba dando dividendos No era raro que sus compañeros de curso vinieran a él con sus preguntas seguros de una respuesta literal del artículo tal del código tal. Había quienes lo admiraban por ello. Su carácter reservado y su falta de imaginación mostraron ser una ventaja. La gente lo tomaba como una persona reflexiva y madura que solo decía algo cuando le había dado vueltas al asunto. Sus comisuras labiales que apuntaban hacia abajo le daban a su rostro una expresión de escepticismo y mundanidad, como si tuviera mas años de los que realmente tenía. En su mente maduraba la idea de crear contactos sociales con gente que valía la pena, es decir con los que tenían poder. Había iniciado una relación a medias con una muchacha estudiante de enfermería, morena, de estatura mas bien corta, no especialmente atractiva, maneras también reservadas y proveniente de una provincia rural. Ninguno de los dos mostraba un mayor entusiasmo por la relación pero les servía para dar paseos juntos y tomar a veces un café o un helado. Rufino no era proclive a las grandes pasiones y al parecer ella tampoco. Registraba sobria y desapasionadamente la vida estudiantil con sus conflictos y tendencias manteniéndose él mismo aparte, como si no le concernieran, como si las leyes que él iba aprendiendo en la Facultad estuvieran por encima de esas luchas de intereses y convicciones. Con su indumentaria discreta y pasada de moda, su estatura mas bien corta y sus modales reservados tenía la curiosa capacidad de mimetizarse en el montón sin despertar atención. Los aires de rebelión y las interrogantes que fluían entre los estudiantes provocando a veces discusiones acaloradas lo dejaban inmune. Le parecían pasatiempos inapropiados, juegos de adolescentes que aún no habían alcanzado la madurez.

Entretanto y a miles de kilómetros de distancia, en otro continente, sucedían cosas. Sin que Gabriel, ni Rufino, ni Christoffer, ni Adtián, ni Pichin, ni nadie, tuviera la mas remota idea. Un legendario aventurero gestaba planes que influirían en sus vidas. Acosado por una frustración que lo inclinaba a la melancolía ese aventurero había reconocido su derrota, desmantelado su campamento de guerrillero y embarcado con 6 de sus soldados sobrevivientes hacia la otra orilla del lago Tanganica, hacia Tanzania. Después de 7 meses de intentos desafortunados para organizar un frente de guerra antiimperialista en el Congo, acosado por la indisciplina de los congoleses, la disentería y su antigua asma, había levantado los brazos, admitiendo a desgano que era el elemento humano que había fallado. Era el Che Guevara. Su idea fija, obsesiva, de una insurrección armada internacional contra USA seguía sin embargo intacta y Bolivia iba tomando forma en su cabeza. África había sido una decepción, su ideal no había sido allá comprendido, las diferencias culturales eran demasiado grandes. En Sudamérica sería otra cosa Hablaban la misma lengua, compartían una misma historia. Una época intensa de viajes clandestinos seguirían a la aventura congolesa. Dar es Salaam. El Cairo, Pekin, Moscú, Madrid, La Habana, Praga, Argel, Tunez, Tripoli. La CIA le seguía los pasos, minuciosamente, preguntándose que diablos se traía ese señor entre manos. A veces su rastro se les esfumaba en la nada, en ese laberinto de viajes e identidades, dejándolos confusos, rascándose la cabeza intrigados. El hombre les era escurridizo, sabía como desaparecer del radar. En ese juego del ratón y el gato la CIA no estaba segura quien jugaba a ratón y quien era el gato. En las oficinas centrales de la inteligencia norteamericana se escuchaban esporádicos carajazos de frustración de los jefes llamando incompetentes a sus subordinados que le perdían el rastro.

A él Cuba le quedaba ya chica. Al fin y al cabo no era mas que una pequeña isla. Allá ya tenía la misión cumplida. ¿No había acaso, desde un comienzo, mostrado su valor en el combate y sus habilidades como estratega? ¿No había sido él el primero en entrar victoriosamente a la Habana en 1959 al triunfo de la revolución, 6 días antes que el mismísimo Fidel? ¿No había mostrado, como Jefe de la Prisión de La Cabaña, tener la severidad necesaria para imponer la pena capital a los opositores? ¿No había mostrado tener el pulso firme a tiempo de meter una bala en la cabeza de un traidor?. ¿No había sido él el principal arquitecto para el intento soviético de instalar misiles nucleares en Cuba lo que llevaría al mundo entero a retener el aliento por unos días ante una posible apocalipsis? Los soviéticos deberían de estarle agradecidos. Los misiles nucleares norteamericanos en Turquia fueron desmatelados como compensación por una Cuba libre de misiles soviéticos. El pragmático y campechano Chruschev pudo frotarse las manos satisfecho y darse el lujo de permitirle a Kennedy aparecer como héroe ante su pueblo. ¿No había sido él, como una ironía para quien despreciara el dinero, Ministro de Finanzas y Jefe del Banco Central cubanos?. ¿Y hasta Ministro de Industrias? Aquello hasta parecía una broma. Èl, un médico, ajeno a todo lo que podía llamarse economía. Aunque lo de médico exigía tomarse también con cierta cautela. En cinco años de estudios médicos, uno de los cuales lo pasó además viajando en motocicleta por el continente, era imposible ser un buen médico. Ni siquiera mediocre. Una profesión tan compleja y demandante como la medicina no podía tomarse así, a las volandas. Lo de la medicina había sido solo un lapsus. Él tenía cosas mas importantes que curar enfermos.

Ahora tenía 37 años y media vida por delante. Había engendrado cinco hijos en 2 mujeres, quienes estaban a buen resguardo. En su carácter no estaba aquello de llevar a sus niños de la mano al jardín infantil o leerles cuentos a tiempo de echarlos a dormir. No, él era un guerrero, un revolucionario. Era en su uniforme de soldado y con una pistola al cinto cuando se sentía mas cómodo. ¿Que mas le quedaba a él hacer en Cuba? Nada. Que Fidel se quedara allá con su islita. A él le esperaba el mundo. Los vietnameses les estaban dando a los norteamericanos, a pesar de su enorme superioridad militar, una dura lección. Había que crear mas vietnams. Dos, diez, veinte. En diferentes lugares del mundo. Los norteamericanos perderían entonces la cordura, se derrumbarían como un castillo de naipes. Àfrica no estaba aún madura, pero Sudamérica si. La cándida idea del "hombre nuevo" emergió en su cerebro. El humano tenía una propensión a caer en la tentación del dinero y el poder, a corromperse. ¿Pero si formamos hombres en la camaradería del combate, en los sacrificios de la guerra, en el enfrentamiento cotidiano con la muerte, en el esfuerzo y la disciplina? De esa escuela saldrían hombres diferentes, puros, incorruptos capaces de conducir a sus sociedades hacia los ideales de la igualdad y la fraternidad. Los consejos de calma de parte de líderes avezados con decenas de años en los recovecos de la política, como Nasser y Perón, llegaron a oídos sordos. No señor. Èl no tomaba las cosas con calma, él era un combatiente. Acaso ya en su juventud sus compañeros del equipo de rugby en Buenos Aires no le habían apodado

"Fuser", por lo furibundo?. Èl tenía una misión en la vida, acabar con el imperialismo norteamericano, al precio que fuera. Bolivia sería el comienzo de esa nueva cruzada.

Un incidente vendría a poner de nuevo a la isla de Fidel en el foco de la atención. Y no eran los misiles soviéticos ya desmantelados. Era la mano dura de los servicios de represión franceses. Un conocido político de la oposición marroquí, Ben Barca, se encontraba en 1965 en su exilio francés enfrascado en la organización de una conferencia internacional tercermundista a tener lugar en Génova. En circunstancias nunca esclarecidas la policía parisiense lo secuestraría subrepticiamente y Ben Barca desaparecería para siempre sin rastro alguno. Fuentes confiables señalarían a agentes marroquíes como responsables de su asesinato La conferencia se llevó no obstante adelante, en enero de 1966, sin Ben Barca y en un lugar diferente, en La Habana. Quinientos líderes de 82 países se explayaron allá durante dos semanas en fogosos discursos en defensa de la liberación de sus países, por la autodeterminación de sus pueblos, contra el apartheid sudafricano, contra el racismo, contra el imperialismo norteamericano y por la paz mundial. Cuba estaba otra vez en el primer plano, Fidel en su salsa. El Che ausente. Ocupado en su tarea de nuevos Vietnams.

USA tenía ahora no solo el dolor de cabeza de Vietnam que les demandaba cada vez mas tropas, mas material bélico y mas muertos. No solo el bloque soviético en Europa que los inquietara. Tenía al mundo entero que se les iba poniendo en contra,. Asia, Àfrica, Latinoamérica. Y para complicar las cosas sus propios negros se habían tornado rebeldes y a sus jóvenes blancos se les antojaba ahora dejarse el pelo y la barba, despreciar el dinero, vestir como mendigos, drogarse con LSD y marihuana, predicar la paz y practicar el amor libre. El "flower power". El gobierno norteamericano tenía muchas cosas de que preocuparse.

La Tricontinental de La Habana tuvo entre los estudiantes de Sucre el efecto de hacer las discusiones mas fogosas, los ánimos mas caldeados, las reuniones mas frecuentes. También pasaban otras cosas. Jóvenes inquietos venidos de Europa, Brasil, Argentina, Chile, USA surgieron de pronto en sus calles.Unos con el pelo largo, la barba crecida, camisa suelta y sandalias, aficionados a la marihuana, como los hippies. Otros mas corrientes, como los locales. Todos con una mochila a la espalda.

Paseando por la ciudad, como salidos de la nada. Deambulando a la deriva, después de haber pasado por diferentes países, empujados por la curiosidad de un mundo en cambio, haciendo amigos entre los locales. Estos generalmente les brindaban techo y algo de comida a cambio de los relatos de sus viajes. Becados a la Universidad Católica de Lovaina en Bélgica, jóvenes de la clase media, de tez mas blanca, estaban ahora de retorno, con nuevas ideas. También lo hacían los becados de la Universidad Patricio Lumumba de Moscú, de familias mas modestas, de piel mas morena, con menos ideas y mas parcos. Los de Lovaina venían embebidos de un filósofo marxista francés que a pesar de sus problemas psiquiátricos que lo llevarían años mas tarde a estrangular a su propia esposa, había adquirido cierto prestigio, Louis Althuser. Nadie lo entendía muy bien, quizás ni él mismo lo hacía, pero ahí estaba, en la boca de muchos. Esas ideas se añadían, en algunos círculos, al ya existente marxismo ortodoxo, al existencialismo, al cristianismo a la Teilhard de Chardin, al cristianismo revolucionario de los curas obreros, a la pedagogía de los oprimidos del brasileño Paolo Freire, a la teología de la liberación, al freudo-marxismo de Herbert Marcusse, a la temática de la libertad individual del sicólogo Eric Fromm y al castrismo vociferante que venía de Cuba. Una madeja enredada e ininteligible pero curiosamente inspirante. Había mucho sobre lo cual cavilar y discutir.

Una misteriosa ola de entusiasmo juvenil pareció invadir las calles. Todo era de pronto posible. Los jóvenes hermanados por el solo hecho de ser jóvenes y capaces de cambiar el mundo. Ponerse al lado de los pobres, de los desposeidos, luchar junto a ellos por una sociedad mas justa, libre y feliz. Las chicas, hasta entonces recatadas y como somnolientas, parecían haber despertado de su letargo haciéndose parte de ese optimismo.

A Gabriel le agarró aquello desprevenido dejándose llevar por el entusiasmo. Era corriente verlo ahora sentado en los cafés o en algún bar hasta bien pasada la medianoche, enfrascado en discusiones políticas y de otro tipo. Fiel a su temperamento leía cuanto se le ponía en frente despertando atención en esos círculos. El cristianismo era ahora para él la ideología de los pobres, su país podía salir de la ignorancia y la pobreza si les reconocían a estos su derechos, si se les daba la oportunidad y se mejoraban sus condiciones de vida. Cada vez mas seguro que la sociedad debería de ser mas justa, que había demasiada gente que carecía de oportunidades. Procuraba no descuidar sus estudios pero estos pasaron de todas maneras a un segundo plano, Fritz no participaba en esas discusiones, no era el tipo de persona aficionada a los debates ni a la lectura ni a trasnocharse. A Pichin no le mencionaba nada para no enfadarlo por "andar perdiendo el tiempo en tonterías".

Los diálogos en esos círculos podían ser a veces interesantes, casi siempre difíciles y muchas veces frustrantes. La gente parecía mas inclinada a oírse a si misma. Con Artemio Barriga, uno de los líderes maoístas, de rostro tosco como labrado en piedra que recordaba a un monolito y modales igualmente torpes, la conversación llevaba siempre una amenaza subterránea de su parte, un "esperen nomas, ya verán como la pasan cuando lleguemos al poder, ya lo verán". Su origen en un villorrio de mineros mayormente indígenas le impedía deshacerse de su resentimiento hacia todo lo blanco y lo citadino. El moscovita Adán Gutierrez, mas sosegado, algo obeso, con un rostro infantil que disimulaba detrás de unos bigotes descomunales, confiado en el respaldo de una potencia mundial, la Unión Soviética, y en su certeza de la invencibilidad del comunismo, se daba el lujo de cierta flexibilidad, para él sinónimo de magnanimidad. Los primos Jacinto y Manuel Freyre, siempre juntos, difíciles de evitarlos en los lugares que Gabriel frecuentaba y motivo de infalible irritación. No por troskistas sino por la pomposidad con que se expresaban, articulando con nitidez cada palabra, evitando el contacto visual con su interlocutor, como si estuvieran hablándole a la pared, displicentes, portadores de lo que consideraban la gran sabiduría de su ideología. Quintín Penayo no tenia interés en política sino en el destino humano. Sus largas conversaciones igual no llegaban a ningún lado, como una madeja de hilos enmarañados donde uno no encontraba los cabos. De piel oscura y rasgos caucásicos, su flacura trasminaba ascetismo y sus ideas llevaban siempre una cáustica ironía, inmotivada, sin dirección, irritante. Leía a ensayistas franceses y él mismo decía escribir cuentos cuyo contenido lo mantenía en secreto. Plácido Pelaez, alto, muy flaco y desgarbado, como si sus miembros se movieran fuera de su control y cuyo desaliño personal llevaba a pensar que dormía con las ropas puestas y aborrecía el bañarse. Decía estudiar leyes pero su pasión era el teatro, tenía escritos unos monólogos revolucionarios para ponerlos en escena y actuaba en el teatro de la Universidad. Juan Fernández, con el pelo siempre engominado y oliendo a perfume, algo afeminado, estudiaba para dentista, la política no corría con él pero si la liga del fútbol y las mujeres. Después se sabría que era agente secreto de la Policía. Con los fascistas había que tomarlo con calma. Por lo proclives a la indignación. A la mas mínima mención de justicia social o igualdad de derechos insinuaban estar preparados a darse de puñetazos usando calificativos groseros hacia todo lo que les parecía comunismo. Juan Cristóbal Penayo era la excepción, el único fascista con el que Gabriel conversaba porque era respetuoso, inteligente y nunca levantaba la voz. Gabriel se preguntaba como una persona como Juan Cristóbal podía ser fascista y éste se preguntaba como una persona como Gabriel podía haberse vuelto de izquierda.

– Lo que ustedes buscan Gabriel – le había dicho Juan Cristóbal – es no solo un mito. Es una mentira. Nunca, durante la historia humana, ha habido igualdad. Nunca. Y nunca la habrá tampoco porque eso está en contra de las mismas reglas de la naturaleza. Y porque eso solo estimularía la mediocridad. Estamos hechos para ser desiguales, para competir mutuamente. Es ese el motor del progreso. ¿Triste? Pues si. Pero ni tú ni yo hemos hecho el mundo, ¿no es cierto? Entonces no somos responsables, así lo consideremos injusto. Solo nos queda aceptarlo. Y mira lo que hacen aquellos que no lo aceptan. Te crean sociedades terribles y opresoras como la Unión Soviética y las otras que conocemos.

Y la discusión entre ellos podía durar horas sin llegar a ningún lado

La gente del grupo social de Gabriel empezó a mirarlo con desconfianza. Como un traidor a su clase. En una ciudad pequeña su cambio de relaciones sociales y de hábitos no pasó desapercibido. Notó que algunos de sus viejos amigos y conocidos de la escuela le saludaban ahora con desgano. Algunos incluso dejaron de saludarle. Eso a él no le preocupaba mayormente pero no obstante le despertaba aprehensión, era el síntoma de una polarización social, desagradable y potencialmente peligrosa.

Gabriel decidió incorporarse al recién formado Frente Cristiano Revolucionario. Cristianos dispuestos a dialogar con los marxistas y a reflexionar sobre el marxismo. Que consideraban que la existencia de unos pocos ricos a costa de la pobreza de los mas era no solo inhumano sino también contrario al mismo cristianismo. El existente y establecido Partido Demócrata Cristiano no les satisfacía. Lo encontraban demasiado tibio y conservador. Grupos similares se formaron en otras ciudades con universidad. El intercambio entre esos grupos se hizo intenso. Gente como él, de clase media, muchos de ellos educados en colegios privados, bienintencionados, inclinados a la lectura, hijos e hijas de antiguos terratenientes, de profesionales liberales, de alguno que otro alto oficial de las Fuerzas Armadas, de funcionarios públicos de cierta jerarquía. Dispuestos a romper con su antigua clase. Inspirados por la ilusión de que los marxistas abandonarían su ateísmo y que los cristianos, sin mas ni mas, se convertirían al marxismo conservando sus convicciones religiosas. Un marxismo creyente hecho a su medida. Que marxistas y cristianos podían unirse en una cruzada común contra la injusticia. Subconscientemente traían consigo la idea elitista sembrada en sus colegios de que ellos, a pesar de todo, eran los mejores. Tenían mas mundo, estaban mejor educados. Gabriel se sintió ahí cómodo. Hablaban el mismo lenguaje, compartían las mismas tradiciones, mostraban estar a la altura de los tiempos, se sentían como paladines de una nueva sociedad en ciernes, fortalecidos por el grupo. Jóvenes de otros grupos sociales, especialmente si tenían la piel oscura, eran mas que bienvenidos, le daban al grupo una suerte de legitimidad.

Si el subconsciente que los traicionaba respecto a su elitismo también lo hacía en cuanto a sus mas profundas intenciones, era difícil saberlo Se avizoraban tiempos turbulentos y el socialismo se perfilaba, a pesar de todo, como una posibilidad evidente. ¿No era entonces inteligente acomodarse a esos nuevos vientos y apostar al ganador? En la nueva sociedad se ubicarían otra vez en la cúspide.¿ Al fin y al cabo no eran ellos los mejor educados y los que tenían todavía acceso, por vínculos familiares y de otro tipo, a los remanentes del antiguo poder?. Sus convicciones eran sin embargo no solo reales sino también sinceras.

Quienes esperaron que los marxistas se alegraran de tener ahora aliados entre los cristianos se equivocaron. La reacción fue mas bien la opuesta. Mirarlos con sorna, como simples ilusos, como gente que no cumplía con los requisitos ni contaba con las calificaciones necesarias para llamarse de izquierda y menos aún marxistas. Competidores por un trofeo, lejano y altamente inseguro, pero de todas maneras trofeo, el poder. "Rabanitos" los llamaban con mofa, rojos por fuera y blancos por dentro.

CAPÍTULO #20

Cuando Adrián levantó el auricular en la casa de pensión en la Calle Vito D Sabia, se topó al otro lado de la línea con la voz de Bernardo Lorenzetti que sonaba mas cordial que las últimas veces. No solo cordial, incluso afectuosa. Le preguntó como estaba, como le iba en el Dubliner, si le gustaba su trabajo, que le parecía Zito, como se haba adaptado a su vivienda. Tenía muchas preguntas. Le dijo que quería verlo, que podrían encontrarse ese fin de semana, el domingo en la tarde, cuando Adrián estaba libre del Dubliner, tomar una cerveza juntos, recordar los tiempos del Virrey del Pinoo. Propuso que se encontraran en el Club de la Milanesa, sobre Rivadavia, cerca al parque, en el barrio de Caballito, fácil de llegar.

Bernardo ya lo estaba esperando en una mesa cuando Adrián llegó al lugar. Hacía rato que la hora del almuerzo había pasado y el local estaba casi vacío exceptuando un grupo de muchachas jóvenes, unas mesas mas lejos, tomando refrescos. Recibió a Adrián efusivamente, con un abrazo. Bernardo vestía como antes, informalmente, con elegancia, ropas a todas vistas caras. Como el día era fresco llevaba una chaqueta de cuero de venado, muy elegante de esas que Adrián había visto en boutiques exclusivas. Adrián pudo también observar como las muchachas en la otra mesa veían a Bernardo de reojo de rato en rato, curiosas, sonrientes. No había duda que era bien parecido y despertaba atracción en las mujeres. Tomaron una cerveza conversando de todo un poco y luego Bernardo propuso una caminata hacia el Parque Rivadavia. El día estaba fresco y soleado.

Caminando por el parque Bernardo le preguntó si había estado leyendo el material que le habia estado enviando al Dubliner. Si, lo había estado leyendo. ¿Y que le parecía? Interesante. ¿Estaba de acuerdo con lo que el material decía? Si, en general si. ¿Ninguna observación de fondo? No, nada de particular.

- Me alegro, me alegro Adrián. Vos también sos hijo de obrero, ¿no es cierto? - le preguntó - Y mirá vos como vive tu familia. Tu me lo contaste. En un conventillo. Midiendo cada mango antes de gastarlo. Igual que yo, también hijo de obrero, inmigrante. Mi viejo trabaja en una fábrica de plástico, ¿sabés?. Tiene mala la salud con eso de los químicos que usan. Estamos en el mismo bote, coño. Y mirá vos a los del Dubliner ¿Cuanto pagan los que van ahí por una botella de vino? Setenta, noventa pesos viejo, ¡noventa!, mucha guita. Pero ellos como si nada. Casonas grandes, empleadas, auto Mercedes Benz en la puerta, yates, ¡que se yo! ¿Te parece justo?

- Pues no. No es justo.

-Bueno. Pues ahí voy.

- Lo que queremos, como dice el material que te he estado enviando, es sencillamente acabar con esas desigualdades, ¿entendés? crear una sociedad mas igualitaria, que todos tengan lo suficiente para vivir decentemente, que no necesiten humillarse ante otros para su subsistencia. Y tener un país independiente capaz de decidir por si mismo, sin intromisiones externas. ¿No te parece justo?

- Pues si. Me lo parece

- Perón quiso cambiar la cosa, como sabés, pero no lo dejaron. ¿No fue asi? ¿ A cuantos nos mataron los milicos en Plaza de Mayo en 1956? Trescientos ocho, dicen ellos, con seguridad fueron muchos mas. Tres meses mas tarde los milicos hecharon del poder a Perón, ¿no es cierto?. Mirá, eso pasa por hacer las cosas a medias, ¿ves? Perón quiso hacer las cosas bien, pero las hizo a medias y lo hecharon. De hacer una revolución hay que hacerla bien, como Fidel en Cuba. Ahí no tenés ahora hambre ni pobreza, todos son iguales. Ahí tenés educación y salud para todos, gratuita. Nadie pasa hambre en Cuba, pibe. Y todos apoyan a Fidel, sin oposición. Aquí nos dicen los milicos que en la Argentina tenemos democracia. Mirá la broma. Los milcos lo deciden todo y a su vez ellos hacen lo que los yanquis les ordenan que hagan. Son los yanquis los que en última instancia gobiernan la Argentina. Hecharon a Frondizi, ¿no es cierto?. ¿Porque? Porque no les gustó. Ahora tenemos a Illia, OK civil y todo eso, pero pura pantalla, Illia hace lo que los milicos le ordenan y, detrás de ellos, los yanquis. Y en cualquier momento también hechan a Illia. Así que hay que aprovechar el momento, estar preparados. ¿No te parece?

-Bueno... como tu lo planteas.... Me parece que si.

- - Pues entonces estamos en el mismo bote, pibe. ¡Bienvenido a bordo!. Y Bernardo le pasó un brazo a la espalda de Adrián

Adrián se sintió contento al ver la satisfacción de Bernardo. La literatura que le había estado mandando no le satisfacía del todo pero la convicción de Bernardo era contagiosa. Además en lo del padre y en otras cosas tenía razón. Su padre había sido siempre humillado, por pobre, por carecer de educación, por ser inmigrante. Su familia pasaba y había pasado siempre necesidades. Conocía la pobreza. La madre tuvo que coserles la ropa, a él y a sus hermanos, durante toda su niñez, no tenían dinero para comprar directamente de la tienda. Si no pasaron hambre fue gracias a las ayudas de Eva Perón. Era también cierto que entre él y los clientes del Dubliner la distancia era abismal. Había mucho de cierto. Estas eran cosas en las que él no había pensado antes pero que ahora se le hacían claras.

- Mira Adrián – siguió Bernardo. Yo quisiera incorporarte al grupo, ¿sabés? Que te hagás parte de una célula donde recibas instrucción mas detallada. Que aprendás sobre lo que queremos, ¿OK?. Tenemos planes, grandes planes pibe y quiero que tu seas parte de ellos. ¿Que decis?

- ¿Y que significa eso de ser parte del grupo?

- Pues que te incorporés a una célula de la organización y aprendás. Eso es todo. ¿Te parece bien?. Si el grupo te convence pasás luego a ser ya un miembro activo, con funciones. ¿Que decis?

- Pues me parece bien.

- Perfecto!. Mirá coño. Lo hacemos así. Yo aviso a la organización que estás interesado en ser parte de una célula, ¿OK?. De momento no te puedo decir cual. Ya te avisaré. Asunto de precauciones, ¿sabés?. Los de la célula no sabrán tu nombre verdadero, solo tu nombre de combate, ¿OK?. Elige uno.

- ¿Elijo que?

- Un nombre. Tu nombre de combate pibe. Como te llamarás al interior de la organización. No puedes andar por ahí pregonando que te llamás Adrián Bellini, ¿entendés?. Sería una boludez. Si por ahí la cosa arde la policía te agarra al tiro, ¿entendés?. Como querés llamarte

- Pues… no sé … Horacio.,,, Me parece un buen nombre - fue el primer nombre que le vino a la cabeza.

- A mi también me parece un buen nombre. OK. Yo les digo a los de tu célula que Horacio será parte de ella. Cada célula tiene entre cinco y seis miembros. Tu los conocerás a ellos solo por sus nombres de combate. No se te ocurra la boludez de preguntar sus verdaderos nombres o decir el tuyo propio, ¿entendés? Tu célula está además compartimentada. O sea Uds no saben cuantas otras células hay o lo que ellas hacen, ¿OK? Asunto de seguridad, ¿entendés? ¿ Agarrás la onda?. Es un sistema seguro. Vamos creciendo, pibe. Tenemos muchas células incluso algunas al interior de los milicos. Y sus superiores ni se lo imaginan. Nos estamos preparando con calma, ¿entendés? Y no te olvidés, para cualquier evento, ya lo sabés, no has hablado nunca con Bernardo, solo con Bochi, ¿bueno? ¿Y Quien es Bochi? Pues no tenés la mas puta idea, ¿agarrás la onda?

- ¿Es Bochi tu nombre de combate? - preguntó Adrián con candidez

- ¡Ah! pibe. Ya le vas agarrando la onda – respondió Bernardo con una sonrisa.

Cuando se despidieron Adrián sentía una mezcla de temor y entusiasmo. Su intuición le decía que se estaba metiendo en algo grande y peligroso. Pero al mismo tiempo emocionante, que le daba a su vida una dirección, un sentido. Una forma de vengar las injusticias de una niñez pobre, las humillaciones del padre obligado a trabajar en un fábrica de ladrillos y al que la gente no mostraba respeto. Una idea fugaz emergió en su cerebro. Bernardo tenía a Bochi como su nombre de combate. Zito, su jefe en el Dubliner, se había siempre referido a Bernardo como Bochi. ¿Podía ser que también Zito era miembro de la organización? Le parecía increíble. De habérselo preguntado a Bernardo este obviamente no le habría dado una respuesta.

A la semana Bochi lo llamó a la pensión. La conversación fue corta y concisa.

- ¿Tenés papel y lápiz a la mano? - preguntó Bochi

- Pues si

- Entonces anota. Este domingo a las 3, en la calle Garibaldi 133, en Villa Luzuriaga, cerca al Santuario Sagrado Corazón de Jesús. Les decís que vienes de Electroflux para el asunto del medidor de luz. ¿Entendido?

- Si
- ¿Anotastes?
- Si
- Lo memorizás. ¿De acuerdo?
- De acuerdo
- Bueno. Suerte

Y la comunicación se cortó

Adrián no había estado nunca en Villa Luzuriaga. Le costó encontrar. La zona parecía pobre, casas de un solo piso, muy modestas, asfalto en mal estado, suciedad en las calles, casi ningún tráfico, niños jugando al fútbol sobre el asfalto.

La célula, conformada por cinco, le dio la bienvenida. Tres de ellos eran muy morenos y a Adrián se le antojó que serían hijos de inmigrantes bolivianos o peruanos. Su acento era sin embargo totalmente porteño, seguramente nacidos en Buenos Aires. El cuarto era un tipo alto y delgado, de nariz larga, gafas gruesas que le daban un aire de intelectual. Se presentó como Marco, a secas. Era el ideólogo del grupo, encargado de darles la instrucción política El quinto fue el que mas le llamó la atención. Bastante moreno, con una leve apariencia negra pero también rasgos que le recordaron las fotos de gente de Tailandia que había visto en alguna revista. Se veía fuerte y se movía con una flexibilidad felina. Había algo temerario en su expresión. Mencionó que había hecho su servicio militar en las fuerzas especiales de asalto y paracaidismo, "ahi les aprendí a los militares sus trucos" dijo riendo. Parecía hecho a medida para esas actividades. Dijo llamarse Atila, el nombre le quedaba. El dueño de casa, uno de los muchachos morenos, llamado Julián, invitó té y sandwiches antes de la clase de Marco. Marco les explicó, de una forma metódica y simple, casi como un profesor de escuela, la teoría de Engels sobre el Estado, la familia y la propiedad. Parecía tener una extensa cultura y mucha paciencia. La discusión posterior y preguntas despertaron la curiosidad de Adrián. Al despedirse Atila le dio la mano y le dijo que ya le avisarían el día de la próxima reunión, que él era el jefe de la célula, que se sentía contento de tenerlo como miembro.

Las reuniones se fueron repitiendo durante los siguientes meses, siempre en domingo y siempre en un lugar distinto, generalmente en un barrio periférico. La regla era de no hacer nunca dos reuniones consecutivas en el mismo sitio a menos dos meses desde la última. Marco era un excelente profesor y fue explicando en esas reuniones sobre la Revolución Soviética, la teoría de Lenin sobre la dictadura del proletariado, de como se originó el marxismo, la historia de la Revolución Cubana, de que era lo que se entendía por imperialismo, de como USA interfería ilegalmente en la política argentina y de su matonaje hacia Hispanoamérica. La amistad al interior del grupo fue espontáneamente creciendo y aunque cada uno observaba discreción sobre su vida privada algunos elementos sueltos fueron emergiendo. Por ejemplo que Marco trabajaba en la Universidad, que los padres de Julián eran bolivianos, que Atila había tenido algún altercado en el ejército y fue dado de baja. Adrián fue convenciéndose de que quizás lo que el FAP planteaba era lo correcto.

Meses mas tarde Bochi le llamó de sorpresa. A su pensión. Quería verlo. Era urgente. Que se encontraran en la mañana, antes de que Adrián empezara su trabajo en el Dubliner. En el Café La Paz, sobre la Calle Corrientes, entre Montevideo y Paraná. En el pleno centro. Adrián quedó intrigado. Nunca había estado en Corrientes, al menos no en la zona que Bochi proponía. Para Adrián era la zona de la bohemia cara, ricos que venían allá a divertirse en los teatros y bares, con las chicas de los cabarets, mezclándose con actores, músicos, malabaristas, cantores de tango, ilusionistas y escritores de moda. El tango de Gardel *"Corrientes tres cuatro ocho/ Segundo piso ascensor/ No hay porteros ni vecinos/ Adentro cocktail y amor"* le estuvo dando vueltas en la cabeza. Lo había escuchado durante toda su niñez. En El Dubliner se sabia que el Café La Paz era refugio de filósofos y poetas. Extraño, pensó.

Bochi ya estaba allá cuando Adrián llegó. Lo recibió efusivamente pidiendo un café para él a la mesera ¿ "con leche, corto o espresso? "- le preguntó. Adrián prefería con leche. Vestía aún mas elegantemente que la vez anterior, parecía casi un actor de cine y aparentemente se movía con gran soltura en esos ambientes. Como adivinando los pensamientos de Adrián se inclinó hacia él en la mesa y le dijo al oído "para despistar, coño". Después de un rato de conversación sobre el Dubliner, le propuso una caminata. sobre la misma Calle Corrientes, hacia la costa. A esa hora aún no había, muchos transeúntes. Algunos comercios recién abriendo. Encontraron un banco cerca al Luna Park.

– Camarada Horacio – le dijo una vez sentados – ¿sabés que estamos. muy contentos contigo?. El camarada Atila dice que eres el mejor del grupo. Te felicito

– Gracias.

– Mirá. A estas alturas ya estás preparado para cosas mayores, me parece. ¿Que decís vos?

– Bueno… depende de que…

– De algo serio. De algo que muestre tu compromiso con la causa. De que realmente estás al lado de la revolución

– Yo estoy al lado de la revolución. Y tu lo sabés.De que se trata.

– De algo que supone disciplina, preparación, completa reserva y quizá riesgos, ¿Que decis vos?. ¿Estás preparado?

Adrián dudó por unos segundos. Por su cerebro pasaron velozmente un montón de ideas. Algo le dijo que su respuesta conllevaría consecuencias para el futuro. Pero el carisma de Bochi le era envolvente.

– Si. Estoy preparado

– Muy bien camarada. Me hacés sentir realmente contento. Es con gente como vos que salvaremos a este país.

Le dio una larga explicación de que el FAP estaba recién el fase de preparación, aprovechando que había un gobierno civil y ciertas libertades. Pero que había apuro que eso que se acabaría en cualquier momento y tendrían un gobierno militar y represivo. Antes de que esto ocurriera tenían que acumular armas para luego pasar a una siguiente fase que ya seria de acción. Pero armas significaba dinero. Había oficiales del ejército que se las vendían, de sus arsenales, en cantidades pequeñas, como a cuentagotas, y caras. Ahora estaban, con ayuda de Cuba, viendo la posibilidad de comprar armamento de Libia, pero eso también costaba. En otras palabras la FAP necesitaba dinero. La operación en cuestión era un asalto a una agencia de banco. Ya lo tenían casi todo planeado. Faltaban solo detalles. Sería una operación limpia. Dos células del FAP actuarían en ello, la dirigida por Atila y otra mas. Al final se volvió hacia Adrián y mirándolo fijamente le preguntó "¿Estamos?"

– Estamos – fue la respuesta de Adrián

– Bárbaro! Bárbaro pibe!. Bienvenido a bordo. Me siento orgulloso de vos. Confío en ti.

Y una cosa mas. Ahora si te la puedo revelar. Te lo digo porque en su momento puede ser de la mas alta importancia que lo sepas. Se trata de Zito.

Y le explicó que Zito, Adrián ya lo había sospechado, era también miembro de la FAP. Lo que si le dejó boquiabierto fué el saber que en el Reservado del Dubliner, donde solían comer los clientes importantes, Zito había construido un "bolsilo" secreto debajo de la mesa donde escondía una pequeña grabadora. Ello permitía saber de las conversaciones de esos clientes. Gracias a la grabadora estaban ahora preparando el asalto al banco "con información de primera mano". Recién Adrián entendió el celo de Zito por ser él y no otro el que atendía aquella mesa. "Es una belleza de aparato – explicó Bochi – planito, mas pequeño como el puño de la mano. Graba tres horas ininterrumpidamente. Sonido de primera. Nos la dieron los cubanos". Si a Zito le pasaba algo – le explicó Bochi - un accidente, una enfermedad, cualquier cosa, lo prmero que haría Adrián sería sacar la grabadora. "Está bien oculta. En la esquina de la mesa mas próxima a la puerta de entrada desde el comedor. Fácil de sacarla".- le dijo. Si algún otro la descubría sería una catástrofe.

Al despedirse le dijo que los otros detalles de la operación se los darían oportunamente. Que estaban en buen camino.

CAPÍTULO #21

Christoffer Burns se graduó en Princeton como Bachiller en Artes el semestre de otoño de 1962. Lo hizo con el grado de distinción en la mayoría de materias y en algunas incluso con el de excelencia. Su examen final incluyó un trabajo de investigación que él lo dedicó a las relaciones de USA con Hispanoamérica. Su español había hecho suficientes avances como para leer sin dificultad aunque el hablar le costaba y lo hacía con un fuerte acento texano. Fiel a la tradición del campus Christoffer ya había participado en los prolegómenos de la graduación, el Deans Date, con una gritería general de los estudiantes reunidos junto al McCosh Hall aplaudiendo y dando vivas a los estudiantes que entregaban sus trabajos a último momento. También había participado en las House Parties, en su caso en el club Cloister Inn, en la Pospect Avenue, con James Winthrop, sus amigos neoyorkinos, algunos compañeros de curso y bastante cerveza. Las tradiciones obligaban. Regresaron mas de una noche a sus dormitorios bien pasada la medianoche, con la euforia de la cerveza en el cuerpo, cantando y despertando a mas de uno. El nivel de tolerancia a aquellos excesos subía a finales del año.

James Wintroph había decidido quedarse un par de años mas en Princeton para profundizar sus cursos de Biología Celular y aprender mas de la estructura química y función de ADN, campo al que dedicaría profesionalmente. El otro miembro del dormitorio que compartían en el Walker Hall del campus, Jacob Goldstein, no participaba de esas actividades. Había siempre mantenido su actitud de una cortés reserva. Se juntaba solo con aquellos que estudiaban Matemáticas como él. Según Jacob el área de su interés era la Geometría no Euclidiana. Ni Christoffer ni James tenían la mas remota idea de lo que ello se trataba.

La graduación fue para los Burns un acontecimiento a recordarse. Los padres, la hermana y el novio de esta, Duke, viajaron desde Galveston para la ceremonia. No faltaba mas. Los Burns estaban además de subida gracias a las excepcionales habilidades de Duke para los negocios. El Quck Shop y la Quick Pizza vendían bien. El Quick Pizza no solo vendía ahora sobre la ventanilla y a domicilio sino que también lo habían convertido en un pequeño restaurante con servicio a la mesa. Estaban además expandiendo sus negocios al sector inmobiliario. Duke había descubierto una casa bastante central casi en ruinas. Los dueños se mostraron prestos a venderla. Un banco local no vio ninguna inconveniencia en dar crédito a los Burns. Compraron la casa a buen precio, la derruyeron completamente y ahora estaba allá en marcha un edificio moderno de 12 apartamentos. Ya tenían llena la lista de sus compradores y contaban con una ganancia neta de casi el 100%. Joseph Burns miraba ahora el futuro con confidencia.

La ceremonia fue solemne aunque con una cuota de llanura y liviandad para que todos se sintieran cómodos. El tiempo les fue propicio, un día fresco de sol que permitió que la mayor parte del acto se hiciera al aire libre. Al padre se le humedecieron los ojos cuando vio a Christoffer entre la multitud de estudiantes con su toga y su birrete negros y la borla a colores colgándole del birrete. Llevaba también una banda azul al cuello, el color de los que se graduaban en humanidades: Los profesores estaban vestidos para la ocasión con sus togas de diferentes colores de acuerdo a sus estatus académicos, mezclándose con los estudiantes e intercambiando bromas. Había banderas y ramos de flores por todo lado y puestos de venta de refrescos y sandwiches. El ambiente era festivo y la alegría general. Su madre, Mildred, aunque no entendía muy bien lo que pasaba, fue igualmente atrapada por la atmósfera sintiéndose conmovida y derramando unas lágrimas de orgullo y felicidad.

Tenían un estrado desde donde el Rector dijo unas cuantas palabras de felicitación a los graduados e hizo una síntesis de los avances de la Universidad en el último año. El recién elegido Presidente Kennedy había sido invitado para el discurso central pero se excusó por tener cosas mas importantes para aquel día. El discurso central estuvo a cargo de un conocido astrofísico, ex-alumno de Princeton, que trabajaba para la NASA y había hecho aportes novedosos sobre las manchas solares. Fue un discurso simpático y optimista dirigido a inspirar a los estudiantes en sus futuros trabajos, en el esfuerzo diario al servicio de la ciencia, en que deberían alimentar siempre su propia curiosidad y no amedrentarse si encontraban obstáculos, "la ciencia es y será siempre difícil – dijo – pero el premio que recibirán a su curiosidad satisfecha será siempre superior a cualquier esfuerzo" concluyendo con una gota de humor "¡Ah! Y por si acaso...no se olviden de agradecer a sus padres". El mejor coro a capella de la Universidad siguió al discurso.

Luego los graduados fueron llamados uno a uno al estrado para recibir sus títulos.

La escena culmen fue cuando los recién graduados, de acuerdo a la tradición, pasaron con sus togas y birretes, en columna, por la puerta central enrejada del Fitzs Randolph Gate lo que simbólicamente marcaba el final de su permanencia en Princeton. Ningún estudiante pasaba voluntariamente esa puerta antes de graduarse, la superstición decía que quien lo hacia no se graduaría nunca. Normalmente todos usaban las puertas laterales.

Pasada la ceremonia Joseph Burns invitó a la familia a uno de los mejores restaurantes de la ciudad de Princeton. Incluso no frunció el entrecejo cuando Christoffer y Duke pideron vino para la comida. Joseph, como buen feligrés de la Church of Jesus Christ, era absolutista y normalmente condenaba el vino a menos que sea por milagro como en la Biblia. La ocasión sin embargo exigía ser flexible. Mildred, su madre, estuvo a la altura de las circunstancias mostrando una circunspección casi solemne normalmente ajena a ella. Miraba de rato en rato a Christoffer en la mesa con unos ojos de admiración diciéndole "¡Oh my boy! ¡Oh my boy!. Duke, el bromista que ya era prácticamente un nuevo miembro de la familia, le daba palmadas a la espalda con un "¡Salud profesor!". Su hermana, Jeannine, tampoco podía disimular el orgullo de tener a Christoffer como hermano. Èl se sentía como una estrella.

Aquella noche Joseph, todavía con las impresiones del día en el cuerpo, se quedó pensando durante unas horas en como había cambiado su vida. "Oh! cuan inefables son los caminos del Señor" - se decía recordando su primera llegada a Galveston, hacían mas de veinte años atrás, desesperado y confundido, huyendo sin rumbo. Como se equivocó en que en Galveston encontraría un barco que lo llevara al fin del mundo y mas bien acabó conociendo a Mldred en el Acröpolis con la cual formaría una familia. Era la mano de Dios la que lo había guiado. Se preguntaba que hubiera pasado si aquel día habría tomado el Port de Texas City en lugar de Galveston. "Probablemente hoy estaría viviendo en Singapur o en Sri Lanka o en algún otro lugar remoto, quizás como un paria", se decía. Se sentía orgulloso de Christoffer y agradecido con el destino porque su situación económica iba en ascenso. Los Burns de Detroit lo miraban ahora con admiración, incluso con una pizca de envidia. Ningún Burns había llegado tan lejos como él y menos aún tan lejos como Christoffer.

Por su parte también Christoffer tenía mucho en que pensar antes de dormir. Una difusa nostalgia lo invadía por tener que dejar esa vida de estudiante que le había dado tantas satisfacciones y donde había hecho buenos amigos. Se sentía agradecido con sus padres y miraba al futuro con optimismo aunque también con temor. "Washington! Uf! ….Washington..." - se decía, algo asustado.

Lo de Washington fue idea de Humprey Dawson, uno de sus profesores de Relaciones Internacionales y asesor para su trabajo de examen final. Dawson, de figura corpulenta, algo recatado en su personalidad y que ya andaba por los sesenta años, era una persona de prestigio con extensa experiencia internacional. Había sido Embajador de los EE.UU y asesor de la ONU antes de dedicarse a la docencia. Tenía varios libros escritos y sus artículos, polémicos dado sus especiales puntos de vista, eran regularmente publicados en diarios de circulación nacional. Su pasado académico era poco ortodoxo con un postgrado en Biología antes de dedicarse a la Historia y a las Relaciones Internacionales. Su interés por las ciencias biológicas se mantenía intacto. Christoffer le había dedicado un gran esfuerzo a su trabajo que estuvo enfocado a las relaciones entre Hispanoamérica y USA tratando de explicar sus diferencias en desarrollo y con la propuesta central de que esas diferencias no se explicaban por factores climáticos, geográficos, étnicos o de recursos naturales, sino mentales. Varias conversaciones telefónicas con Charles Hobson, su antiguo profesor de Historia en el high school en Galveston, le habían servido de inspiración y apoyo. El trabajo gozó de la total aprobación de Dawson quien, por su lado, había tenido gran influencia sobre Christoffer.

Dawson tenía fama de brillante y, dado su pasado en ciencias biológicas, sus puntos de vista provocaban siempre polémica. Sus admiradores lo consideraban la contraparte norteamericana del inglés Arnold Toynbee, el guru de la interpretación de la historia en Europa. Dawson concebía la historia como una lucha entre civilizaciones. De la misma manera que las especies y los individuos en la naturaleza luchan mutuamente por su supervivencia con los mas aptos como vencedores, en la historia humana lo hacían las civilizaciones. Civilización era para él resumible en solo dos cosas: energía y conocimiento. "Mezclen todo − decía en sus clases - lo que ha producido la humanidad, arte, ciencia, religión, música, tecnología, deporte, moda, lo que quieran, y saquen de allá lo absolutamente mas esencial, ¿que les quedaría? Solo dos cosas, energía y conocimiento. Y no lo olviden. La primera ley de la termodinámica establece la equivalencia entre masa y energía, ¿no es verdad?. Solo dos estados diferentes de lo mismo, transformables el uno en lo otro. De la misma manera que la masa del alimento se hace energía en nuestros cuerpos la energía que nos rodea se hace susceptible a ser convertida en vestido, carreteras, viviendas, máquinas, pensamiento, arte" Era de la convicción de que el pueblo que tenía mas acceso a la energía y al conocimiento era el mas civilizado y acababa imponiéndose naturalmente a los demás. "Ambos, energía y conocimiento .- decía en sus clases − son interactuantes y sinérgicos. Un mayor acceso al conocimiento abre un mayor acceso a la energía, y viceversa. Piénsenlo, si uds conocen como transformar calor en energía mecánica ello les abre el campo al proyectil del arma de fuego, a la locomotora y al automóvil, ¿no es verdad?. Si tienen conocimiento de como transformar la energía del núcleo atómico en calor, pues tienen la bomba atómica. Si tienen conocimiento de que algunas substancias matan a las bacterias sin ser nocivas para el cuerpo humano, pues ahí tienen los antibióticos. Si tienen conocimiento del método para endurecer el hierro pues tienen ahí el acero. Hoy por hoy somos nosotros, los norteamericanos, los que tenemos un mayor conocimiento del mundo y accedemos a mas energía. La Unión Soviética nos sigue de cerca. El momento en que perdamos esa vanguardia pasaremos inmediatamente a un segundo plano. Y no esperen que la otra civilización que pase a la vanguardia nos de una mano cariñosa de ayuda. Podría alguien pensar que si los rusos nos sobrepasaran, nos dirían `pues miren muchachos, no se preocupen, aquí tienen nuestra ayuda para que nos igualen`. ¿Hay algún alumno aquí que lo crea? Que levante la mano. ¿Ninguno? Menos mal que tengo estudiantes inteligentes. Pues se los digo, la historia humana es, y basta con leerla, tan inmisericorde como la historia de la especies biológicas"

- Me gusta tu trabajo Christoffer – le había dicho Dawson cuando ya todo estaba concluido – Tengo la impresión de que tienes talento para esto de las Relaciones Internacionales.

- Es un tema que me gusta, sir – le había contestado Chtistoffer

- En realidad quizás tu tendrías un buen porvenir en Washington, ¿no lo crees?

- ¿Washington? ¿Le parece, sir?

- Si, creo que si. Los organismos gubernamentales siempre tienen utilidad de gente con conocimientos en estos temas. Te lo digo por experiencia propia. A menos que quieras dedicar tu atención mas bien a la actividad académica.

- Tendría que pensarlo, sir

- Pues me parece muy bien. Piénsalo. En todo caso pon un ojo en Washington y ve un poco que oportunidades ofrecen allá.

- *Yes, sir.* Lo haré.

- Si necesitaras alguna carta de presentación me lo dices. Estoy lo suficientemente satisfecho con tu rendimiento que lo haré de buena gana

- *Thank you very much*, sir

En la última conversación de Christoffer con el que haba sido su mentor durante aquellos años, Patrik Smith, este había expresado una opinión similar. Patrik Smith había ya publicado su libro sobre el General Ulises Grant durante la Guerra de la Secesión en USA recibiendo comentarios elogiosos en revistas especializadas. El libro, sin embargo no había entrado al gran público, probablemente porque había mucho escrito sobre el tema.

Los contactos con Patrik se habían desarrollaran hacia una relación de amistad. Patrik estaba satisfecho con el rendimiento de Christoffer y lo felicitó al término de sus estudios.

- Bien.. ¿y ahora que planes tienes *young man?*– le había preguntado en su última charla

- La verdad es que todavía no lo se – contestó Christoffer – De momento volver a Galveston y desde allí planear que hago.

- Pues, como tu sabes, tienes varias opciones. La mas directa es obviamente seguir estudiando y luego continuar con una carrera académica. Mas o menos como yo. Hacer investigación y enseñar en un college o en una universidad. La desventaja es el aumento de tu deuda antes de que empieces a contar con ingresos. La mas sencilla, y la mas aburrida, diría yo, es empezar a trabajar como profesor en algún high school y luego hacer una carrera pedagógica. Eso te da ingresos directos pero modestos. A ti te gusta la parte de Relaciones Internacionales, ¿no es cierto?

- Si. Es verdad.

- En ese caso tienes la opción de buscar un trabajo en una entidad estatal o en una compañía multinacional. Yo tengo aquí la última lista de puestos libres en el Departamento de Estado en Washington, estas listas nos las mandan regularmente.Hay un par de puestos libres en la sección dedicada a Hispanoamérica. Se trata de Junior Advisors o sea jóvenes que recopilen y elaboren información actual para los seniors. Se puede decir que es una puerta de entrada a una carrera que ofrece oportunidades, incluyendo el campo diplomático. ¿Que te parece?

- ¿Washington? - exclamó Christoffer.

- No queda muy lejos de aquí, ¿no es cierto? Y el clima es mas o menos igual.Y si no te apeteciera una carrera diplomática pues tienes a la CIA casi al lado – añadió con una sonrisa

- Verdad. Me parece interesante.

- Bien. Aquí tienes las direcciones de contacto. Naturalmente si necesitas algún certificado especial o cosa así me lo dices, ¿estamos?.

- Gracias Patrik

- ¡Ale hombre! A ti las gracias. Lo has hecho de primera. Suerte en todo y avísame si necesitas algo. Si puedes cuéntame alguna vez como te va, ¿OK?

- Muchas gracias.

Unos meses mas tarde, una temprana y helada mañana de febrero de 1963, con un cielo completamente azul, 10 grados bajo cero y nieve que lo cubría todo, un taxi dejó a Christoffer sobre la Calle 21 NW, cerca de la Avenida Virginia, en Washington, en frente de una de las entradas principales del complejo de edificios que formaban el Departamento de Estado de los EE.UU. Su solicitud de trabajo como Junior Advisor había sido aceptada. Sus calificaciones académicas y las cartas de recomendación de Dawson y Smith le habían abierto las puertas.

Cuando se bajó del taxi, tiritando de frío a pesar de su ropa gruesa, sintió un nudo en el estómago. Estaba frente a un coloso que representaba uno de los poderes mas grandes del mundo. Èl, por cierto, no seria allá nada mas que un pinche, uno mas, y en la escala inferior, de varios miles de funcionarios que allá trabajaban. Pero de todas maneras. Se sintió como aplastado por una nueva responsabilidad y por lo que allá podía esperarle. Desde la calle apenas podía divisar el Harry Truman Building, metido entre ese complejo de edificios, el mero centro de la política exterior de USA, donde el que sería su jefe máximo tenía su oficina. Nada menos que el tercer hombre al mando de la primera potencia del mundo, el Secretario de Estado. La mismísima Casa Blanca, el centro-centro de todo ese poder, estaba apenas a 15 minutos caminando. Del Capitolio, sitio del Congreso, le separaban menos de 10 minutos en taxi. El otro centro, el militar, con capacidad de matar a media humanidad en unas pocas horas, o a la humanidad entera si se les pasaba la mano, el Pentágono, lo alcanzaba con solo cruzar el puente sobre el río Potomac, a menos de una hora caminando. Las oficinas centrales de la CIA, el organismo que pretendía vigilar el mundo entero, las tenía también sobre orilla opuesta del Potomac, a 10 minutos en auto. Se imaginó que por aquellas calles circulaban los pesos pesados, aquellos que tenían en sus manos el destino del mundo. Cuando cruzaba la calle hacia la entrada principal se imaginó el laberinto de corredores, funcionarios y controles por los que tendría que pasar antes de encontrar el lugar correcto. Dos ideas pasaron fugazmente por su cabeza, el consejo de su padre aquella vez cuando abandonaba por primera vez Galveston por Princeton de "se un hombre" y la otra, "¡uhau! esto es lo que se podría llamar carrera, de Galveston a Washington. ¡ Madre!

CAPÍTULO #22

Cuando Rufino Robles cursaba el último año de sus estudios a Gabriell Llorente le quedan todavía dos. La carrera de Derecho comprendía cinco años, la de Medicina siete. Rufino ya había entonces superado las pesadas materias de Derecho Civil, Procesal, Constitucional y Financiero y estaba ahora concentrado en las materias menores como Derecho Internacional, de la Familia, Aduanero y Comercial. Por su parte Gabriel Llorente ya tenía detrás suyo los cursos pesados de Medicina Interna y de Cirugía y había ya cumplido con algunos de los cursos mas especializados de Pediatría, Ginecología, Psiquiatría y Otorrinolaringología. Rufino tenía en frente su graduación. A Gabriel le quedaban todavía otras especialidades menores y el duro año de práctica hospitalaria, el de Internado. El nombre lo decía. El estudiante vivía ese año prácticamente en y para el hospital, tratando de adquirir la mayor experiencia posible. Un año después se enfrentaría, ya solo, al enfermo que lo supondría capaz de tomar las decisiones correctas. El internado era cuando el estudiante descubría que en realidad no sabía casi nada.

Rufino había descubierto a esas alturas que su personalidad y su excepcional memoria para el texto escrito le estaban dando dividendos Su laconismo y falta de imaginación, en lugar de ser obstáculo, le proyectaban una imagen seria y reflexiva. Su incapacidad para mostrar afecto parecía solo reforzar la impresión de una persona circunspecta y confiable. Sus pocos amigos, intrigados por su reticencia a la confidencia, aceptaban aquello como lo que era, simplemente un rasgo de su personalidad. Incluso su provincianismo parecía darle ventajas, los tiempos no estaban para ostentaciones ni liviandades acopladas a la vida de salón. Su fama de inteligente y buen estudiante se había consolidado dándole su cuota de confianza. No era inusual verlo, inexpresiva y parsimoniosamente como era su habitual, corrigiendo a sus compañeros de clase, recitando textualmente pasajes de tal o cual ley, con una precisión que provocaba asombro. Incluso algunos profesores de la Facultad le pusieron un ojo encima viéndolo como un posible brillante abogado. Su vida sentimental, tan libre de sorpresas, como su vida interior, había mantenido su curso inicial. Seguía saliendo con la misma muchacha que pronto sería enfermera, algo solemne de carácter, bastante liberada del sentido de humor y medianamente atractiva. También había descubierto que la política era necesaria para una carrera futura y se había hecho miembro de la Socialdemocracia. En un ambiente de creciente polarización la Socialdemocracia se ubicaba en una suerte de neutralidad que parecía no irritar a nadie. Los conservadores la veían como una agrupación pequeña con difusas y tibias ideas socialistas, para la izquierda se trataba de un grupo recatadamente conservador que se cuidaba de no armar líos. Su padre, Artemio Robles, seguía de cerca esos progresos llenándose de orgullo, confirmándole que su vieja intuición sobre Rufino en Chaquipampa iba en camino a cumplirse. Rufino levantaría el nombre de la familia, sería su revancha contra un destino injusto que le había sido adverso.

Para Gabriel su imaginación, curiosidad y empatía le estaban creando problemas. Le era imposible no sentir indignación frente a lo que consideraba injusticias de la sociedad. Enfrentado ahora a enfermos reales, el sufrimiento humano le era cotidiano y las deficiencias de los servicios médicos evidentes. Muchos enfermos eran indigentes, sin dinero para compra las medicinas recetadas o pagar por los exámenes médicos. Tratamientos que se hacían a medias, gente que moría porque el hospital carecía de los recursos necesarios. El dolor de los niños era el que mas le conmovía. Se sorprendía ante la ignorancia de las clases bajas, especialmente indígenas. Aquél que venía con una gonorrea galopante sosteniendo que era "porque había meado contra el viento" o la que tenía los riñones dañados a consecuencia de una amigdalitis mal curada pero que según ella "era porque su vecina la había embrujado" o "su concubino le había hecho el maleficio". Esa pobreza e ignorancia le estimulaban a un compromiso político que entraba en colisión con sus estudios. Le faltaba tiempo para ambos. Había que hacer algo. Algo radical. Había demasiada pobreza, demasiada ignorancia, demasiadas injusticias. Las autoridades parecían no tener interés o capacidad para resolver esos problemas. Por suerte estaban las Siervas de Maria Auxiliadora que a veces conseguían medicinas para los mas pobres. Monjas españolas, encargadas gratuitamente de la administración del hospital y otros menesteres prácticos. Cubiertas de blanco de pies a cabeza, con su hábito amplio borrándoles las conturas del cuerpo, con solo el rostro y las manos visibles y una dicción muy española que a los oídos locales sonaba exótica. Siempre ocupadas y excesivamente serias, especialmente las jóvenes en contacto con los médicos jóvenes a quienes les hubiera gustado que las de rostro bonito llevaran ropas mas livianas. Así vestidas les parecía estar frente a una suerte de híbridos asexuales.

El curso de Cirugía vendría en su ayuda, momentáneamente. Por unos meses sus elucubraciones pasaron a segundo plano. Le parecía milagroso:que se pudiera abrir el cuerpo humano en vivo, hurgarlo por dentro y curarle la enfermedad. Le agarró gusto al olor a éter de los quirófanos donde los estudiantes podían ver a los cirujanos en acción dependiendo de su humor y benevolencia. La llamada Anestesia de Liverpool, método que se iba haciendo universal, no había aún llegado. Todo todavía era allá éter y cloroformo para dormir al paciente. Uno de los cirujanos, el Dr Javier Alvarado, le agarró simpatía a Gabriel y le permitió entrar al quirófano cada vez que operaba. Para Gabriel ver trabajar a Alvarado le parecía arte de magia. La primera incisión con el bisturí, la sangre que emanaba, el cirujano secando la herida con paños, haciéndose un campo visual, abriéndose camino hacia las estructuras mas profundas, con precisión de movimientos, sabiendo lo que sus manos hacían, concentrado. La instrumentista leyéndole los pensamientos, como por telepatía, obedeciendo sus órdenes precisas, "peán", "tijera", "paño" "catgut 2" "diatermia" "separador número 3", solo extendiendo la mano enguantada hacia la instrumentista que le ponía el instrumento pedido. La poderosa lámpara arriba, iluminando el campo operatorio, produciendo tanto calor que a veces el cirujano sudaba. La enfermera asistente contando los paños que entraban y salían de la herida para no dejar por error uno adentro. El médico asistente manteniendo firmes los separadores en los bordes de la incisión para darle al cirujano el mayor campo operatorio posible, cortando con su tijera, de rato en rato, el excedente de los hilos de las ligaduras. El anestesista generalmente silencioso, concentrado solo en que el paciente estuviera bien dormido, respirara y su actividad circulatoria fuera normal. A veces el Dr Alvarado le explicaba a Gabriel lo que hacía "aquí tienes la vesícula, ya libre, ¿ves? Aquí está la cística, aquí el colédoco y aquí el hepático, ¿te ubicas? Si, me ubico. Lo importante es primero ligar la arteria cística, luego los otros conductos. Cuando tienes todo ligado te vas recién a la vesícula. La vesícula hay que liberar con instrumento obtuso, nada de tijeras ni bisturí. El sangrado es inevitable. Cuando has liberado la vesícula recién entra la tijera para cortar todo lo ligado. ¿Entiendes? Si, entiendo. En este paciente la vesícula tiene un tumor, ¿lo ves?. Si, lo veo. Puede ser cáncer. Esto nos prolongará la operación. Hay que ver si no hay metástasis. Lo siento Marcelo - dirigiéndose al anestesista – parece que vas a tener dormido a tu paciente un rato mas, mas de lo previsto". Y Gabriel con los ojos bien abiertos, aprendiendo.

Veía con satisfacción como pacientes que llegaban casi moribundos podían irse a la casa unos días después de la operación, ya recuperados. Estuvo jugando por un tiempo con la idea de dedicarse a la cirugía cuando acabara con sus estudios. Se imaginaba entonces una vida tranquila Formaría una familia. Ejercería su profesión. Ayudaría a la gente. Pero, ¿a cuantos ayudaría? A unos pocos, a sus pacientes. ¿Y el resto?

La atmósfera juvenil iba también en cambio. El rock que había llegado años atrás como un ventarrón y agarrado a todos desprevenidos había ahora desaparecido. Los años de gloria del cine de Hollywood con el cinemascope también eran ya historia. La música juvenil venía ahora de la Argentina y Chile. Leo Dan pegó en las clases bajas, Palito Ortega y Sandro lo hicieron en todos los grupos, el mas sofisticado Leonardo Favio apelaba mas a los de la clase media. Estaban también los españoles como Rafael. Los ídolos del cine norteamericano pasaron al olvido. Las películas eran ahora preferentemente francesas, italianas y argentinas. La canción protesta, chilena y uruguaya se convirtió en fuente de inspiración para los grupos de izquierda. Norteamérica estaba ahora no solo lejos, era además enemiga.

Fué después de cirugía que Gabriel se hizo aún mas activo dentro del Frente Cristiano Revolucionario. Sus preocupaciones por los problemas sociales parecían no dejarlo en paz. El FCR le absorbía mucho de su tiempo. Horas de discusiones, seminarios, cursillos. Esporádicamente un conocido visitante de afuera que daba una conferencia. Hasta Fritz Schneider, normalmente poco aficionado a cursos ni discusiones, se aparecía por allá, escuchando en silencio y atento a lo que otros decían. Una suerte de radicalización se iba haciendo imperceptiblemente presente entre los miembros. La necesidad de romper con el status quo, la desconfianza creciente en los gobernantes. Cristianos como eran se sintieron golpeados por la muerte en combate del cura dominico Camilo Torres, en Colombia. Aquello dio mucho que hablar. La lucha por la justicia social y contra USA parecía ser continental. Gabriel se hizo conocido en esos círculos y fuera de ellos. El rumor llegó a oídos de Pichín.

Pichin se enfureció cuando alguien le contó que Gabriel era ahora de izquierda y andaba de partir un confite con los marxistas. "Tu hermano es zurdo" le habían dicho. Pichin no estaba para tener un zurdo en la casa. Justo ahora que había finalmente comprado la cervecería en quiebra y la había puesto en pié. La que su tío Nicolás Lafayette había recomendado y en gran parte financiado con un préstamo del Banco Mercantil. La cervecería empezaba a tirar para arriba. El alemán encargado y conocedor de la producción había decidido quedarse. Habían sacado una nueva marca, el logotipo había sido cambiado. Una campaña de difusión de la nueva empresa estaba en marcha. Propaganda radial, vasos con el logotipo de la nueva marca, almanaques y afiches con muchachas en paños menores para los bares. Tenían dos nuevos sabores y a la gente le gustaba el producto. Pichin también había ya pedido formalmente la mano de su novia y planeado su matrimonio para el año entrante. Era mal momento para tener un zurdo en la familia. La conversación que tuvieron fue ácida y llena de recriminaciones mutuas. Afortunadamente Doña María Antonieta, la madre, y María Elena, la hermana, habían salido de compras. Fue solo Eulalia, la empleada, la que escuchó el altercado. Hubo mas de una voz levantada durante la discusión. Pichin acusó a Gabriel de ser traidor a su clase, a su país, a su religión, a todo. Lo acusó de arriesgar la seguridad y el prestigio de la familia. Por su lado Gabriel incriminó a Pichin de negarse a ver una realidad de pobreza y de injusticia generalizadas, de carecer de sensibilidad social, de pensar solo en sí mismo, de vivir en su mundo artificial donde lo único que importaba era el dinero. Gabriel pensó por un momento que Pichin lo amenazaría con cortarle todo apoyo económico pero no lo hizo. Eulalia, asustada, se fue a meter al patio de las empleadas desde donde solo pudo escuchar la discusión fragmentada cuando se levantaban la voz. Con la sabiduría de sus años, su realismo y sentido común, se decía a sí misma "¡Ay! A ver. Como el joven Gabriel se está haciendo comunista parece, cuando ya va ha ser médico. Mejor sería como el joven Pichin, que le ha hecho tantos regalos a su madre y hasta tiene ahora un auto nuevo y tan elegante. Y también está de novio con esa señorita tan educada. ¡Ay! parece que el alma de su padre sigue en pena en el joven Gabriel. Por eso ha de ser. ¡Ay! que cosas pasaran..." Eulalia se cuidó de no decir ni una palabra a Doña María Antonieta sobre el altercado. Gabriel y Pichin parecieron acordar tácitamente en mantener una relación aparentemente normal en presencia de su madre aunque el resto del tiempo apenas se saludaran.

La intuición clarividente de Eulalia le decía que se avecinaban tiempos malos. Se lo decían los signos. Los geranios primerizos de la temporada, esos que normalmente crecían frescos y lozanos en el patio de la casa dándole su color, se habían repentinamente marchitado, sin explicación, como en protesta contra algo. El vuelo de las golondrinas llegadas al inicio de la primavera, normalmente gracioso y veloz, era ahora distinto, como aturdido, sin rumbo, como si buscasen en el aire algo que no encontraban. Eulalia interpretaba aquello como señales de algo en ciernes, un mal augurio que exigía ponerse en guardia. Desde que las primeras canas aparecieran en su pelo antes totalmente negro y su figura antes grácil se iba tornando en pesada, Eulalia se había vuelto mas observante de los pequeños detalles, de esas anomalías aparentemente insignificantes, que a los otros les pasaban inadvertidas pero que para ella portaban mensajes. El mundo siempre nos avisa – pensaba – pero no todos le ponen atención a esos avisos. Escuchaba las diferentes estaciones de radio por las mañanas para mantenerse distraída mientras hacía el aseo de la casa o preparaba el almuerzo, pero el verdadero pulso de la ciudad lo captaba a través de las conversaciones telefónicas. Al tener la ciudad una red telefónica solo local quien quería hablar con otra ciudad tenía que usar la radio. Una compañía brindaba ese servicio de conexión entre las diferentes redes telefónicas locales a través de radio en el rango de frecuencia de las comerciales. Eso permitía a cualquiera sintonizar la estación y escuchar aquellas conversaciones. Esto le gustaba a Eulalia. Le permitía saber lo que pasaba con la gente. Las conversaciones solían ser banales, aquel que contaba a su hermana sobre la salud de la madre recién operada del estómago y la consolaba en sus lloriqueos asegurándole una y otra vez que todo había salido bien, el que preguntaba cuando se le pagaría la deuda que debería ya de haberse pagado el mes pasado, se mostraba enfadado y amenazaba con acciones legales, el que pedía urgentemente un carburador para su auto Studebaker con 30 años de antigüedad, insistiendo que le era necesario para su trabajo de taxista, el que avisaba a algún familiar en que vuelo llegaría la semana entrante y prometía traer consigo los chocolates locales que eran famosos, alguna pareja de enamorados que se echaban de menos, se trataban mutuamente de "amorcito" y "cielito" sin llegar a ningún lado. Cosas así. Pero en el último tiempo Eulalia había escuchado conversaciones raras. Gente que parecía guardar secretos o hablar en clave, conversaciones cortas y como al apuro, "nos encontramos el martes en el lugar de siempre y a la hora de siempre, ¿acordado?" o "¿llegaron los cuadernos?. Si. ¿Cuántos? Diecinueve. Esta bien. ¿Y páginas de repuesto? También. ¿Cuántas? Como dos mil. Esta bien. Guardalas hasta mi llegada". ¿Quién podía querer páginas de repuesto para cuadernos? se preguntaba Eulalia.

Eulalia no estaba equivocada. Se avecinaban tiempos turbulentos. Una noticia sensacional emergió de la nada viniendo a enredarlo todo. Nadie se lo esperaba, como un rayo de un cielo azul sin nubes. Todos, como se dice, agarrados en calzoncillos. Una guerrilla en la selva boliviana había sido detectada. Y al mando, nada menos, que del mismísimo Che Guevara. Se armó el escándalo. El envío de tropas al lugar fue inmediato. La zona fue invadida, no solo por militares sino también por decenas de reporteros curiosos, nacionales y extranjeros. Por un tiempo no se habló de otra cosa. Esporádicamente los periodistas radiales trasmitían las operaciones militares en el lugar como si se tratara de un partido de fútbol. No habiendo aún televisión la gente tenía que apelar a su fantasía para hacerse una idea. Civiles colaboradores de la guerrilla, entre ellos un francés, fueron capturados al abandonar la zona lo que incentivó aún mas el alboroto. Una tensión general invadió el país. Parecía el rodaje de una película de Hollywood con combates en la jungla, detenciones, juicios públicos, espionaje, movimientos clandestinos, gente prófuga, conferencias de prensa, delaciones.

Todo aquello duraría apenas unos meses pero sus consecuencias se extenderían al futuro.

El Che había hecho su ingreso a Bolivia en noviembre de 1966, rapado, portando unos lentes de montura gruesa que le daban la apariencia de un intelectual, bajo la identidad falsa de funcionario de la OEA. Días mas tarde ya estaba en el lugar de la guerrilla bajo su mando. Los preparativos estaban a toda marcha enfrentados a múltiples y serios problemas, logísticos y de otro tipo. El interés de los nativos de la zona por un movimiento insurreccional mostró ser prácticamente inexistente. Sus preocupaciones eran mucho mas prosaicas y terrenales que una insurrección. Un asombroso y elemental malcálculo de dimensiones garrafales sería determinante. El idioma de los nativos de la zona era otro y totalmente distinto del que el Che suponía que hablaban Cinco meses mas tarde, antes de que los preparativos hubieran concluido, el Gobierno descubrió su presencia y con ello la arremetida militar boliviana. En octubre de 1967 el grupo bajo comando del Che sería cercado por el ejército y el Che tomado preso. Al día siguiente sería ejecutado. El legendario combatiente estaba muerto, su leyenda nacía.

La muerte del Che tuvo un efecto de catarsis, especialmente entre los jóvenes. Como si elementos dormidos en el subconsciente salieran repentinamente a la superficie Para algunos como señal de alarma, despertándoles una mezcla de temor e ira. Los comunistas mostraban estar dispuestos a todo, hasta a traer a su máximo combatiente y a otros extranjeros. Aquello era una invasión, un insulto al país, una advertencia de lo que podía venir. El comunismo golpeaba a las puertas. Para otros era un ejemplo a imitarse. El Che había mostrado su convicción y su heroísmo, su compromiso con los pobres, su lucha por la justicia, contra la explotación, contra el imperialismo, raíz de todos los males. Hubo quienes se sintieron culpables. Tuvieron que venir guerreros de afuera para señalarles el camino, ofrendar sus vidas en tierra no suya, por un ideal que en primer lugar demandaba el sacrificio de los nacionales. Y estos habían dejado solo al Che. La presencia de combatientes extranjeros parecía enmascarar el hecho de que la mayoría de los guerrilleros eran nacionales. Los menos educados y por ello mas propensos a la superstición veían en en los periódicos las fotos del Che muerto, con el torso desnudo, inmóvil, los ojos abiertos, tirado sobre una mesa, similitudes con un profeta. Alguien casi sobrenatural que les despertaba asociaciones con Cristo. Hubo quienes que hasta peregrinaron hasta el lugar de su muerte, por curiosidad, para calmar su culpa o la espera de algún extraño milagro.

Aquello alborotó también a los del Frente Cristiano Revolucionario. Los debates se hicieron mas frecuentes y parecieron adquirir una nueva seriedad.

Curiosamente fue Fritz Schneider el primero que le mencionó a Gabriel aquello de la lucha armada. Lo dijo con esa su flema germánica y esa como candidez que lo caracterizaban.

- ¿No crees que ha llegado el momento de tomar las armas? - le preguntó a Gabriel un día mientras caminaban al azar, para solo matar el tiempo, hacia el Parque Bolívar. Lo dijo como si nada, como si fuera cosa de ir a tomar un café o ir al cine

Gabriel lo miró extrañado creyendo que bromeaba. El rostro de Fritz se veía sin embargo serio, sin sombra de estar bufoneando

- ¿A las armas? - le preguntó

- Si. ¿No crees que ya está de buen tamaño?. Los gobernantes son corruptos y de ellos no se puede esperar ya nada. Los campesinos siguen como drogados con su coca y no se les ocurre ninguna iniciativa propia para mejorar su situación. Los obreros luchan pero consiguen poco. Seguimos haciendo lo que los gringos quieren,¿no es cierto?. Somos su colonia. Seria necesario algo que lo sacuda todo desde sus bases.

- ¿Quieres decir algo así como la guerrilla del Che?

- Si. Pero mejor organizada. Con mas tiempo.

- No sé – comentó Gabriel todavía sorprendido. Del último que podía haber esperado esa idea era de Fritz – no se….

- Hay muchos que lo están pensando, ¿sabes?

- ¿Quienes?

- No te lo puedo decir - fue la respuesta de Fritz con un dejo de firmeza y con el sobreentendido de que sobre eso era mejor no preguntar.

- No se… no se.. - fue el comentario de Gabriel

Cuando se despidieron Gabriel quedó intrigado. Tenia de alguna manera la impresión de que Fritz andaba metido en algo que no se lo podía revelar Que lo que le había dicho era únicamente un sondeo, para ver como reaccionaba y lo que él pensaba sobre el asunto. La conversación como que le dejó un mal sabor y la impresión de cosas sucediendo alrededor suyo sin que él se diera cuenta. Algo serio.

CAPÍTULO #23

Quienes escribirían la historia de la FAP decenios mas tarde estarían de acuerdo en calificar aquel golpe como maestro. El mas limpio que la FAP ejecutara durante su corta existencia. Y era verdad. Por lo demás la organización sería, dos años mas tarde, brutalmente desmantelada por los militares. Pero en ese momento los militares aún no tenían ni idea de que hubiera una FAP.

Gracias a la grabadora de Zito en el Dubliner los de la FAP habían accedido a información confidencial, valiosa y de primera mano. El Banco de la Nación, sobre Lavalle, en el pleno centro, recibía diaria o semanalmente (aquello variaba con cada negocio) el dinero de las ventas de los supermercados y otros negocios del centro. El último viernes de cada mes el dinero acumulado durante varias semanas era transportado por una agencia especial de seguridad al Banco. Central. El Banco Nacional tenía ampliado su horario de atención los días jueves, desde la 8:30 de la mañana, para darles a los negociantes una hora extra.

El golpe fue meticulosamente planificado con participación de dos células de la FAP. La de Adrián como operativa, la otra como apoyo. Fueron meses de discusiones, preparativos y espionaje del sitio. Rutinas del banco, su personal, como estaba este distribuido, cuantos hombres cuantas mujeres, planos de su interior, donde solía estar su único guardia, posibles sistemas de alarma, conducta normal de los usuarios, vías de escape, proximidad del puesto de policía mas cercano, etc. Y un plan B, de reserva, en caso de que las cosas se fueran al demonio debido a algún imprevisto. Las grabaciones del Reservado les había proporcionado la información de donde estaba la bóveda con la caja fuerte, quien tenía la clave, cuantas puertas habían antes de llegar a la bóveda y a que hora el personal del banco era mas reducido. Atila se encargó de la instrucción militar del grupo. En la práctica solo unas horas, en un lugar recluido de la costa, a unos cien kilómetros al sur de Buenos Aires. Allá se familiarizaron con las pequeñas metralletas a usarse e hicieron algunos disparos de prueba.

A las 8:33 de un jueves, a final de mes, un minibús Volkswagen gris que llevaba un bien visible letrero, en letras rojas, HERMANOS LABRUNA – SERVICIO DE FONTANERIA, estacionó frente a la entrada del Banco. Simultáneamente se aparecieron de otro sitio dos guardias municipales que pusieron dos pequeñas rejillas de madera como obstáculos en la acera, cubriendo. el área del edificio, con el letrero POR RAZONES DE SEGURIDAD FAVOR USAR LA ACERA DE ENFRENTE. Si algún peatón preguntaba, a esa hora estos eran muy pocos, la respuesta del guardia era "una fuga de agua importante, riesgo de cortocircuito y explosión". Del minibús se bajó primero Atila con su buzo azul de obrero y toda la apariencia de fontanero. Al entrar colgó un letrero en la puerta de entrada "MOMENTÁNEAMENTE CERRADO POR FUGA DE AGUA, REPARACIÓN EN MARCHA" Había solo dos cajeras en el mostrador. "¿En que le puedo servir señor? fue la pregunta de una de ellas. Atila metió la mano debajo del buzo y sacó una metralleta "Calma - le dijo apuntándoles a las dos cajeras. "Este es un atraco. Si se portan bien todo saldrá bien. Si pierden la calma habrá muertos" Antes de que las cajeras boquiabiertas alcanzaran a decir algo entraron los otros 3 "fontaneros", sacando sus metralletas de sus buzos y ordenando perentoriamente al personal a recular contra la pared. Julián buscó el primer enchufe disponible y acopló un taladro eléctrico para cemento, de esos que meten una bulla infernal cuando funcionan. En caso de chillidos el taladro sería puesto en marcha. Pero no hubo chillidos. El único guardia no alcanzó hacer nada y fue desarmado. Al gerente Atila le puso el caño de su metralleta en la nuca y lo obligó a bajar al sótano donde sabían estaba la caja fuerte, detrás de una pesada puerta de hierro. Con manos temblorosas el gerente abrió la cerradura de la puerta y tuvo luego la suficiente presencia de ánimo para recordar los números de la clave de la caja fuerte. Con su walkitalkie Atila mandó una señal convenida al "guardia municipal" que entró al local con varias bolsas vacías y cuerdas. Cargaron lo que pudieron, fajos de billetes de diferentes valores, argentinos y dólares, varias bolsas, al azar y al apuro. Había también marcos alemanes y libras esterlina inglesas que las dejaron en paz. No les tomó mas de 4 minutos llenar las bolsas. Le dedicaron unos minutos mas a amarrar a la espalda las manos del personal. En su pánico el personal obedeció sin chistar a lo que los asaltantes les ordenaron. Ahora no podrían llamar a la policía antes de que ellos ya estuvieran a buen recaudo. Dejaron los obstáculos en la acera y el letrero en la puerta como souvenires pero se llevaron el taladro Veinte minutos de iniciada la operación y ellos ya estaban sobre la Avenida 9 de Julio, rumbo al Sur, con sus bolsas llenas de dinero en el minibús, riéndose a carcajadas. Adrián incluso pudo llegar a su trabajo en el Dubliner a la hora acostumbrada, a las 11, como si nada. Zito, por lo demás, se comportó con él como siempre, al parecer no sabía nada de nada.

La Policía encontraría tres días mas tarde el minibús, abandonado en un aparcamiento. Las investigaciones mostraron que llevaba placas falsas y que el vehículo había sido declarado robado, una semana antes, en San Antonio de Areco. En los lugares del vehículo donde se suelen encontrar huellas dactilares no obtuvieron prácticamente nada. El volante, las manillas y los otros sitios habían sido ya sea cuidadosamente limpiados o los asaltantes usaron guantes. En el interior de una ventanilla lograron sin embargo obtener la huella de buena calidad de una mano, probablemente uno de los asaltantes había apoyado allá la mano por descuido. Eso era todo. Los eventuales testigos de la zona que fueron preguntados por la policía aportaron con información poco valiosa. Furiosos como estaban, los policías tuvieron que admitir que había sido un golpe maestro, cronométricamente ejecutado y que tenían que vérselas con delincuentes avezados. El atraco fue noticia por varios días en la prensa local e incluso nacional.

Adrián, por lo demás, no sabría nunca a cuanto llegó el monto y lo que pasó con el dinero. Solo le dijeron que Atila lo había entregado a los "mandos superiores".

Semanas mas tarde recibió no obstante una recompensa. Bochi quería verlo. Se encontraron a la entrada del Cine Metropolitan. Se lo veía contento y felicitó a Adrián sobre el éxito de la operación. Le preguntó "como andaba de guita". Adrián le contestó que ganaba lo suficiente en el Dubliner, que no tenía problemas. Pero Bochi lo llevó del codo hasta el umbral algo apartado de un edificio y metiendo la mano al bolsillo sacó con disimulo un fajo de dólares. "Para vos – le dijo – son quinientos" A Adrián aquello le sorprendió, le parecía una fortuna "¿Y porqué?" - preguntó. "Agárralos – le respondió Bochi – uno porque te lo merecés y, lo mas importante porque no sabés cuando los vas a necesitar. En nuesro oficio pasan siempre cosas y es bueno tener una reserva para imprevistos". Pero aquello mostró ser solo un preámbulo.Lo que en realidad Bochi quería era presentarle a "algunos camaradas" interesados en conversar con él. Lo llevó por unas callejuelas en las proximidades de Corrientes, a un edificio alto donde tomaron el ascensor a un octavo piso. Allá se encontró con Bruno y Facundo, como dijeron llamarse. Ambos bordeando los treinta y pico años, con algo de barba, aire serio, un poco distantes, pero corteses. Bruno tenía el pelo negro y crespo. llevaba gafas, era el mas alto de los dos y daba la impresión de ser un profesor universitario o algo por el estilo. Facundo era mas bien bajito, medio calvo, pelo rubio tirado a pelirrojo, ojos claros, algo gordo y daba una impresión mas amigable que Bruno.

Bruno parecía ser el que llevaba la batuta. Felicitó al camarada Horacio por la operación, lo hizo con una expresión mesurada, incluso algo pomposa. Dijo que era gracias a gente como Horacio y los de su célula que el movimiento seguiría creciendo para cumplir con su misión histórica. Dio algunas vueltas de tipo doctrinario sobre el movimiento obrero y la lucha larga que tenía en frente. Finalmente llegó al punto. ¿Que le parecía al camarada Horacio la idea de viajar a Cuba y recibir allá entrenamiento para la lucha armada? Sería cosa de un mes o algo así.

Adrián quedó atónito sin saber que responder. Era algo que no se había esperado. La adustez de Bruno y Facundo le era sin embargo como demandante. Se notaba que una respuesta suya negativa los dejaría decepcionados. Incluso irritados. Especialmente a Bruno.

- Sería un honor para mi – le salió – Pero me gustaría pensarlo un poco. Está el trabajo y todo eso

- Del trabajo no te preocupés camarada – le digo Facundo - Zito lo arregla. No hay problema.

- Y el viaje …. y todo aquello

- No te preocupés por eso tampoco. Todo eso te lo arreglamos. Pasajes, pasaporte, todo. ¿Tenés pasaporte argentino?

- No

–Pues tenés que conseguírtelo, camarada. Es fácil. Trámite de rutina. En una semana lo tenés. De aquí salís a Lima con ese pasaporte. Allá te damos otro, con otro nombre, otra nacionalidad. A la vuelta vos no has estado nunca en Cuba, ¿entendés camarada?.

- Denme una semana para pensarlo

- Muy bien. Piénsalo. Si decidis viajar, solo se lo decís al jefe de tu célula. Y por supuesto te conseguís el pasaporte argentino. El resto lo arreglamos nosotros.

A la semana siguiente Adrián había decidido viajar a Cuba. Lo de los 500 dólares le dejaron cavilando. Después de todo, pensó, quizás no era imposible llegar a rico siendo revolucionario. Parecía, en todo caso, una alternativa.

CAPÍTULO #24

Rufino Robles había concluido con sus estudios y era ahora un flamante abogado. Artemio Robles creyó que la graduación del hijo no era ninguna ocasión para mostrarse modesto. Por el contrario. Utilizó todos sus ahorros para mostrar que aquello era excepcional. Ya vería como se las arreglaba económicamente en le futuro. Dios velaría. La monografía exigida para su graduación Rufino la dedicó a un tema de Derecho Constitucional, área que a él le pasaba mejor. Fiel a su extraordinaria memoria la monografía fue, si bien ausente de originalidad, una muestra de erudición que cayó al gusto de los profesores. El título de Doctor en Leyes, Ciencias Políticas y Sociales, le fue entregado, de acuerdo a la tradición, en el Salón de Honor de la Facultad, por el mismísimo Decano y en presencia de los invitados. El padre, no solo había cuidado de hacer confeccionar a Rufino un terno muy elegante, sino también alquilado un salón de fiestas y una orquesta para después de la ceremonia. A Rufino se lo vea muy distinguido recibiendo las felicitaciones de los invitados con, fiel a sus carácter, expresión aburrida que parecía solo estimular la efusividad de los congratulantes. El contento y orgullo que sentía por dentro no se reflejaba en su exterior. Era su natural. Su novia, ahora ya enfermera, se había hecho también confeccionar un traje nuevo y elegante y la peluquera le hizo un peinado bonito. Se le veía bien y orgullosa de ser la novia de un abogado. Después de casarse podría poner su título de enfermera en algún cajón donde acumule polvo. No sería bien visto que la esposa de un abogado trabajara como enfermera.

Artemio Robles veló de que en la fiesta, además de música y comida, hubiera abundancia de alcohol. En la tradición local el éxito de toda fiesta se medía en la cantidad de invitados que acababan ebrios. Mas ebrios mejor fiesta. En la graduación de Rufino hubieron suficientes ebrios como para que todos la consideraran un éxito.

Una pequeña mancha le restó brillo a la fiesta, según el padre. Entre los asistentes no habían blancos. Como él mismo y como Rufino se consideraban que lo eran. Todos eran mestizos. Al menos el Dr. Gustavo Carreño, profesor de Derecho Penal, y el Dr. Alfredo Mitre, profesor de Derecho Constitucional, ambos de tez blanca al gusto de Artemio Robles, habían tenido la deferencia de una fugaz presencia excusándose apenas pasada la comida. Artemio Robles había pensado en su momento en los Llorente, por cierto blancos y a su gusto, pero por alguna razón misteriosa una invitación a Gabriel no entró en sus planes. El poder está ahora en manos de los mestizos – se dijo a a si mismo a manera de consuelo -. ellos van ha ser los aliados de Rufino. ¿No están acaso los Llorente y los otros blancos como ellos ahora de caída?.

Gabriel estaba por su lado en el penúltimo año de su educación médica. En un año mas debería ya de hacer su internado en el hospital. De momento tenía las materias menores de oftalmología, otorrinolaringología, dermatología y siquiatría. Sus actividades con el Frente Cristiano le quitaban tiempo de los estudios. A veces llegaba tarde o sencillamente no llegaba a sus clases lo que no era visto con buenos ojos por los profesores. Medicina era exigente en cuanto a asistencia. Su falta de tiempo lo compensaba con su inteligencia. Tenía facilidad para aprender. Aún así sus notas no eran de las mejores y sus compañeros de curso lo veían ahora como una suerte de político a medio tiempo. Pichin tenía puesto un ojo en él después de su último altercado pero se cuidaba de no hacer comentarios pensando en la madre. Solo movía la cabeza en desaprobación. La madre, por su lado, no tenía idea de las actividades de Gabriel fuera de los estudios.

Pichin tenía muchas otras cosas en que pensar. Su compañía de transporte iba viento en popa con ahora 4 camiones con sus respectivos choferes. Siguiendo el consejo de su tio Nicolás Lafayette su actividad de transporte carecía del registro legal como firma comercial y no pagaba impuestos "Si te metes a trabajar de acuerdo a la ley te volverán loco. Entrarás en un mundo kafkiano y acabarás con una úlcera gástrica" – le había advertido. Pichin no tenía idea de aquello que su tío llamaba kafkiano pero sabía que su tío no era tonto. Y era cierto. Los empresarios que en un momento de debilidad cayeron en la tentación de trabajar legalmente se habían pronto arrepentido enredados en un laberinto inacabable de formularios, papeles notariales, certificados, declaraciones juradas, abogados e incontables colas ante funcionarios displicentes que lo único que querían era un soborno. Toda la compleja estructura legal y burocrática parecía estar basada en la desconfianza mutua y no tener mas función que la de agriarle la vida al empresario. La cervecería trabajaba a toda su capacidad y el producto vendía bien. El alemán fundador de la empresa, ya muerto, había pasado en su momento por el calvario burocrático legal y la cervecería trabajaba de acuerdo a la ley y pagaba impuestos. Pichin empezaba a verse a si mismo como una persona rica. Su madre, María Antonieta, retomó sus antiguos hábitos caros aunque ahora, con el esposo muerto y las otras familias de su grupo desaparecidas, la cosa no tenía el encanto de antaño. En todo caso ya no necesitaba pensar en el dinero y pronto tendría como nuera a una muchacha a todas vistas distinguida y de buenas maneras.

Con el fracaso de la guerrilla y la muerte del Che se podía pensar que las cosas hubieran vuelto a la normalidad en el país. Pero ese no fue el caso. Se tenía un gobierno, por cierto democrático, pero débil y que obedecía a lo que los militares decían. La pobreza era la misma de siempre. Los egresados de las Universidades tenían dificultades para conseguir trabajo y los salarios eran bajos. Se vivía un clima de frustración e impotencia. Nada parecía despertar una verdadera esperanza. La polarización ideológica a nivel de los jóvenes universitarios iba solo en aumento. En todas las universidades.se daba el mismo fenómeno. La fuerzas conservadoras con inclinaciones fascistas y que veían el peligro comunista como inminente organizaron sus propios frentes, Los diferentes grupos marxistas hicieron lo mismo, tanto los seguidores del maoísmo chino como los de la mas ortodoxa línea de Moscú. Además estaban aquellos que pregonaban la lucha armada a la manera cubana manteniendo una suerte de clandestinidad. Los cristianos de izquierda iban en avance. La lucha entre esos grupos por el control de los centros estudiantiles se hizo fogosa.

Marxistas, cristianos de izquierda y fascistas se enfrentaron en la siguientes elecciones pata la Federación Unversitaria Local. Las fachadas de los edificios llenas de afiches de propaganda, las reuniones frecuentes, las antipatías mas visibles. Los cristianos de izquierda ganaron las elecciones para la Federación y el Centro de Medicina. Los fascistas salieron victoriosos en el Centro de Derecho. El haber perdido la Federación enfureció a los fascistas. Un rumor decía que estos se iban armando para tomar la Federación por las armas. El rumor fue creciendo. Los líderes estudiantiles llevaban ahora una pistola en la chaqueta cuando salían de noche. Había que ser precavido. En otras universidades del país se dieron ataques armados de los fascistas a las oficinas estudiantiles controladas por grupos que no les eran afines. Parecía una estrategia nacional

Un sábado a mediodía alguien sopló al oído de los mas belicosos de entre los cristianos que los fascistas tenían armas escondidas en las oficinas del Centro Estudiantil de Derecho. El grupo de cristianos aprovechó las oficinas vacías a la hora del almuerzo para sencillamente romper la cerradura de esas oficinas. Efectivamente, allá habían 8 fusiles Máuser con la munición correspondiente. Los cristianos se llevaron aquello a la oficinas de la Federación Universitaria. Cuando los fascistas lo descubrieron, su furia fue inmediata. Con el correr de la tarde circuló el rumor de un ataque armado de los fascistas a la Federación, aquella noche, con ayuda de oficiales del ejército que les eran leales. La defensa de la Federación fue organizada al apuro. Aparecieron armas de quien sabe donde, revólveres, pistolas, rifles de salón y, naturamente, los 8 fusiles decomisados a los fascistas. Gabriel se hizo parte de la defensa. Parecía una locura pero la dinámica de los hechos inhibía todo sentido común con excepción de la orden de los cristianos de no disparar a matar a menos que los fascistas primero lo hicieran. A las 11 de la noche se produjo algo que podía llamarse ataque, disparos intensos de metralleta y otras armas de fuego contra el edificio de la Federación. El fuego fue respondido con disparos al aire, solo para marcar que el edificio seria defendido. Lo que siguió fue tragicómico. Ambos grupos dispararon cuanta munición tenían por unas horas pero ninguno de los dos con la intención de matar. El frontis de edificio apareció al día siguiente como picado de viruela por los impactos de bala. Uno que otro vidrio roto. La ciudad alborotada, el vecindario en pánico y con el sueño de la noche arruinado, las autoridades universitarias frenéticas en su mediación entre ambos bandos. Las autoridades políticas locales pasivas para no meter mas leña al fuego. Se acordó bajar las armas y entregarlas. Ambos grupos entregaron unas cuantas pistolas, las mas en desuso, para tranquilidad de las autoridades mediadoras. La "artillería pesada" desapareció misteriosamente. Aquello había sido simplemente un test, un show de para mostrar que estaban decididos a una lucha armada.

Gabriel se quedó pensando varias semanas sobre lo sucedido. Cada vez le parecía mas inviable la posibilidad de un acuerdo entre las fracciones que además formaban un caleidoscopio caótico Las posiciones entre la derecha y la izquierda cada vez mas radicales e irreconciliables. Èl mismo se consiguió una pistola para llevarla en las noches. Nunca se sabía. Al fin y al cabo eran muchos los que conocían de sus simpatías políticas. Fritz Schneider no le volvió a mencionar aquello de la guerrilla pero tenía ahora un aire misterioso desapareciendo de la ciudad por días sin querer decir donde había estado. En la dirección nacional del Frente Cristiano Revolucionario se dejaba entender cada vez con mas frecuencia que la guerrilla podía ser una opción aunque nadie se atrevía a decirlo

CAPÍTULO #25

Adrián Bellini aterrizó en Lima, en Aerolíneas Argentinas. Pero fue como Diego Ramos que se embarcó en Lima hacia La Habana, en Cubana de Aviación. Nacionalidad peruana, estado civil soltero, domicilio en el Callao, profesión tornero. Pudo dominar los nervios para que la mano no le temblara al presentar su pasaporte falso al controlante en Lima. Pasó sin problema. "Los de la organización saben lo que hacen" pensó para si mismo ya aliviado en su asiento en Cubana de Aviación.

A su madre, la única persona de la familia con la que tenía contacto, le había dicho que estaba yendo de vacaciones a la Patagonia, invitado por un compañero del Dubliner que tenía la familia allá, en el campo. Que el lugar era apartado, sin correo ni teléfono. Que para él aquello sería un agradable descanso. Que ya la llamaría por teléfono cuando esté de vuelta.

Solo dos aerolíneas volaban de Sudamérica a La Habana, Cubana de Aviación y la soviética Aereoflot. Ambas podían aterrizar en solo un aeropuerto sudamericano, Lima. Sus rutas eran sometidas a una meticulosa vigilancia. La Guerra Fría tenía sus reglas.

Durante el vuelo Adrián pudo constatar que allá habían varios jóvenes de mas o menos la misma edad que él, con acento también argentino. Algunos como el suyo propio de Buenos Aires. Otros con el acento indefinible de las vocales alargadas de los cordobeces o el ritmo medio cantadito de los del norte. Esos jóvenes mostraban la misma reserva que él, igual de vigilantes, como al acecho.

No se había equivocado. Apenas aterrizado su avión en La Habana un funcionario del Partido Comunista Cubano llamó sus nombres y les dio la bienvenida a "la única tierra libre de América". Resultó que eran

12 argentinos, llegados con los mismos menesteres. Sus pasaportes fueron confiscados. Les tomaron fotografías y huellas dactilares y recibieron un papel con sus datos personales que les serviría de identificación mientras permanecieran en la isla. A tiempo de dejar el país sus pasaportes les serian devueltos. El grupo fue inmediatamente acomodado en un pequeño bus y diez horas mas tarde, ya entrada la noche, estaban en la jungla, con sus mosquiteros, acomodados en unas barracas primitivas, en compañía de uniformados de verde que hablaban un español que parecía salirles de detrás de la garganta, sus instructores. Ninguno de los recién llegados tenía la mas remota idea de donde se encontraban ni se atrevían a preguntarlo. Estaban, en los hechos, en la zona montañosa Guamuhayan, lugar apto para probarles su capacidad física, endurecerles el carácter y convertirlos en soldados.de la revolución.

Los instructores, cubanos de piel muy oscura y rasgos africanos, resultaron bastante joviales y provistos de esa como inquietud propia de los tropicales. Proclives a levantar la voz pero también a tomar las cosas con calma y dados a la broma. Embebidos de un sólido patriotismo y de un igualmente fuerte optimismo. La invasión de los cubanos opositores en el exilio, en Bahía de los Cochinos, con apoyo norteamericano, cuatro años antes, había sido repelida exitosamente. Un año mas tarde, en 1962, Cuba había estado bajo la mirada del mundo entero con la crisis de los misiles soviéticos. Cuando Adrián llegó a la isla la ruptura de Cuba con USA era ya total e irreversible. Los latifundios norteamericanos, casinos, hoteles y refinaderias habían sido ya hacia tiempo expropiados USA había respondido suspendiendo la importación de azúcar cubano, negándoles el suministro de petróleo y estableciendo una serie de sanciones financieras. La retórica de ambos lados era cada vez mas ácida. Cuba subsistía con ayuda soviética que les compraba su azúcar, les daba petróleo y donaba millones de dólares. Adrián lo sabía, aunque solo de una forma vaga. Èl, al fin y al cabo, no se consideraba de verdad un político. Lo que si sabia era que la situación exigia estar alerta, a lo Pascual Perez y, de ser necesario, hacer la finta, a lo José Sanfilipo.

En la práctica fueron solo dos semanas de jungla Largas marchas con la mochila y las armas a cuestas, maldiciendo por las picaduras de los mosquitos, aprendiendo a hacer su propia comida, durmiendo cubiertos de sudor en sus hamacas, bajo sus mosquiteros. Subir y bajar colinas abriéndose campo a machetazos entre la tupida vegetación, cruzando arroyos, camuflados, arrastrándose entre árboles y matorrales frente a enemigos imaginarios que los acribillarían a balazos si no hacían las cosas como se deben. Algunos días se escuchaban disparos lejanos de armas, probablemente otros grupos similares al suyo, en similares menesteres. Practicaron simulacros de emboscada, simulacros de combate, con los instructores insistiendo en darle "candela" al enemigo y tener siempre "la chispa millón" a mano sin que a Adrián le quedara muy claro lo que aquello significaba. Familiarizándose con la kalashnikov, el Rolls Royce de todas las armas, según los instructores. También con las carabinas Garand M1 y M2, las Thompson, las Browning, "coño, es que en el país de ustedes todavía no han descubierto la kalashnikov". Aprendieron a lanzar granadas de mano y a disparar con bazookas. Acampando en la noche Adrián podía notar la admiración de los instructores por la Argentina, un país al fin y al cabo veinte veces mas grande y cincuenta veces mas rico que Cuba Tenían un sinfin de preguntas.

A la tercera semana estaban de vuelta en La Habana, en la zona de Marianao, barrio residencial de la antigua clase media alta cubana de antes de la revolución. Instalados en una casa grande y cómoda, en un vecindario de casas elegantes, con sus verjas de hierro y jardines con árboles centenarios, calles limpias y silenciosas que le recordaron a Adrián las zonas ricas de Buenos Aires. Ahí recibieron entrenamiento para "guerrilla urbana". Armar bombas de tiempo, comunicación en clave, técnicas de seguimiento, como soportar la tortura. Los instructores parecían gente satisfecha con la vida, bien vestidos, generalmente con un cigarro en el bolsillo de la camisa y provistos de un humor algo negro. "Coño, cuando los militares de su país les aprieten los huevos no vayan a decir que estuvieron en Cuba. ¡Joder! tendrán que contar una historia hasta que les vuelvan a apretar los huevos de nuevo, ¡ja, ja!"

La última semana fue de relajo, que hicieran lo que mejor les pareciera. Les dejaban comida dos veces al día. Por las mañanas se aparecía alguna suerte de comisario político para una media hora de charla liviana, trayéndoles el diario Granma, algunas revistas del Partido Comunista Cubano y cigarrillos. Aprovecharon esos días para conocer el centro antiguo de la ciudad, bañarse en una playa cercana y pasear por el malecón de la costa admirando las curvas de las cubanas.

Adrián nunca había visto un agua de mar tan clara y tibia, un clima tan placenteramente cálido, un aire que acariciaba la piel, un paraíso. La gente se veía saludable, con ropa modesta pero limpia. Todos tenían acceso gratuito a educación y a servicios de salud. A nadie le faltaba un techo. Nadie pasaba verdadera hambre. Muchos parecían estar genuinamente orgullosos de su revolución. Pero habían cosas. Colas por todo lado, largas, a veces interminables. Para comestibles, combustibles, ropa, artículos de tocador, cerveza, helados. Tuvieron que hacer una cola de mas de una hora para un simple helado en la única heladería de La Habana, el Coppelia. Tomar una cerveza era una empresa, cola para la cerveza, luego a una mesa afuera, si se quería otra cerveza una nueva cola. Tenía la ventaja de que uno no alcanzaba a perder la sobriedad. Todo estaba racionado incluso el tabaco. Alguna brújula misteriosa les decía a los habaneros quienes eran extranjeros y la frase de rigor era inevitable "¿me da un cigarrillo compañero?". Los residentes extranjeros recibían tabaco sin racionamiento. La intuición de Adrián le decía que, dentro de lo paradisiaco había un temor subyacente, un no atreverse a decir lo que uno pensaba. La presencia policial y militar era evidente. Los Comités de Defensa de la Revolución estaban en todos los barrios, vigilando desde las terrazas, quienes entraban y salían del barrio, quienes podían ser sospechosos. Todos tenían que pensar de la misma manera. La palabra del Comandante Fidel era sagrada, indiscutible y no podía sino obedecerse. En la atmósfera parecía haber algo subyacente, invisible y como fatídico. Quizás eran las ejecuciones todavía frescas de los opositores presos en la prisión de La Cabaña o el miedo a decir lo que uno pensaba. Era difícil decirlo. Adrián lo experimentó una noche que se le ocurrió salir de caminata por el barrio. Apenas a 4-5 cuadras se le arrimó un auto negro con dos civiles

- Buenas noches compañero. ¿Está de caminata a algún lado?"
- No. Solo paseando, por curiosidad.
- ¿Vive aquí cerca compañero?
- Si - y Adrián les dió la dirección.
- Ah! Si compañero. Pues mire, por su seguridad, no es bueno que esté caminando solo por barrios que no conoce. ¿Lo llevamos de vuelta a su casa? -Y uno de los del auto ya le había abierto la puerta.

La invitación no era rehusable.

De vuelta en Buenos Aires tenía sentimientos encontrados. Adrián no era mucho para aquello del razonamiento lógico. Confiaba enteramente en su intuición, en su sexto sentido, en la corazonada. Si ponía los pros y los contras en una balanza, pensaba, los platillos estaban en la práctica equilibrados. Había mucho que era bueno en Cuba pero también mucho que le parecía malo, especialmente la evidente falta de libertad y el temor subterráneo en la gente. Esas reflexiones se las guardó para sí mismo.

En su célula de la FAP su prestigio había sin embargo obtenido un brusco ascenso. El grupo lo miraba ahora con un respeto especial. Como al musulmán que retorna recientemente de La Meca o el cristiano que lo hace de Nazaret o Jerusalén. En su célula se sintió lo suficientemente seguro para contar algunos detalles de su viaje cuidándose de decir solo loas sobre el gobierno y la política cubanas. Todo allá era simplemente maravilloso.

CAPÍTULO #26

Como Junior Advisor de la Oficina de Asuntos Andinos, su flamante trabajo en Washington, Christoffer Burns cayó bajo el tutelaje de John Davidson, su jefe mas inmediato. La Oficina de Asuntos Andinos dedicada a Bolivia, Colombia, Ecuador. Perú y Venezuela, ocupando dos pisos en uno de los varios edificios del complejo que constituía el Departamento de Estado.

No era nada fácil orientarse en la maraña de oficinas, comités, subcomités y departamentos que conformaban el Departamento de Estado. Iban cambiando con el tiempo, unos mas permanentes que otros. Probablemente quien se sentía mas desconcertado era aquel recién era nombrado como el jefe de todo aquello, es decir el Secretario de Estado. Estaban la Oficina de Asuntos Brasileños y del Cono Sur, la de Asuntos Canadienses, la del Caribe, la de Asuntos Cubanos, la de Asuntos Centroamericanos, la de Asuntos Andinos, la de Asuntos Europeos y de Eurasia, la de Asuntos Africanos, la de Asuntos de Asia Oriental y del Pacífico, la de Asuntos de Asia Central y del Sur, la de Asuntos del Oriente Medio, la de Política Económica y Coordinación de Cumbres, la de Recursos Humanos, la de Asuntos Mejicanos, la de Diplomacia Pública, la de Planificación y Coordinación de Políticas y algunas otras mas. Al menos en teoría el Departamento de Asuntos del Hemisferio Occidental supervisaba las entidades dedicadas a Canadá, Sud y Central America, el Caribe y Méjico. El creciente aunque todavía fresco envío de tropas norteamericanas a Vietnam había motivado la apertura de un nuevo departamento, el de Vietnam, que mas tarde sería ampliado a Laos y Cambodia. Estaba además el trabajo de coordinación con la Casa Blanca, la CIA y el Pentágono. Los funcionarios mas altos tenían línea directa al lugar mas sacrosanto de la estructura de poder, el despacho presidencial de la Casa Blanca. Una selecta minoría tenia además el privilegio de pisar el mismísimo suelo de la Oficina Oval y conversar directamente con el Presidente. Esos funcionarios solían también normalmente acceder a líneas telefónicas directas con el Pentágono. La competencia mutua entre los altos funcionarios por esos privilegios era siempre fiera. Los mas apuntaban sin embargo al objetivo mas modesto, el de una pacífica carrera diplomática, la vida cómoda, fácil y algo disipada como embajador en algún lugar del mundo. Cóctels, soirés, cenas de gala, algo de golf, una que otra exposición, alguna ceremonia de repartija de premios, uno que otro discurso y bastante buen humor. El relax de la buena vida.

Los Junor Advisors estaban solo un pináculo por encima de las secretarias. A sus espaldas, con algo de sarcasmo, los mandos superiores se referían a ellos como los "*gatherers*". Jóvenes inexpertos, con sueños y ambiciones, pero que les quedaba todavía muchísimo por aprender para saber como se gobernaba el mundo. Poco a poco, irían orientándose en los laberintos del poder con sus alianzas, intrigas, rencillas, antagonismos, fricciones, fracciones, traiciones, favores y lealtades. Con el tiempo tomarían una posición política ya sea como republicanos o demócratas. A algunos jefes esos jóvenes les traían recuerdos de su época de novatos despertándoles cierta nostalgia y simpatía.

Lo de republicano o demócrata tenía sus bemoles. Christoffer había votado para Presidente por primera vez en las elecciones de hacían tres años. Contra la tradición texana lo había hecho por los demócratas, por John F. Kennedy, recientemente asesinado. Demócratas y republicanos coincidían en solo dos cosas: que la obligación de EE.UU era gobernar el mundo y que lo que estaba en la Biblia era cierto. En lo de la Biblia divergían en matices. Para los republicanos todas y cada una de las palabras allá escritas eran la verdad absoluta, a creerse a rajatabla, sin cambiar ni una coma. Los demócratas tenían sus dudas. No sería el caso − se preguntaban - que por ahí, en la traducción, una que otra palabra pudiera haber cambiado de sentido. ¿No había, al fin y al cabo, el Antiguo Testamento sido escrito originalmente en hebreo y arameo y el Nuevo en griego?. Los republicanos respondían que aquello importaba un bledo, podía haber sido escrita en swahili o en bantu, Dios no se equivocaba nunca. Había otras diferencias. Los republicanos se inclinaban por la ley de la jungla o, si se quiere, la del revólver, al estilo del lejano oeste, tipo John Wayne, su ídolo, el de Hollywood, que mataba a los bellacos sin siquiera pestañear. Los mas fuertes y aptos, o sea los buenos, tenían que montarse al potro, que el resto se jodiera y se las arreglara como mejor pudiera. Los demócratas mostraban cierta simpatía por los débiles y los tontos que, según ellos, tenían también derecho a vivir y no estaba demás el ayudarles. Esto conducía naturalmente al tema de los impuestos, para los demócratas algo necesario, para los republicanos una palabra simplemente inmencionable por lo obscena. Había quienes sospechaban que el asunto era solo hormonal. Los republicanos tenían mas testosterona, de ahí su inclinación a repartir trompadas a las primeras de cambio. Los demócratas sostenían que, OK, lo de las trompadas no estaba del todo mal, pero quizá no era una mala idea hablar antes un poco. Y estaba obviamente lo de los negros. Para los republicanos estos estaban solo un milímetro o algo así por encima de los orangutanes, su discriminación y segregación resultaban naturales. ¿Los negros compartiendo con ellos los mismos restaurantes, bares, buses, salas de espera y vagones de tren? ¡Madre mia!. ¿Que los niños negros fueran a la misma escuela o usaran los mismos baños que sus propios niños? ¡Váleme Dios! Los demócratas no estaban tan seguros y entre ellos hasta había quienes rechazaban abiertamente la segregación. ¿Acaso – les preguntaban los republicanos furiosos – en algún capítulo o versículo de la Biblia se mencionaba algo sobre los derechos de los negros? ¡No!. ¿Entonces? Si la Biblia no lo decía, estaba clarísimo, como el agua, los negros no tenían derechos. El argumento de la Biblia como que dejaba a los demócratas un poco confusos llevándolos a algunos a rehojearla, por si acaso. Pero en lo demás se llevaban relativamente bien y arreglaban sus enredos de forma civilizada. Al fin y al cabo gobernar el mundo demandaba el concurso de todos.

Después de haber pasado los rigurosos controles de rutina con fotografías, tomas de huellas dactilares, chequeo de antecedentes y ya provisto de las tarjetas y claves correspondientes Christoffer fue recibido por John Davidson en su oficina dejándolo perplejo con su saludo.

– Bienvenido al lugar donde nos ocupamos de Latrinoamérica – fue su primera frase mientras le estrechaba la mano riendo.

A Christoffer le pareció aquello una broma de mal gusto, especialmete si venía de un funcionario público de mediana jerarquía, pero la cortesía demandaba sonreír.

Algo obeso, bastante alto, cara redonda, formas suaves, casi femeninas, caderas anchas y pies planos que le daban un andar peculiar, Davidson mostraba una inclinación a referirse a Latinoamérica en una forma despectiva y para él jocosa "repúblicas bananeras"- era su expresión preferida. "Mañana, mañana", "la siesta, sagrada en Latrinoamérica" "dales un poco de rumba y todo se arregla, ja, ja". Su animadversión por los políticos opuestos a USA no se acompañaba de una equivalente simpatía por los aliados, "los compras por un puñado de dólares" era su convicción.

Podía ser producto de su pasado

John Davidson, o Jonas Donelaitis de acuerdo a su original partida de nacimiento, había recibido su actual cargo como recompensa a sus previos servicios en la CIA. Su padre, Konstantinas Donelaitis, en su tiempo médico en la capital lituana de Vilnius, había emigrado a los EE.UU por razones políticas en la década de los 30s, estableciéndose, de todos los lugares posibles del mundo, en nada menos que la lejana, rural y periférica Kentucky. Allá pudo continuar con su profesión y allá Jonas vendría al mundo Teniendo ya la familia a USA como su nueva Patria y para favorecer la integración del hijo, consiguieron el cambio del nombre de Donelaitis a Davidson y el de Jonas a John. Concluido su bachillerato en Kentucky John hizo un intento fallido de estudiar leyes en Chicago para luego retornar a su nativa Kentucky y obtener allá un grado en Sicología de Masas y otro en idioma español. Aquello le permitió enrolarse a la CIA.

Cuando Davidson se incorporó a la CIA esta tenia en marcha la operación *Success* en Guatemala. Sus calificaciones encajaban para el trabajo. Jacobo Arbenz, elegido Presidente de Guatemala en 1951, bienintencionado y consciente de la extrema pobreza de sus compatriotas campesinos, había obtenido una ley de su Parlamento para la expropiación de los latifundios mayoresa 1485 hectáreas que pasarían a manos de los campesinos. La compañía norteamericana United Fruit quedó afectada. El gobierno ofreció a la compañía una compensación de 1,2 millones de dólares, la compañía exigió 15 veces mas. Los intentos de acuerdo fracasaron. La United Fruit se dirigió al Departamento de Estado. Los hermanos Dulles, John Foster, Jefe del Departamento de Estado y Allen, Jefe de la CIA, convencieron al Presidente Einsenhower de deshacerse de Arbenz. La operación *Success* fue implementada en 1953 con guerra sicológica y subversión. Davidson actuó exitosamente en la parte sicológica llamada Operación *Sherwood*. No les fue difícil conseguir un militar local, Castillo Armas, para un golpe de estado en 1954 Casi 4 millones de hectáreas de tierras fueron devueltas a los latifundistas, entre ellos la United Fruit. Los sindicatos fueron prohibidos y los opositores asesinados. Jacobo Arbenz peregrinaría por el mundo durante muchos años. John Davidson obtendría su actual posición en el Departamento de Estado. Todos felices. Menos Arbenz y los guatemaltecos.

El trabajo como Junior Advisor era fácil. Se reducía a recopilar la información diaria procedente de los países asignados y preparar un resumen semanal para las discusiones del Comité para Asuntos Andinos donde se tomaban las decisiones preliminares a proponerse a un nivel superior. Las secretarias proporcionaban a los Junior Advisors el material requerido, diarios y revistas locales de esos países, listas de los políticos mas relevantes con sus orientaciones ideológicas, de los miltares de alta graduación, de los empresarios mas influyentes, de los líderes sindicales, resúmenes económicos recientes, proyectos importantes en marcha, etc. En caso necesario podían escuchar las estaciones de radio de esos países. Contaban con una biblioteca especializada con lo políticamente importante que que se había escrito en los últimos años. Christoffer compartía el trabajo sobre Bolivia con 2 de sus colegas. El sueldo era decente y ya en unos meses empezaría a amortizar la deuda con Princeton. Su padre en Galveston apenas podía disimular su orgullo de tener un hijo trabajando en Washington y nada menos que en una agencia gubernamental de esa envergadura.

Christoffer hubiera deseado que le asignaran otro pais que estaba mas en el foco de la atención del Departamento de Estado, como Cuba, Vietnam o Alemania, que le habrían abierto mejores oportunidades pero aceptó Bolivia sin chistar. Los países andinos no eran especialmente interesantes por el momento. Eran países belicosos y desordenados pero no difíciles de negociar. Venezuela importante por su petróleo. Colombia no era aún un exportador serio de cocaína. Perú y Bolivia con valor sobre todo estratégico, que no anduvieran alimentando guerrillas comunistas a la manera de Castro.

Se dedicó al trabajo de forma diligente y ordenada. A los dos meses se había familiarizado con muchos rasgos y personajes de Bolivia y estaba ahora estudiando, en sus horas libres, la historia del país. Lo que al principio se le antojaba como un total misterio fue tomando forma. Sus informes semanales, inicialmente tomados por sus superiores, como solía suceder con todos los informes de de los Junior Advisors, con cierta liviandad, fueron adquiriendo coherencia y profundidad. Aquello empezó a despertar el interés del Comité de los Seniors. Trataba de imaginarse como sería en la realidad aquel país lejano, enclavado entre los Andes y las selvas amazónicas, sin acceso al mar, tan diferente de USA, admitiendo que habían cosas que sencillamente le eran imposibles de entender. Gracias a la lectura de textos en español el idioma se le fue haciendo mas fluído. Además tenía ahora la práctica de su español con Alice Garcia-Baxter.

Alice Garcia-Baxter había llegado al mismo piso un mes después de Christoffer. A la sección de asuntos colombianos, tres oficinas aparte, en el mismo corredor. Atractiva, esbelta, de cabellera oscura y ojos claros, sus ademanes suaves exhalaban una suerte de aplomo. Christoffer quedó impresionado desde el primer momento. Recién egresada como abogada de Yale. Quizás fue aquello que despertó una simpatía mutua. Ambos recién egresados de universidades famosas, de la exclusiva Ivy League. O la similitud de personalidades. Nacida en Colombia, de padre colombiano y madre norteamericana, había huído como niña de Colombia a USA con su madre, después el asesinato de su padre, víctima de la guerra civil entre liberales y conservadores que asolara Colombia entre 1948-1958. La familia tenía entonces una propiedad agrícola en la zona de Caldas. Por motivos nunca esclarecidos, la casa de hacienda fue una noche asaltada e incendiada con el padre adentro. Nunca se supo si los autores fueron los la guerrilla liberal o los paramilitares conservadores. Alice había crecido con el español y el inglés como lenguas para ella naturales, las hablaba sin acento. En Yale había descubierto que su vocación no eran los tribunales sino el Derecho Internacional. Quería hacerse una carrera en el Departamento de Estado.

Christoffer pidió a Alice dirigirse a él en solo español en sus conversaciones privadas. Cuando descubrió que Alice no estaba casada ni tenía novio se le despertó un interés que superaba el solo español. Fue entonces cuando también entendió de verdad cuanto había cambiado. La diferencia entre Lena, su enamorada en Galveston que todavía trabajaba como cajera, y la elegante, sofisticada y atractiva Alice era enorme. Lena iba desapareciendo de sus planes. "Ya no soy el Christoffer de antes" admitió con melancolía,

A los cinco meses de haber comenzado su trabajo se produjo un pequeño revuelo en su sección. Christoffer fue llamado a asistir personalmente a la reunión semanal del Comité de Asuntos Andinos, el de los seniors, dos pisos arriba, en el mismo edificio. Que recordaran sus colegas una cosa así no había sucedido antes. El Comité quería una ampliación verbal a su último resumen. Mas tarde, cuando Christoffer estaba de vuelta a su piso y llenando su taza de café en la máquina que tenían en el corredor, se le acercó Alice Garcia-Baxter toda curiosa y sonriente

- He escuchando que te llamaron a la reunión de los seniors

- Si. Querían que les explique algunas cosas de mi último resumen semanal.

- ¿Sabes? Los otros chicos del piso dicen que eso no lo habían visto nunca antes. Que eres el primer junior llamado a una reunión de los seniors. ¡Felicitaciones!

Christoffer no había reflexionado sobre el asunto

- Pues gracias. Aunque no se porque.

- Mira ...... por ahí estas empezando a hacer carrera – le dijo Alice con una sonrisa cómplice mientras ella misma cogía su taza de café.

Era cierto. Dos meses mas tarde, mientras Christoffer se encontraba enfrascado en la lectura de algunos documentos en su escritorio, una secretaria metió la cabeza a la entrada del cubículo que le servía de oficina

- Mr. Burns.-le dijo - Mr Bryan Goodyear, el Jefe de la Oficina de Asuntos Andinos, quiere conversar con Ud. a las 4 de hoy, en su oficina. ¿Sabe donde queda?

- ¿Me imagino que dos pisos arriba, no?

- No. Queda en el último piso, al final del corredor C. Fácil de encontrar. A las 4, que no se le olvide

,- No. Estaré allá. Muchas gracias

Bryan Goodyear, originalmente de Boston, había ejercido allá la abogacía unos años. Por motivos poco claros, y gracias a sus contactos republicanos, se había enrollado al Departamento de Estado 5 años atrás, durante el gobierno republicano de Einsenhower. Su objetivo era llegar al Departamento de Relaciones Diplomáticas pero tendría que esperar. Una promoción de parte de los demócratas le era de momento improbable. En sus círculos mas íntimos se jactaba de ser descendiente directo de Charles Goodyear, el químico autodidacta que descubriera un siglo atrás el método de vulcanización de la goma y con ello lugar a la enorme industria de llantas de automóviles con compañías como Firestone, Dunlop, Michelin y la misma Goodyear.

Cuando Christoffer se enfrentó con él resultó ser un señor de mediana estatura y espaldas anchas, que se aproximaba a los 50, cabello abundante, totalmente canoso pero de tez mas bien juvenil, tersa y sin arrugas. Ojos y maneras vivaces. Su oficina era amplia y elegante, con muebles de cuero, pinturas de escenas rupestres y marinas en las paredes, estantes de libros y un escritorio imponente donde había montones de fajos de papeles que testimoniaban de ser un hombre ocupado. Una vez que su secretaria anunciara a Christoffer en la puerta, Goodyear tuvo la deferencia de levantarse y abandonar su escritorio yendo a su encuentro con la mano extendida y sonriendo.

- Un placer, *young man*, gracias por venir – fue lo primero que dijo – siéntate por favor - señalando uno de los sofás alrededor de un mesa baja en la mitad de la oficina Se mostró que Goodyear era de la persona efectiva, corta de tiempo y no aficionada a irse por las ramas.

- Para mi es el gusto sir – respondió Chistoffer un poco tímido. No se esperaba una recepción tan cordial.

- Con Bryan va bien

- Esta bien … Bryan

- Bueno…. Mira… quería conocerte personalmente. He recibido informes elogiosos de tu trabajo lo que me hace suponer que eres un joven con potencial. La política del Departamento de Estado es estimular ese tipo de potencialidades. Y yo personalmente intento también hacerlo en el comité bajo mi mando. Es por eso que quería vinieras. Tenemos un programa de cooperación con la Universidad de

Washington que en su oferta tiene cursos para nosotros interesantes. Los profesores son gente con altas calificaciones y de mucha experiencia. Yo desearía que participes en un curso próximo de 2 meses de sobre Relaciones de Interés Común con los Países Andinos. Eso sentaría buenas bases para tu futuro trabajo en nuestro departamento. ¿ Que te parece la idea?

- Pues me parece muy bien

- ¿Como anda tu español? ¿Estás haciendo progresos?

- Si, va mejorando. La mayor parte de los documentos que allá leemos están en español, Eso ayuda. Y procuro también conversarlo si se da la oportunidad

- Perfecto. Entonces te ponemos en la lista del curso que comienza la próxima semana. Algunos profesores del curso son invitados de los países andinos y son solo hispanoparlantes. Tu secretaria te dará todos los detalles. Como tu sabes la Universidad queda en Seattle, 30 minutos en auto de aquí. Tu sueldo sigue corriendo como siempre, por supuesto. Y nosotros te pagamos el transporte. ¿Estamos?

- Muchas gracias sir

- Bryan

Oh...si. Muchas gracias Bryan.

- Los países andinos son para nosotros los norteamericanos un misterio, como te habrás dado cuenta. La distancia cultural es enorme. Toma su tiempo el agarrar la hebra. Pero ello es imprescindible una buena formación para tomar buenas decisiones. Me alegro que te guste la idea del curso. Ello te servirá para consolidar la ruta de tu trabajo aquí en el Departamento de Estado

Y Goodyear se levantó marcando con ello que la corta entrevista haba concluido. Christoffer hizo lo mismo

- Ah! ¿Y tu sección te gusta? - preguntó como acordándose de algo que debía haber preguntado antes.

- Si. Me siento cómodo allá

- Pues me alegro. ¿No te gusta el remo por si acaso? - le preguntó con una sonrisa algo pícara

- No sír - respondió Christoffer perplejo

- Bryan

- Oh si...Bryan. Bueno, en realidad no sé. Nunca lo he practicado

- Esta bien. No te preocupes. Era solo por curiosidad. Nada importante. Te lo pregunto como ex-alumno de Washington. Todavía me siento orgulloso de nuestro equipo de remo. El mejor de todas las universidades de USA. ¿Sabías que ganamos, entre otras cosas, la Medalla de Oro Olímpica en 1936 en Berlin?

- Pues la verdad que no. No lo sabia. ¿Tu remas?

Bueno... se nota en mis espaldas, ¿verdad? - dijo riendo – Pero lo del remo era solo un comentario. Como ves todavía me queda algo de mi vieja Universidad - dándole la mano como despedida – Suerte en el curso. Tu secretaria te dará los detalles.

Llegado de vuelta a su piso de trabajo y aprovechando la euforia del momento Christoffer se atrevió aquel día a invitar a Alice a cenar. Sería su primera cita.

CAPÍTULO #27

La FAP de Adrián Bellini hizo de pronto noticia. Cayó como un rayo de cielo abierto despertando temor y alarma en la población Nadie se lo esperaba. Una Comisaria de Policía en Rosario había sufrido un sorpresivo ataque armado la noche de un jueves. La noticia se propagó como reguero de pólvora. Decenas de periodistas de periódicos, radio y TV se lanzaron presurosos a cubrir el incidente. Los reportes de la prensa sobre lo sucedido fueron inicialmente confusos. Dos policías y cuatro de los atacantes muertos. Los siguientes días las cosas se fueron esclareciendo. Había también dos presos entre los atacantes y se suponía que otros tres o cuatro, la cifra variaba de acuerdo a la fuente, se habían dado a la fuga. Un manifiesto de la FAP se hizo público al día siguiente del ataque explicando sus motivos. Declaraban guerra al gobierno militar burgués. El manifiesto concluía con el tradicional "¡Patria o muerte, venceremos!" El firmante se hacía llamar Comandante Bruno.

Dos días mas tarde el Ministro de Interior llamó a conferencia de prensa. Muy serio y rodeado de altos jefes militares y policiales igual de adustos y solemnes, informó a la población del "cobarde ataque perpetrado por criminales comunistas" a una institución destinada a velar por la seguridad ciudadana y por ello merecedora de todo el respeto. La ultraizquierdista llamada Fuerza Armada Popular, aprovechando las libertades democráticas vigentes en el país se había organizado con la intención de destruir las mismas bases de la pacífica convivencia ciudadana. Que aquello no era solo crrminal sino también insano. También habló el Jefe de la Policía Nacional informando que las investigaciones estaban en marcha, que la población podía sentirse tranquila, que la organización sería desmantelada desde sus mismas bases y los criminales recibirían el castigo correspondiente. Que la gravedad del momento exigía mano dura.

Adrián escuchó aquello en la radio, en su trabajo, en El Dubliner, mientras ordenaba las mesa para el almuerzo. Fue como si le cayera repentinamente una ducha de agua helada y se quedó un momento paralizado en medio de su tarea, sin saber que hacer. Aquello era muy serio. Una sombra que de pronto se cernía sobre él, negra y amenazante.

Lo que Adrián no sabía era que los mandos superiores de la FAP habían decidido esa acción como una protesta contra el reciente golpe de estado que pusiera a la Presidencia del país a un General. Y como una forma de marcar que había llegado la hora de pasar a la acción. Unos meses antes, en junio de 1966, el Presidente democráticamente elegido haba sido expulsado del poder por los militares. Contra toda la tradición política Hispanoamericana el Presidente depuesto era una persona de reconocida honradez y honorabilidad, médico de profesión, cauto en sus decisiones, tolerante con sus adversarios, con una alta sensibilidad social y que había implementado una política económica exitosa para el país. Pero no era el caudillo ni reunía las cualidades de carisma que los militares y algunos civiles consideraban imprescindibles para un Presidente. En todo caso el ataque de la FAP, ya sea por una deficiente preparación o por algún imprevisto, había sido un fracaso. Y ahora tenían encima a todos los organismo de seguridad decididos a darles una lección.

La parálisis de Adrián duró unos días. Hizo su trabajo como pudo, casi como un zombie, temiendo que en cualquier momento se aparecerían por allá policías uniformados con las armas desenfundadas dispuestos a sacarle de allá a empellones poniéndole las esposas en las muñecas. El fin de todo. Apenas pudo dormir aquellas noches escuchando los noticieros de las radios hasta bien pasada la medianoche y listo para darse a la fuga si el caso lo requería. Tenía la maleta lista y planes de a donde escapar. Pero no pasó nada.

Al quinto día Zito lo llevó discretamente a su oficina en El Dubliner
– Bien Adrián – le dijo, en voz baja, muy serio, con aire preocupado, casi solemne – ya sabés lo que pasó. Una verdadera desgracia. Era la primera vez que Zito admitía ante Adrián que ambos eran miembros de la misma organización

- Cierto contestó Adrián con igual expresión de preocupación en el rostro

- Bien – siguió Zito – han llegado instrucciones de arriba. Eso es lo que quería decirte. La instrucción es mantener la imagen de siempre. No hacer nada que parezca anormal. Todas las reuniones quedan suspendidas hasta nueva orden. Hasta que pase el temporal. Bochi ha tenido que abandonar Buenos Aires, por un tiempo. Hay confianza de que los organismos de seguridad no la tienen claras. Así que hay solo que esperar.

- Esta bien – fue la respuesta lacónica de Adrián.

Zito no volvió a mencionar el asunto. Era como si nada hubiera pasado.

Y en la práctica no pasó nada. En las siguientes semanas la actividad de El Dubliner siguió como de costumbre. Zito llegando al trabajo a la hora de siempre. No hubo ninguna llegada de policías con las pistolas desenfundadas. Nadie que viniera a hacer preguntas indiscretas. Todo normal. Adrián se fue tranquilizando. Las noticias de la prensa sobre el ataque también se hicieron menos frecuentes pasando de la primera a la tercera o cuarta páginas de los periódicos.

A los dos meses Adrián quedó convencido de que Zito tenia razón. Los organismos de seguridad no la tenían claras. Había solo que esperar y todo volvería a la normalidad. El sueño le retornó en las noches.

Recién a los tres meses que sucedió algo inusual. Las noches de los lunes y martes en El Dubliner eran las mas tranquilas, incluyendo el bar. A partir de las diez y treinta el restaurante ya no tenía servicio de comida. Llegada la medianoche casi no había ya clientes. La cocina había sido ya limpiada y cerrada, los cocineros se habían ido a casa. Solía entonces quedar solo un mesero y uno en el bar, ese del bar solía ser Adrián encargado además de cerrar el local a exactamente la una de la madrugada. El mesero, a menos que hubiera clientes, se iba generalmente poco antes de la una y Adrián quedaba solo. A las 12.:53 del martes hizo su ingreso al restaurante un hombre de mediana edad dirigiéndose con paso firme hacia el bar. No habían mas clientes.

- Una cerveza por favor – le pidió a Adrián sentándose en un taburete de la barra

- Cerramos a la una señor – le aclaró Adrián.

- Si sé – respondió el hombre poniendo un billete de diez pesos en el mostrador - guárdese el cambio – añadió. La propina no era mala.

- ¿Quilmes está bien?

- Si, está bien

Adrián se dirigió al refrigerador. Tomó una botella de Quilmes, la abrió y la puso en la barra en frente del hombre.

El hombre tomó la botella y se levantó del taburete

- Me la llevo – le dijo – no quiero demorarle el cierre del local. Gracias - Y antes de que Adrián pudiera decir algo el hombre ya había salido a la calle con la botella en la mano.

Aquello a Adrián le pareció extraño. Pero la propina había sido generosa y siempre había uno que otro tipo raro en las noches. No reflexionó mas sobre el asunto.

El siguiente martes y a la misma hora se apareció de nuevo el mismo hombre. El local estaba vacío. El otro mesero se había ido unos minutos antes. El único que quedaba era Adrián, en el bar, mirando ya el minutero del reloj en la pared para cerrar.

- Un whisky por favor – dijo, sentándose frente a la barra del bar. Recién Adrián se fijó en él con mas detalle. Era relativamente joven, quizás algo por encima de los cuarenta, cabello corto, corte tipo militar, estatura mediana, bien parecido, espaldas anchas, mandíbula cuadrada, vestimenta normal, daba la impresión de ser bien entrenado y aficionado a los deportes.

- Cerramos en unos minutos señor – le dijo Adrián

- Si. Lo sé – respondió el hombre poniendo un billete de 50 pesos sobre el mostrador

Su sexto sentido le dijo a Adrián que algo no estaba bien. La situación tenia algo de anormal.

- Cerramos a la una en punto – le repitió señalando con la cabeza el reloj de la pared que marcaba 3 minutos para la una.

- Me parece muy buena idea la de cerrar el local – respondió el hombre con determinación, señalando con la cabeza la puerta de entrada – Quiero conversar contigo. Algo confidencial y es mejor hacerlo a puerta cerrada. Por tu propio bien. Pero dame primero el whisky. Un Grants, con hielo.

Adrián quedó sorprendido y no supo que responder. El hombre lo tuteaaba y su voz tenía un timbre de autoridad. Además estaban los 50 pesos sobre el mostrador. Le sirvió el Grants con hielo como había pedido.

El hombre tomó un buen trago de whisky y luego miró alrededor como para cerciorarse que no había mas gente en el lugar y que todo el resto del restaurante estaba cerrado. La calle afuera se veía también desierta. Después de mirar de nuevo a la puerta de entrada se volvió a Adrián.

- Cerrá la puerta – ordenó – y bajá las celosías. Es importante. Por tu propio bien.Tengo algo reservado que conversar contigo.

Adrián no supo que decir. Algo le dijo que era mejor obedecer. Hizo como el hombre le dijo y volvió a su lugar detrás de la barra del bar.

- Muy bien Adrián – le dijo aprobatoriamente, dirigiéndose ahora a él por su nombre de pila. ¿Como diablos lo sabía?.se preguntó. El hombre sacó del bolsillo de la camisa un papel doblado en cuatro que lo desplegó sobre el mostrador.

- Quiero mostrarte algo. ¿Sabés lo que es esto? - le preguntó
Adrián tomó el papel para verlo.

- Parece la huella de una mano o algo así – respondió perplejo.

- Correcto! Le acertaste. Y quiero mostrarte algo mas - Y sacando otro papel, igual doblado en cuatro, del otro bolsillo de la camisa, lo puso sobre el mostrador – ¿Y esto?

- Parece la huella de un dedo.

- ¡Le acertaste también! Muy bien pibe ¿Sabés de donde viene la huella de la mano?

- No. Ni idea. ¿Como podría saberlo?

- ¡Cierto! Como podrías saberlo. ¿Verdad? Te refrescaré un poco la memoria ¿OK? Hermanos Labruna. Servicio de Fontanería. ¿Te dice algo?

Adrián sintió repentinamente como un golpe en la boca del estómago y que las rodillas le flaqueaban. Por un segundo pensó que se desplomaría sobre el piso. Se apoyó al mostrador para disimular tratando de mantener la calma.

- No. No me dice nada – respondió forzándose para que la voz no se le quebrara.

- ¡Vamos hombre! ¡Joder! No me hagás perder la calma por favor. La huella de la mano viene del interior de una ventana del minibús Hermanos Labruna que Uds usaron para el asalto del banco en la calle Lavalle. Mirá tu error, poner la mano donde no debías. Y esta otra – dijo señalando el papel que mostraba la imagen de un dedo – es de la botella de cerveza que me distes la semana pasada. Ahí también pusiste la mano donde no debías, por así decirlo. Nuestros técnicos dicen que ambas huellas dactilares son idénticas, o sea tuyas. ¿Te refresca eso la memoria?

Adrián no supo que responder. El hombre era de la policía o de algún organismo de seguridad y lo tenía atrapado. Lo sabía todo. Una sola palabra le empezó a dar vueltas en la cabeza, ¡mierda!, ¡mierda! ¡mierda!, con un pánico que le invadía enredándole las ideas. El hombre ahora lo miraba fijamente con una expresión entre acusatoria y burlona.

- Lo siento Adrián. Cagaste pibe. Te metiste en un lío muy, pero muy grande. ¿Sabés? Extremadamente serio para serte franco. Asaltar un banco, Ok, cosas que pasan, nada del otro mundo. Pero andar metido en una organización armada y subversiva y matando gente…. Eso es otra cosa. Algo extremadamente jodido. Cualquier Estado del mundo lo toma en serio. Una palabra mía y aquí tenés a diez policías y esta noche dormis en un calabozo después del interrogatorio. Y los que interrogan no son angelitos te digo, pegan fuerte. Se te acabó la buena vida. Se te acabó a libertad. Se te acabó todo, pibe De ahí por ahí ya no salis nunca. ¿Que te parece?

Adrián no podía pensar con claridad. Escuchaba solo a medias lo que el hombre le decía. Mierda, mierda, mierda – repetía para si como un mantra. Se te acabó la vida, la libertad, serio, jodido, todo se le enredaba. El hombre notó la confusión.

- ¿Porque no te tomás un whisky para tranquilizarte?

Adrián realmente lo necesitaba. Cogió una botella, se sirvió una buena porción de whisky con manos temblorosas y lo bebió entero de un solo trago.

- ¿Y ahora que? - alcanzó a decir.

- ¿Y ahora que? Buena pregunta. Ahora que. Mira Adrián, si tenés un ángel de la guardia te aconsejo ponerte de rodillas esta noche y agradecerle. Tenés una concha enorme pibe, del tamaño de una casa.

Ahora que. Ahora quiero sencillamente proponerte que colaborés. A eso he venido.

- ¿Que delate a mis compañeros?

- No. Tenés tanta suerte pibe que ni eso necesitás hacer. Quiero que colaborés en una tarea especial. No necesitás delatar a nadie. Por supuesto nos podés dar alguna información que seguramente no nos sería de mucha utilidad. Eso ya es voluntario. Tu organización la tenemos mejor que mapeada, sabemos quien es quien y de muchos de ellos también donde están. Algunos están detenidos y están cantado como Caruso. Otros están todavía prófugos. ¿Estás dispuesto a cooperar?.

- En que

- En una operación especial.

Adrián solo bajó la cabeza. Estaba perdido. Se quedó un momento en silencio.

- Depende que operación....- atinó a decir

- ¡Córtala pibe!. ¿Es que sos boludo? ¿Te creés en condiciones de negociar? ¡Dale hombre! ¿Con la soga al cuello? No compadre. En realidad mi pregunta es estúpida`- continuó —pero igual te la hago porque es importante saber si estás dispuesto o no. Naturalmente podés decir que no, si eres lo suficientemente imbécil. Para empezar olvídate en ese caso esta noche de tu camita en Vito D Sabia porque ya no dormirías allá. No volverías sencillamente mas a tu casita. De aquí directo al calabozo y de ahí no salís por mucho tiempo. Quizás nunca. Y te aseguro que los que allá te reciban no van a ser tan civilizados como yo. Para serte sincero son brutales. Sádicos diría yo. Claro…pibe, también podés suicidarte, es una opción. No muy práctica, me parece. Pensá en tu madre, ¿como lo tomaría? ¿Si o no?.

Adrián estaba perdido. Acorralado.

- Si — no le quedaba otra.

- Muy bien. Ahora podemos entrar en tema. Lo que te estoy ofreciendo es un regalo pibe. Te hemos elegido por… tus calificaciones… por así decirlo. Tenés un lugar medio bajo en tu organización pero al mismo tiempo tenés el prestigio del asalto al banco y de haber recibido entrenamiento en Cuba. La gente que te conoce te respeta aunque seas poco conocido. De momento solo te digo que la operación en cuestión ni siquiera es en la Argentina.

- ¿Donde es entonces?

-, En Bolivia

- ¿En Bolivia?

- Si señor, en Bolivia. ¿Te bebiste ya el whisky? ¿estás mas tranquilo?

- Creo que si

- Bien. Escuchá mis instrucciones. Mañana dejás este trabajo ¿OK? Llegás aquí como de costumbre. Ves que Zito ya no está, que desapareció. Zito está siendo en este momento detenido en su casa y no volverá más por aquí. Zito está...caput – y se pasó el dedo como un cuchillo por la garganta para ilustrarlo - Después de un par de horas en el trabajo te ponés mal y te da vómitos ¿OK?. Te tomás esta pastillita -y le puso una píldora morada sobre el mostrador - que te hará vomitar. Nada raro irse a casa si uno está enfermo. Un par de horas mas tarde la policía se aparecerá por el restaurante preguntando por ti, cosa de rutina, nada dramático. Llegando a casa tomás tus cosas mas esenciales. Mejor si las preparás ya esta noche. Pocas cosas. Que no llame la atención, ¿estamos?. La imagen que daremos es que sospechastes que Zito estaba detenido y entonces decidiste darte a la fuga porque el próximo serias tú. Y de hecho vino la policía al restaurante haciendo preguntas, ¿no es verdad?. En tu organización, donde naturalmente se preguntarán de tu paradero, aparecerá tu desaparición como natural, ¿no te parece? En las organizaciones clandestinas los rumores corren y es importante crear la imagen correcta. ¿Entendés?

- Creo que si

- Bueno. A las 5 de la tarde salís de tu casa. ¿Estamos?. En la esquina entre Vito D Sabia y O´Gorman, a dos cuadras de tu casa, te estará esperando un Toyota Corolla rojo. Tu llevarás una maleta con tus cosas. No muy grande, como te dije. El chófer te dirá "lindo día para una caminata". No necesitás contestar nada, solo te subís al auto que te traerá a mi oficina. ¿OK?. Ahí conversaremos con calma y recibirás las instrucciones. Y te presentaré a tu contacto en Bolivia. Se llama Sofía. Una chica encantadora. Y bueno…. ahí partimos con la cosa. ¿Entendiste?

- Si

- Perfecto. Eso es todo por ahora – dijo el hombre levantándose – Solo una advertencia, cuidado con dártelas de vivo o de héroe, ¿eh? y creer que puedas engañarnos. Si lo hacés…. finito…. pibe, desaparecés sin rastro y ahí no pasó nada. ¿Entendés? Te tenemos en la mira, no lo olvidés..¡Ah!, me olvidaba, me llamo Ronaldo. Un gusto pibe – y se dirigió a la puerta sin darle la mano ni decir buenas noches. Abrió la cerradura y despareció en la calle.

Adrián quedó solo en el silencio del restaurante, atontado, como un sonámbulo. Lo que había pasado le parecía irreal, un mal sueño. Además todo había sucedido tan rápido. No sabía que pensar. Se miró en el espejo para cerciorarse que erá él, que no era un sueño. Se tomó otro whisky para tranquilizarse lo que tuvo buen efecto y empezó a ordenar sus ideas durante un buen rato. Mirándolo bien el llamado Ronaldo quizás tenia razón después de todo Dentro de la gravedad de la situación él tenía en realidad suerte. Por lo menos de momento. Al menos mejor que Zito que seguramente estaría en ese momento esposado y recibiendo golpes. No pudo evitar un sentimiento de compasión por su compañero. Èl estaba mas bien de alguna manera protegido, por alguien, no sabía quien. ¿O no lo estaba? ¿Quien era Ronaldo? ¿Para quien trabajaba? ¿De que operación se trataba? Quizás lo sabría al día siguiente. Tuvo la suficiente presencia de ánimo para sacar la grabadora escondida en El Reservado, por si acaso, pensando en Zito. Descubrió que allá había además un cassete extra de reserva que tambíen lo tomó. Zito era, al parecer, previsor. Ya hecharía aquello al rio. No, pensó. Limpiaría mas bien el cassette de la grabadora por si tenía algún material grabado Y se guardaría la grabadora y los casettes. La grabadora era una belleza, pequeñita, gris, de bordes redondeados, parecía mas cigarrera. Incluso tenia el letrero de *CAMELL* en la tapa y si se abría uno de los lados hasta tenia unos cigarrillos adentro. En la parte posterior de unas de las tapas se leía en letras diminutas, *Hergestellt in Ostdeutschland,* que a Adrián le pareció alemán Cierto, fabricada en Alemania Oriental, para espionaje. Fácil de llevarla en el bolsillo. Nunca se sabía. Por ahí le fuera útil. Había que ser, ahora, mas que nunca, como Pascual Perez, estar alerta, hacerle el quite a la adversidad.

CAPÍTULO #28

A fines de 1967 Christoffer Burns había consolidado su posición en el Departamento de Asuntos Andinos del Departamento de Estado e incluso ganado prestigio. Había sido ascendido a miembro senior del Comité, dos pisos arriba de su antigua oficina. Su área específica seguía siendo Bolivia. En lugar de su antiguo cubículo tenía ahora una oficina amplia, con un escritorio elegante y un espacio con sofás para sus visitantes. Las paredes las haba adornado con fotografías de Galveston. Tenía una ventana grande con vista panorámica al complejo de edificios de la zona y dos secretarias a su servicio Y lo mejor de todo ya no tenía que vérselas con el humor torpe de John Davidson, su antiguo jefe. En la práctica su posición actual era mas alta que la de Davidson.

Asuntos Andinos, y especialmente Bolivia, habían de pronto adquirido un estatus nuevo. La reciente guerrilla del Che era la causa. Se la veía con extrema seriedad. La confirmación de que Cuba trabajaba intensamente para minar la influencia de EE.UU en Sudamérica. Algo a neutralizarse a la brevedad posible. Ya tenían mas que suficiente con Vietnam, en escalada después de los bombardeos aéreos norteamericanos de Vietnam del Norte. Mas de 200.000 soldados en aquel país, la cifra iba solo en aumento, la situación de mal en peor. EE.UU no podía darse el lujo de nuevos frentes. Los rusos cada vez agresivos, con su muro en Berlin y apoyando militarmente a Vietnam de Norte y a rebeldes en Àfrica e Hispanoamérica. EE. UU tenía que retomar la iniciativa. Había que usar la mano dura.

Las puntos de vista de Christoffer en el comité eran siempre escuchados con atención y con el respeto de sus colegas por sus extensos conocimientos. En su opinión no había que alarmarse pero tampoco bajar la guardia. El país era complejo, difícil de entender y tanto geográfica como humanamente desarticulado. Con muchos frentes de conflicto social y una alta dosis de emocionalidad. El país no encontraba un norte porque no había logrado crearse una identidad propia. Esa falta de identidad hacía que la gente allá pensara primero en si misma antes que en el país como totalidad. Aquello llevaba fácilmente al fracaso de los proyectos que se iniciaban.Los conflictos no eran solo de clase sino también étnicos y de zonas geográficas. Los del este no apreciaban a los de la oeste y viceversa. Entre blancos, mestizos e indios había una alta dosis de desconfianza mutua. La cultura mayoritaria, la indígena, tenia una visión animista del mundo y era proclive al fatalismo y a la resignación. Las instituciones democráticas eran débiles. La corrupción estatal endémica. El nivel educativo bajo y la alta emocionalidad de la gente como que le impedía pensar lógicamente y planear a largo plazo. Los políticos eran inmediatistas, querían resultados rápidos y los esfuerzos prolongados con objetivos a largo plazo no les despertaban entusiasmo. La pobreza generalizada era un caldo del cultivo para el descontento y para los profetas que ofrecían un paraíso comunista de justicia e igualdad. La frustración entre los jóvenes los hacía proclives a posiciones extremas y a buscar caudillos En otras palabras un país difícil de manejar y que exigía precaución. La política del Departamento de Estado debería tomar en cuenta esos factores y ser realista. Buscar aliados firmes y consecuentes y, en lo posible, garantizar un mínimo de estabilidad política en un país naturalmente inestable.

En sus reportes no lo mencionaba.pero la idea le daba igualmente vueltas en la cabeza. ¿Como diablos era posible que hubieran pueblos de desarrollo tan desigual como USA y Bolivia? La grandeza y exclusividad de USA como nación, motivo para él de orgullo desde su temprana infancia, quedaba por cierto solo confirmada viendo esa desigualdad. Pero la pregunta del motivo subsistía. Le venía a la memoria sus conversaciones con Hobson, su maestro de Historia en el high school de Galveston, quien atribuía al catolicismo la razón de ese atraso. Èl no estaba tan seguro. Ahora que sabía mas de Bolivia podía decirlo. ¿No eran acaso las mayor parte de los bolivianos, los indígenas, mas animistas que católicos?. Por cierto se había dado, a lo largo de los siglos, una mezcla de catolicismo y animismo, tan enredado que nadie podía separarlos. ¿Sería esa mezcla de visiones la razón del atraso? Era imposible saberlo. De lo que si Christoffer estaba seguro era que, en el fondo, el problema era mental. Le era difícil no sentir irritación hacia lo que él consideraba la ingenuidad boliviana. La de creer en un progreso como nación sin creatividad y sin un enorme esfuerzo colectivo. ¿Como podía Bolivia salir de la pobreza si no innovaba? ¿si tenia que estar siempre comprando lo que otros creaban? ¿Confiándose siempre y únicamente en sus materias primas? ¿Y las mas de las veces sin ni siquiera poder sacar esas materias primas de la tierra por si mismos ya que no sabían como hacerlo? ¿Acaso la grandeza de USA no se basaba justamente en ello? ¿En la innovación y en el esfuerzo? Creatividad, creatividad y mas creatividad, esfuerzo, esfuerzo y mas esfuerzo, no hay atajo posible - se decía.

La dependencia del país radicaba básicamente en su falta de conocimiento. Todo lo que demandaba cierta tecnología tenía que obtenerse de afuera, de compañias extranjeras. Pero ello no preocupaba en absoluto a los políticos quienes parecían ni siquiera ser conscientes de ello. ¿Como podía ser eso posible? - se preguntaba. ¿Es que no lo veían? En el grueso del pueblo, en los sectores menos educados, había además el malentendido de que esas compañías extranjeras debieran de ser benéficas y no comerciales. Que esas compañías ganaran dinero a expensas del país no les parecía correcto provocándoles indignación. Las compañías eran así acusadas de "explotadoras". Muchos contratos del país con esas compañías eran por cierto injustos pero ello no se debía tanto a las mismas compañías sino a los políticos locales que ofrecían contratos abusivos a cambio de sobornos en beneficio propio. El soborno era, por lo demás, endémico, a todos los niveles. Aquello parecía un círculo vicioso inacabable en cuya base estaba la ignorancia del pueblo y cuyos principales beneficiarios eran los políticos en el poder. La gente en las ciudades lo sabía o al menos lo adivinaba llevando a que desconfiara de los gobernantes. Mucha energía iba dedicada a rivalidades mutuas, entre partidos poíticos, etnias y regiones. Energía que podía ser usada de una forma mas funcional al servicio de todo el país Las reglas de juego generadas por esa cultura política excluían automáticamente a la gente honrada y capaz que quería realmente hacer algo por su país. O ella misma se excluía al no sentirse cómoda con esas reglas. Cuando reflexionaba sobre ello Christoffer acababa levantando los hombros en señal de desaliento con un "bueno, allá ellos, es su país, es su problema, no mío".

Un día nevoso de diciembre de 1967 Christoffer recibió una llamada de teléfono. Nada menos que de Humprey Eastman, Jefe del Departamento de Asuntos del Hemisferio Occidental, un peso pesado. Quería conversar con él. Que pasara por su oficina al día siguiente a las 11. La oficina de Eastman quedaba en el Harry Truman Building, el mero centro de poder del Departamento de Estado. Ahí no se entraba a menos que se fuera un pez gordo o que se fuera llamado por uno de aquellos. Y ahora Christoffer lo era.

Christoffer sabía quien era Humprey Eastman. Había escuchado hablar de él y visto su fotografía en los periódicos, inclusive en el Washington Post.Tenía fama de inteligente y de buen negociador con una vasta experiencia en los vericuetos de la diplomacia. Entre sus méritos se contaban el haber participado en las negociaciones con los rusos cuando estos levantaban su muro en Berlin. Gordo, mas bien bajito, calvo y de rostro risueño. Los rumores hacían valer que su pasión favorita eran los trenes eléctricos en miniatura. Tenía una habitación grande y exclusiva para ese hobby en su apartamento. Que todo aquel que lo visitaba tenía obligatoriamente que verlos y admirarse. Eran su orgullo. Tenía varios, completos, con sus diferentes vías férreas, sus cambios, sirenas, semáforos, túneles, pasoniveles, puentes, estaciones, talleres de reparación y todo lo que uno podía imaginarse. Funcionando con precisión cronométrica. Los visitantes quedaban asombrados.

Cuando Christoffer llegó a la oficina de Eastman se mostró que este no estaba solo. También estaban dos funcionarios del Departamento de Diplomacia Pública, un tal Gordon Brown y otro que se presentó como Thomas Harrison. Una cuarta persona representaba a la CIA, Bert McKinley. Hechas las presentaciones invitaron a Christoffer a sentarse con ellos alrededor de una mesa. Pasados los preliminares de cortesía con la obligatoria taza de café, los comentarios sobre el tiempo y los últmos resultados de la NHL de hockey de hielo, Eastman decidió entrar en materia.

– Bien Christoffer – le dijo con rostro repentinamente serio – mira, te hemos llamado porque queriamos conversar contigo sobre algo que nos preocupa. Y hacerte una oferta. Se trata naturalmente de Bolivia. Tu campo. Hemos estado recibiendo los resúmenes de Uds estos últimos meses y nos son nada tranquilizantes, ¿no es cierto?

- Es verdad. Aquello de la guerrilla del Che como que ha enredado las cosas. No hay como negarlo - respondió Christoffer.

- De acuerdo a los informes de Uds la situación es allá volátil y no se puede excluir la posibilidad de la emergencia de nuevos grupos armados. ¿Es correcto?

- Si. Es correcto

- La CiA comparte esos temores. ¿No es verdad Bert?

- Positivo – dijo Bert McKinley– La situación en el Cono Sur se está tornando en preocupante. El famoso Che Guevara ha generado en Bolivia un gran alboroto a pesar de su derrota y muerte. Es prematuro decir si en un plazo inmediato habrá otros grupos insurgentes dispuestos a vengarlo y a seguir en esa línea. El caso de Bolivia no es único. Hace poco en la Argentina se reveló la existencia de un grupo armado marxista que estuvo operando en la clandestinidad y que ha ejecutado varias operaciones. En Perú se sospecha la existencia de al menos un grupo en marcha aunque aún no ha iniciado operaciones. En el caso específico de Bolivia podrían haber varios grupos, en estado de preparación. No han sido identificados aún con certeza. Al menos uno de los grupos, sería de jóvenes universitarios, de la clase media, que nos consideran sus enemigos. Las observaciones son todavía sueltas pero creíbles. Nuestros agentes en La Paz están trabajando en ello Las autoridades locales están nerviosas, tratando de balancear entre una actitud de tolerancia o una de mano dura. Ambas tienen obviamente sus ventajas y sus riesgos. El país es volátil.

- El problema – siguió Eastman – es la ubicación geográfica del país. Económicamente, como tu sabes, Bolivia no nos es importante. Pero si estratégicamente. Un movimiento insurreccional extremista que tuviera éxito allá podría muy fácilmente extenderse a los países vecinos y ahí si tendríamos un problema mayor. Ya tenemos mas que suficiente con los rusos, con Cuba y con Vietnam, ¿no crees?

- Pues si. Es verdad -contestó Christoffer

- En los resúmenes semanales de Uds la recomendación es solo de monitoreo y ver que sucede antes de tomar alguna medida activa. Después de todo el gobierno actual allá es amigo nuestro.

- Si esa es la posición del Comité en este momento – explicó Christoffer –. Obviamente la cosa puede cambiar y es por eso que estamos siguiendo la cosa de cerca. Nosotros, los del Departamento de Asuntos Andinos, como Uds saben, no tenemos atribuciones para proponer estrategias sino solo recomendaciones. Pero pueden confiar en que nuestros análisis son correctos.

- Por supuesto Christoffer. No hay duda que Uds hacen un excelente trabajo. Y aquí viene la cuestión. Justamente lo que nombraste. Estrategia - siguió Eastman - De forma confidencial te puedo decir que no estamos muy contentos con nuestro embajador en La Paz. Tu sabes quien es, Nathaniel Presley. En verdad buena persona. No hay queja en eso. Fue nombrado por los republicanos de la pasada administración. Pero estamos convencidos de que no tiene mucha idea del país. Antes de llegar a Bolivia fue embajador en Líbano, ¡imagínate la diferencia!.

- Si, Eso es un poco preocupante – intervino Gordon Brown del Departamento de Servicio Diplomático - Sus informes son deficientes y como sin dirección y nos da la impresión de que sus relaciones con las autoridades locales no son las mejores del mundo. No podemos observar en él una estrategia adecuada. Como tu sabes nuestro pilar de sostén con Latinoamérica es la Alianza para el Progreso. Metemos billones de dólares anualmente en Sud y Centralamérica en forma de ayuda, créditos blandos y otros. Adicionalmente, cientos de nuestros jóvenes del Cuerpo de Paz, con su examen de college, viajan a esos países con la mejor intención de ayudar. Pero no vemos resultados. La antipatía hacia EE.UU parece no cambiar un ápice. Mas bien crece. Ni siquiera los créditos blandos del Banco Interamericano parecen entusiasmarlos. En Bolivia es importante un trabajo conjunto a largo plazo con nuestros aliados locales, con resultados que sean visibles. Algo que ahora es vital ya que las cosas allá empeoran. Todavía estamos esperando el informe que le pedimos hace semanas a la Embajada. Pero no queremos cambiar a Presley, creemos que el hombre hace lo que puede. Inició su carrera diplomática cuando John Foster Dulles era Secretario de Estado, ambos republicanos... washingtonianos y... presbiterianos – anotó con una sonrisa irónica. Nada malo en eso, por si acaso. Ha tenido otros cargos antes.. Somos cuidadosos con eso de los cambios. No queremos que se vea como una purga. Y no tenemos en este momento un cargo alternativo que ofrecerle.

- Lo que si necesita nuestro Embajador allá — retomó Humprey Eastman - es una persona competente a su lado. Al menos por un tiempo. En eso todo este grupo está de acuerdo. Una persona joven y con conocimiento del país, con ideas. Y aquí entras tú Christoffer. Quisiéramos tenerte allá por unos meses como asesor político de la Embajada en La Paz.Como apoyo y guía del Embajador. Que nos hagas una evaluación de la situación en el lugar. Tu misión no seria permanente, mas bien algo así como medio año, quizás un año. ¿Que te parece la idea? Serías, si bien no formalmente pero si en la práctica, el segundo en rango allá durante ese tiempo.

- ¡Oh! - contestó Christoffer levantando los brazos de asombro — Ahí si me agarraron de sorpresa. No es una decisión fácil. Tendría naturalmente que pensarlo un poco. Ver los asuntos prácticos y todo eso

- Entiendo, entiendo. No es algo que se decida en un minuto. ¿Tienes la familia aquí?

- No. Estoy todavía soltero. De novio. Ella trabaja también en el Departamento de Estado

- ¡Ah que interesante! ¿Y se puede saber como se llama? - preguntó Eastman — Espero no ser indiscreto — se rió

- No, de ninguna manera. Se llama Alice Garcia-Baxter

- Felicitaciones — dijo McKinley — Yo se quien es y por lo que sé es una muchacha estupenda

- Gracias

- Bien Christoffer — siguió Eastman — piénsalo, tómate tu tiempo y cuando hayas decidido me pegas una llamada. En todo caso te adelanto que el sueldo de Asesor Político es mas alto que el que ahora tienes. Si eso puede ayudar en tu decisión.

- Y tendrías por supuesto la ayuda de nuestros agentes. Tenemos unos cuantos en el lugar — añadió McKinley

CAPÍTULO #29

El Toyota Corolla rojo estaba esperando a Adrián Bellini en la esquina de Vito D Sabia con O´Gorman a las cinco de la tarde, como Ronaldo le había dicho,. El chofer, al verlo con su maleta, se dirigió a él con la frase acordada de "bonito día para salir de caminata". Adrián abrió la puerta del auto sintiendo un espasmo en el estómago mientras se sentaba al lado del conductor. No sabía lo que le esperaba. Se estaba enfrentando a lo desconocido. Dominado por un miedo difuso. En menos de 24 horas su vida se había puesto repentinamente cabeza abajo.

Entretanto en el El Dubliner se había armado el revuelo. Zito no apareció allá por la mañana, algo muy inusual. No había sucedido nunca. Y mas aún, ni siquiera llamó por teléfono para darse de baja si estaba enfermo. ¿No era acaso él, en los hechos, el jefe del restaurante?. Que además a Adrián le vinieran vómitos y se fuera repentinamente a casa alteró aún mas la rutina del local. El asunto llegó a su culmen cuando pasado el almuerzo se aparecieron por allá cuatro policías uniformados con rostro muy serio preguntando por Adrián. Aquello era demasiado. Marcela, la mesera de mayor antigüedad se puso nerviosa y luego de una consulta veloz con el primer cocinero decidió llamar por teléfono a Don Santiago Santibañez, el dueño. Tuvo que hacer varias llamadas, Don Santiago era una persona movediza. Logró al final ubicarlo en el Club de Regatas, recién acabado de anclar con su velero. Don Santiago se apareció por El Dubliner a las pocas horas, todo preocupado y mas bronceado que de costumbre después de horas en el mar. No necesitó hacer muchas llamadas telefónicas para darse cuenta de la situación. Zito estaba detenido y Adrián prófugo. El escándalo era un hecho. Aquello aventuraba la reputación del local. Los siguientes dias serían frenéticos para Don Santiago. Tuvo que usar todos los vínculos con sus amigos influyentes para tapar el alboroto y que el asunto no se hiciera público. Su inmaculada reputación, sus distinguidas amistades y sus conocidas convicciones conservadoras le otorgaron inmunidad frente a toda posible sospecha de encubrimiento a criminales extremistas. Obtuvo mas bien muestras de simpatía y solidaridad. Don Santiago había simplemente sido víctima de las artimañas comunistas. El Dubliner logró bandear la tormenta. El asunto fue cubierto con la debida discreción y el necesario recato Don Santiago tomó personalmente el mando del restaurante por unas semanas hasta que las cosas se calmaron. Algún periodista curioso que se apareció por allá haciendo preguntas indiscretas encontró solo la fria respuesta de que ahí no había pasado nada.

Sentado en el auto Adrián trató de iniciar una conversación para calmar sus nervios. El chofer pareció sin embargo o sordomudo o estar de muy mal humor. Con cara de pocos amigos ignoró sencillamente su presencia. Viajaron en silencio. Probablemente tenía órdenes de no decir nada. Adrián se concentró en la ruta. Tenía que saber hacia donde lo llevaban. Entrando por la Avenida General Paz tomaron a la derecha hacia la Plaza de los Mataderos. Luego el auto se dirigió hacia el Parque Avellaneda. No eran sus zonas así que se esforzó en leer los letreros de las calles para tener una idea. Vio que entraban en la Avenida Perito Moreno hacia Velez Sarfield y de ahí a la Avenida Juan Busto en dirección a Palermo. Eso lo tranquilizó. Palermo no le era desconocida. En Palermo pasaron por varias calles menores para finalmente el auto detenerse.en la calle Guemes. Adrián alcanzó a leer el letrero de la calle. Por su cerebro pasaron escenarios lúgubres. Quizás lo estaba llevando a un lugar donde sencillamente seria ejecutado. Un balazo en la cabeza y se acabó el lío. Nadie sabría nada. Su cuerpo desaparecería sin rastro. El chofer se bajó y le dijo "acompáñeme" dirigiéndose al número 173. "Guemes 173" repitió Adrián para si mismo tratando de memorizar.

Tomaron el ascensor a un cuarto piso donde el hombre llamó al timbre de uno de lo apartamentos. Adrián se fijó si tenía número. Era el 412. Lo memorizó.Al mismo tiempo metió la mano al bolsillo y activó la grabadora del Dubliner. Todo o que se dijera allá sería grabado. A los pocos segundos se abrió la puerta. Era Ronaldo que invitó a Adrián a pasar. El chofer se excusó despareciendo de vuelta hacia el ascensor.

Cuando Adrián entró a la sala de estar habían otras dos personas sentadas alrededor de una mesa baja donde se veían vasos y botellas de Coca-cola. Un hombre de mediana edad y una muchacha joven. El hombre era fornido, de pelo muy negro y tupido, expresión hosca, llevaba unos bigotes ridículos y tenía puesta una sobaquera con una pistola adentro. Adrián identificó la pistola, la había visto en Cuba, era una Beretta, disparaba balas de 9 mm de esas que a uno le hacen a uno un boquete grande Saludó a Adrián con un displicente movimiento de cabeza, sin intención de darle la mano y menos aún levantarse. La muchacha era joven, delgada, cabello castaño corto, ojos marrones grandes, piel muy blanca, casi transluciente y un rostro de líneas suaves. Miró a Adrián con rostro inexpresivo, sin decir nada.

- Asiento Adrián – le dijo Ronaldo – señalando uno de los sofás junto a la mesa, al parecer sin intención de presentarle a los otros – bienvenido a bordo pibe.¿ Dormiste bien? - añadió con una sonrisa irónica. ¿Tenés ahí lo mas necesario? - señalando a la pequeña maleta que Adrián llevaba consigo. Ya te daremos lo que necesités, no te preocupés. Ella es Sofia, tu contacto del que te hablé ayer – señalando con la cabeza a la muchacha que no dio muestras de reacción y él es Plácido – señalando al hombre de bigotes – trabaja para nosotros, en seguridad.

Adrián no supo que contestar limitándose a asentir con un movimiento de cabeza. Se sentía intimidado.

- Bien. Ahora vamos a entrar en tema. Por lo demás – como si recordara algo - ¿querés algo para beber? ¿ Una cerveza o una Coca-cola?

- Una Coca-cola estaría bien

- Plácido. Traéle una Coca-cola al pibe

Plácido se levantó de desgana y se dirigió a la habitación continua de donde volvió con una botella abierta de Coca-cola que la puso a la mesa frente a Adrián. Ningún vaso. Dentro de su miedo y timidez a Adrián le molestaba aquello de ser llamado pibe y la expresión del hombre de bigotes que le había caído mal apenas verlo. Su irritación venció a su miedo.

- ¿No tienen vasos? - preguntó

Aquello pareció agradar a la muchacha que le esbozó una sonrisa aprobatoria. Se fijó mejor en ella. Tenía algo raro. Una palidez tan intensa que parecía reflejar la luz como un aura y una mirada penetrante, fija, como si nunca necesitara pestañear. Se la veía bien. Sin duda que era atractiva con esa su blusa y pantalones cortos caqui. Piernas delgadas, elegantes. Rostro de líneas finas, labios sensuales

- Plácido. Traéle un vaso – ordenó Ronaldo

El hombre volvió con un vaso que lo puso delante de Adrián sin decir palabra.

- Bien Adrián – retomó Ronaldo – como te dije ayer tenés una concha del tamaño de una casa. Tus compañeros en prisión, jodidos y tu aquí, muy tranquilo, tomando Coca.cola como un señor. No está mal ¿verdad? Pero eso naturalmente tiene un precio y ese precio es la misión que te voy a explicar. Lo que queremos es que organicés una guerilla en Bolivia

-¿Que? - fue la expresión incrédula de Adrián casi saltando de su asiento de sorpresa – ¿organizar una guerrilla?. No podía creerlo.

- Bueno…. Quizas exagero un poco. Queremos que ayudes a empujarla. Entendés

- No…. No entiendo.

- Mira, mira, Adrián. Te explico. No es tan difícil pibe. Allá hay un grupo que ahora anda en plan de organizar una guerrilla, solitos, sin ayuda de nadie, por mano propia. ¿Entendés? Pero están indecisos, no saben si hacerlo o no, ¿entendés? Tu trabajo es convencer a los indecisos. Aprovechar que sos miembro de una organización guerrillera que ha hecho noticia, que has estado mezclado en el asalto de un Banco, que has estado en Cuba, que estas perseguido en la Argentina, que tenés méritos. ¿Agarrás la onda?

- Pero…. ¿Es que uds trabajan para la izquierda?- Adrián estaba confuso

- No pibe. Todo lo contrario. Esta es mas bien una operación preventiva. Evitarse problemas al futuro. Òrdenes de arriba, ¿sabés?

- Pero entonces..¿para quien trabajan?- Adrián no entendía nada.

- ¡Ja! ¡Ja! - rió Ronaldo de buena gana – el pibe pregunta para quienes trabajamos – dirigiendo una mirada a Plácido que esbozó una sonrisa a desgano - Para el Papa, pibe, para el Papa, para ese del Vaticano, el de la Basílica de San Pedro,¿ lo conocés?. Pues para él. Mira – siguió adquiriendo de pronto una expresión seria – te voy a decir algo para que lo recuerdes, ¿entendés? En este trabajo hay una regla de oro y es que nunca le digás a otro lo que ese otro no necesita saber. ¿Agarrás la onda? Pues recuérdalo. Te será útil. Vos no necesitás saber para quien trabajamos. Tu hacés lo que te decimos y te evitás la cárcel. Seguis libre como un pájaro. ¿Entendés?

- Creo que si...

- Bueno, pues entonces ahí estamos. Sofia es boliviana y es tu contacto. Ella conoce los detalles de la guerrilla esa en marcha. Uds se van ahora para Bolivia juntos. Bueno... no tan juntos. Digamos al mismo tiempo. Ella te dirá como. Tu le obedecés ¿OK?. Ella te dirá a quien contactar en Bolivia y como hacerlo. Lo único que tu tenés que hacer es presentarte como el gran guerrillero y contarles una película bonita a los indecisos. Les hablás de la obligación de luchar contra el imperialismo, bla, bla, bla., es decir todas esas pavadas que te gustaban y que tu conocés muy bien. Les hablás de apoyo cubano, logístico y de otro tipo, de apoyo aéreo y hasta de pistas de aterrizaje. Una película bonita, ¿entendés? Tenés que ser convincente.

- ¿O sea que mientras mas se incorporen a la tal guerrilla mejor?

- Agarraste la onda pibe. ¡Brillante! Eso es lo que queremos.

- ¿Y si los cubanos se enteran?

- Pues felices pibe. Si eso es lo que mas quieren, guerrillas por todo lado, ¿no es cierto?. Eso si tenés que manejarte con cierta discreción. Los cubanos tienen su G2, como sabés. Tienen fama de efectivos. Ahora está un General de División como jefe, un tal Bermudez Cutiño que anda haciendo lío, expandiendo sus redes. Pero eso no es problema. Son novatos en comparación a nosotros. Por lo demás, ¿recordás algunos nombres de los cubanos que fueron tus instructores o de algún Comisario Político que conociste allá?

- Si. De algunos si.

- ¡Perfecto! Si se diera el caso. No lo creo. Pero si fuera así. Que alguien preguntara. No tenés mas que mencionarlos. Son tu respaldo. Nuestra ventaja es que en la organizaciones clandestinas de izquierda no andás repartiendo tus tarjetas de visita a los compañeros, ¿no es cierto? Ni andás mostrando tu curriculum vitae. Ahí todo es secreto, como sabés. Mientras menos sepás mejor. ¿Verdad? Lo mas probable es que nadie pregunte, que sencillamente confíen en el aval que te dará Sofia, ¿entendés?

- Creo que si

- Pues bien Adrián. Manos a la obra. Te seremos además generosos, ¿sabés?. Si hacés un buen trabajo y todo sale bien recibirás 30.000 dólares, cash, nada de cheques, ni bancos, pura guita pibe. Con ese dinero podrás partir algo donde te plazca. Quizás un pequeño negocio o algo así. Mejor si no volvés a Buenos Aires por un tiempo, hasta que la cosa se calme. La gente olvida, como sabés. Y una cosa mas. Somos tan generosos que, si se diera el caso, remoto por cierto, que tu misión te implicara algún peligro posterior te daremos la posibilidad de una nueva identidad, carnet, pasaporte, todo. Te inventás una nueva biografía y comenzás de cero. No creo que sea necesario pero es bueno que lo sepás. Sofia nos lo dirá en ese caso.

Adrián estuvo a punto de decir gracias pero se contuvo. Hubiera sonado ridículo

- Bien — concluyó Ronaldo — eso sería todo por ahora. Te quedarás unos días en este apartamento hasta partir para Bolivia. No te olvidés que en este momento sos un prófugo y estás buscado, al menos en teoría. Sofia te dará las instrucciones de cuando dejar esto, la forma de ingreso a Bolivia y todo lo demás. Hacé una lista de las cosas que necesitás, ropa y que se yo. No te preocupés por los gastos´En Bolivia serás contactado en su momento por uno de los nuestros que se encargará de tus finanzas. El asunto de la guita es lo menos Tenemos recursos. ¿Estamos?

- Está bien

- Bueno. Los dejo a ti y a Sofia para que conversen los detalles. Ella te dará además los nombres y direcciones. Plácido tiene también aquí su dormitorio. Por razones de seguridad. No es el mejor conversador del mundo pero es llevadero. Èl te hará las compras para lo que necesités, comida, ropa, que se yo. Le hacés una lista. El desayuno, eso si, tendrás que hacértelo tu mismo pibe — añadió con cierta sorna.

Adrián se preguntó si aquella conversación había sido grabada. Ya tendría oportunidad de controlarlo. Por ahí le serviría.

CAPÍTULO #30

Christoffer Burns aterrizó en el Aeropuerto Internacional de El Alto, en La Paz, un frío amanecer de un domingo de mayo. Habían pasado unas semanas desde su conversación con Humprey Eastman en Washington. Llegó en Braniff International Airways, una de las pocas aerolíneas que conectaban La Paz con los EE.UU. Y eso no porque los pilotos tuvieran que aterrizar en el aeropuerto internacional mas alto del mundo, a 4000 ms sobre el nivel del mar, sino simplemente porque el flujo de pasajeros para la ruta era modesto. Por lo demás los pilotos lo sabían de memoria, poner la turbinas en reverso máximo apenas tocar tierra, que no se les acabara la pista antes de detener la máquina. La escasa resistencia del aire exigía esa precaución. En su valija traía su fresco nombramiento como Asesor Político de la Embajada de USA en Bolivia. Ningún anuncio previo de su llegada había sido hecho público. Washington consideraba aquello como recomendable. Ya la prensa local se iría enterando con el tiempo si era necesario.

Había alimentado la ingenua creencia de saber lo suficiente sobre el país como para no llevarse sorpresas. La primera la recibió a solo minutos del aterrizaje. El aire era tan tenue que apenas uno podía decir si realmente había algo que entraba en los pulmones. Ya en la cola de control de pasaportes sintió el efecto de la altura. Èl era sin embargo joven y no se sentía inquieto. Además lo había leído El mal de altura se curaba con mate de coca. Y no demoraría mucho para llegar a su nueva residencia, en la misma ciudad de La Paz, a una altitud 400 metros mas baja que el aeropuerto, allá habría mas aire. Allá tomaría su mate de coca. El aeropuerto era pequeño, casi provincial, algo ófrico. Se preguntó si las autoridades tenían algún plan de ahorro de energía eléctrica. La mayoría de la gente era mucho mas oscura y pequeña de lo que se había imaginado, con rasgos que se escapaban a su clasificación mental de las diferentes razas, lo mas cercano que le vino a la cabeza fue Mongolia Apenas pasados los controles y recogido su equipaje se encontró con el remolino típico de la ciudad grande, la lucha por la vida. Decenas de jóvenes circulando por todo lado, los portamaletas en concurrencia mutua por cargar las maletas de los pasajeros, por conseguirles un taxi, venderles relojes, gorros de lana, ponchos, amuletos de la suerte, trilobites fosilizados, calculadoras de bolsillo, collares y otras baratijas. Un chofer uniformado de la Embajada estaba esperándole en el corredor de salida, con su letrero en letras negras sobre una cartulina naranja "Mr. Christoffer Burns". Estaba amaneciendo. Quedó sorprendido por la belleza del paisaje andino con sus cumbres nevadas a la distancia. Aquello tenía una atmósfera especial e indescriptible. Su primer pensamiento fue "esto es realmente exótico y fantástico".

La Embajada, un edificio de 7 pisos, sin contar los subterráneos, ubicada en el exclusivo barrio de San Jorge, estaba cerrada por ser domingo. La masiva puerta de hierro trasera se abrió no obstante a la llegada del auto de la Embajada. Cristoffer fue recibido por un mariner uniformado, incluyendo el revólver al cinto, que estaba de guardia quien le dio la bienvenida presentándose como Denny Ribkoff, Encargado de Seguridad, llevándolo a un tercer piso. Las oficinas estaban vacías.

– *Wellcome sir* – le dijo – Mi misión es hoy solo darle la bienvenida a nombre del Embajador quien me encargó darle sus excusas por no recibirlo personalmente pero hoy es domingo y todo el personal está obviamente en casa. Mañana Ud se encontrará con el señor Embajador. que le tiene además preparada una cena de bienvenida. De momento solo le arreglaré los aspectos prácticos mas inmediatos.

Ribikoff le dio la dirección de la que sería su nueva vivienda y las llaves. El auto de la Embajada lo llevaría al lugar. Le explicó que por razones de seguridad la Embajada otorgaba viviendas a su personal que venían sin familia en casas grandes de familias locales amigas y ubicadas en las zonas adecuadas. Allá él tendría todas las comodidades del caso y su total independencia, incluyendo su propia entrada, pero al mismo tiempo la seguridad de una casa habitada. Una recomendación general era no moverse solo en la noche y definitivamente no en lugares de diversión, especialmente si uno tenia la fisonomía, como era el caso de Christoffer, de gringo. El riesgo no era físico sino mas bien el de pasar un mal momento. Había gente que no apreciaba a los gringos. Le preguntó si necesitaba algo en ese momento.

– Si. Un mate de coca.

– ¡Ah! El mal de altura - dijo Ribkoff riendo – a todos los que recién llegamos nos pasa lo mismo. Si, por supuesto. Apretó un botón de su intercomunicador y al minuto estaba una mucama de mandil blanco y un coqueto gorro rojo – Un mate de coca por favor – le ordenó.

Después del mate Christoffer fue llevado por el auto de a Embajada al lugar que sería su nueva vivienda. El barrio le pareció elegante, agradable y tranquilo. Como Ribkoff le había dicho contaba allá con todas las comodidades y total independencia aunque tenía a la familia dueña de casa viviendo al lado. Mas tarde sabría que la familia apellidaba Freudenthal, de ascendencia holandesa, comerciantes de cueros y artículos de goma, con el mayor de los hijos estudiando en algún college de Florida.

Nathaniel Presley, el Embajador, mostró ser una persona corpulenta, efusiva, de vientre abultado, nariz ancha, cabello hirsuto que ya empezaba a encanecer y una respetable papada, Difícil decir si su rostro rubicundo era el resultado de su afición al whisky o el producto de la altitud de La Paz con la consiguiente poliglobülia. Que en su intimidad se enorgulleciera de hacer 200 flexiones abdominales al día no parecía afectar el diámetro de su vientre. En todo caso recibió a Christoffer cordialmente y al parecer contento de contar con un nuevo colaborador. El grado de Princeton de Christoffer, sobre el que con seguridad la Embajada tenía conocimiento, quizás también jugaba su papel. Presley, Christoffer lo sabía, se había graduado en la mas modesta Universidad del Sur de Maine, en Portland, nada para golpearse el pecho de orgullo Teniendo la cena de bienvenida en ciernes Presley le anunció con entusiasmo que la Embajada contaba con 3 cocineros de primera clase. Esos eran probablemente los responsables de su abultada cintura.

La cena de bienvenida, en la misma Embajada, fue mucho mas de lo que Christoffer se había esperado. Descubrió un enjambre de personajes que ya sea tenian allá sus oficinas o de otra manera se movían en los círculos de la Embajada. Además de los usuales Encargado de Negocios,

Cónsul, Encargado de Cultura y Turismo, Secretaria Ejecutiva y Encargado de Visas, estaban diversos representantes de igualmente diversas organizaciones. De la Agencia de los Estados Unidos para el Desarrollo Internacional, de la Administración de Cooperación Internacional, de la Alianza para el Progreso, del Fondo de Préstamos para el Desarrollo, de Alimentos para la Paz, del Departamento de Agricultura, del Banco Interamericano de Desarrollo, del Cuerpo de Paz, del Servicio de Información de los Estados Unidos, de la Oficina de Seguridad para el Hemisferio Occidental. El imperio demandaba mucha gente. Había además un par de empresarios petroleros que trabajaban bajo las.alas de la Alianza para el Progreso y una pareja algo reservada que Christoffer supuso trabajaba para la CIA. Tanta gente y nombres nuevos le produjeron inicialmente un enredo. Ya los ira conociendo de a poco. Se sintió halagado por la presencia de esa gente por su llegada. Seguramente Eastman lo habría anunciado con comentarios elogiosos. El problema era que él no sabía muy bien que diablos se esperaba de él. Las instrucciones recibidas en Washington eran vagas. ¿No sería él, en la práctica – se preguntaba - simplemente una suerte de espía de Eastman en aquella embajada? Quizás Presley también lo creía así y de ahí su deseo de darle una buena impresión y que sus informes a Eastma le fueran favorables. Ya vería como se desarrollaba la cosa. Confiaba en su buen criterio y en su capacidad de sistematización. Sospechaba que los presentes tampoco sabían muy bien que hacían en aquel país. Sus títulos les servirían de alguna guía y referencia. Tantos funcionarios dedicados mas o menos a lo mismo tenían al final que darse cabeza con cabeza. Pero seguramente eso no les inquietaba, ahí estaban sus jugosos sueldos y su estatus social. Y una cosa les era cierta, estaban allá para defender los intereses del imperio. Y con ello basta.

Una vez instalado en su amplia oficina en un quinto piso con vista a la Avenida Arce, Christoffer Burns puso en marcha su trabajo. Ordenado y sistemático como era logró darle cierta estructura. Primero que nada saber lo que en realidad el Embajador Presley se traía entre manos. Ambos tuvieron varias conversaciones donde también ambos pretendieron que estas aparecieran como cordiales llamándose mutuamente desde el comienzo por sus nombres de pila. Presley tuvo sin embargo, en su primer contacto, que morderse la lengua para no llamar a Christoffer *"young man"* o incluso *"son"* dada la diferencia de edades. Por su lado Christoffer creyó adivinar en Presley una suerte de liviandad que le pareció tenia algo de frivolidad. Mientras Presley descubría en Christoffer una tranquilizante solidez que recordaba a un profesor universitario y que contradecía con su juventud este, por su lado, concluía que, a pesar de una aparente frivolidad, Presley parecía, a su manera, saber lo que hacia. Christoffer fue poniendo pacientemente las piezas del rompecabezas en su sitio El Departamento de Estado tenía razón, Presley no tenía estrategia. O mejor dicho, el no tener estrategia era su estrategia. Era un pragmático. Probablemente no había vuelto a abrir un libro desde que acabara la Universidad y Christoffer desahució rápidamente la posibilidad de tocar con Presley temas mas allá de lo inmediato. Los dos estaban sin embargo en la misma trinchera y tenían que trabajar juntos.

- Mira Christoffer – le dijo Presley en una de su primeras conversaciones – en Bolivia no valen las predicciones ni los esquemas. Este querido país que lo he ido conociendo estos años es impredecible. Y es tan distinto de nuestra cultura que es para nosotros prácticamente imposible el comprenderlo. Aquí solo se trata de adaptarse a lo inesperado y tomar las decisiones circunstanciales. Mantener las posiciones.Te irás dando cuenta. Por lo demás tienes obviamente carta blanca para discutir los diferentes temas que nos compiten con los otros organismos de cooperación que tenemos. Seguramente ellos te dirán mas o menos lo mismo. Tus ideas me serán bienvenidas. Por cierto la situación se ha tornado en volátil este último tiempo y entiendo que ello preocupe a Washington. Pero te garantizo que la tenemos bajo buen control.

De personalidad benevolente, aficionado a la buena comida y al buen whisky Presley parecía tener como norma la de una relación cordial con su personal dejando que ellos hicieran como mejor les pareciera. Que las diversas organizaciones ligadas a la Embajada se cuidaran solas. Se suponía que ellas sabrían lo que hacían. Si los militares al mando del gobierno les eran leales ¿para que preocuparse? Bastaba con tener los ojos abiertos. Consideraba como mas importante hacer acto de presencia en cuanto acto diplomático se organizara en la ciudad. Y estos no eran escasos, Su agenda crepuscular y nocturna no estaba vacía. Su esposa, Saida Chamoun, quince años menor que él y la segunda en su curriculum amoroso, libanesa de origen, todavía atractiva a pesar de haber pasado los cuarenta, disfrutaba de su rol de *grand lady* en aquellos eventos. Su primera esposa, una norteamericana, le había dado tres hijas, ya ahora en edad de joven adultez, viviendo en USA, con su madre.

Presley mostraba celo en mantenerse informado. Los años le habían enseñado. El diablo sabe mas por viejo que por diablo. Estar siempre alerta. Los aliados podían repentinamente volverse enemigos, los enemigos aliados. Frecuentemente algún ministro del gobierno era llamado para una conversación privada, para tomar el pulso a la situación, enterarse de los rumores, los chismes, las intrigas y los planes que no se hacían públicos. Los ministros acudían presurosos interpretando aquello como un elogio. Al fin y a cabo era el imperio el que llamaba. La excepción era el Presidente de la República. En ese caso era el Embajador quien se tomaba la molestia de buscarlo. Pedir al Presidente que acudiera a la Embajada se habría interpretado como demasiada arrogancia. Los altos mandos militares solían también acudir, aunque con menor celeridad, con mayor discreción y menor entusiasmo, marcando que, al fin y al cabo, se era eso, un General. Pero no había General que rehusara a acudir. La mayoría de los contactos de Presley con el poder local estaban sin embargo determinados los azares de la vida social. Y en eso Presley tenía razón, portaban información valiosa. Cenas, cócteles, veladas, exposiciones o la inauguración de alguna obra con financiamiento norteamericano. Allá las autoridades locales y los diplomáticos podían compartir unos momentos de convivencia jovial con una copa de champán o de whisky en la mano que les diera el ánimo apropiado para la confidencia.

Los mandos militares intermedios eran un enigma. Coroneles, Teniente-coroneles o incluso uno que otro General que, por una u otra razón, no habían alcanzado los sitiales a los cuales se creían con derecho. Esos eran mas enigmáticos y reticentes, poco proclives a revelar sus intenciones, atribuyendo con despecho a misteriosos hilos de la Embajada como la causa de la falta de brillo en sus carreras. Mantenían una distancia discreta y expectante. A la espera de su momento. Que las circunstancias cambiaran y se les diera la oportunidad que se merecían. Que cuando jóvenes oficiales hubieran recibido su baño doctrinario en la Escuela de las Américas en Panamá, parecía dejarlos sin cuidado.

Todo el honor que se quiera a la ideología pero primero estaba el interés propio. ¿No es acaso uno, al fin y al cabo, el mejor amigo de si mismo?. Ahí cooperaba naturalmente la CIA, era su trabajo. Averiguando si por ahí esos militares no tenían alguna travesura en ciernes, husmeando a la distancia en los recovecos de las guarniciones, escuchando lo que solo se decía a media voz, creando alianzas subrepticias y, de ser necesario, brindando sobornos y ofreciendo prebendas.

Y estaba por cierto también el pueblo. Las organizaciones sindicales de los obreros y de los estudiantes. Aquello era otro cantar. Entre los estudiantes podían contar con grupos minoritarios que sentían no solo simpatía sino también admiración por USA, pero la mayoría les era abiertamente adversa y presta a salir a las calles para ventilar sus sentimientos antiamericanos. De los obreros mejor no hablar. Allá, especialmente entre los mineros, la antipatía por USA era prácticamente total y masiva, al igual que la simpatía por Cuba y los países de detrás de la Cortina de Hierro. Los partidos políticos eran un permanente dolor de cabeza, con una sensación de desconfianza siempre subyacente. Sus virajes solían ser inesperados, sus doctrinas acomodadas al momento, a la circunstancial correlación de fuerzas, tratando de maximizar sus ventajas.

Sus años en el Departamento de Estado le habían dado a Christoffer un buen conocimiento de aquello. Conocía de nombre a los diferentes líderes de los partidos políticos, no solo de nombre, sino también sus antecedentes. Al igual que la de los líderes sindicales obreros con sus diferentes orientaciones políticas. La de los líderes estudiantiles era mas difícil. Iban cambiando periódicamente a medida que acababan sus estudios. Solo una parte ellos continuaba con una carrera política pública. Aficionado como era a la lectura se había tomado el trabajo de leer a los intelectuales bolivianos mas destacados, unos mas brillantes que otros. Gente que había intentado entender y explicar su país durante mas un siglo. Su resumen mental de esas lecturas era que esos intelectuales se sentían acosados por la perplejidad, abrumados por la dificultad de la tarea, incluso frustrados. No les era fácil.

De momento la situación estaba controlada. Los Generales al mando del actual gobierno no habían olvidado las lecciones aprendidas en la Escuela de las Américas y desconfiaban de toda forma de socialismo.

Sabían que su permanencia en el poder dependía en gran parte de la Embajada. Pero habían los factores locales a tomarse en cuenta. La antipatía por USA de grandes sectores urbanos y la tradición combativa del pueblo. Su historia mostraba que llegado un momento de generalizado descontento la reacción sucedía frecuentemente de una forma explosiva y con una alta dosis de emocionalidad. Habían llegado, no hacia mucho, a colgar a un Presidente en frente del mismo Palacio de Gobierno. Y estaba también la influencia ideológica del bloque socialista que en algunos despertaba esperanzas. Había que andarse con cuidado.

Haciendo caso omiso de las advertencias del guardia Ribkoff, Christoffer se dio tiempo para pasear La Paz por mano propia y según su humor. Tomó la sola precaución de ir discretamente vestido, con jeans, chaqueta corta de cuero y sombrero de ala ancha, la indumentaria usual de los turistas gringos de modestos recursos. La ciudad le pareció fascinante. Construida sobre un estrecho valle, extendiéndose durante cuatro siglos centralmente a lo largo del valle y lateralmente hacia las empinadas colinas. El pulso de la ciudad era intenso en sus partes centrales, especialmente en las aledañas a la Avenida mas importante, la Mariscal Santa Cruz. Allá se veía una, para él exótica, vorágine de gente con rasgos europeos y gente de apariencia indígena. Los mas una mezcla entre ambos. A medida que la ciudad descendía sobre el valle, hacia el Sur, mas caucásica se veía la gente y mas suave y templado era el clima, con restaurantes y comercios elegantes, calles limpias, casas grandes y una atmósfera general similar a lo europeo. Hacia el Norte apenas había blancos, excepción hecha de los turistas extranjeros. En la zona Norte, donde la altura era mayor y el aire mas tenue, dominaba la etnia local, los aymaras, con su idioma, sus creencias, sus tradiciones. La interacción de razas parecía suceder sin conflictos, incluso con hilaridad, bajo el supuesto de que los de piel blanca llevasen la batuta. La pobreza era generalizada. El caleidoscopio humano vertiginoso. Niños y adolescentes trabajando como lustrabotas, el rostro cubierto por un pasamontañas dejandoles descubiertos solo los ojos. Cañillitas gritando los titulares de los periódicos. Comerciantes ambulantes en puestos improvisados sobre las aceras, vendiendo todo lo imaginable desde gafas para sol y paraguas hasta libros y tensiómetros para la presión arterial. Puestos rodantes de sandwiches, helados y frutas. Cargadores indígenas con sus enormes bultos a la espalda abriéndose campo entre la multitud. Tiendas de discos con sus altavoces a la calle a todo volumen. Escribanos sobre la acera y entre los transeúntes, provistos de una mesita, una silla y una vieja máquina de escribir, tecleando furiosamente documentos jurídicos para sus clientes analfabetos. Microbuses del transporte público parando en cualquier sitio, de acuerdo al humor del chofer, tomando y dejando pasajeros, con los boleteros vociferando la ruta del bus desde la ventanilla. Algún ebrio durmiendo su borrachera sobre la acera. Niños pidiendo limosna. Algún músico o malabarista actuando por unos centavos. Apelotonamiento de autos, bocinazos furiosos. Un caos organizado que no sorprendía a nadie. La lucha por la vida. El esfuerzo diario para no tener que acostarse con el estómago vacío.

El despliegue de la concepción animista de los aymaras era visible en la zona Norte. Sobre las calles Jiménez y Linares se encontró con una gran cantidad de negocios indígenas donde vendían un sinfín de artículos para influir sobre los espíritus y las ánimas que decidían sobre sus vidas. Allá estaban los *yatiris,* con sus ponchos a colores y sus sombreros negros, adivinos de la suerte en las hojas de coca, expertos en curar enfermedades con rituales mágicos y yerbas medicinales. Los fetos momificados de llama tenían un sitial especial, había que enterrarlos en el lugar donde uno construía su casa para que todo salga bien. El pico de tucán protegía contra los malos espírtus, al igual que los diferentes inciensos. Había amuletos para todo uso, para el amor, la riqueza, la salud, la fidelidad, contra los celos, la traición y toda una gama de malos espírtus Christoffer sabía que la cultura aymara era fuertemete reacia al cambio, habían mantenido incólumes sus creencias y tradiciones por siglos. La llegada de los españoles, quienes fundaran aquella ciudad, hacia que muchos aymaras hablaran español por razones prácticas. Pero ahí acababa la influencia hispánica. El catolicismo impuesto por los españoles era apenas una delgada cutícula, sus propias creencias animistas emergían intactas a través de esa frágil cubierta. Christoffer imaginaba algún fanático misionero colonial español repentinamente resucitado contemplando aquello, tirándose de los pelos en desesperación.

Se dio también tiempo para conversar con las diferentes instituciones ligadas a la Embajada. Ahí estaba el Cuerpo de Paz, creado por Kennedy, para cambiar la imagen del "yanki imperialista y matón". Jóvenes idealistas, provistos de su grado de college, cargados de las mejores intenciones, deseosos de ayudare a los pobres. Tenían unas docenas de ellos en el país, distribuídos en diferentes organizaciones. Mirados por los locales con cierta simpatía, como jóvenes cándidos y algo despistados cuya dicción era difícil de entender y que despertaban la pregunta de que diablos los traía por allá. Estaban Alimentos para la Paz, también a iniciativa de Kennedy, repartiendo a los pobres de forma desordenada latas grandes de margarina, cajas de leche en polvo vitaminizada y bolsas de arroz con la bandera norteamericana en la bolsa. Quienes recibían esa ayuda la suponían alguna forma exótica de filantropía gringa sin tener mucha idea de donde quedaba USA. Estaba el Servicio de Información de los Estados Unidos con sus clases de inglés a precios módicos a adolescentes de la clase media cuyos padres consideraban una buena idea que aprendieran algo de inglés. Los muchachos le ponían al asunto un interés tibio, para dar gusto a los padres. Estaba la Alianza para el Progreso, otra de las iniciativas de Kennedy, proponiéndose un incremento económico anual del 2,5% en el país, la eliminación del analfabetismo adulto, la estabilización de precios, la profundización de la democracia y de la reforma agraria y un aumento de la producción agrícola, sin resultados visibles. Estaba US-Aid que metía millones de dólares anualmente con el resultado final de mas dólares que salían que los que entraban. Estaba el Banco Interamericano de Desarrollo, con sus como veinte departamentos y sus donaciones y créditos blandos cuyos resultados eran apenas visibles. Y había otras organizaciones mas que igual no llegaban a ningún lado. La pobreza, la ignorancia y la inestabilidad política se mantenían inalteradas. Al igual que la antipatía hacia USA. La frustración y decepción de bolivianos y norteamericanos parecía ser igual de equivalente como mutua. El mundo de realidades se rehuía a acomodarse a esas buenas intenciones. O quizás mas bien que esa buenas intenciones habían sencillamente desoído a esa realidad.

Sus reflexiones le llevaban a concluir que el Embajador Presley, a pesar de su forma original de manejar las cosas, tenía probablemente razón. Aquello era incomprensible y lo único factible era tener los ojos abiertos. Limitarse a reaccionar a las circunstancias. Había leído en algún lado de un viajero que después de un mes en China quería escribir un libro sobre China, después de un año su pretensión se había reducido a un artículo, a los diez años de estar en China ya no sabía que escribir. Aquello parecía aplicarse a Bolivia. Algún día escribiré un libro – se decía, con una escéptica ironía, pensando en aquel viajero y su libro sobre China.

Demoraron 3 meses antes que Ray Murray y Robert Henrriquez se aparecieran por su oficina. Se habían cruzado varias veces en los ascensores y los corredores de la Embajada, limitándose a un "buenos días" al paso. Christoffer sabía perfectamente quienes eran y que tarde o temprano tendría que conversar con ellos. No lo había hecho porque se ausentaban por semanas. Su oficina el segundo piso estaba frecuentemente cerrada. Christoffer estaba absorto en la lectura de unos documentos con la puerta entreabierta cuando uno de ellos dio unos toques discretos a la puerta metiendo su cabeza.

– Disculpe sir - le dijo – ¿Tendría Ud un par de minutos libres para nosotros?. Nos gustaría conversar con Ud

– Si, por supuesto. Pasen – respondió, levántándose e invitándoles a sentarse al frente de su escritorio.

Robert Henrriquez era alto, fornido, de cabello negro y algo rizado, piel cobriza y rasgos que revelaban sus ancestros negros. Su acento era puertoricano y se presentó como Encargado Operativo de la CIA. El otro, Ray Murray, se veía mas joven que su colega y era físicamente todo lo contrario. De estatura mas bien baja, delgado, rasgos finos, muy rubio y de ojos azules. Se presentó simplemente como agente de la CIA.

– Hemos venido a informarle sobre una operación que tenemos en marcha, sir – le dijo Henrriquez

– ¿De que se trata? - preguntó Christoffer

– Bueno…. Se trata de una operación preventiva… y de alguna manera se podría llamar también disuasiva. La hemos tenido en gestación desde hace unos meses en cooperación con los altos mandos miltares bolivianos y agentes nuestros en la Argentina. Ahora la cosa ha tomado forma. Ud. sabe sir que existe preocupación en Washington por la creciente oposición local a USA, especialmente en alguno sectores jóvenes de la clase media. La idea de la operación es prevenir su futuro crecimiento ya que a la larga podría ser un factor de muy alto riesgo.

– ¿Y en que consiste la operación?

- *Sorry sir.* No tenemos atribuciones aún para darle los detalles. Nuestro mando en Washington nos ha instruido de momento solo informarle de que hay esta operación bajo el nombre de Tantalus. Los detalles se los haremos conocer mas adelante.

- ¿Lo sabe el Sr Embajador?

- No sir. Mr Bert McKinley, nuestro jefe en Washington, considera no adecuado en este momento informar sobre el asunto al Sr. Embajador. Ud conoce a Mr McKinley, ¿verdad sir?

- Si, conversé con él una vez.

- Por lo que entiendo sir, también Mr. Humprey Eastman del Departamento de Estado es del mismo criterio, es decir de no mezclar al Sr Embajador de momento. En otras palabras informar solo a Ud. en su calidad de Asesor Político de la Embajada.

- ¿Y que se espera de mi?

- De momento nada sir. Solo saber que hay esta operación en un plazo relativamente corto. Una vez que esta esté en marcha será Ud obviamente informado sobre los detalles ya que probablemente algunas decisiones de orden político caerán bajo su área de responsabilidad.

- Bueno…. Bueno…- dijo Cristoffer filosóficamente con una sonrisa de resignación – Entiendo que la CIA tiene sus métodos… Gracias por informarme. Ya me lo dirán cuando consideren que debo saber algo mas.

- Por supuesto sir.

- Y porque el nombre raro ese de Tantalus?

- Lo eligieron en Washington sir - respondió Ray Murray que hasta entonces no había dicho nada – Por aquel tipo de la mitologia que está siempre a punto de alcanzar la fruta y el agua y que a último momento siempre se le escapan. Cuando conozca los detalles se dará cuenta que el nombre es adecuado, sir.

CAPÍTULO #31

Rufino Robles con su flamante diploma de abogado bajo el brazo y el rimbombante título de Doctor en Leyes, Ciencias Políticas y Sociales cosechó los frutos de sus contactos hechos en la Universidad y de la fama de inteligente y estudioso que allí se había ganado. El haberse hecho miembro de la Socialdemocracia le abrió las puertas. Ese partido, si bien minoritario, era ahora parte del gobierno y a Rufino le ofrecieron un cargo como abogado en el Departamento Jurídico del Ministerio del Interior, en la mismísima capital, en La Paz. Su padre, Artemio Robles, casi bailó de alegría cuando Rufino le dio la noticia. Y esto es solo el comienzo, pensó. Quien sabe hasta donde podía llegar el muchacho, quizá a senador o a ministro, incluso a Presidente. ¿Porqué no? ¿Si él era inteligente y los tiempos eran ahora propicios? A él mismo le iba bien en los negocios con sus dos pequeñas tiendas, la una en Chaquipampa y la otra en Padilla. Podía vivir ahora con cierta holgura. La maldición que había pesado sobre la familia por generaciones parecía, al fin, ser ahora historia.

Que el Ministerio del Interior tuviera un Departamento Jurídico podía considerarse como una ironía. Lo que menos allá interesaba era la legalidad, En la conciencia colectiva estaba el convencimiento, con rango de axioma, de que el Ministerio de Gobierno estaba por encima de la ley. El infortunado que caía en sus garras podía aferrarse a cualquier tabla de salvación exceptuando la ley. Estaban no obstante, ocasionalmente, los abogados de algunas víctimas con sus habeas corpus, sus solicitudes de fianza, sus reclamos de inocencia y sus apelaciones de rigor. Rituales que el Ministerio toleraba para dar una una imagen de legalidad. En la práctica puras ficciones, pasatiempos, escaramuzas legales condenadas a acumular polvo en algún estante subterráneo. El

Ministerio del Interior no rendía cuentas a nadie. El padre de Rufino tenía razón. El cargo le abriría al hijo, al margen de un salario decente, buenas oportunidades al futuro.

Fiel a su recatada personalidad y observador de las apariencias Rufino consideró aconsejable el casarse lo mas pronto posible, antes de asumir su flamante trabajo. Un hombre casado ofrecía una imagen mas respetable que uno soltero. Su padre consideró aquello como una buena idea y se encargó de los preparativos. Su novia Marinella no puso mayor objeción. Su título de enfermera pasaría así definitivamente a algún cajón de la casa a acumular polvo. La ceremonia de matrimonio y la fiesta fueron discretas con unos pocos invitados de parte de ambas familias. Al fin y al cabo se trataba de una emergencia y la reciente fiesta de graduación le había costado al padre su buen dinero.

A las pocas semanas Rufino estaba instalado en una pequeña oficina en el tercer piso que ocupaba la Sección de Asesoría Jurídica del Ministerio del Interior en La Paz, Su personalidad reservada había hecho buena impresión entre sus colegas mayores. Uno de los instrumentos de trabajo mas valiosos del Ministerio era justamente la reserva. Que no se ventilara afuera lo que se hacía adentro. Con ojos asombrados Rufino fue familiarizándose con la ciudad que se le antojaba como una metrópoli. Caminando por sus calles tenía la premonición de que el futuro le escondía sorpresas prometedoras. De Chaquipampa a La Paz – se decía satisfecho mezclándose en ese caleidoscopio humano de la urbe - un gran salto.

En el Frente Cristiano Revolucionario la idea de la lucha armada iba tomando forma. Su línea divisoria con el frente armado que acompañara al Che en su guerrilla se iba haciendo difusa. Algunos hablaban abiertamente de levantarse en armas. Difícil saber cuales de los cristianos se habían convertido en militantes del movimiento dejado por el Che que aún seguía activo. Lo mantenían en secreto. Habían surgido otros grupos minoritarios. Uno, que se proclamaba indigenista, con ambiciones de un retorno a la sociedad perfecta de los Incas antes de la llegada de los españoles y con un par atentados violentos sin mayor impacto como carta de presentación. Los maoístas, por su lado, pregonaban una insurrección campesina a la manera de Mao aunque sin interés real de llevarla a cabo. En los círculos donde Gabriel se movía había una competencia mutua para mostrarse como el mas "rojo", el mas radical. Nadie quería quedarse atrás. Había quienes se veían a sí mismos como versiones modernas de los héroes de la Guerra de la Independencia contra España, esta vez contra el imperialismo norteamericano. Uno que otro alimentaba en secreto la ilusión de convertirse en un nuevo paladín a la manera de Monteagudo o de Jose´Antonio de Sucre. Ser un nuevo Simón Bolívar era como mucha ilusión,...pero ¿quien sabe?

El ambiente general entre los guevaristas era por lo demás penumbroso. Habían rumores de pugnas internas, acusaciones, vendettas y alguna ejecución sumaria. Una muchacha y un varón joven aparecieron muertos a balazos en las afueras de La Paz. El grupo guevarista acusó al gobierno. Luego se mostró que aquello había sido el resultado de una disputa por faldas al interior del grupo.

Gabriel que estaba en el último año de la Facultad, cuidando de sus estudios como mejor podía, absorbido por su actividad política. El siguiente año iniciaría su internado. Ahí no se admitían ausencias, se vivía prácticamente en el hospital.

De haber sido Gabriel contactado 2 meses mas tarde su respuesta habría probablemente sido un rotundo no. Ya habría entonces comenzado su internado y, sobre todo, no podía hacerle eso a su hermano cuyos planes en ese momento le eran sin embargo desconocidos. Pichin y su novia los revelarían a la familia recién semanas mas tarde. Los novios habían querido organizar su boda por si mismos antes de decírselo a los padres. Lo tenían casi todo listo. La ceremonia seria en el Templo de Santa Mónica y la fiesta en el Restaurante del Parque Bolívar con capacidad para mas de 150 huéspedes, al lado del Club de Natación. Habían incluso acordado el menú de la cena, los vinos y la orquesta. El jefe del restaurante les había prometido vinos chilenos que normalmente no se vendían en la ciudad. Para Pichin aquella fiesta marcaria no solo el comienzo de una etapa de su vida, sería también el adiós último a un estilo de vida en agonía. Una fiesta para recordar, con estilo.Los invitados serian de las familias tradicionales, es decir blancos, de su clase. Lo caballeros vestirían smoking o al menos traje oscuro, las damas traje largo. La única concesión sería la familia del novio de María Elena que eran mestizos pero que probablemete se excusarían para no asistir. No se encontrarían cómodos en aquel ambiente. Pichin tenía ahora el dinero suficiente. La cervecería vendía bien y sus 4 camiones de transporte daban bastantes ganancias. El futuro se le pintaba promisorio.

Fue cuando Gabriel salia una noche de una reunión del Frente Cristiano Revolucionario que Antonio le tomó del brazo y con aire de secreto y en voz baja le dijo que había un "compañero" que quería hablar con él. Antonio era nuevo en la ciudad, tenía ese andar grácil y elástico de la gente del trópico, ignoraba las eses al hablar y era de contextura fuerte. Los rumores decían que había sido soldado de las tropas de asalto en el ejército antes de hacerse revolucionario. Su apariencia como que lo mostraba. Lo llevó a un café sobre la Calle Audiencia que a esa hora solía estar casi vacío. Cuando Gabriel entró al local había una pareja sentada en una mesa apartada. Eran Adrián y Sofia.

Gabriel no había visto a Sofia por unos años, supuso que había abandonado la ciudad. Lo último que podía esperar era encontrarse con ella en esas circunstancias. Se quedó rígido al verla y por un segundo no supo que decir. Seguía tan atractiva como la recordaba y sintió fugazmente la vieja y pasajera pasión que un día sintiera por ella. Mantuvo sin embargo la compostura sin mostrar emoción. Ambos fingieron no conocerse y se presentaron como si estuvieran viéndose por primera vez. El hombre se presentó como Horacio. Tenía un claro acento argentino y una expresión seria. Hechas las presentaciones Antonio se excusó abandonando el local.

Adrián comenzó felicitando a Gabriel por su compromiso revolucionario, que Latinoamérica necesitaba gente como él, consecuente y firme con los principios y decididos a la lucha. Que la lucha contra el Imperialismo sería larga y difícil, que exigía renuncias y sacrificios pero que el triunfo llegaría en su momento. Le preguntó si creía en la lucha armada. Gabriel le contestó que esta podía ser necesaria. En ese caso, siguió Adrián,¿ no era ya hora de incorporarse? Le dijo que el grupo tenía tanta confianza en Gabriel, que podía confesarle que la cosa estaba en marcha, incluso ya avanzada y la zona ya elegida. Que esta vez se harían las cosas mejor que en la anterior. Que Cuba daría apoyo logístico. Que una vez establecida la guerrilla tendrían apoyo de tropas cubanas, paracaidistas inicialmente. Mas tarde, y una vez que la guerrilla esté consolidada, Cuba se encargaría de hacer pistas de aterrizaje para apoyo logístico de armas, vituallas y todo o necesario. La cosa iría en grande. El imperialismo tendría que temblar. Las perspectivas se veían favorables. El gobierno no contaba con apoyo popular. Apenas la guerrilla inicie sus operaciones el descontento popular se haría sentir en la ciudades. Que también había grupos de apoyo urbano listos para entrar en acción en su momento. Que la cosa se iría adaptando al desarrollo de la situación política. Sonaba convincente. Sofia no dijo una palabra, mirando fijamente a Gabriel con esos sus ojos grandes marrones que parecían no pestañear nunca.

Gabriel quedó pasmado. La idea de la guerrilla le había dado vueltas en la cabeza cientos de veces, pero siempre como una posibilidad remota, casi como solo un juego mental. Y ahora repentinamente aparecía como algo real mientras el hombre con su acento argentino y sus bigotes castaños se lo decía mirandolo con ojos escrutadores. Y Sofia le miraba fijamente, sin pestañear, como midiendo su reacción. Aquello sonaba a serio. No solo serio. Muy serio. Tenía que pensarlo. Necesitaría unos días. No era una decisión que podía tomarse así, al segundo. Quedaron en un nuevo encuentro en un bar apartado, en realidad un tugurio, que llevaba el apropiado nombre de El Refugio del Che, tres días mas tarde.

Tenía que conversarlo con alguien. El único que le parecía apto era Fritz Schneider, su mejor amigo. Se preguntó por un momento como sería si el Padre Justi estaria todavía por allá y lo echó de menos. Justi vivía ahora en Quito, allá enviado por la Compañía años atrás De todas maneras no hubiera sido aconsejable tocar el tema con Justi ni este lo hubiera entendido. Fritz reaccionó de una forma efusiva. Con alegría. "Al fin Gabriel – le dijo – al fin podemos estar en la misma trinchera". Por primera vez Gabriel vio a un Fritz elocuente. Lo tienes que decidir naturalmente tu pero yo ya estoy adentro y estoy feliz de haberlo hecho, le dijo. Le da a mi vida un sentido, una meta superior a mi mismo. Fritz estaba convencido de que la lucha sería dura pero corta. Que el pueblo estaba tan cansado de la situación que se levantaría en su apoyo. Que recién ahí podrían construir una nueva Bolivia, desde la bases. Aquello que habían soñado años atrás cuando salían juntos de excursión al campo. Intercambiando confidencias se mostró que Fritz había sido también contactado por un argentino, Horacio, quien lo convenció a enrolarse. Horacio era, según Fritz, un experimentado combatiente, con trayectoria internacional. Si, había estado también presente una muchacha. Fritz no estaba seguro que se llamara Sofia. Al parecer la muchacha no le había hecho mayor impresión. Para Gabriel, que Sofia estuviera mezclada en el asunto le parecía de buen augurio.

Cuando Gabriel llegó al Refugio del Che para dar su respuesta de que si, de que incorporaba a la guerrilla Adrián estaba allá solo. Sofia había desparecido y Adrián tampoco la mencionó. Gabriel, por algún inexplicable motivo, se sintió cohibido de preguntar por ella. Adrián se limitó a felicitarle efusivamente, darle la bienvenda al grupo llamándolo "compañero" e incluso "viejo querido" y darle algunas instrucciones. Se despidieron cordialmente, casi como antiguos amigos. Los dados están tirados, se dijo Gabriel a si mismo, con una mezcla de temor y orgullo, mientras volvía a casa después de aquella conversación. Un poco amoscado porque Sofia no hubiera estado presente pero entendiendo que aquello se debería a motivos de seguridad.

Los siguientes 2 meses fueron frenéticos. Se mostró que eran 3 de Sucre los que habían decidido incorporarse y que todos deberían de trasladarse La Paz. Arregló en la Facultad de Medicina los certificado de notas y cursos aprobados bajo el pretexto de hacer su año de internado en La Paz. A su madre le mintió indicando que había sido aceptado para hacer su internado en el Hospital Obrero de aquella ciudad, mucho mas grande y equipado que el de Sucre y con ello mejores oportunidades de aprendizaje. Le dijo que allá recibiría ya un salario como médico residente y sería independiente económicamente. Unas semanas mas tarde los 60 que habían sido reclutados en diferentes lugares del país ya estaban congregados en La Paz. Todos eufóricos y casi impacientes de comenzar las operaciones. Los que venían de afuera fueron ubicados en diferentes "casas de seguridad" privadas. El grupo mostróse conformado por gente de antecedentes similares a los de Gabriel, tez blanca, muchos eran ex-alumnos de colegios privados, algunos conocidos como líderes estudiantiles, hijos de familias antiguamente dueñas de tierras, incluso de Generales del Ejército o de familias con vínculos en las esferas de poder y las finanzas. Eligieron como nombre el de Ejército de Liberación Patriótica, ELP. Eximieron lo de cristiano para también despertar simpatías entre los que no lo eran.

Solo unos cuantos de los futuros guerrilleros tenía experiencia de armas. Una fase de entrenamiento físico y militar se puso en marcha.

Se les recomendó gimnasia diaria, largas caminatas y, de ser posible, también carreras. Los fines de semana fueron sacados a lugares lejanos y desolados donde se familiarizaron con las armas. A los dos meses se los consideró ya aptos para la misión.

Habían elegido como zona de operaciones una área selvática colindante al parque natural conocido como Territorio Indígena Pilón Lajas, lo suficientemente extensa y alejada como para poder desarrollar sus campamentos sin mucho acoso de los militares pero también con cierta proximidad a pequeñas comunidades donde podrían aprovisionarse y eventualmente recibir ayuda en caso necesario. Mas tarrde contaríain con la ayuda decuba. Quienes años después se tomarían el trabajo de estudiar esa estrategia se rascarían la cabeza intrigados. En la zona vivían unas cuantas comunidades nómadas selváticas pertenecientes a las etnias de los mosetenes, chimanes, tacanes y otros, con sus propias lenguas, todavía en la edad de piedra y sin una idea de que hubiera un país llamado Bolivia. Había por cierto pequeños asentamientos de indígenas aymaras emigrados allá del Altiplano pero lo suficientemente ocupados con su propia supervivencia y sus cultivos de café como para no pensar en otra cosa.

Le tomó al grupo varias semanas el transporte de armas y vituallas a esa zona remota. Lo hicieron en fracciones menores para no despertar sospechas y con diferentes pretextos para los puestos de control caminero. Unas veces eran geólogos que hacían un levantamiento de la zona, otras veces alfabetizadores o médicos o botanistas o hidrólogos. Las armas cuidadosa y astutamente ocultas en los vehículos. En eso viajes se fueron familiarizando con la zona, al menos superficialmente. Su mayor confianza radicaba en el el impacto urbano que aquello tendría una vez que la guerrilla se haga pública.y en un posterior apoyo cubano. El escenario natural les era deslumbrante con una carretera endemoniada y angosta, bordeada de precipicios profundos, que bajaba del los 5000 ms de altura en la zona de El Alto, en La Paz, a los 1500 ms de altitud en Coroico en algo así como 100 kms. De ahí seguían bajando a Caranavi con una altitud apenas encima de los 600 ms y un trópico exuberante. Su punto base lo habían ubicado en las proximidades de un villorrio selvático olvidado de Dios, a 237 km de La Paz, llamado Palos Blancos. El viaje a la zona les tomaba 7 horas, las mas de ellas, rodeados de selva densa.

Una vez concluídos los trabajos logísticos y con un campamento provisional en la selva la carta de presentación pública del ELP vino como una sorpresa. El secuestro de los funcionarios canadienses y norteamericanos de la United Forest and Woods,.

La United Forest and Woods se había establecido en la zona 5 años atrás en base a concesiones dudosas de una extensa área selvática para explotación maderera. Los empresarios de origen canadiense y norteamericano se habían lanzado con gran entusiasmo a la tala de árboles de maderas nobles, especiamente tajibo. Pero había también caoba, ipé, itahuba, caricari, cedro, ruta barcina y mandrilo que tenían un mercado seguro en USA y Europa: Sabían del negocio. Sus topadoras y palas mecánicas trabajaban a toda máquina limpiando el bosque. Sus grúas rodantes y sus sierras eléctricas eran confiables. Árboles enormes eran reducidos rápidamente a troncos del tamaño adecuado para el transporte, primero por tierra y luego por río. Negocio redondo. Sin control alguno porque la compañía y el gobierno compartían el mismo sagrado principio: donde no hay ni árboles ni animales está la civilización. ¡A civilizar se dijo! En el río Securé tenían construido un puerto para las barcazas que trasladaban la madera primero al río Mamoré y luego al Madera, ya en territorio brasileño. De ahí al Atlántico era cosa de niños, sobornos incluidos a los funcionarios aduaneros.

Dos canadiense y dos norteamericanos, cogidos de sorpresa, aterrados y sin entender nada de nada, fueron secuestrados. Los guerrilleros usaron los aparatos de radio de la compañía para mandar sus mensaje a las radios comerciales en La Paz. El mensaje proclamaba que el gobierno capitalista y explotador sería derrocado, el pueblo se estaba levantando en armas, el imperialismo norteamericano sería expulsado del país, la lucha por el socialismo estaba en marcha. Concluía con el clásico de ¡Patria o muerte. Venceremos!. Comunicados similares de las unidades urbanas del del FLP fueron enviados a las radios. Los gringos fueron liberados a las pocas horas, un par de kilómetros selva adentro. Eran capitalistas y explotadores por cierto pero se ganaban el pan trabajando en esas zonas remotas, lejos de sus propios países y familias. El alma les volvió a cuerpocuando fueron despedidos con un apretón de manos y la consigna, mas jocosa que seria, porque obviamente jamás la cumplirían, de tratar bien a sus obreros. Gabriel tuvo el humor de decirles que si decidían cambiar de profesión eran bienvenidos a la guerrilla. Dentro de su confusión y miedo los gringos interpretaron el trato como mas cordial que intimidante. Los guerrilleros ya no tenían nada que hacer con ellos. Su mensaje había sido enviado al éter. La guerrilla había empezado.

CAPÍTULO #32

Al Coronel Esteban Urquizu le cayó la misión que le encomendara el Alto Mando Militar como una bendición. Su oportunidad de. volver a las trincheras, de vestir de nuevo el uniforme de combate, de mirarse otra vez al espejo sin avergonzarse, de recuperar su autoestima. Quizás hasta su mujer le mostraría otra vez respeto. Su vida volvería a la normalidad. Los dos últimos años habían sido caóticos. Mentiras, explicaciones rebuscadas, alcohol, mal sueño, comidas a medianoche para calmar los nervios. Su abdomen había crecido de forma alarmante, el rostro se le había vuelto fofo, los ojos tenían como una tonalidad rojiza, una papada le desfiguraba el rostro Y todo por faldas.

Èl que siempre había tenido una figura atlética y una hoja de servicios impecable. Entre los mejores de su promoción en el Colegio Militar. Destinado como joven subteniente a Rurrenabaque, en la plena selva, casándose allá nada menos que con una reina de belleza local que le había dado tres hijos. Ahora Comandante del Regimiento Tarapacá en La Paz, en unos años mas quizás General. Pero habían pasado cosas. Ocurrírsele enamorarse de Milenka fue una desgracia, no lo podía entender. Estando él feliz casado, con una mujer que, a pesar de los años y los kilos se veía mejor que la amante. La amante por cierto diez años mas joven. Pero eso no lo explicaba. Era simplemente el embrujo. La mujer lo tenía encandilado, tenía sus cosas. Era una malabarista de las artes eróticas, como si dominara a la perfección las artes del kamasutra, capaz de llevarlo al mismísimo séptimo cielo, como se dice, Imposible resistirse. Y al fin, claro, la esposa se había enterado. Y con el temperamento que ella tenía. Una fiera. Cuando la cosa salió a luz se armó el drama. Llantos, gritos, acusaciones, insultos, amenazas, arañazos, mas de un plato roto. Y en su arrebato de furia la mujer cogió la pistola de servicio del Coronel, poniéndole el caño al cuello con un "te mato, desgraciado". Urquizu pensó que le había llegado su hora. Por suerte ella cambió de idea a último momento diciéndole que si él no rompía "con aquella puta" le metería un balazo, no en la garganta sino en los meros testículos. Y él la sabía capaz. Al fin y al cabo era nacida en el trópico y allá la gente tiene la sangre caliente. Hacía semanas que no se hablaban. Y Milenka llamándolo por teléfono todos los días, que quería verlo, y él resistiendo la tentación heroicamente, pensando en sus testículos. Menos mal que ahora el Alto Mando Militar venia a su rescate.

Fue llamado al Alto Mando Militar en la zona Irpavi un lunes en la mañana. No sospechaba de lo que se trataba. Apenas llegó se dio cuenta de que era algo importante. Allá estaban dos Generales de Brigada, el que tenia el cargo de Jefe del Estado Mayor y el que era Comandante General del Ejército. Además un civil, el Ministro de Interior, y un militar joven que hacia de edecán. Tenían unos mapas abiertos sobre una mesa grande.

- Coronel – le dijo el Jefe de Estado Mayor – otra vez estos bolcheviques nos están dando dolores de cabeza. Como sabe han armado su guerrilla por el lado de Palos Blancos Hemos discutido la emergencia ayer domingo y creemos que Ud es la persona indicada para dirigir las operaciones. Conoce bien la zona, ¿no es cierto?

- Si mi General – he estado varios años estacionado por esos sitios, tengo experiencia del trópico.

- Pues muy bien. No sabemos exactamente el número de guerrilleros y cuan bien entrenados están. Según nuestros cálculos son alrededor de 60. Todos universitarios, muchos de buenas familias. Incluso algunos de ellos cristianos.Una gran desgracia. Alguien les lavó el cerebro.

- Realmente una desgracia mi General

- Pues bien, el Tarapacá será movilizado inmediatamente a la zona. Disponga de 100 hombres de momento. Arme su campamento en Palos Blancos

- No es problema mi General. Con 100 hombres seguro que los cazamos, aunque la selva por ese lado es difícil.

- No se trata de cazarlos Coronel – nuestra estrategia es de solo aislarlos. La selva nos hará el trabajo, ¿entiende?. La labor del Tarapacá será solo de vigilancia. Que nadie entre ni salga de la zona. Ni un solo periodista esta vez. Con el lío que los periodistas nos armaron cuando el Che tenemos mas que suficiente Que no entre nada, ni gente, ni vituallas. Ningún apoyo. Ninguna publicidad. Nada.

- Pero por ahí se organizan mejor y crecen mi General
- No se preocupe Coronel. Los tendremos vigilados todo el tiempo. Nuestros amigos americanos nos están ayudando. ¿Ve este mapa? Pues es de la zona. Nos lo ha pasado el Instituto Geodésico Militar, es el mas completo que existe. Aunque como se trata de zonas desoladas tiene muchas lagunas. Pero es lo mejor que tenemos. Este es el lugar – dijo señalando con el dedo un punto rojo marcado en el mapa - donde iniciaron sus operaciones con la toma de la United Woods and Forest,. Estamos mandando hoy una copia exacta de este mapa a Washington, por correo diplomático.

- ¡Aha!. Fue lo único que atinó a decir el Coronel
- ¿Ve que lo hemos cuadriculado?- preguntó e General
- Si mi General
- Pues ahí está el asunto. El mapa abarca 40 kms por lado, o sea 1600 kms cuadrados, ¿Ve?
- Si mi General
- Es muy poco probable que la guerrilla se mueva fuera de esa extensión. La selva allá es tupida y con muchas colinas, difícil de abrirse campo, ¿no es cierto?
- Si mi General, es así
- Bien, pues el mapa está cuadriculado, 40 líneas por lado, una casilla por kilómetro. Las horizontales llevan número, las verticales letras. Como faltan letras del alfabeto, a partir de la Z estas llevan números adosados Z1, Z2, Z3, etc. ¿Entiende Coronel?
- Si mi General
- O sea que tenemos encasillados los 1600 km cuadrados, ¿no es cierto?
- Si mi General
- Bueno. Aquí viene la cosa. Nuestros amigos americanos tienen un satélite ahí arriba – señalando con el dedo hacia el techo – Se llama Corona y algo mas, unas letras de código que ellos tienen. No interesa. Lo que interesa es que cada dos días pasará encima de la zona de Palos

Blancos tomando fotografías en infrarrojo. Foto normal no tiene gracia en la selva, Lo único que se ve son árboles, ¿no es verdad?

- Si mi General

- Pero los guerrilleros tienen que hacer fuego, para cocinar, para protegerse de las fieras y todo eso. El satélite eso lo detecta. ¿Entiende Coronel?

- Si mi General

- Cada dos días nuestro amigos americanos nos mandarán en resultado de sus observaciones del día anterior por telex con la posición, por ejemplo 3C o 7D o 15H o lo que sea. Cada resultado vendrá con un número adicional que indica cuan confiable es la observación, de 1 como poco confiable a 5 como totalmente confiable. La ubicación de la casilla correspondiente en el mapa y la confiabilidad estarán separados por el signo de línea. O sea que un mensaje típico podría ser B8-4, es decir que el grupo ha sido detectado en la casilla B8 del mapa y que la confiabilidad de la observación es bastante alta. ¿Entiende Coronel?

- Si mi General

- Así Uds sabrán cada dos días donde se encuentran esos muchachos, si están quietos o en movimiento y si están en movimiento hacia donde se dirigen. Uds solo los siguen de lejos. Nada mas. Y controlan la zona por supuesto.

. Muy bien mi General.

- Llévese el mapa Coronel, será su instrumento de trabajo. Y haga sus preparativos. Ya le informaremos por radio cada dos días acerca de las posiciones que nuestros amigos americanos nos vayan dado por telex. Ud actúa en consecuencia.

- Muy bien mi General

- Eso seria todo. Que tenga suerte Coronel.

- Gracias. A su orden y con su permiso mi General – y el Coronel levantó la mano a la gorra haciendo simultáneamente sonar los tacos de sus botas en un saludo militar retirándose con el mapa enrollado bajo el brazo.

Se sentía de pronto liviano y contento. Su vida podría volver a la normalidad. Milenka dejaría de ser una tentación apenas el se ponga el uniforme de combate. Al abandonar el Alto Mando Militar prometió solemnemente ponerse inmediatamente a dieta y bajar de peso. Ya sabrían aquellos guerrilleros con quien se la tenían que ver.

CAPÍTULO #33

El Coronel Esteban Urquizu no tuvo mucho que hacer. Se podría decir que prácticamente nada. Tuvo, eso si, bastante tiempo para dedicarle atención a su dieta de adelgazamiento que la tomó en serio. Con sus 100 soldados, un capitán, dos tenientes y cuatro sargentos instaló su campamento en las proximidades de Palos Blancos de acuerdo a las órdenes. La United Forest and Woods les prestó con entusiasmo y sin costo alguno la maquinaria necesaria para la construcción de unas viviendas provisionales. Un par de galpones abiertos para los soldados y los sargentos donde podían colgar sus hamacas y pasar la noche bajo techo, una cabaña rústica bastante amplia para los oficiales y un galpón de depósito para sus vituallas. Con la mano de obra de la soldadesca y la maquinaria de la empresa aquello quedó listo en apenas cuatro días. Patrullas de reconocimiento y exploración fueron enviadas a las zonas selváticas aledañas y se estableció un puesto de control permanente sobre el único camino de acceso a Palos Blancos cuyo tráfico normal se reducía, en el mejor de los casos, a tres o cuatro vehículos por día. De los guerrilleros ni sombra.

Los guerrilleros, por su lado, se enfrentaban a sus primeros contratiempos. Braulio, su Comandante, hombre con experiencia previa como guerrillero, mostró ser una persona autoritaria y cortante que no admitía réplica a sus órdenes. Una atmósfera de irritación emergió pronto dentro del grupo. Braulio había además insistido en dirigir él mismo la marcha hacia el noroeste, donde debería haber un par de comunidades de mosetenes y tsimanés. El plan inicial era establecer contacto con estos para el futuro, sobre todo como fuente de alimento. Después de dos días de caminata descubrieron que Braulio estaba guiando al grupo en la dirección equivocada, hacia el noreste. La discusión a lo que aquello dio lugar, por momentos acalorada, concluyó con otorgar la dirección de la marcha a Tomás que era el mas familiarizado con la lectura de mapas y el uso de la brújula. El mapa con que el grupo contaba, el mismo que el del Alto Mando Militar, es decir producto del Instituto Geodésico Militar, era vago en detalles. Los asentamientos indígenas en cuestión estaban además basados solo en rumores de que los mosetenes y tsimanés vivían de la pesca en un afluente del rio Rapulo. El rio Rapulo figuraba en el mapa con nombre pero el tal afluente era solo una línea en zig-zag que al parecer no tenía aún un nombre.

Las dificultades de la selva empezaron a hacerse sentir. Las picaduras de los mosquitos eran una permanente plaga, Imposible protegerse. El terreno difícil de ser forzado, con colinas pronunciadas y vegetación tupida. Había que abrirse campo a machete cuidándose de no ser mordido por una serpiente. El calor y la humedad sofocantes. Esporádicamente las lluvias torrenciales convertían el suelo en un lodazal resbaloso. La noche, tan o mas bulliciosa que el día, poblada de sonidos misteriosos y animales en movimiento con el riesgo siempre presente de un puma o un jaguar hambriento. El hacer noche sin un campamento adecuado mostró ser riesgoso. El primer incidente se produjo ya al tercer día. Arnoldo, algo obeso y que desde el comienzo había tenido problemas para seguir el ritmo de la marcha, fue picado por algún insecto en la pantorrilla mientras dormía. Inicialmente pareció algo banal pero al día siguiente la pantorrilla se le hinchó de una forma grotesca impidiéndole prácticamente el caminar. Sus compañeros mas cercanos tuvieron que ayudar y llevarlo casi a rastras. Gabriel, el médico oficial del grupo, intervino con una dosis alta de cortisona que se mostró efectiva. Al tercer día la hinchazón había desaparecido.

Habían dado por seguro que apenas la guerrilla fuera conocida por el ejército se les lanzaría en su inmediata persecución. Los choques armados armados serían inevitables. Y con ello la atención pública. Soldados muertos suponían publicidad. El ejército no podría ocultarlo. Pero se equivocaron. No había presencia de soldados por níngún lado. El hermetismo militar era total. Sus comunicados escuetos. NI siquiera hicieron público que tenían gente suya en Palos Blancos. La impresión de los guerrilleros era la de estar siendo ignorados. ¿Que gracia tiene portar armas si no se tiene un enemigo contra quien usarlas?

La radio portátil que cada uno llevaba consigo les daba acceso a algunas estaciones de La Paz. Usaban solo un aparato por vez y solo para escuchar los noticieros centrales de Radio Fides y Altiplano, una hora en la noche, para ahorrar las baterías. Los noticieros los desalentaron. Se habían esperado una suerte de convulsión en las ciudades y que la guerrilla ocupara la mayor parte de la atención. Pero no sucedió tal cosa. Después de los primeros días en el que incidente realmente hizo noticia la cosa se fue calmando. No habían signos de ninguna convulsión social. El gobierno estableció una estricta censura informativa y la prohibición absoluta de la difusión de los comunicados del ELP. Ningún periodista fue permitido a acercarse ni siquiera a las proximidades de la zona de operaciones. Las células urbanas del ELP tuvieron que contentarse con "palomitas" repartidas a la rápida, casi a la carrera, en las calles o en la Universidad, con información y apoyo a los guerrilleros. A las dos semanas algunos noticieros ya no hacían mención a la guerrilla. El ejército parecía no tomarlos en cuenta. Ni la menor señal de presencia militar en la zona. Durante esas semanas no encontraron otra señal humana que la suya propia. Para complicar las cosas el aparato de radio para comunicarse semanalmente con una célula del ELP en La Paz a una hora convenida quedó fuera de uso. Al subir una colina empinada el que lo portaba perdió el control de su mochila que cayó hacia un arroyo varios metros abajo. Cuando bajaron a recogerlo el aparato había estado sumergido en el agua por un buen tiempo y no se había tomado la precaución de envolverlo en un plástico impermeable. Difícil decir si fue el agua o el golpe de la caída lo que convirtió el aparato en inservible. Estaban aislados del mundo. Su única esperanza era establecer contacto con los indígenas o que el ejército se tomara la molestia de atacarlos. Un choque armado tendría que hacer noticia y los soldados tendrían que portar consigo alimentos. La escasez de alimentos ya se dejaba sentir y se habían impuesto a si mismos un racionamiento.

Lesiones menores daban lugar a problemas de movilización. Vladimir, estudiante del algo indefinido en La Paz y con una estadía previa de 2 años en Checoeslovaquia por motivos igualmente indefinidos, delgado, bastante alto y normalmente aficionado a la vida sedentaria, se luxó un tobillo al vadear una quebrada. El tobillo se le hinchó y le costaba apoyar el pié. El vendaje elástico ayudó solo parcialmente. Gabriel le tuvo que dar analgésicos dos veces al día y encontrarle una rama apropiada a manera de bastón que alivió parcialmente el problema. Carlos, estudiante de Sociología en La Paz, con una engañosa apariencia de adolescente a pesar de sus 23 años cumplidos y propenso a la distracción, perdió su cantimplora en algún lado, él mismo no sabía donde. Los otros tuvieron al futuro que compartir con él el agua de sus propias cantimploras. Darío, un muchacho mocetón y musculoso, estudiante de Ingeniería, se hizo una herida en una mano que se le infectó, el dolor le impedía usar esa mano. El vendaje y los antibióticos de Gabriel ayudaron y a la semana la herida había curado.

Gabriel se ganó el apodo de "Doctor", lo cual parecía natural, y también la confianza de sus compañeros con sus dolencias tanto reales como imaginarias. "Doctor ¿quieres mirarme esto?" era algo corriente.

A los 17 dias se produjo la primera baja. Y no por bala sino por una mala caída. Estaban subiendo una colina muy empinada. La trepada exigía el tener siempre el apoyo firme de un pié y una rama sólida de donde agarrarse a tiempo de ascender. Con la mochila y el arma a cuestas aquello era dificultoso. La noche anterior había llovido y el terreno estaba resbaloso. Ruperto, un estudiante de arquitectura, perdió apoyo y cayó rodando bastantes metros abajo hasta el lecho de la quebrada. El grupo vió con espanto como el cuerpo caía montaña abajo dando volteretas como un muñeco. Los gritos para saber como se encontraba no tuvieron respuesta. Entonces se produjo algo que agriaría al grupo. "Está muerto - fue la conclusión de Braulio - nada que hacer".

- Puede que esté solo inconsciente - dijo alguien de entre la maleza

- Es lo mismo – dijo Braulio – nada que hacer. No podemos demorar al grupo. Bajar a rescatarlo sería demasiado riesgoso. Ahí lo dejamos.

A Gabriel le salió el espíritu de médico

- No – dijo – no podemos dejarlo. Es un compañero. Puede que esté solo inconsciente y necesite ayuda. Yo bajo a ver.

- Yo te acompaño – le dijo Fritz

El grupo tenía una sola soga, de algo así como 10 ms y dos pequeñas picotas plegables de montañismo. Con ayuda de la cuerda y las picotas Gabriel y Fritz lograron bajar a la quebrada. Braulio tenía razón, Ruperto estaba muerto. En su caída había dado malamente de cabeza contra una roca. Un charco de sangre sobre la roca testimoniaba del impacto como mortal. Gabriel constató que Ruperto no respiraba, no tenia pulso y sus pupilas dilatadas no reaccionaban a la luz. No había nada que hacer. Después de un momento de cavilación Gabriel y Fritz cavaron con las picotas un hueco bastante provisorio, apenas suficiente para enterrar el cuerpo para que no se lo comieran las fieras. No tenía sentido marcar el lugar ni tenían tampoco con que.hacerlo. Cuando acabaron con ello Gabriel vio que Fritz tenía los ojos con lágrimas.

El incidente, además del impacto emocional, acentuó la división que ya se estuvo de alguna manera gestando desde el principio. El "grupo duro", de Braulio y dos de sus amigos mas cercanos consideraba toda forma de debilidad como algo a ser condenado. Según ellos se estaba allá para pelear, hasta la muerte, no para ir mostrar consideraciones como las mujeres. En el resto del grupo las actitudes variaban, desde quienes mostraban cierta comprensión por los "duros" hasta aquellos que empezaban a pensar que aquella guerrilla era simplemente un sinsentido. Nadie decía sin embargo nada. Crear fracciones en esas circunstancias no era lo mas recomendable.

Fueron semanas de aprendizaje. Especialmente en cuanto al campamento nocturno. Ahora se daban su buen tiempo para prepararlo. La noche caía bruscamente y era realmente oscura. Elegir el lugar adecuado, abrir un claro en la selva, limpiarlo y en su caso nivelar el suelo (las picotas de montañismo mostraron ser de una gran utilidad). Preparar la hoguera. Que cada uno ponga en orden sus cosas. Organizar los detalles de la comida, decidir quienes harían de vigilantes y a que horas. Había quienes, si el cielo no anunciaba lluvia y encontraban el árbol adecuado, que preferían hacerse una cama allá, con hojas y entre las ramas, como los orangutanes. Allá se sentían mas seguros ante un posible puma, jaguar o una serpiente a la deriva.

En algún lugar del subconsciente el grupo había dado por sobreentendido que la selva seria pródiga. Los animales estarían siempre ahí, listos para ser cazados y darles su carne. Los árboles con sus frutos, fáciles de recogerlos. Agua en abundancia. La realidad se mostró diferente. Por cierto que había muchísimos animales, pero siempre ocultos, difíciles de ubicar, casi siempre invisibles y lo suficientemente astutos como para desaparecer sin rastro. Lo de los frutos era un mito, no los encontraban. O estaban demasiado altos y no sabían si eran o no comestibles. Por cierto que había agua en abundancia, cuando llovía, pero en charcos o pequeñas lagunas y ellos no estaban seguros si era o no potable. Varios del grupo tuvieron periodos de diarrea por lo del agua. La primera víctima de enfermedad fue Marcos que empezó con vómitos y diarrea, y con unos ataques de fiebre alta. Murió al amanecer, aparentemente mientras dormía. No se supo si fue el agua o una picadura venenosa ya que tenía también un brazo rojo y muy hinchado. Los antibióticos que Gabriel le dio no tuvieron efecto. A partir de entonces el grupo procuraba beber en lo posible solo del agua acumulada en las hojas grandes de las plantas después de la lluvia.

Al mes de iniciada la la operación la escasez de alimentos se hizo aguda. Habían logrado cazar algunos monos caricolorados, unos cuantos tucanes y seis tapires que sirvieron para calmar el hambre pero que no dieron mucha carne. En solo una ocasión lograron comer de verdad, cuando cazaron una pareja de chanchos monteses con sus crías. Les quedaban una reserva de latas de conserva que las guardaban para una última emergencia. A todos se los veía flacos, greñudos, con la barba recida y con las ropas que cada vez les colgaban mas sueltas.

Objetos corrientes de la civilización empezaron a convertirse en verdaderos tesoros. Una tijera, hilo y agujas, cerillas para hacer fuego, cortauñas, cepillo de dientes, peine, venda elástica, una pinza, líquido desinfectante. Descubrieron cuan importante podían ser instrumentos normalmente banales que no los tenían pero que les habrían sido de extrema utilidad, un martillo, un destornillador, un alicate, una sierra. Había que improvisar todo el tiempo.

A las siete semanas habían todos perdido tanto peso que las ropas les colgaban flojas y mostraban los primeros desgarrones y agujeros. Tenían los ojos como hundidos por la desnutrición. Los mas habían perdido la noción del tiempo teniendo que preguntar el día y la fecha a los que llevaban diario. Estaban ahora en la zona de aquel afluente del río Rapulo donde deberían haber asentamientos indígenas. Desde lo alto de la colina veían abajo el río pero la distancia les impedía decir si se trataba de un río profundo o mas bien de aguas que podían ser vadeadas. Había que bajar para saberlo. La colina caía casi verticalmente hacia el río obligándoles a descender siguiendo el borde de la colina hasta encontrar un sitio apropiado. Les tomaría quizás unos días pero la colina les permitiría una vista panorámica para identificar alguna forma de caserío o campamento.

El Coronel Urquizu en Palos Blancos se rascaba la cabeza intrigado. Los datos que recibía cada dos días por radio desde La Paz le decían de la ubicación del grupo. Cuando miraba el mapa se preguntaba que diablos se tenían esos muchachos entre manos. Su ruta parecía errática, con zig-zags aquí y allá, aunque, eso si, orientada de alguna manera hacia el noroeste. "Para mi que esos muchachos o están perdidos o tienen mucho vodka en sus mochilas" - le dijo a su colega el Capitán Pareja mirando el mapa. "Deje nomas, mi Coronel – fue la respuesta del Capitán – ya verá como vuelven para estos lados o la selva se los come enteritos. No saben en la que se han metido"

A las ocho semanas, y una vez alcanzado el río que para ellos era afluente del Rapulo y que se mostró apto para el vadeo, se produjo el incidente mas serio. Las últimas provisones que les quedaba eran 10 latas de carne enlatada y ocho de sardinas que habían planeado comerlas esa tarde. De pronto resultó que faltaban dos latas de sardina. Braulio se puso furioso y convocó a una reunión de toda la tropa. Se hizo un interrogatorio minucioso, quien había hecho que y en que momento, al final resultó que Sebastian y Hernando eran los sospechosos del robo. Un control de su aliento confirmó que habían comido sardina y con ello se vieron obligados a confesar que si, que eran ellos quienes habían robado las dos latas. Braulio calificó aquello como un acto de traición imperdonable, algo que debía ser castigado, e inmediatamente. Se armó un tribunal compuesto de cuatro combatientes, Braulio y tres mas, dos de ellos del grupo "duro". El tribunal consideró el delito de tal envergadura y tan contradictorio con la moral revolucionaria que la única pena admisible era la muerte. "Personas de esa moral no pueden ser llamados compañeros, ni revolucionarios – dijo Braulio – ni pueden estar entre nosotros, no merecen vivir". Fueron sentenciados a muerte. Se sorteó un pelotón de fusilamiento de cuatro combatientes. Ni Gabriel ni Fritz fueron seleccionados. Gabriel estaba seguro que de ser elegido se habría negado rotundamente, cueste lo que le cueste. Los dos sentenciados fueron llevados una decena de metros selva adentro. El resto del grupo solo escuchó los ruidos secos de las ráfagas de metralla. Nadie mencionó la idea de enterrarlos. El estado de ánimo no estaba para esos detalles menores. Una idea le daba vueltas a Gabriel en la cabeza. Se imaginaba a Braulio en el poder si la guerrilla triunfaba y la idea le provocaba miedo y repulsión. "Algo huele mal en Dinamarca – se dijo a si mismo – y huele realmente mal". En ese momento tuvo también la certeza de que aquel no era su lugar.

Los cuatro días siguientes fueron de pesadilla. La moral del grupo había bajado considerablemente. Estuvieron vadeando río arriba cuidándose de que no hubieran caimanes o anacondas. Les habría gustado pescar pero no tenían con que. Nadie había pensado en ese detalle. No encontraron ninguna señal de un posible asentamiento indígena. Marcos y Roberto que ya habían mostrado antes síntomas de agotamiento se pusieron malos a mediodía lo que obligó al grupo a detenerse. Durante la noche les vino a ambos una fiebre muy alta y escalofríos, se pusieron delirantes. A la mañana siguiente estaban muertos. La quinina que Gabriel les diera pensando en paludismo no tuvo efecto. Había otros que mostraban un agotamiento similar y Gabriel tuvo la mala premonición de que estaban en el mismo camino. Que probablemente el grupo tendría mas muertos en los próximos días.

Aquello era demasiado. Gabriel habló en reserva con Fritz que mostró pensar como él. Como iba la guerrilla aquello era un suicidio. un absurdo. Fritz le dijo que habían varios otros que pensaban lo mismo. Después de un par de días de conversaciones discretas se mostró que eran nueve los que querían abandonar la guerrilla, Le pidieron a Gabriel que se lo dijera a Braulio.

Al día siguiente y una vez que los preparativos de marcha estuvieron listos Gabriel se lo dijo a Braulio, directamente y sin tapujos

– Dejamos la guerrilla. Somos nueve los que nos vamos – le dijo con voz firme, parado frente Braulio que, de cuclillas, estaba cerrando su mochila

– ¿Que? - preguntó Braulio, sin entender

– Somos nueve Braulio. Nos vamos. Hoy. Ahora mismo. Dejamos esto. Ya no estamos mas en la guerrilla. Esto se acabó para nosotros.

– ¿Y se van a donde, carajo? - preguntó Braulio, furioso, poniéndose de pié

- De vuelta. Y no se te ocurra decir que no. Nuestra decisión está tomada y no admite discusión — la actitud de Gabriel mostraba firmeza y tenía el fusil bajo el brazo. Con Braulio nunca se sabia

- Eso se llama deserción

- Llámalo como quieras. Nos vamos. Y que no se te ocurra la tontería de querer impedirlo - Y Gabriel se dio vuelta mientras los otros ocho se le unían — Suerte — añadió volviendo la cabeza hacia Braulio que estaba con la boca abierta. El resto solo miraba sin saber que decir.

En un minuto el grupo de Gabriel se había perdido entre la vegetación en dirección sudeste

CAPÍTULO #34

El Coronel Urquizu en su cabaña de Palos Blancos puso el mapa sobre el piso de tierra dándole una detenida mirada a los puntos marcados de acuerdo a la información que recibía cada dos días del Ato Mando Militar en La Paz. Se volvió hacia el Capitán y los dos tenientes presentes

- Para mi que estos carajitos se dividieron – dijo, marcando los puntos con el dedo - Un grupo sigue en el lecho de ese río que ni siquiera tiene nombre y que parece, según el mapa, ser un afluente del Rapulo. Pero para mi que hay ahora otro grupo y que ese grupo está de retorno hacia este lado. ¿No les parece?

Los otros oficiales se inclinaron sobre el mapa.

- Correcto mi Coronel – dijo el Capitán – Hasta hace 4 días teníamos solo una señal de fuego nocturno en la zona. Ahora tenemos dos. Y esas señales se están además separando. Si el cielo lo permite y nos mandan señales igual de buenas en los próximos días podríamos estar seguros. ¿En ese caso le daríamos la bienvenida al grupo de retorno mi Coronel? - añadió riendo

- Claro Capitán, la que se merecen - contestó el Coronel.

Las observaciones del satélite en los días posteriores confirmaron las sospechas. Los guerrilleros se habían dividido. Un grupo al parecer estaba de retorno hacia Palos Blancos. El otro permanecía en aquel riachuelo, inmóvil o moviéndose muy lentamente río abajo.

Entretanto la lista de los guerrilleros ya era conocida. No solo por los servicios de inteligencia del ejército, del Ministerio del Interior y de la CIA sino también por la población en general. No había sido difícil. Si un hermano o un hijo con simpatías revolucionarias desaparecía misteriosamente y simultáneamente surgía una guerrilla... bueno.... no era necesario ser un Sherlock Holmes. Una información suelta aquí y otra allá, un rumor aquí y otro mas allá y la figura quedaba completa. Muchos de los nombres eran conocidos como dirigentes estudiantiles o hijos de personas no ajenas al gran público. La gente corriente que de un u otra manera sabía quienes eran los guerrilleros sacudían la cabeza en señal de incomprensión, preguntándose que diablos había llevado a aquellos jóvenes a hacer lo que hacían. El hermetismo del gobierno era por lo demás total. Lo único que salía al público eran comunicados escuetos del Comando de las Fuerzas Armadas indicando que la situación estaba bajo control, que un operativo militar de rutina estaba en marcha y que la población podía sentirse tranquila.

Las esposas de dos Generales del Ejército jubilados y que tenían a tres de sus hijos entre los guerrilleros mandaron a las radios una carta abierta pidiendo a las autoridades magnanimidad y comprensión. Que sus hijos eran simplemente víctimas de su compromiso social que los había llevado a esos extremos, al camino equivocado. Que había que ser generoso y entenderlos. Perdonarles la vida. Por cierto juzgarlos ya que lo que hacían no estaba de acuerdo a la ley, pero en un tribunal civil y no militar.

Christoffer Burns había seguido de cerca la escasa información sobre la guerrilla. Tenía dificultades de entender lo que realmente se traían entre manos al margen de la sola antipatía contra los EE.UU. En su criterio aquello era una locura. Sin embargo no podía evitar, asociado a su asombro, una cierta simpatía, aquella que suelen evocar los quijotes y soñadores. Sus enemigos eran quijotes.

Fue en entonces que recibió una nueva visita de Robert Henrriquez y Ray Murra en la Embajada en La Paz. Una copia de la anterior. Robert Henrriquez tocó discretamente la puerta entreabierta de la oficina de Christoffer y metiendo la cabeza preguntó

– ¿Tiene un par de minutos para nosotros sir?

– Si, claro, pasen. Tomen asiento

– Sir – dijo Henrriquez una vez sentados los dos agentes – la vez pasada le informamos de la Operación Tantalus pero por entonces no teníamos atribuciones desde Washington para informarle de los detalles. ¿Recuerda sir?

– Si, por supuesto

- Bueno. Ahora hemos recibido la instrucción de Washington para informarle

- ¡Aha! ¿Y de que se trata?

- Mire sir – siguió Henrriquez – mirando a la puerta entreabierta – ¿ puedo cerrar la puerta sir? Esto es altamente confidencial

- Claro. Cierre la puerta

Luego de cerrar la puerta Henrriquez volvió a su asiento

- Ud sabe por supuesto, sir, de la guerrilla en marcha. Debo informarle que ella es parte central de la Operación Tantalus. O sea que es una guerrilla implementada por nosotros.

- ¿Que? - exclamó Christoffer con la boca abierta de asombro, no podía creerlo

- Si sir. Mire la CIA, y por lo demás también, como ud sabe, el Departamento de Estado, han mirado con extrema preocupación a esa generación joven de intelectuales radicales y fuertemente antiamericanos que se ha generado en este país en estos últimos años Se la ve como una evidente amenaza al futuro, y por muchos años. De ahí la necesidad de una operación preventiva. Neutralizar de una forma definitiva a sus cabecillas. Y ahí entra la guerrilla. No fue nada difícil impulsarla, le digo, en realidad la organizaron solitos y…. bueno...ahí la tiene ahora sir

- Entiendo – fue lo único a lo que Christoffer atinó a decir. Su asombro era total – ¿y ahora que? - preguntó

- Pues sir. Mire, todo ha ido hasta ahora de acuerdo a los planes. La selva se está haciendo cargo de ellos. Lo mas probable es que no salgan vivos. Pero resulta que un factor imprevisto ha entrado en juego. Una fracción de esos guerrilleros tiene al parecer intenciones de entregarse.

- ¿Y como lo saben?

- Vigilancia satelital sir. Tenemos un satélite que les saca fotografías de sus movimientos, imágenes en infrarrojo por supuesto, cuando hacen su fuego nocturno. No muy precisas pero bastante confiables. Trabajamos en coordinación con el Ato Mando Militar boliviano. Ellos saben exactamente lo que está pasando.

- ¿Y se puede saber que tengo yo que hacer con esto?

- Ah viene la cosa sir. Y ese es el motivo por el cual Washington cree que Ud debe estar informado. Si es evidente que un grupo de guerrilleros se entrega, la decisión de lo que se hará con ellos es política y no de la CIA, sir

- Yo diría que decisión debe ser del Gobierno Boliviano, ¿no les parece?

- Si, en teoría si, sir. Pero en la práctica tanto el gobierno boliviano como la CIA quisieran que la decisión sea política y tomada por el Departamento de Estado, en ese caso Ud sir

Christoffer estaba atónito. Apenas podía creerlo y no sabía que decir. Nunca se había esperado una cosa así

- ¿El Embajador Presley lo sabe?

- No sir. Washington considera que seria una mala idea el informarle

- ¿Y porqué? Èl es la máxima autoridad de los EE, UU en Bolivia, ¿no es cierto?

- Correcto sir. Pero Washington considera que el conocimiento de la operación por parte del Sr Embajador le sería distorsionadora para sus funciones como Embajador. Washington considera como mas inteligente que no sepa nada del asunto, que cumpla sus funciones como siempre sin la distorsión que le implicaría el saber de la operación. ¿Me entiende?

–...Creo… que si…

Para el grupo de Gabriel la separación del resto tuvo un efecto emocional positivo. Se trataba de gente que se conocía desde antes y, desde un comienzo, crítico al liderato de Braulio. Como grupo pequeño les era mas fácil moverse. La experiencia de las semanas previas de selva les estaba siendo útil. Habían descubierto unas frutas dulces comestibles que crecían en arbustos y lograron cazar uno que otro chancho montés para alimentarse. A pesar de su debilidad física lograron moverse con relativa facilidad en el terreno. Su intención era llegar hasta las instalaciones de la United Forest and Woods y desde allí contactar con el enemigo y entregarse. No sabían de las barracas militares en Palos Blancos. A la semana de la ruptura y sintonizando las noticias de Radio Altiplano escucharon una entrevista con el Comandante del Ejército que parecía mostrar una actitud benevolente. Según él Comandante los guerrilleros que entregaran las armas serían tratados de forma diferente a los que continuaban en combate, serían considerados como prisioneros de guerra y serían tratados de acuerdo a las normas de la Convención de Ginebra. Que incluso el gobierno estaba discutiendo la posibilidad de someterlos a juicio civil y no militar. Aquello fue recibido con júbilo por el grupo, hasta se abrazaron de alegría. Quizás la pesadilla tendría de todas maneras un final si bien no feliz pero al menos llevadero.

A las tres semanas ya estaban en las proximidades de Palos Blancos. El Coronel Urquizu lo sabía y obviamente también el Alto Mando Militar. Lo que todavía no estaba claro era su número y que hacer con ellos. La única orden que el Coronel Urquizu había recibido era la de un "monitoreo estrecho" y de "evitar en lo posible un enfrentamiento armado". Las patrullas diarias recibieron instrucciones de tener los ojos bien abiertos, replegarse silenciosamente si veían signos de los guerrilleros e informar inmediatamente a su comando. El último informe satelital los ubicaba a mas o menos 15 kms de Palos Blancos, eso significaba un mínimo de dos días de abrirse camino en la selva a puro machete, en terreno accidentado y faltos de fuerzas como se suponía que estaban.

Con lo que el Coronel Urquizu no había contado era con la euforia del grupo al saberse ya cerca de la civilización. Habían escuchando a la distancia, durante unos minutos, algo que les pareció era el motor de un camión, señal inconfundible de actividad humana. El Coronel tampoco sabía del par de linternas para la frente, con las baterías intactas, que el grupo tenía y que permitió que el último tramo lo caminaran de noche. Lo cierto es que el grupo llegó a Palos Blancos antes de lo previsto, el día sábado, antes que amaneciera. Para el grupo fue una sorpresa ver aquellas barracas y los vehículos militares. Los dos guardias de las barracas todavía dormitaban a pierna suelta, semisentados. Estuvieron un buen rato contemplando el puesto militar a cierta distancia. Cuando ya amanecía y los dos guardias se desperezaban antes del resto de la tropa, el grupo de guerrilleros salió al claro donde estaban las barracas, desarmados, con los brazos en alto y portando un palo donde habían amarrado una camisa blanca. Quienes se asustaron fueron los guardias que estuvieron a punto de disparar. El grito de "Nos rendimos. No disparen", los contuvo.

El Coronel Urquizu salió de su cabaña a la carrera, ajustándose los pantalones y todavía con las lagañas del sueño. Detrás de él salían el Capitán y los dos Tenientes, también a medio vestir y sorprendidos.

– ¡Carajo! ¿Son uds los guerrilleros? – preguntó Urquizu

- Si señor – respondió Gabriel, nos entregamos
- ¡Coronel carajo!. No soy señor. Soy Coronel.
- ¡Oh! ¡Perdón mi Coronel!
- ¿Cuantos son?
- Nueve mi Coronel
- ¡Están presos!
- Si, mi Coronel
- ¿Donde están sus armas?
- Las dejamos ahí detrás mi Coronel – respondió uno del grupo señalando la dirección con la cabeza
- ¿Aqui cerca?
- Si. Aquí a la vuelta mi Coronel

Los soldados ya se habían también despertado y andaban poniendo en orden sus uniformes a la apuranza, fuera de sus barracas.

- A ver. Uds tres – dijo el Coronel señalando a unos soldados – vayan con este guerrillero para que les indique donde están sus armas y las traen. Uds – dirigiéndose al grupo de la guerrilla – se me sientan aquí, en círculo y quietos. ¿Entendido?. A ver, la escuadra número tres. Tomen inmediatamente sus armas y los vigilan. Que ninguno de estos pendejos me mueva un pelo.¿Entendido? La escuadra número cuatro, tomen sus armas y chequeen los alrededores para ver si no hay otros escondidos. Si los hay ¡disparan a matar, carajo!. El resto de la tropa se pone inmediatamente en estado de alerta.

El Coronel Urquizu se mostraba nervioso pero al mismo tiempo efectivo.Sus órdenes dieron lugar a una frenética actividad de la tropa. A la hora las cosas se habían calmado. Las armas dejadas por los guerrilleros en la ceja de selva fueron recogidas. La patrulla de reconocimiento no encontró nada sospechoso en las proximidades. Los guerrilleros se mantenían obedientemente sentados, inmóviles y en círculo como se les había ordenado. Todo había vuelto a la normalidad con excepción de 9 guerrilleros presos con los cuales el Coronel Uquizo no sabía que hacer. Pero lo primero es lo primero. Identificarlos. El Capitán recibió la orden de hacerlo. Resultó una tarea sencilla. Todos los prisioneros llevaban consigo en sus mochilas sus carnets de identidad y no hicieron objeción en revelar sus nombres, fechas y lugares de nacimiento y las ciudades de donde venían. En veinte minutos la identificación estuvo lista. Fueron también fotografiados y les tomaron sus huellas dactilares.

- Carajo que se los ve flacos – les dijo el Coronel acercándoseles una vez que fueron identificados.

- Hemos comido muy poco durante mucho tiempo mi Coronel – dijo uno del grupo

La tropa, ya tranquila, estaba en tren de recibir el desayuno. El Coronel se volvió a un soldado

- Denles desayuno a estos muchachos – ordenó

Sería la primera taza de café y el primer pan que probaran en varias semanas. Les pareció una delicia indescriptible.

Ese día y el día siguiente serian agitados. Y no solo para Urquizu. Este llamó por radio al Comando del Ejército en La Paz informando en detalle de lo sucedido incluyendo los nombres de los presos. Aquello desencadenó una serie de llamadas. La Comandancia del Ejército llamó al Alto Mando Militar y este al Ministro del Interior. Este, a su vez, al Presidente de la República. El tráfico de llamadas se hizo intenso. Una reunión de emergencia fue convocada para las 5 de la tarde con el mismo Presidente de la República en el Palacio Quemado.

Christoffer Burns recibió la llamada de teléfono de parte de Denny Ribkoff, Jefe de Guardia de la Embajada, ese mismo sábado, a las once de la mañana, en su vivienda, recién vestido después del desayuno y la ducha. La noche anterior había tenido una cena con gente de la Alianza para el Progreso y la cosa durado hasta bien pasada la medianoche.

- El Alto Mando Militar Boliviano quiere hablar con ud sir – le dijo Ribkoff – Lo siento pero por razones de seguridad tiene que hacerlo desde la Embajada. Lamento arruinarle su fin de semana, sir. El Alto Mando indicó que lo llamará de nuevo a la una de la tarde

- No hay problema – contestó Burns – estaré allá en una hora.

A la una de la tarde en punto y ya en la Embajada Christoffer Burns recibió la llamada del General de Brigada, Anselmo Gutiérrez. Christoffer lo conocia. Había conversado con él una vez en la Embajada, presentado por el Embajador Presley. Algo encima de los 60 pero todavía ágil en su postura y movimientos, estatura mediana, sosegado en el hablar.

- Un gusto hablar con Ud Mr Burns – empezó diciendo. Lo llamo por un asunto de emergencia. Ud está en conocimiento de la Operación Tantalus, ¿verdad?

- Si General. Estoy informado

- Bueno. Me alegra. Pues se trata de eso. Hace unas pocas horas el comando militar que tenemos en la zona de Palos Blancos nos ha informado que nueve rebeldes acaban de entregarse. Esto genera naturalmente la incómoda pregunta de que hacer con ellos. Un tema delicado como podrá suponer.

- Si. Entiendo

- La decisión puede tener consecuencias políticas serias. Es importante tomar la decisión correcta, ¿no le parece? Demás está decir que el Sr. Presidente se encuentra muy preocupado.

- Si. Entiendo

- El Ato Mando Militar vería con agrado que la decisión sea tomada por Uds, nuestros amigos americanos, ya que fue un organismo suyo el que implementó la operación. En otras palabras queremos que no haya divergencias ni malentendidos entre nosotros. Este es el motivo de mi llamada.

Christoffer estaba perplejo y no sabía que decir

- ¿Esos nueve están ahora presos? - dijo, solo para ganar tiempo

- Si Mr. Burns, en Palos Blancos

- ¿En buen estado? - la pregunta sonaba algo ridícula

- Según el Comandante local si, solo enflaquecidos.

- ¿Y cual es la posición de su Gobierno? ¿Cual seria en su criterio la mejor decisión?

- Tenemos esta tarde una reunión de emergencia en el Palacio Quemado con el Sr Presidente pero me temo que allá también se acuerde dejar la decisión a Uds.

Christoffer estaba realmente confundido y no sabía que decir. La situación le era completamente extraña, casi surrealista.

- Mire General - le dijo - dejémonos unas horas para pensarlo. Yo, por mi parte, quiero consultar con Washington. Y Uds tienen su reunión en el Palacio Quemado. Dejémonos unas horas para darle vueltas al asunto. Deme un número directo donde llamarlo en cualquier momento

- Muy bien Mr Burns. Pero no se olvide que el asunto tiene apuro. Si se filtra lo que ha sucedido en Palos Blancos tendríamos un problema mayor

- Si. Entiendo

.Burns mentía, en realidad no entendía nada.

Christoffer tenía que hablar con Humprey Eastman. Urgentemente. Llamó repetidas veces esa tarde al Departamento de Estado en Washington y después de ser acoplado a diferentes funcionarios de turno quedó claro que Eastman no estaba disponible. No estaba en Washington. Que probara al día siguiente a un número de emergencia que le dieron.

Al día siguiente domingo llamó a ese número a primera hora, a las 8 de la mañana. Le contestó el mismísimo Eastman, sonaba totalmente despierto para ser esa hora y ser domingo

- Hola Christoffer – le dijo – gusto de escucharte.¿Como te está tratando La Paz? – sonaba jovial, casi alegre

- Bien. Gracias sir – contestó Christoffer. Y le explicó en detalle el motivo de su llamada. Se notaba el dejo de preocupación en la voz de Burns. Eastman le escuchó pacientemente, sin interrumpirle. Por un momento Christoffer tuvo la impresión que en realidad Eastman lo sabia todo y solo le dejaba hablar. Le pareció estar viendo esa su cara redonda, su expresión risueña, su piel sonrosada y el brillo de su calvicie. Cuando Christoffer le dijo todo Eastman respondió

- ¿Estás en la Embajada en este momento?

- Si, sir.

- ¿Tienes acceso al Manual de Operaciones de la CIA?

- No, sir

- Bueno. No es problema. Yo siempre lo tengo a mano. Mi experiencia de años,¿sabes? - dijo con una corta risa - Pues te lo leo. Ahí tienes la respuesta - Christoffer pudo escuchar el murmullo de hojas de papel que se barajaban durante medio minuto – Aquí está - retomó Eastman – te lo leo. Capítulo referente a Acciones Operativas, punto dos "en acciones operativas de orden militar donde las alternativas de una negociación se consideren ya sea negativas, tanto a corto como a largo plazo, o prácticamente inexistentes, se optará por una solución radical y definitiva". ¿Me escuchaste?

- Si Mr Humprey

- Bien ahí tienes la respuesta a tu pregunta. El objetivo de esta operación en cuestión excluye además, desde su msmo inicio, toda forma de negociación, ¿no es cierto? La solución en este caso es simplemente radical y definitiva

- ¿Radical y definitiva?

- Yes sir. Radical y definitiva. Entiendes, ¿verdad?

- Creo que si

- Bien. Entonces es solo actuar en consecuencia

- OK. *Thank you, sir.*

CAPÍTULO #35

Esas dos palabritas, radical y definitiva, mostrarían ser determinantes. A las 10 de la mañana el Alto Mando Militar había sido informado que EE, UU veía con buenos ojos una solución "radical y definitiva". Alrededor de las 11 el Coronel Urquizu recibió el mensaje del Comandante de Ejército en el que se le ordenaba una solución "radical y definitiva"

– ¿Radical y definitiva? – repitió Urquzu en la radio para estar seguro

– Si Coronel

– Quiere decir…..

– Si Coronel, eso es lo que quiero decir. Y mientras mas pronto mejor. Antes de cualquier posible filtración. Tome las precauciones del caso en cuanto a discreción y lugar. Lugar no identificable pero si encontrable, por si acaso. No sé si me entiende

– Si mi General, le entiendo

– Entonces proceda Coronel.

– A su orden mi General

– Suerte

– Gracias mi General

El Coronel Urquizu abandonó la cabaña donde tenían la radio con las dos palabras dándole vueltas en la cabeza, "radical y definitiva". Convocó a su Capitán y sus dos Tenientes a una reunión de emergencia.

El grupo de Gabriel había pasado la noche, por razones de seguridad, en la cabaña de los oficiales, vigilados por dos centinelas armados. Los oficiales se habían visto obligados a dormir en una de las barracas, junto al resto de la tropa. Los guerrilleros durmieron en las hamacas de los oficiales y hasta con mosquiteros. La primera noche en muchas semanas que los mosquitos no los martirizaban y el lecho les era blando.

"Mejor que el Hilton" había dicho Fritz. Durmieron profundamente y se despertaron descansados y de buen humor. En la mañana los sacaron de la cabaña hasta un lugar sombreado y les dieron desayuno. La tropa los contemplaba.a la distancia, con curiosidad, de reojo. Todos los soldados eran de piel oscura y rasgos indígenas, de la etnia aymara. La presencia de estos guerrilleros emaciados, barbudos, de piel blanca y que eran sus enemigos les intrigaba. Veían hasta uno muy rubio entre ellos. Les evocaban una mezcla intrincada de emociones a la que no sabían ponerle nombre. Curiosidad, temor, respeto, desprecio, antipatía. Todo enmadejado. Su subconsciente los clasificaba como exóticos. Blancos, *k´haras*. Con esa barba tan larga y fea. Además, lo habían visto con propios ojos, a algunos de los *k´haras* se les podía caer el pelo cuando adultos y entonces acababan con la cabeza pelada. ¡Rarísimo! – se decían. Que suerte que a ellos, a los aymaras, no les crecía la barba y jamás se quedarían calvos. ¡Que suerte! - pensaban.

El Coronel informó en la cabaña al Capitán y los dos Tenientes sobre las órdenes recibidas. El Coronel no tenía nada de tonto. Sabía que mientras mas pronto mejor. Antes de que el contacto con lo prisioneros despertara curiosidad y, sobre todo, creara vínculos con la tropa. El Teniente Navia era el mas duro y disciplinado de los dos, el Coronel lo sabía, y se le encomendó a él la tarea. Que se llevara consigo una patrulla de seis soldados, que se les ofreciera un mes de permiso, que se les informara que entre los seis fusiles-ametralladoras a usarse uno tenía solo balas de fogueo sin que ellos supieran cual. El Teniente Navia no hizo objeción y eligió a sus seis sodados informándoles de la operación con la debida reserva "Van a cumplir un deber patriótico", les dijo. Lo harían al atardecer y luego ellos se irían en el mismo vehículo hasta La Paz. Su presencia en Palos Blancos ya no era necesaria y él tenía que llevar alguna documentación al Alto Mando Militar.

Los prisioneros recibieron el almuerzo de la tropa y hasta durmieron la siesta a la sombra del árbol. Estaban convencidos de que su pesadilla había pasado. Que se enfrentaban a una prisión larga pero ya se las arreglarían. Se sentían casi optimistas, incluso hubo uno que mencionó la remota e ilusoria posibilidad de un indulto

A eso de las cuatro de la tarde el Teniente Navia se les acercó con sus seis soldados.

"Van a ser transportados" les dijo lacónicamente. Por razones de seguridad les atarían las manos a la espalda. Un pequeño camión verde de los que el ejército tenía allá parqueados se aproximó a donde ellos estaban. Los prisioneros fueron atados en las muñecas y ayudados a subir al camión. "¿A donde nos llevan? Preguntó uno de los prisioneros, "Es solo transporte" respondió el Teniente enigmáticamente. Los de la tropa parecían herméticos.

Una vez el camión en marcha, con los prisioneros sentados con las manos atadas y los soldados de pié en la carrocería, los prisioneros trataron de iniciar una conversación con los soldados. Ellos no respondieron, evitando incluso el contacto visual, mirando fijamente adelante, serios e inexpresivos. Aquello le metió a Gabriel una mala espina. El Teniente viajaba en la cabina

Después de media hora de viaje por un camino de selva el vehículo se detuvo. El resto sucedió con tal rapidez que apenas les dio tiempo a Gabriel, Fritz y los otros de darse cuenta de lo que estaba sucediendo. El Teniente ordenó a los prioneros que bajaran. Los condujeron a la izquierda sobre un corto sendero hacia un riachuelo. Recién entonces tuvieron la impresión de que algo malo estaba en ciernes. Llegados al arroyo donde había una suerte de playa el Teniente los miró fugazmente y les dijo "Lo siento muchachos, pero órdenes son órdenes". Los seis soldados ya estaban en frente. Los prisioneros no tuvieron tiempo para hacerse una idea clara. Lo último que Gabriel viera fue la expresión de terror en el rostro de Fritz mientras escuchaba el grito del Teniente de "¡disparen!". Una fuerza brutal le golpeó repentinamente el pecho tirándolo para atrás sintiendo al mismo tiempo que algo se le desgarraba por dentro. No sintió dolor, solo la impresión de caer de espaldas sin poder parar la caída debido a las manos atadas, acompañado de un fuerte vértigo y de la extraña sensación de desaparecer en la nada.

Rufino Robles en La Paz fue uno de los primeros en enterarse de la muerte de Gabriel. Gracias a su trabajo en la Asesoría Jurídica del Ministerio del Interior. Lo hizo el lunes, a mediodía, cuando volvía a su oficina después de su pausa del almuerzo. Los servicios de inteligencia habían por cierto sido rápidos. Al pasar por el corredor hacia su oficina, su jefe, el Dr, Ruperto Arteaga, que tenía la puerta abierta de su propia oficina, lo llamó desde su escritorio

- Dr Robles, mire esto – le dijo, mostrándole unos papeles que tenía en la mano y moviendo la cabeza en señal de desaliento. Al parecer aquello le había conmovido y necesitaba hablar con alguien

- ¿Que es doctor? - preguntó Rufino. Y el Dr Arteaga le entregó los papeles que tenía en la mano. Eran solo 3 hojas.RESERVADO Y CONFIDENCIAL, decía el título. Para los fines correspondientes, decía el subtítulo. Y luego como otro título LISTA DE GUERRILLEROS CAÍDOS EN CONTACTO CON LAS FUERZAS ARMADAS EN PALOS BLANCOS y la fecha. Había 9 nombres listados. En el de Gabriel se anotaba: nacido en Sucre, 24 años, estudiante de último año de la carrera de Medicina en Sucre. Hijo de Enrrique Llorente (fallecido). Y María Antonieta Irrarázabal. Familia bien conocida en la ciudad. Convicciones extremistas cristiano-marxistas.

El Dr. Arteaga observó un gesto en el rostro de Rufino que lo interpretó como incredulidad provocándole sorpresa.

- Es verdad – le dijo, asegurándole, perplejo frente a esa supuesta incredulidad – Estos muchachos realmente metieron la pata. Una gran lástima

- Realmente doctor – fue la respuesta lacónica de Rufino, devolviéndole los papeles.

El gesto de Rufino no había sido de incredulidad sino de despecho. "Hasta de muertos tienen que joder con lo de familia conocida" había pensado. El nombre de Gabriel le había provocado asombro pero no lástima. Aún mas tarde, así se esforzara, no pudo sentir lástima.

Recién el día martes el Comando de las Fuerzas Armadas hizo público un comunicado informando a la población de un choque armado entre el ejército y la guerrilla en las proximidades de Palos Blancos. El saldo era de 9 guerrilleros muertos. Ninguna baja por parte del ejército. Los muertos estaban siendo identificados. El comunicado era escueto y triunfalista. La población recibió aquello con asombro y escepticismo preguntándose como era posible que el ejército no hubiera tenido ni una sola baja.

A las dos semanas era vox populi que aquello del choque armado no era cierto. Algunos de los soldados habrían seguramente bebido mas de la cuenta y se les soltó la lengua. O a alguno se le ocurrió hacer la confidencia a la enamorada o la esposa. La noticia del fusilamiento se extendió como reguero de pólvora exaltando los ánimos de los universitarios. Los nombres de los 9 muertos se habían también hecho púbicos y las Fuerzas Armadas se mostraban reacias a entregar los cadáveres a las familias. Aquello rebasó el vaso. Las calles fueron invadidas por estudiantes furiosos gritando slogans, demandando la entrega de los cadáveres a sus familias. La policía salió a contenerlos. Los próximos días fueron de batalla campal paralizando los centros urbanos. Piedras, palos, bombas molotov, llantas incendiadas, dinamitazos, barricadas, cristales rotos y gases lacrimógenos. La policía fue rebasada y el ejército tuvo que salir para controlar la situación. Hubo disparos de armas de fuego y dos estudiantes muertos. Aquello despertó la simpatía de los adultos. Los sindicatos de trabajadores declararon su solidaridad con los estudiantes. El gobierno tuvo que recular y aceptar la devolución de los cadáveres para un entierro digno.

La guerrilla y la muerte de Gabriel tuvieron un efecto cataclísmico para los Llorente. La madre mostró inicialmente una tozuda incredulidad de que Gabriel fuera guerrillero "mentira, es solo un cruel invento del gobierno, mi hijo es incapaz de ser guerrillero," se decía a si misma y a los demás. Solo cuando la evidencia se hizo tan aplastante que toda negación hubiera sido absurda, admitió el hecho en un estado de confusión que le mezclaba malamente las ideas. Aquello le era simplemente incomprensible. Cuando, mas tarde, quedó también claro que Gabriel estaba muerto le vino un ataque de nervios. Lloró histérica y desconsoladamente durante varias horas para luego pasar a un estado de sopor y pasividad total. Se encerró en su dormitorio, acosada por una mudez repentina, ajena a todo lo que sucedía a su alrededor, negándose a dejar su lecho, a decir una palabra, a comer e incluso a cuidar de su higiene. Pichin y su hermana María Elena, ambos en su propia confusión y tristeza, vieron aquello con estupor y alarma pensando que solo faltaría que también se les muriese la madre. Médicos con expresión pensativa entraron y salieron de la casa dejando sus prescripciones. "La paciente está catatónica" dijo uno de ellos. Fue recién después de unas semanas de Valium que la dejaban semidormida y, a sugerencia de Eulalia, también de música de Schubert, que Dona María Antonieta empezó a salir lentamente de su estupor. Entonces fue Eulalia, con esa su curiosa facutad de clarividente, la que se encargó de la cura. "Ay señoray – le dijo – es que el ánima de Don Enrrique le entró al joven Gabriel. Don Enrrique, igualito al joven Gabriel, ¿no es cierto? Pensando en los pobres y todo eso. Por eso el ánima de Don Enrrique le entró al joven Gabriel y se lo llevó. No podían estar separados señoray. Ahora seguro que están felices juntos. Las ánimas que se parecen se buscan pues". Aquella idea le dio consuelo a Doña María Antonieta. "No sé que haría sin ti Eulalia" le confesó unos meses mas tarde cuando ya se encontraba en fase de recuperación.

Tampoco Pichín quedó inmune a lo sucedido, algo para él también inexplicable. Su boda tuvo naturalmente que postergarse. Desapareció por unos meses del Rotary Club y del Club de la Unión, lugares que normalmene frecuentaba para tomar un trago, juntarse con los viejos amigos y hablar de negocios. Le amedrentaba la idea de tener que dar explicaciones. La muerte de Gabriel le dolió mas de lo que había esperado. Sentía como si hubiera perdido un hijo y frecuentemente se recriminaba a sí mismo no haber sido mas vigilante en cuanto a las actividades de Gabriel que lo llevaran a su muerte. Aunque, las mas de las veces, concluía que hubiera sio probablemente imposible hacerle cambiar de ideas. Sus amigos mas cercanos tuvieron que llevarlo casi a rastras de vueta al club y recién cuando la cosa se hubo calmado. María Elena, la hermana, sobrellevó la cosa de una mejor manera gracias al apoyo del novio y de sus planes cercanos de matrimonio.

Gabriel fue sepultado en el Mausoleo de los Llorente. No estuvo libre de inconvenientes. Todos los nichos del mausoleo estaban ya ocupados. Los restos del francés Jean-Claude Depardieu tuvieron que ser exhumados para dar lugar a los de Gabriel quien acabó ocupando el primer nicho. De Depardieu no quedaba mucho después de mas de un siglo y sus restos fueron acomodados en una urna a los pies del mausoleo. Pichín se empecinó en hacerle un cambio a la lápida original del francés en concordancia con la tradición familiar que hablaba de su sueño de volver a su querida Francia. El artesano tuvo que hacer uso de sus habilidades para añadir en letras de metal el texto de: "Amó a su Francia a la que siempre quiso volver". Para la lápida de Gabriel Pichin eligió un texto mas simple que le pareció el mas adecuado; "Amó de verdad a sus semejantes". De hecho fueron muchos de sus semejantes los que acudieron a su entierro.

EPÍLOGO

Adrián Bellini recibió los 30.000 dólares prometidos. Le fueron entregados en La Paz por un hombre rubio, joven, con cara de gringo pero que hablaba un español sin acento y al que nunca había visto antes. Se le acercó en la calle presentándose como Malcom, llevándolo a una plazuela cercana que estaba a esa hora desierta. Se los entregó en un sobre, 30 fajos cuidadosamente envueltos, de 1000 dólares cada uno. "Encargo de Ronaldo" le dijo, y le deseó suerte. En su apuro Adrián le preguntó donde podría encontrar a Ronaldo, que le gustaría hablar con él. La respuesta fue "Ronaldo se ha esfumado", con una sonrisa, alejándose del lugar sin volver la cabeza. Recién Adrián entendió cuan cándido había sido su plan de usar la grabación de su conversación con Ronaldo en Buenos Aires como chantaje para obtener una mayor remuneración.

Se instaló en Orán, en la provincia argentina de Salta, una ciudad tranquila no lejos de la frontera con Bolivia, donde también formó familia. Con el dinero recibido inició su propio restaurante, bastante céntrico, en la calle Coronel Egues, cerca del Banco de la Nación Argentina. Le fue bien y tuvo una vida tranquila. Nunca sintió ningún remordimiento por su rol en la guerrilla boliviana. Para él aquello fue simplemente un asunto de propia supervivencia. Volvió a Buenos Aires una sola vez, doce años mas tarde y solo por unos días, con motivo de la muerte de su madre. Ya casi nadie se acordaba de él y la FAP había pasado al olvido. En un arrebato de nostalgia se dío una vuelta por Villa Luzuriaga, donde asistiera a su primera reunión de la FAP, topándose allá de sorpresa, cara a cara y en media acera, con Julián, aquél miembro de su célula que era hijo de bolivianos. Ambos se asustaron al verse y.por un segundo se miraron a la manera de los perros callejeros que se sopesan observando sus colas y husmeándose mutuamente antes de decidir que hacer. Estuvieron a punto de pasar de largo pero a Adrián le salió un ¿Julián?, haciendo que el otro se parara en seco con un ¿Horacio?. Se dieron la mano con desconfianza. Julián, que ahora se veía bastante obeso, había salvado la tormenta sin problema. Solo tuvo que dejar Buenos Aires por unos años hasta que las cosas se apaciguaron. Tenía un taller de tornería. Le contó que Atila, el antiguo jefe de su célula, había logrado fugarse a Méjico donde ahora vivía. A Bochi lo detuvieron en la Patagonia durante las primeras redadas, a tiempo de fugarse para Chile. De ahí había desaparecido sin rastro, probablemente asesinado. Adrián le mintió diciéndole que él ahora vivía en el Brasil. Ambos se despidieron cordialmente con el sobreentendido de preferiblemente no repetir el encuentro.

Sofia despareció tan misteriosamente como había aparecido. Su recuerdo en Sucre, ya de hecho vago al no haber nacido allá, se hizo aún mas pálido con el tiempo. A los pocos años apenas había alguien que la recordara. Adrián la recordaría por un tiempo, no tanto por haberle despertado atracción sino por el hecho de verla reír una sola vez. Cuando Adrián le preguntó para quien trabajaba y su respuesta, con una carcajada, fue la misma que la de Ronaldo en Buenos Aires "para el Papa, chico, para ese del Vaticano, el de la Basílica de San Pedro".

Christoffer Burns fue llamado de vuelta a Washington dos meses después de concluida la guerrilla. El Departamento de Estado consideraba ya no necesaria su presencia en La Paz. Volvió a su anterior puesto como Senior Advisor en el Comité de Asuntos Andinos. Mientras mas vueltas le daba al asunto mas evidente le era la sensación de haber sido usado como un peón de ajedrez en una partida que no había sido suya. Incluso se le ocurría que, por ahí, Humprey Eastman, Bert McKinley. y Nataniel Presley se reían de él a sus espaldas. Con el tiempo descubrió que no estaba hecho para la política, que él era en realidad un académico. Abandonó el Departamento de Estado e hizo su doctorado en Historia en la Universidad Cornell, en Nueva York, donde también se dedicó a la docencia. Allá se sintió cómodo, al fin y a cabo era una Universidad que, al igual que Princeton, pertenecía a a exclusiva Yvi League. Se casó con una secretaria de su propia institución, pelirroja, como su madre, bastante atractiva y de buen carácter. Conservó durante muchos años su interés por Bolivia siguiendo esporádicamente lo que allá sucedía aunque con la idea siempre presente de que aquel país le era y le seguiría siendo un misterio. Procuró olvidar lo sucedido con la guerrilla y se negó tozudamente a sí mismo enterarse de los nombres de los fusilados y menos aún de ver sus fotografías y las de sus familias. Le parecía una medida de higiene mental. Sospechaba que en los círculos de la CIA se habrían felicitado por el éxito de la operación con un *They got what they deserved The mother fuckers!.* Pero él tenía la suficiente decencia en el cuerpo como para que los detalles humanos de aquel enredo le afectaran el buen sueño. Le parecía mas cuerdo hacer como el avestruz, meter la cabeza en la arena, cerrar los ojos y olvidar. Nunca mencionó el asunto a nadie, ni siquiera a su esposa. Afortunadamente todas las personas mezcladas en el asunto mantuvieron la compostura y la boca bien cerrada y a ningún periodista curioso se le ocurrió meter la nariz donde no debía. Los sabuesos del New York Times y del Washington Post habrían, con toda seguridad, armado el alboroto. Cuando alguna vez se atrevía a reflexionar sobre lo ocurrido acababa concluyendo con consternación que aquello había sido no solo criminal sino también ignominioso. Se consolaba sin embargo con la idea de que, como todos lo saben, la historia humana está plagada de crímenes. Y que, al fin y al cabo, se trataba de algo muy importante, la defensa del mundo libre. Que hubieran víctimas resultaba inevitable.

Pichin se convirtió en uno de los mas influyentes hombres de negocios de la ciudad, con una sólida fortuna y gozando del respeto de sus conciudadanos. Fue un hijo y un esposo ejemplar y llegó a tener cinco hijos propios. Entre los que lo conocían fue siempre mirado como el último representante de una época ya ida. Y era cierto. Siempre elegante, cortés, consciente de los buenos modales y de mantener el estilo. Su boda, algo demorada por la muerte de Gabriel, fue de hecho un acontecimiento que dio que hablar por un tiempo. Vivió sin embargo con la secreta pesadumbre de ver como todo cambiaba, como se producía una degradación del viejo estilo. En un último intento de salvar lo insalvable y a manera de refugio se hizo masón, pero eso no ayudó nada. También la masonería se había contagiado de los nuevos tiempos. Con rigurosa puntualidad acudía una vez al mes al Cementerio General a poner flores al mausoleo de su familia. Apenas se aproximaba a la austera entrada del cementerio con su alto y bien visible epígrafe de "Hodie mihi cras tibi" como un lúgubre recordatorio a sus visitantes, las floristas lo reconocían y se alegraban de verlo. "Don Pichín, tengo unas rosas muy lindas para Ud, fresquitas!" "Don Pichin, llévese estos lirios bonitos para su mausoleo" le saludaban risueñas de entre sus montañas de flores. Lo sabían generoso y que siempre les pagaría por encima del precio. Luego de poner sus flores frescas en el mausoleo se quedaba un largo momento de pié y taciturno frente a las lápidas, con los ojos humedecidos al contemplar la de Gabriel. Era como si hubiera perdido un hijo. Abandonaba el cementerio con rostro reflexivo y pasos pesados, abrumado por la evidencia de la fragilidad humana. Las voces joviales de las floristas le eran inevitables a la salida "¡Hasta luego Don Pichin!. ¡Que le vaya bien Don Pichin!"

Rufino Robles hizo una excelente carrera para el contento del padre. Su personalidad reservada, su falta de imaginación, su aparente imperturbabilidad y su extraordinaria memoria para el texto escrito le abrieron las puertas. Su moderada obesidad, su andar algo curioso debido a sus pies planos, sus comisuras labiales inclinadas hacia abajo en una expresión de aburrido escepticismo, parecían generar en los demás la impresión de decoro, confiabilidad y sabiduría. El hecho de que pudiera recitar, si la ocasión se daba, textos legales enteros sin equivocarse despertaba siempre respeto. Fiel a su personalidad jamás leyó una novela y si fue alguna vez al cine fue por obligación. El drama humano ajeno le era simplemente indiferente. Su vida sentimental fue igual de parca que la de su esposa aunque tuvieron tres hijos sanos. Èl nunca le fue infiel ni ella tampoco, parecían hechos el uno para el otro Su falta de interés en la política le hizo potable para diferentes partidos y le evitó crearse mas enemigos de los necesarios. Fue ascendiendo a diferentes posiciones hasta acabar como Ministro de la Corte Suprema de Justicia, apenas cumplidos los 56 años. Su carrera le permitió varios negocios lucrativos, siempre legales aunque no siempre morales, llegando a contar con una economía sólida Su única originalidad resultó ser su debilidad por los baños. Una vez llegado a Ministro de de la Corte Suprema de Justicia contrató a un arquitecto para el diseño de su nueva casa. El arquitecto después de escuchar pacientemente sus instrucciones le dijo "disculpe Dr pero lo que ud me pide no es una gran casa con baños sino una casa para un gran baño". "Correcto" fue la lacónica respuesta de Rufino. En el segundo piso de la casa tuvo así el baño que deseaba. Monumental, mas grande que el mismo comedor y el salón de visitas. Piso de mármol con calefacción incorporada, iluminación indirecta, paredes de azulejos dorados, inodoro, lavamanos y bidé de la mejor porcelana, importada del Brasil, con sus manillas también doradas, al centro un jacuzzi con capacidad para 6 personas, alacenas con manillas igualmente doradas, multitud de espejos, colgadores y repisas. Una imponente colección de perfumes, jabones, champús, espumas, desodorantes, fijadores, cremas y acondicionadores. Allá, sumergido en el agua caliente de su jacuzzi, sintiendo los chisguetes de agua que le acariciaban la piel por todo lado, Rufino se sentía en paz con el mundo. Entonces solía abrir un pequeño frasco de lavanda, respirar hondo y acordarse de Chaquipampa.

Printed in the United States
by Baker & Taylor Publisher Services